ELIZABETH BUCHAN

Das kann's doch nicht gewesen sein

EUROPA VERLAG

ELIZABETH BUCHAN

Das kann's doch nicht gewesen sein

Roman einer Ehe

Aus dem Englischen von Ursula-Maria Mössner

Europa Verlag
Hamburg · Leipzig · Wien

Impressum

Die Deutsche Bibliothek – CIP-Einheitsaufnahme
Ein Titeldatensatz für diese Publikation ist bei der Deutschen Bibliothek erhältlich.

Die Originalausgabe
»The Good Wife«
erschien 2003 bei Penguin Books, London

Erstausgabe

Umschlaggestaltung: Frauke Weise, Hamburg
Umschlagillustration: Helen Chapman
Satz: Paxmann/Teutsch Buchprojekte, München
Druck und Bindung: AALEXX, Großburgwedel
ISBN: 3-203-75876-8

Informationen über unser Programm erhalten Sie beim
Europa Verlag, Neuer Wall 10, 20354 Hamburg
oder unter www.europaverlag.de

Für Margot

„.... denn die ist viel edler denn die köstlichsten Perlen."

Salomon 31,10

Danksagungen

Mein Dank gebührt Vanessa Hannam und Deborah Stewartby für die Liebenswürdigkeit, Großzügigkeit und Geduld, mit der sie meine Fragen über das Leben einer Abgeordneten-Ehefrau beantworteten. Etwaige Fehler liegen allein bei mir. Besonderen Dank schulde ich auch *Emma Dally*, die mir *Complete Wine Course* von Kevin Zraly (Sterling Publishing, New York) schickte. Details für „meine" Casa Rosa und den Besuch der etruskischen Nekropole übernahm ich aus Frances Mayes' *Under the Tuscan Sun* (Bantam Books), aus Iris Origos *War in the Val d'Orcia* (Cape) und aus Tim Parks' *An Italian Education* (Vintage). Weitere Informationen und Anekdoten über Abgeordnete stammen aus *Breaking the Code* von Gyles Brandreth (Phoenix). Mit Entschuldigungen auch an Jane Austen. Ein riesiges Dankeschön meinen großartigen Lektorinnen Louise Moore und Christie Hickman, Hazel Orme (wie immer), Stephen Ryan, Keith Taylor, Sarah Day und dem Rest des Teams bei Penguin. Außerdem meinem Agenten Mark Lucas, Janet Buck und natürlich Benjie, Adam und Eleanor.

Kapitel 1

Es ist eine altbekannte Tatsache, daß das Glück des einen häufig auf Kosten des Glücks eines anderen erkauft ist.

Mein Mann Will, ein Politiker bis in den kleinen Zeh, wollte das nicht ganz einsehen. Er behauptete, Opfer zugunsten des Gemeinwohls an sich genügten, um einen Menschen glücklich zu machen. Und da Will eine beträchtliche Scheibe seines Familienlebens geopfert hatte, um seine ehrgeizigen Ziele zu verfolgen – erst als vielversprechender Abgeordneter des britischen Unterhauses, dann als Mitglied des Finanzausschusses, dann als Minister und, neuerdings, als jemand, der als möglicher Schatzkanzler gehandelt wurde -, hätte er folglich glücklich und zufrieden sein müssen.

Und ich glaube, er war es.

Aber war ich es auch?

Eine Frage, die eine gute Ehefrau vielleicht nicht stellen sollte.

Wenn man herumfragt, was es bedeutet, „gut" zu sein, bekommt man als Antwort, es bedeute, anständig zu sein und die Wahrheit zu sagen. Aber wenn einen der Jäger fragt, in welche Richtung der Fuchs gelaufen ist, und man es ihm sagt, heißt das, daß man anständig ist?

An unserem 19. Hochzeitstag versprachen Will und ich einander, einmal ganz normal zu sein. Zu diesem Zweck entführte er mich ins Theater, bestellte Champagner, küßte mich liebevoll und brachte den Trinkspruch aus: „Auf das Eheleben."

Es wurde Ibsens *Ein Puppenheim* gespielt, und die Inszenierung hatte Aufsehen erregt. Obwohl ich merkte, daß Will vor Müdigkeit am Umfallen war, saß er regungslos und aufrecht auf seinem Platz und entspannte sich auch nicht, als das Licht ausging. Ein gerader Rücken war Teil des Trainings, dem er sich unterworfen hatte, um in der Öffentlichkeit niemals die Herrschaft über sich zu verlieren. Obwohl ich auf diesem Gebiet inzwischen besser bin als früher, habe ich noch immer Nachholbedarf. Es ist ja auch zu verlockend, mich hinzufläzen, den Rock hochzuziehen und zu lachen, wenn etwas meinen Sinn fürs Groteske reizt – und es gab vieles in unserem Leben, das grotesk war. Politiker, Botschafter, Wähler, Kaffeekränzchen, Mittagessen, feierliche Anlässe ... die ganze wundervolle, buntscheckige Korona mit ihren Ehrgeizlingen und Naiven, ihren Versagern und Erfolgreichen.

Notwendigerweise lachte Will mit Bedacht – was dazu führte, daß ich ihm einmal vorwarf, die Fähigkeit zu lachen mangels Übung verlernt zu haben. Auf seinen Lippen lag nur der winzige Anflug eines Lächelns, als er mir auseinandersetzte, daß eine einzige kleine Unachtsamkeit die Arbeit von Jahren zunichte machen konnte.

Ich betrachtete ihn verstohlen unter Augenlidern hervor, die noch vom regelmäßigen Besuch im Schönheitssalon an diesem Vormittag brannten. Gefärbte Wimpern waren lebensnotwendig, denn wenn ich lache, tränen mir die Augen. In der ersten Zeit war Mannochie, Wills wachsamer und getreuer persönlicher Referent, gezwungen gewesen, bei Wahlkreis-Veranstaltungen an mich heranzutreten und mir diskret zuzuflüstern: „Rinnsale, Mrs. Savage", was bedeutete, daß meine Wimperntusche verlaufen war. Mir blieb nichts anderes übrig, als es mit einem Lachen zu überspielen und mich schleunigst zum nächsten Spiegel zu verziehen, um den Schaden zu beheben. Von Tag zu Tag ärgere ich mich mehr über die zunehmenden Anzeichen körperlicher Unvollkommenheiten – den Beweis, daß die Schwerkraft ihren Tribut fordert, den mir der Spiegel liefert. Es ist so lästig, zu solchen Tricks greifen zu müssen, aber den Körper in Form zu halten, ist ein absolutes Muß, vor allem wenn man keine zwanzig mehr ist ... na schön, *insbesondere*, wenn man vierzig und ein klein wenig darüber ist.

In helles, schimmerndes Blau gekleidet, betrat Nora die Bühne, und ihr Mann fragte besorgt: „Ist das mein Rotkehlchen, das da draußen zwitschert?“

Will griff nach meiner Hand, der linken, an der ich den Ehering und den bescheidenen Rubin trug, den wir gemeinsam ausgesucht hatten. Er war deshalb klein, weil ich, frisch verlobt und strahlend vor Liebe bei der Aussicht auf geteiltes Glück und harmonische Zweisamkeit, nicht gewollt hatte, daß Will zuviel Geld für mich ausgibt. Hinterher ist man immer klüger, und ich bin zu dem Schluß gekommen, daß Bescheidenheit fehl am Platz ist, wenn es um Schmuck geht. Die Berührung seiner Hand war ungewohnt, fremd geradezu, aber auch daran hatte ich mich gewöhnt, und es war ohne Bedeutung. Unter der Ungewohntheit waren Will und ich durch die Jahre unserer Ehe verbunden. Das war unbestreitbar.

Am Ende des Dramas verkündete Nora, noch immer in Hellblau: „Ich glaube nicht mehr an irgend etwas Wunderbares.“ Das Geräusch, mit dem die Tür geöffnet und geschlossen wurde, als Nora das Haus verließ, erinnerte an ein Gefängnistor, das rasselnd zufällt.

„Fanny, mein Schatz, ich muß dich um einen Gefallen bitten... Ich weiß, ich weiß, du hast schon mehr bei mir gut, als ich aufzählen kann, aber sag ja – bitte.“

Es war am Tag darauf, und die Minister-Limousine hatte uns von unserer Eigentumswohnung in London abgeholt, um uns zur Trauerfeier für Pearl Veriker nach Stanwinton in die Kirche zu fahren. Stanwinton war Wills Wahlkreis in den Midlands, weder dekadenter Schickimicki-Süden noch rechtschaffener Arbeiterklasse-Norden, sondern geographisch und metaphorisch unverfänglich irgendwo dazwischen, und Pearl Veriker, die verstorbene Kreisverbandsvorsitzende der Partei, war früher einmal der Fluch meines Lebens gewesen.

Ich griff nach meinem Notizbuch. „Irgendwelche Anweisungen?"

Will klappte die Armlehne hoch. „Das klingt ja so förmlich. Alles in Ordnung?"

Ich hätte erwidern können: „Ich komme mir vor, als hätte man mich so in die Länge gezogen, daß ich jetzt fast durchsichtig bin. Schau doch mal genau hin: Dann siehst du, wie sehr mein Herz darunter zu leiden hat." Statt dessen, versiert in der Kunst, den Schein zu wahren, antwortete ich: „Alles bestens."

Der Wagen hielt an einer Ampel. Ich warf einen Blick aus dem Fenster auf ein Plakat, das eine Braut in Weiß mit einem langen, duftigen Schleier zeigte, unter dem zwei Brillant-Ohrstecker funkelten. Der Text lautete: „Für alle Ewigkeit."

Als ich Will heiratete, hatte ich keine Ahnung, wie sehr die kleinen Ausflüchte und Unaufrichtigkeiten den Alltag zusammenhalten. Unsere Partnerschaft hätte ein klarer Bach sein müssen, in den wir beide blickten und aus dem wir beide Nahrung zogen. Daran war nichts auszusetzen, aber ich hatte keine Ahnung, daß ich, wenn ich mein Netz in das glitzernde Wasser warf, nicht die pralle, volle Wahrheit einfangen würde, sondern einen Schwarm winziger Notlügen und gelegentlich sogar die eine oder andere faustdicke Lüge.

Der Wagen nahm wieder Fahrt auf, und ich sagte: „Du wolltest mich um etwas bitten, Will."

Er wurde verlegen. „Könntest du vielleicht an den nächsten zwei Samstagen die Sprechstunde übernehmen? Du machst das so hervorragend."

Der Grund war natürlich der ministerielle Terminkalender, der immer und überall Vorrang genoß. Alles, was ich in der Sprechstunde zu tun hatte, war, mir die kleinen Ärgernisse und Ungerechtigkeiten des täglichen Lebens – Fahrlässigkeit im Krankenhaus, ein unausstehlicher Nachbar, eine falsche Gasabrechnung – anzuhören und Bericht zu erstatten. Häufig ging es nur darum, die richtigen Leute zu kontaktieren. Die, die an der Spitze der Pyramide standen, und Will hatte es sich zur Aufgabe gemacht, möglichst viele von ihnen zu kennen, was nur vernünftig war.

„Machst du's, Fanny?"

„Geht klar."

Das war's dann. Wenn das Parlament tagte, wohnte Will unter der Woche in London. Als Chloë, unsere Tochter, klein war, hatte es manchmal Wochen gedauert, bis ich bei ihm in London sein konnte, aber jetzt, da sie achtzehn war, fuhr ich regelmäßig hin. Die Dinner-Parties der Savages boten allgemein Gesprächsstoff, was ich auf den guten Wein zurückführte. Früher kam Will jedes Wochenende nach Stanwinton, um sich um seinen Wahlkreis und seine Familie zu kümmern, in dieser Reihenfolge. Nun, da er Minister war, fanden seine Besuche weniger regelmäßig statt: Wenn er jetzt eine halbe Minute Zeit hatte, ging sie für den roten Koffer drauf, in dem die wichtigen Papiere hin und her wanderten.

Selbstbewußt und souverän in seinem schwarzen Anzug, lächelte er mich an. „Ich danke dir." Gesagt mit seiner offiziellen Stimme.

„Ich bin nicht einer von deinen Wählern", teilte ich ihm mit. „Ich bin deine Frau."

Will vollführte eine seiner blitzartigen Wendungen und schlüpfte aus der Haut des Politikers in die der Person, die er wirklich war. „Gott sei Dank", sagte er.

Der Sarg muß schwer gewesen sein, da die Träger Schwierigkeiten hatten, ihn durch den Mittelgang zu manövrieren. Ein Bukett aus roten Rosen und grüner Wolfsmilch lag darauf, und der Pfarrer war in Gold und Weiß gekleidet. Das war schön. Pearl Veriker, ein geborener Feldwebel, würde angemessen farbenprächtig vor ihren Schöpfer treten, nachdem sie in der Parteizentrale ein Herzanfall niedergestreckt hatte – ein Tod, wenn man so will, den sie sich gewünscht hätte. Ich war überzeugt, daß sie die Äußerlichkeiten der Feier zu schätzen gewußt hätte, insbesondere die strenge Rangordnung, die bei der Plazierung herrschte. Nach meiner Erfahrung war die natürliche Reihenfolge die, daß der derzeitige Abgeordnete des Wahlkreises nebst Gemahlin mindestens zehn Schritte hinter den örtlichen Honoratioren ging, aber da Will es zum Minister gebracht hatte, war die Hierarchie hastig umgekrempelt worden, und so hatten wir das Privileg, in der ersten Reihe zu sitzen.

Über dem Altar befand sich ein Buntglasfenster, das einen Pilgerzug auf dem Weg in ein fernes Paradies zeigte. Die Glorienscheine einiger der Männer deuteten darauf hin, daß sie bereits Heilige waren. Andere, nämlich die Frauen, wirkten sowohl erschöpft als auch erstaunt, daß überhaupt Hoffnung bestand, das Ziel der Reise zu erreichen. Im Laufe jahrelanger – zwangsläufig – eingehender Betrachtung hatten sich meine Lieblingsfiguren geändert. Als junge Frau hatte ich den starken, kühnen Ritter gemocht, der den Zug anführte. Nun tendierte meine Aufmerksamkeit dazu, sich auf das Hündchen zu konzentrieren, das hinter einer Nonne in schleppenden schwarzen Gewändern herlief. Aber eigentlich beschäftigten mich alle. Es muß doch sehr schwer gewesen sein, ohne saubere Sachen zum Wechseln, ein Schmusekissen, ein Glas warme Milch vor dem Zubettgehen auszukommen.

Mein Hut, breitkrempig, schwarz und nicht *zu* kess – bei Harrod's eigens für derartige Anlässe gekauft -, saß ein bißchen eng. „Tja, mein Schatz, dir ist das viele Lob zu Kopf gestiegen", sagte Will, als ich mich damit abplagte. Die Bemerkung war nicht ganz so witzig gemeint, wie sie klang. Selbst jetzt, nachdem er den Wahlkreis seit fast zwei Jahrzehnten im Unterhaus vertrat, war er noch immer eifersüchtig auf ihn bedacht. Es herrschte Schweigen, während ich mich bemühte, die aufgewühlten Wogen zu glätten, wie ich es früher getan hatte. Doch in letzter Zeit war ich weniger fügsam, weniger nachgiebig, gedrückter. „Ich habe es auch verdient, Will", fauchte ich.

Will war verdutzt. „Aber selbstverständlich."

Da ich wußte, daß ich gemustert wurde, rückte ich die Krempe zurecht, was mir bessere Sicht auf die gegenüberliegende Bankreihe gab. Es gehörte zu meiner Funktion, mich mustern zu lassen, und so hatte ich meine Garderobe mit Bedacht gewählt. Ein tailliertes schwarzes Kostüm, das nicht „Extravaganz!" kreischte, mäßig hohe Absätze und einen warmen, ansprechenden Lippenstift. Der Gesamteindruck war schick, raffiniert (aber nicht *zu* raffiniert), genau so, wie es sich für eine Frau mit Selbstbewußtsein und festen Überzeugungen gehörte, die gründlich für ihre Position abgerichtet worden war. Eine gute Ehefrau eben. Ich wußte das, weil es mehrerer Versuche, und nicht weniger verworfener Ensembles, bedurft hatte, um es richtig hinzukriegen.

Will holte mich mit einem Stups in die Realität zurück. Es war eher nett und freundlich als gebieterisch gemeint. Wir funktionierten mittels Stupsern, mein Mann und ich, kleinen mahnenden Hinweisen an unsere Pflicht, unsere Aufgaben, unsere Partnerschaft. In der Anfangszeit stupste auch ich. Inzwischen war ich, aus verschiedenen Gründen, mehr die Gestupste – aber ich sagte mir, daß sich, mit der Zeit, auch das ändern würde.

Ich ließ meine Hand kurz auf Wills Oberschenkel ruhen, da ich genau wußte, daß ihn diese subversive, suggestive Berührung aus dem Konzept brachte.

Auf der anderen Seite von Will saß Matt Smith, der neue Vorsitzende des Kreisverbandes, der Diplome von Warwick und Harvard vorzuweisen hatte und große Erfahrung aus Denkfabriken mitbrachte. Er trug stets Leinenanzüge, kragenlose Hemden und Schnürstiefel und sprach von verändertem Wählerverhalten und Zielgruppen. Er war, wie er betonte, ein Profi.

Auf der anderen Seite von mir zupfte Chloë an den Nagelhäutchen ihrer linken Hand herum, an der, nach letzter Zählung, fünf silberne Ringe prangten, darunter ein Daumenring, den ihr Sacha, ihr Vetter, von seinem letzten Engagement im Norden mitgebracht hatte. „Es ist *dein* Job, auf die Beerdigung von alten Schachteln zu gehen, nicht meiner“, hatte sie wütend zu Will gesagt. „Außerdem glaube ich nicht an Gott.“

„Damit gehörst du zur Mehrheit“, teilte Will ihr, in aller Ruhe, mit und ordnete Fraktionszwang an.

Vermutlich weist jedes geteilte Leben, jedes eigenständige Leben blutige Flecken und bleibende Spuren zwangsläufiger Kompromisse auf. Manchmal auch den dumpfen Schmerz eines kleinen Martyriums.

Jetzt blickte Chloë versonnen zu den Pilgern auf. Mit ihren hellen Haaren und den dunklen Augen war sie eine kleinere, unendlich zartere Version ihres Vaters. Eines Tages würde sie eine Schönheit sein, und diese Aussicht bereitete mir große, uneingeschränkte Freude.

Die Trauergemeinde sang ein Lied, und Will brachte die Gedenkrede mit Anstand über die Bühne. Ich hörte nur mit halbem Ohr hin – sein Privatsekretär hatte mich vorher angerufen und um hilfreiche Tips gebeten. „Sie hatte ein großes Herz“, hatte ich gesagt, denn ich hatte Pearl liebgewonnen.

„Schätzchen“, bemerkte Will später, „das war nun *wirklich* nicht das Passende.“

Wieder hatte ich ihn aus heiterem Himmel angefahren: „Halt die Klappe, Will. Halt einfach die Klappe. *Bitte!*“

„Was ist eigentlich mit dir *los*, Fanny?“, fragte er, ein wenig verwirrt, ein wenig gereizt.

Nach der Trauerfeier verschwand Chloë. Beim anschließenden Empfang trösteten Will und ich den noch unter Schock stehenden Paul Veriker und gingen dann, mit Mannochie im Schlepptau, nach Hause. Das war ganz normal. Genau wie alle anderen war auch Wills persönlicher Referent irgendwie in unseren Haushalt integriert worden. „Eigentlich bist du mit *ihm* verheiratet", hatte ich mehr als einmal zu Will gesagt.

Auf dem Weg nach oben blieb ich auf dem Treppenabsatz stehen. Die Dämmerung brach schon an, diese wunderbare, geheimnisvolle Stunde des Tages, in der ich das Spiel Das-Licht-erst-im-allerletzten-Moment-anschalten spielte. In dieser Übergangsphase zwischen Hell und Dunkel reagiert der Beobachter besonders empfindlich auf Gegenstände und auf die Beschaffenheit von Licht und Schatten, von Frieden, Glück, Enttäuschung, Ruhelosigkeit ...

Wie so viele Dinge hatte sich auch der Blick aus dem pseudogotischen Fenster verändert. Eines der beiden Felder, auf die wir blickten, war verkauft und mit zwanzig Einfamilienhäusern bebaut worden. Das zweite Feld hatte überlebt, und über den Buchen krächzten und schwärmten noch immer die Krähen.

Ich stützte mich auf das Fensterbrett. Ich kannte mich inzwischen besser und hatte gelernt, daß, wenn ich ganz still war, etwas Unerwartetes aus den Tiefen meines Geistes auftauchen konnte. Manchmal ein flüchtiger Gedanke. Manchmal ein Geistesblitz oder ein logischer Schluß. Aber das Wichtigste dabei war immer das Überraschungselement, und so begann ich, das Entzücken der Entdeckung herbeizusehnen. Ich glaube, es war die heilige Teresa, die schrieb, daß die Seele viele Räume hat. Das trifft auch auf das Leben zu, und auf die Ehe. Und auf das Muttersein. Ich war zunehmend begieriger darauf, in jeden einzelnen hineinzuleuchten.

Doch an diesem Abend kam nichts, abgesehen von einem leisen Anflug von Verzweiflung, der mir Tränen in die Augen treten ließ. Warum wußte ich nicht.

Ich wischte sie ab und ging hinauf in unser Schlafzimmer, wo ich das Kostüm auszog, es ausbürstete, auf einen Bügel hängte und Jeans anzog.

Unser Schlafzimmer war die reinste Rumpelkammer. Ein Zimmer, das dazu verleitete, Plunder zu deponieren, unter anderem einen Schemel mit zwei Kätzchen in Petitpoint-Stikkerei, den Will sich bemüßigt gefühlt hatte, auf einem Wohltätigkeitsbasar zugunsten einer Krebshilfe zu kaufen. Wann immer ich das Ding ansah, starrte es vorwurfsvoll zurück: erstens, weil ich es nicht ausstehen konnte, und zweitens, weil ich nichts damit unternommen hatte.

In anderen Milieus, in die ich gelegentlich einen Blick werfen konnte, hauptsächlich in Chelsea und den feineren Grafschaften, wurde Innenausstattung ernster genommen. Dort bildeten die Häuser den Rahmen für schwere, edle Materialien, die von Kosten und Mühe zeugten. An den Wänden schimmerten professionell aufgetragene Originalfarben, und niemand hätte es gewagt, in diesen Räumen einen Schemel mit Petitpoint-Kätzchen zu deponieren. Unser Haus war schlichte, einfache Hausmannskost. (Ökonomisch, brachte Will mit dem Grinsen vor, das, zu Beginn unserer Ehe, mein Herz Purzelbäume schlagen ließ.) Es war zweckmäßig und solide, ein letztes Aufbäumen viktorianischer Gotik, stellenweise häßlich und mit Farben aus dem örtlichen Heimwerkermarkt gestrichen. Ich hatte es nie sonderlich gemocht, mich nie bemüht, es zu verschönern oder schicker zu machen. Wir zokkelten nebeneinander her, das Haus und ich.

Amy Greene, die Frau eines ausscheidenden Hinterbänklers, hatte mich einmal über ökonomisches Verhalten belehrt. Um zu überleben (kam es aus ihrem geschlagen wirkenden Mund), ist es erforderlich, mit Erwartungen ökonomisch umzugehen. Ich hatte mit ihr – oder gar mit Will – nicht über die kleinen geistigen Sparmaßnahmen gesprochen, die sich in den Alltag einschleichen. Sie wurden schleunigst außer Sichtweite verstaut und niemals erwähnt.

Ich zog den Bettüberwurf glatt. Der zumindest war wunderschön. Es war ein traditioneller amerikanischer Quilt, den mir Sally, meine Mutter, geschickt hatte, alt und ausgebleicht, mit exquisiten Stichen und großer Sorgfalt angefertigt. Das entzückte mich immer wieder aufs neue.

Unten in der Küche machte Mannochie Tee und Will führte ein Telefongespräch. Sonntags kam Mannochie oft auf Zehenspitzen ins Haus geschlichen, um mit uns zu frühstücken, und wenn ich, noch schlaftrunken, in die Küche kam, empfing mich der einladende Geruch von brutzelndem Speck. Es war daher nicht verwunderlich, daß er mir Kuchen aus meiner eigenen Dose anbot. „Den hat Brigitte extra für euch beide gemacht", sagte ich. Brigitte war unser Au-pair-Mädchen nebst Haushälterin für den Sommer. Ich schnitt zwei Scheiben ab und legte das Messer in die Spüle, bewußt außer Reichweite. Ich sah Mannochie beim Essen zu und stellte mir vor, wie sich die süßen Krümel auf seiner Zunge auflösten.

„Was macht dein Sohn?", fragte ich.

Mannochie konnte ein Lächeln nicht unterdrücken. „Entwickelt sich zu einem Sportler. Und zum schnellsten Läufer seiner Schule."

Informationen über Mannochies Privatleben wurden nicht oft herausgerückt, auch nicht nach der unerwarteten späten Heirat, aus der ein farbloses, stilles Kind hervorgegangen war, das gelegentlich bei uns auftauchte und am Küchentisch Fischstäbchen vorgesetzt bekam.

Will legte den Hörer auf. „Glaubst du, daß Matt Smith seine Sache gut machen wird? Es ist nicht leicht, in Pearl Verikers Fußstapfen zu treten."

Eine Andeutung von Humor huschte über Mannochies Miene. „Er will unbedingt Frauen und Minderheiten fördern."

Ich sah Will an. „Dann paß lieber auf."

Will sandte mir sein privates Signal – ein winziges Anheben der Augenbrauen –, das besagte: „Das war ein Witz." Oder: „Du hast recht." Oder: „Danke." Oder alle drei gleichzeitig.

Nachdem Mannochie weggefahren war, um Mrs. Mannochie vom Schwimmbad abzuholen, verzog sich Will in sein Arbeitszimmer, um sich dem roten Koffer zu widmen. Ich machte mir in der Küche zu schaffen, sah nach, was fehlte, und schrieb Einkaufslisten, als das Geräusch lauter Stimmen aus Megs Teil des Hauses herüberdrang.

Wills Schwester lebte schon sehr lange mit uns in dem Haus in Stanwinton, und es hatte reichlich Gelegenheit gegeben, über fast alles zu streiten, einschließlich darüber, was für uns „gut und anständig sein" bedeutete. Meg war so blond und zart wie ich dunkelhaarig und groß war und sah aus wie ein Engel. „Ich bin ein hoffnungsloser Fall", sagte sie einmal, „durch und durch schlecht." Sie seufzte und warf mir einen scharfen Blick zu. „Ich Ärmste. Aber du bist gut, Fanny." Sie war in ihrer sarkastischsten Stimmung. „Das, was mir abgeht."

Mit Fingern, die plötzlich unbeholfen geworden waren, schraubte ich den Deckel einer Flasche Olivenöl zu. Ein Tumult dieser Art hatte gewöhnlich nur eines zu bedeuten – und das Haus war längere Zeit davon frei gewesen. Meg hatte wieder getrunken. Nicht gerade jetzt, dachte ich. Und dann: Warum gerade jetzt, Meg? Du hattest dich doch so im Griff.

Will hatte es sicher gehört – und seine Lippen waren bestimmt weiß geworden. Ich hatte mehrere Jahre gebraucht, um dahinterzukommen, daß dies Angst, Abscheu und Liebe gleichermaßen bedeutete und daß es meine Aufgabe war, Will abzuschirmen. „Ich geh rüber", rief ich.

Ich ging durch den Korridor, der über die gesamte Länge des Hauses verlief, und betrat Megs Bereich. „Sacha?"

„Hier oben, Fanny."

Ich fand ihn in Megs Schlafzimmer, wo er den schlaffen Körper seiner Mutter aufs Bett bugsierte, und eilte ihm zu Hilfe. Meg lag zusammengekrümmt auf der Seite und atmete hörbar ein und aus. Ich strich ihr das Haar aus der Stirn. „Ich hätte nach ihr sehen sollen."

Sacha brachte ihre Beine in eine bequemere Lage. „Sie ist schon den ganzen Tag zugange." Mühsam fügte er hinzu: „Tut mir leid."

„Du kannst doch nichts dafür." Ich bückte mich, um eine Whiskyflasche vom Boden aufzuheben. Sie war noch dreiviertel voll. „Ich glaube nicht, daß sie furchtbar viel getrunken hat, Sacha."

„Aber genug."

„Sie hat sich in letzter Zeit großartig gehalten und überhaupt nicht getrunken, während du weg warst." Sachas Nu-Metal-Band bemühte sich, endlich den Durchbruch zu schaffen, und er war oft auswärts auf Tour.

Sacha zuckte zusammen, und ich hätte mir einen Tritt geben können. „Sacha, es hat nichts mit *dir* zu tun. Der Grund ist nicht, daß du wieder da bist... sondern die Jahreszeit, eine unerwartete Rechnung oder..."

„Ich weiß. Sie hat heute mit meinem Vater telefoniert. Anscheinend will er mit ihr über die Unterhaltszahlung verhandeln. Wahrscheinlich war es das."

„Ja." Meg war nie darüber hinweggekommen, daß Rob sie verlassen hatte, als Sacha noch klein war. „Mit deinem Vater zu sprechen, ist immer heikel für sie."

„Ich weiß", sagte er wieder. Seine Stimme klang viel zu müde für einen Vierundzwanzigjährigen. Ich schlang die Arme um meinen Ersatzsohn. Er roch so sauber. Er roch immer sauber, ganz egal, in wie vielen verqualmten, nach Alkohol stinkenden Kneipen er auftrat. „Du darfst nicht verzweifeln."

„Tu ich auch nicht", sagte er wider besseres Wissen.

„Soll ich bei ihr bleiben?"

Sacha schob mich sanft zur Tür. Das ging nur ihn und seine Mutter an, und er wollte, daß es so blieb – weil es so schrecklich und so persönlich war.

Megs verlorener Kampf war an der Spur der halbleeren Kaffeetassen in der Küche abzulesen. Die neben dem Telefon war noch voll und kennzeichnete den Moment der Niederlage. „Tee und Kaffee sehen so unattraktiv aus", sagte Meg. „Ich kann mich nicht mit ihnen anfreunden." Aber wenn es um das Rubinrot und Topasbraun von Weinen und Spirituosen ging, *dann* sah die Sache *ganz* anders aus.

Wie konnte ich, ausgerechnet ich mit meiner Passion für Weine, da widersprechen?

„Ich hasse dich, weil du weißt, wann du aufhören mußt", hatte Meg mir einmal ins Gesicht geschleudert.

Ich sammelte die Tassen ein und spülte sie, schrubbte wütend an den braunen, hartnäckigen Rändern herum. Meg hatte nicht nur die wichtigen Momente im Leben ihres Sohnes verdüstert, sondern auch die Angst in ihm eingepflanzt, daß er eines Tages so werden könnte wie sie.

Ich blickte von der Spüle auf und sah draußen, schattenhaft in der Dämmerung, eine Füchsin am Blumenbeet entlangschleichen. Sie war dünner als ein Londoner Fuchs. Man sagt, daß Füchse in der Großstadt am sichersten sind, doch ich frage mich, ob sie nicht eine genetische Erinnerung aus der Vergangenheit besitzen, die ihnen zu schaffen macht. Vermissen sie den Geruch des reifen Korns im Sommer? Die Schärfe des mit Reif bedeckten Grases?

Oben war Will bereits im Bett, und ich legte mich neben ihn. „Ist sie... ist alles in Ordnung mit ihr?"

„Sie schläft."

„Weißt du, was diesmal der Auslöser war?"

Ich überlegte. „Rob hat angerufen und wollte mit ihr über den Unterhalt reden, aber ich vermute, daß es mit unserem Hochzeitstag zu tun hat."

Wir sprachen noch ein Weilchen darüber. Dann kratzte sich Will am Kopf. „Ich würde viel darum geben, zu wissen, daß Meg endlich glücklich und wieder im Lot ist." Er drehte sich zu mir. „Sie hat dir viel zu verdanken, Fanny. Genau wie ich."

Meine Gefühle für Meg mochten ambivalent sein, aber Dank von Will zu bekommen, tat ausgesprochen gut.

Er rutschte unruhig hin und her. „Was hältst du für das beste, Fanny?“, sagte er. „Meinst du, wir sollten mehr Hilfe für sie organisieren? Würdest du das übernehmen?“

„Das könnte ich zwar, aber es wäre besser, wenn du mit ihr reden würdest. Vielleicht braucht sie ein bißchen mehr Zuwendung von dir.“

Er dachte darüber nach. „Im Moment habe ich dafür keine Zeit. Aber ich kümmere mich um sie, sobald ich kann. Versprochen.“

Kapitel 2

Es war Montag und acht Uhr morgens, als unten Leitung zwei, die für den Wahlkreis reservierte Leitung, klingelte. Das war nichts Ungewöhnliches.

„Geh du dran." Will war noch schlaftrunken. Er rollte sich im Bett zusammen und zog die Daunendecke über die Schultern. *Geh weg, Welt*. Er machte das sehr gut.

Ich hatte meine Jeans schon an, war aber noch nicht bis zum Pullover vorgedrungen. Morgendliche Kühle streifte meine Wangen, als ich nach unten tappte. Von mir wurde zwar viel verlangt, aber mich mit einem von Wills Wählern zu befassen, bevor ich angezogen war, stand nicht oben auf der Liste.

„Mrs. Savage..." Ich kannte die Stimme.

„Hallo, Mr. Tucker. Von wo rufen Sie an?"

„Vom Himmel Nummer neun."

Mr. Tucker veränderte seinen Standort je nachdem, welche Medikamente er gerade nahm. „Mr. Tucker, sind Sie allein?"

„Man ist nie allein, Mrs. Savage. Ich möchte mich über den Mangel an Engeln in Stanwinton beschweren."

Das schien mir eine höchst lobenswerte Beschwerde zu sein. „Damit haben wir uns doch schon letzte Woche befaßt, Mr. Tucker. Erinnern Sie sich?"

Stimmen im Hintergrund drängten Mr. Tucker, den Hörer aufzulegen und mitzukommen. „Auf Wiederhören, Mr. Tukker. Es war nett, mit Ihnen zu plaudern."

Mr. Tucker lebte in seiner eigenen Welt, aber wie Will argumentierte, kommt es bei einer Wahl auf jede Stimme an. „Du willst sagen, daß das Personal in Mr. Tuckers Altenheim dich wählen soll", sagte ich. „'Dieser *nette* Mr. Savage... nimmt sich *immer* Zeit...'"

„Sehr richtig. Im übrigen sollte ein Mitglied des Unterhauses sowohl Verrückten als auch Normalen zuhören", verkündete er.

„Das wirft ja ein ganz neues Licht auf das Parlament", sagte ich.

In der Diele standen Putzmittel und Eimer herum, was darauf hinwies, daß Malika früher als sonst gekommen war. Malika war mein Engel und meine Retterin, und andere Ehefrauen – insbesondere meine Freundinnen – haßten mich deswegen. Ich verstehe das vollkommen. Man kann eine andere Frau um ihre Schönheit oder ihren Verstand beneiden, aber hassen tut man sie nur, wenn ihr Haus sauber und gepflegt ist. Malika war ein Bosnien-Flüchtling entfernt arabischer Abstammung, daher der Name, und war eines Tages in Wills Sprechstunde erschienen und hatte um Arbeit gebettelt. Will hatte die Angewohnheit, Probleme mir zuzuschieben und tat dies auch in diesem Fall. „Mrs. Savage, ich habe zwei Töchter und vier Enkelkinder, muß verdienen Essen für sie", sagte sie. Was sollte ich da sagen?

Während der ersten Woche ihres Regiments zerschlug sie zwei Porzellanfigurinen und verschüttete Bleichmittel auf dem Teppich des Treppenabsatzes. Der marineblaue Flor wies seither drei fast perfekte weiße Kreise auf. „Betrachte sie als Symbole", sagte ich zu Will, „unserer Verpflichtungen." Will hatte das nicht gleich auf Anhieb kapiert, was wieder einmal bewies, daß er sich so sehr mit der *Theorie* befaßte, daß die *praktische* Seite oft über seinen Horizont ging. Im Gegensatz zu Malika: Sie machte es sich zur Aufgabe, in meinem Haushalt aufzugehen und war seit zehn Jahren treu und brav zweimal in der Woche erschienen, um sich die Wäscheberge vorzunehmen, die Gezeitenmarken in der Badewanne und die Kalkablagerungen an den Wasserhähnen zu entfernen, dem Staub auf dem Fensterbrett des Treppenabsatzes und den merkwürdigen Flecken zu Leibe zu rücken, die sich unerklärlicherweise im Kühlschrank bildeten. Wenn sich Dreck, Unordnung und Chaos wie Sumpfgas oder eine Seuche in den Zimmern breitmachten, betrachtete Malika das häusliche Tohuwabohu unbeirrt von einer Warte aus, die mich sprachlos machte: „Ist *sicher* hier", sagte sie. „Gut."

Ich bahnte mir einen Weg durch das Strandgut aus Bleichmitteln, Möbelpolitur und Staubwedeln und spürte dessen Verursacherin in der Küche auf, wo sie mit dem Kopf im Backofen vor dem Herd kniete – eine Körperhaltung, die so manche Politiker-Ehefrau (jede Ehefrau?) von Zeit zu Zeit schon in Betracht gezogen hat. „Ist schlimm, Mrs. Savage." Ihre Stimme klang dumpf. „Sähr schlimm."

Sie meinte den Backofen, doch die Bemerkung hatte etwas Allgemeingültiges.

Ich setzte Wasser auf und machte Toast. „Essen Sie etwas, Malika."

Sie hievte sich hoch und nahm Platz. Ich stellte ihr Kaffee und zwei dicke Scheiben Toast hin: Ich wußte, daß sie am Essen sparte, damit die übrige Familie genug bekam. *Tengo famiglia*, wie Alfredo, mein italienischer Vater, zu sagen pflegte. „Halte auf die Familie, Francesca. Wir mögen Sünder und Versager sein, doch *das* müssen wir immer beherzigen." In diesem Punkt waren sich Malika und mein Vater absolut einig. Nicht daß Malika viel darüber geredet hätte – sie schämte sich ihres Flüchtlingsstatus' und hatte schreckliches Heimweh.

„Haben Sie von Ihrem Mann gehört?"

Poitr war in Bosnien zurückgeblieben, um zu kämpfen. Oder zumindest auf das Haus der Familie aufzupassen. Nicht daß die Trennung Malika viel ausgemacht hätte. „Puh, der Mann ist schlimm." Doch von einer Scheidung war nicht die Rede. „Er ist mein Ehemann. Fertig."

Sie aß gerade die dritte Scheibe Toast, als ein frischer, putzmunterer Will erschien. Egal, wie spät wir ins Bett gekommen waren, immer wirkte er topfit und bereit... auf jeden Fall die

Theorie anzupacken. Malika stopfte sich den Rest des Toasts in den Mund und sprang auf. „Morgen, Mr. Savage. Ich machen weiter."

Will erlitt nicht oft Schiffbruch, doch alle seine Versuche, Malika dazu zu bringen, ihn Will zu nennen, scheiterten. „Mr. Savage" verstieß gegen seine Prinzipien und war ihm unangenehm. Sagte er zumindest.

Er frühstückte schnell und konzentriert und nahm sich dann die Zeitungen vor. Danach gingen wir unsere Terminkalender durch und stimmten sie miteinander ab. Seiner war natürlich voll. „Schaffst du die Cocktailparty für die Tagung der EU- und Commonwealth-Finanzminister am siebzehnten?", fragte er. „Und am einundzwanzigsten findet ein Abendessen für die gleichen Leute statt. Aber in kleinerem Rahmen, intimer. Ich zähle auf dich, Fanny."

Ich blätterte weiter. Die Tagung war aus allen möglichen Gründen wichtig, nicht zuletzt deshalb, weil Will auf englischer Seite an der Spitze einer kontroversen europäischen Initiative stand, jeden mit einer Steuer zu belegen, der einen Zweitwagen besaß. Natürlich gingen alle auf die Barrikaden: die Automobil-Lobby, die Landbevölkerung, die Handelsvertreter und jeder, der auf öffentliche Verkehrsmittel angewiesen war. Doch Will glaubte daran, weil, wie er erklärte, es nur recht und billig war, diejenigen zu besteuern, die einen Lebensstandard genossen, der es ihnen erlaubte, einen Zweitwagen zu besitzen. „Wir würden der Welt ein Beispiel geben", sagte er. „Und das sollten wir auch. Das *müssen* wir auch."

Ich legte den Zeigefinger auf den siebzehnten. „Da habe ich vormittags eine Obdachlosen-Sitzung. Danach kann ich mir unseren Zweitwagen schnappen und losdüsen, falls es keine Staus gibt."

Will unterdrückte ein Lächeln. „Sei nicht gemein. Kümmerst du dich um Antonio Pasquale? Bring dein hinreißendes Italienisch zum Einsatz. Ich muß sicherstellen, daß er mit im Boot ist. Aber sei taktvoll, ja?"

„Will, schau mich an. Was siehst du?“

Er beugte sich zu mir und legte die Hand unter mein Kinn. „Dich natürlich.“ Er hatte seine Bin-total-beschäftigt-Miene aufgesetzt, doch seine Augen waren sanft, und wie üblich schmolz ich dahin.

Und was sah *ich*? Sein Haar war jetzt kürzer als damals, als ich ihn kennenlernte, aber wesentlich besser geschnitten. Sein Kinn war heutzutage eher straffer als sein Bauch... aber darauf will ich nicht näher eingehen. Und in seinen dunklen Augen leuchtete noch immer, von Zeit zu Zeit jedenfalls, eine Mischung aus Idealismus und einer Spur Verletzlichkeit auf, die er peinlichst bemüht war, nur diejenigen sehen zu lassen, die er liebte.

Eigentlich wie immer.

„Wie lange mache ich den Zirkus jetzt schon für dich mit?“ Er hatte soviel Anstand, verlegen zu werden. „Ich bin nicht *völlig* unbedarft.“

„Ja, schon, aber... ich will nur sicher sein, daß du weißt, *um was es geht.*“ Will nahm seine Hand weg und stürzte sich in eine explizite Erläuterung des Warum und Weshalb der geplanten Steuer, die, zugegebenermaßen, ziemlich heikel war.

Ich hörte zu, wie schon so oft. Einerseits hatte Will recht: Die Steuer würde eine Lanze für eine bessere, grünere Welt brechen und mehr Geld für nützliche Projekte einbringen. Andererseits hätten normale Familien darunter zu leiden, die Schlangen an den Bushaltestellen würden kein Ende nehmen, Arbeitsplätze könnten gefährdet sein. Wills Lächeln verwandelte sich in das des professionellen Redners, und seine Stimme schwoll an und ab, wurde lebhafter, verschärfte sich, bleute die entscheidenden Punkte ein. Er lehnte sich im Stuhl zurück, der Inbegriff des rationalen Denkens, der Autorität, das Ganze unterstrichen durch das Gewicht seiner Erfahrung, und er wußte es.

Und ich wollte an seiner Seite sein – doch mehr und mehr wurde mir bewußt, daß ich das fast mystische Sendungsbewußtsein und die Fähigkeit, an eine Mission zu glauben, verloren hatte. Mit einem Idealisten verheiratet zu sein, war etwas anderes, als selbst einer zu sein. Ich war durch den Kleister der Routine und des häuslichen Lebens abgestumpft und durch die gleichermaßen zwingenden Verpflichtungen des Muttерseins abgelenkt worden.

„Du siehst also“, sagte Will und lächelte mich an.

Nicht übel, dachte ich anerkennend. Im Laufe der Jahre hatte Will eine gewisse Naivität abgelegt. Das war auch bei mir so – war bei jedem so. Wir waren vorsichtiger, realistischer, unendlich dankbar für die kleinen Triumphe, wenn eine Taktik Erfolg hatte, ein Wähler zufriedengestellt war. Wir kannten unsere Grenzen jetzt besser – o ja, viel, *viel* besser. Und wir wußten, denn wir hatten darüber diskutiert, daß der persönliche Ehrgeiz direkt proportional zu der dahinschwindenden Naivität gewachsen war.

Einen Moment lang herrschte Schweigen.

„Was ist das Beste für die Bewohner ländlicher Gebiete?“, fragte ich, weil auch diese Seite des Themas angesprochen werden mußte.

Will hielt mir seine Tasse hin, damit ich ihm Kaffee nachschenkte. „Fanny“, sagte er in warnendem Ton, „wir können uns keine unsicheren Kantonisten leisten. Sonst werden wir fertiggemacht.“

Er meinte von der Presse. Nicht zum ersten Mal dachte ich, wie seltsam es doch war, daß Verrat an und Abweichen von der Parteilinie soviel breiteren Raum einnahmen als Loyalität... oder Treue.

Nein, streichen Sie das.

Auf letzteres war ich nicht gefaßt gewesen, und von Zeit zu Zeit traf es mich noch immer. Aber ich hatte gelernt, mit den Verletzungen, die es zufügte, umzugehen.

Will drang weiter auf mich ein: „Ich weiß, was du denkst, Fanny, aber wir müssen etwas unternehmen, bevor die ganze Welt erstickt.“ Er brach ab. „Warum siehst du mich so an?“

Ich schüttelte den Kopf. „Nichts weiter.“

Wenn ich Will in letzter Zeit betrachtete, spürte ich nichts mehr von dem goldenen Licht, in das er, als ich mich in ihn verliebte, von Kopf bis Fuß getaucht war. Ich sah die Dinge jetzt anders, und Will war lediglich ein Teil eines größeren Kontextes: Familie, Heim, Verpflichtungen. Mit meinen Vierzig plus hatte ich vieles gelernt, nicht zuletzt, andere Prioritäten zu setzen. Vielleicht war es besser so, vernünftiger allemal. Trotzdem trauerte ich dem goldenen Licht nach. Es fehlte mir ebenso wie die Intensität meines Verlangens, herauszufinden, was Will *war*, und wie mein leidenschaftlicher Wunsch, ihn zu besitzen, und daß er mich besaß.

Wieder wanderten die Augenbrauen über den braunen Augen nach oben. Diesmal hieß das: „Laß uns das klären." „Gib der Sache eine Chance, Fanny... ja?" Er lächelte, wollte, daß die alte Intimität uns wieder verband. Falls ich mitspielte, wäre Will beruhigt und überzeugt, daß wir uns auf dem richtigen Weg befanden.

„Vertraust du mir?"

„Sollte ich?"

Er gähnte theatralisch. „Bin ich mal wieder bombastisch?"

In der Politik, genau wie überall, wo es um Macht geht, war es schwierig, alle Facetten der eigenen Person beisammenzubehalten, und es war nicht leicht, gegen den Strom zu schwimmen. Ich verstand das vollkommen.

Er stand auf. „Jag mir um Himmels willen eine Nadel in den Leib, wenn ich fett, langweilig oder bombastisch werde." Er sah einen Moment lang angewidert aus. „Aber wenn ich es mir recht überlege, läßt du es vielleicht besser bleiben."

„Wäre es denn so leicht, den Ballon platzen zu lassen?"

Er beugte sich über mich und flüsterte: „Die Antwort darauf kennst nur du."

Draußen in der Einfahrt kam die Minister-Limousine mit einem diskreten Hupton zum Stehen. Will stopfte seine Unterlagen in die Aktentasche. „Dann bis Freitag."

Ich blieb regungslos sitzen. Wills Hand legte sich schwer auf meine Schulter. „Fanny... zum Thema Meg."

„Ist sie denn ein Thema?"

Meg war nie ein Thema gewesen. Sondern immer eine Tatsache. Eine vollendete Tatsache, die im Zentrum unserer Ehe stand.

Der Druck auf meiner Schulter wurde fast unerträglich. „Nein", erwiderte er. „Nein, das ist sie nicht."

Die Eltern von Meg und Will hatten sich bei einem spektakulären Autounfall umgebracht. Die Trümmer des Wagens waren so ineinander verkeilt, daß sich kaum mehr feststellen ließ, wer den Wagen gefahren hatte, doch das war gewissermaßen irrelevant. Beide waren Alkoholiker, und die Bluttests ließen darauf schließen, daß keiner der beiden am Steuer hätte sitzen dürfen.

Die Kinder wurden von Großeltern aufgezogen, die damit überfordert waren. So war es schließlich Meg, die vier Jahre älter war als Will, die kochte, putzte, beschützte und anleitete. Sie fragte Will mühsam französische Vokabeln ab, schlug sich mit seiner Algebra herum und hatte, als er das Haus verließ, um Jura zu studieren, vergessen, an sich selbst zu denken. „Es war, als hätte ich ein Vakuum in mir, das meine eigene Person aufsaugte", gestand sie einmal, kurz nachdem sie zu uns gezogen war, „und diese Leere konnte ich nur auf *eine* Art füllen."

Als sie Rob heiratete, der ebenfalls Anwalt war, hatte sie heimlich, verstohlen getrunken, die Sache aber anscheinend im Griff gehabt. Erst als Sacha geboren war und die nervliche Belastung ihrer Ehe mit einem vielbeschäftigten Mann offenkundig wurde, begann Meg die Kontrolle zu verlieren. Schließlich sagte Rob, daß er nicht mehr mit ihr leben könne. Dann teilte er ihr mit, daß er eine andere gefunden hatte, die ihn und Sacha anständig versorgen werde.

„Das ‚anständig' war das, was am meisten weh getan hat", sagte Meg.

„Meg wurde meine Mutter", sagte Will, als er mich fragte, ob sie zu uns ziehen könne, „und mein Vater. Sie gab alles auf, damit ich es gut hatte."

Als Will gegangen war, ging ich nach oben. Unser Schlafzimmer roch noch miefig von der vergangenen Nacht, und so riß ich das Fenster auf. Ein Mann, der eine leuchtend orangefarbene Jacke trug, ging die Straße entlang, und die Farbe prägte sich, grell und schreiend, meiner Netzhaut auf. Er schien es nicht eilig zu haben und wirkte weder traurig noch glücklich, lediglich unbeteiligt.

Genauso ging es mir.

Ich machte das Bett und zog den Quilt meiner Mutter darüber. Mit dem Zeigefinger fuhr ich den Baum mit den roten Kirschblüten nach. Eines der Deckblätter wies unregelmäßige Steppstiche auf. Ich fragte mich oft, wer wohl die Näherin gewesen war und warum sie diesen Fehler gemacht hatte. War es Absicht? Eine Geste der Wut, der Auflehnung oder der Verzweiflung?

Wills Sachen von der letzten Woche waren auf einem Stuhl aufgestapelt, und durch lange Praxis geübt, begann ich sie zu sortieren – Wäschekorb, Kommode, Schrank. Heutzutage waren seine Krawatten aus Seide, und seine Hemden waren weich und teuer, hatten Pastellfarben und Stäbchen in den Kragenecken. Manchmal vergaß ich, sie zu entfernen, manchmal nicht.

Mit einem Hemd in der Hand setzte ich mich aufs Bett und drückte das Gesicht in den Stoff. Es roch nach Will, dem Will, den ich immer geliebt hatte.

Es klopfte an der Tür. „Fanny, sind Sie da?" Ohne auf Antwort zu warten, steckte Brigitte den Kopf zur Tür herein. „Da sind Sie ja."

Schuldbewußt ließ ich das Hemd fallen. Obwohl Brigitte nur ein temporärer Bestandteil unseres Haushalts war, übte sie doch diese Wirkung auf mich aus, und ich hatte einen so gewaltigen Respekt vor ihr, daß ich nie ganz sicher war, ob sie bei mir angestellt war oder ich bei ihr.

Brigitte, die aus dem hintersten Österreich kam, mißbilligte die häuslichen Verhältnisse der Savages – Megs Absonderlichkeit, Sachas Kommen und Gehen, Chloës Aufsässigkeit – und hatte eine Art, dies zu zeigen, die dem Ganzen eine tiefere Bedeutung verlieh. Als Taktik fand ich das bewundernswert.

Sie warf einen Blick auf das Familienfoto auf der Frisierkommode. Es schien heute ihr besonderes Mißfallen zu erregen. „Die Einkaufsliste, Fanny. Ich kann sie nicht finden."

„Ach ja." Ich griff nach dem Notizblock, der immer neben dem Bett lag, riß das oberste Blatt ab und reichte es ihr. Brigitte überflog es. „Sie haben die Möbelpolitur vergessen." Sie tippte sich mit dem Finger an die Nase. „Ich vergesse nichts. Auch nicht das Brot."

Sie fuchtelte mit ihren großen, zupackenden Händen herum, was besagte, daß sie nichts mehr begehrte, als die Savage-Ménage wohlverproviantiert zu wissen. Eine Aufgabe, die ihr Autorität und Bestimmung zu geben schien. In ihrer Heimat war Brigitte aktives eingeschriebenes Mitglied der Grünen und wusch sich die Haare mit Seife und *nie* mit umweltschädlichem Shampoo. Das war ein Opfer, das es sich zu bringen lohnte, hatte sie verkündet. In Anbetracht des Zustands ihrer Haare muß ich leider sagen, daß ich anderer Meinung war.

„Ich nehme die schmutzige Wäsche mit." Sie rauschte an mir vorbei, riß die Sachen an sich und stapfte nach unten. Das Geräusch lauter Stimmen sagte mir, daß sie und Malika sich mal wieder den Platz in meinem Heim streitig machten.

In der Hand ein Frühstückstablett mit zerdrückter Banane, Toast und Tee, klopfte ich an Megs Schlafzimmertür. Ein schwaches „Herein" war zu hören.

Im Zimmer roch es nach Whisky. Meg lag auf der Seite, und ich zog die Vorhänge auf.

Sie riß den freien Arm hoch und drückte ihn auf die Augen. „Ich nehme an, es ist mal wieder eine Entschuldigung fällig."

„Das liegt bei dir."

„Dann nicht." Sie setzte sich mühsam auf.

Ich reichte ihr eine Tasse Tee. „Trink das runter."

Zwischen zwei Schlucken fragte sie: „Ist Sacha okay?"

„Er hat Wache gehalten. Wahrscheinlich schläft er jetzt."

Meg lächelte schief. „Sacha sagt, daß er seine Songs spät in der Nacht schreibt. Er sagt, daß sein Geist dann aufnahmefähiger und produktiver ist."

„Wirklich?" Ich wußte, was Sacha meinte. Als Chloë ein Säugling war, stellte das Stillen zu nächtlicher Stunde eigenartige, bewußt empfundene Pausen dar, in denen ich, das Kind an meiner Brust, frei von häuslichen Pflichten war und mir gestatten konnte, mich zu mehr Klarheit und Wissen vorzutasten.

„Warum tue ich ihm das an, Fanny?"

Es war nicht das erste Mal, daß Meg diese Frage stellte – und, wenn wir ehrlich waren, höchstwahrscheinlich auch nicht das letzte Mal. Ich verfolgte den unsicheren Weg der Tasse zu ihren Lippen. „Hättest du gern mehr Hilfe? Wir können das organisieren."

Sie schnitt mir das Wort ab. „Nein. Hab's probiert. Jetzt ist es an mir. An der gebeutelten, unzuverlässigen alten Meg."

„Bitte nicht, Meg."

„Keine Angst", sagte sie rasch. „Es wird nicht wieder vorkommen."

Ich setzte mich ans Fußende. „Was ist mit Sacha und Will?"

Sie verzog das Gesicht.

„Man soll auf leeren Magen keinen Tee trinken. Das bekommt ihm nicht." Ich schnitt den Toast klein und gab ihr ein Stück.

Meg stellte die Tasse auf dem Nachttisch ab. „So viele

Menschen, die du bemuttern und umsorgen kannst, Fanny. Das muß für dich doch richtig herzerwärmend sein."

„*Laß* das."

„Entschuldigung, war nicht so gemeint."

In Momenten wie diesem machte sich Meg einen Spaß daraus, mich, oder wer immer sich gerade um sie kümmerte, zur Weißglut zu treiben, aber wir kannten beide die Grenzen unserer Koexistenz. Meg wollte Liebe und einen Platz in der Familie. Genau wie Will mit seiner Passion, eine bessere Welt zu schaffen, wollte auch ich helfen, und indem wir uns irgendwie durchwurstelten, war es gelungen, das Ganze in der Schwebe zu halten.

Sie sah zu mir auf und sagte leise: „Ich bin für dich eine Aufgabe, wie du sie magst. Die allerbeste, denn bei mir ist nichts zu retten. Also braucht sich keiner von euch Vorwürfe zu machen, wenn es zum Schlimmsten kommt." Sie ließ den halb gegessenen Toast auf den Teller fallen. „Geh weg, Fanny. Geh und sei beschäftigt und sorg überall für Ordnung."

Ich nahm das Tablett von ihrem Schoß. „Rob hat heute morgen angerufen."

„So? Ich hab gestern mit ihm gesprochen."

„Er hat vergessen, dich daran zu erinnern, daß Sacha am Wochenende Geburtstag hat. Er wollte wissen, was du geplant hast."

Meg schlug die Hände vors Gesicht. „Wie konnte ich nur!"

Ich bückte mich, hob den fallengelassenen Pulli und die Hose auf und legte beide auf den Stuhl. „Ich habe heute viel zu tun. Ich sehe später nach dir."

„An allem ist nur Rob schuld", murmelte sie. „Wenn er bei mir geblieben wäre, hätte ich es bestimmt geschafft."

Ich wirbelte herum, denn jetzt reichte es mir. „Du hast ihn dazu *getrieben*, Meg. Er hat sich aus schierer Erschöpfung in Tania verliebt."

„Ich bin krank", sagte sie kategorisch. „Er hätte sich mehr anstrengen müssen. Man darf kranke Menschen nicht abschreiben."

„Habe ich dich jemals abgeschrieben?", fragte ich.

„*Hättest* du aber gern. Sei ehrlich."

Wir stierten uns an. Meg senkte als erste den Blick, aber nur weil sie wußte, daß sie gesiegt hatte. Sie wußte, daß sie es mir unmöglich gemacht hatte, das Zimmer zu verlassen.

Ich zog einen Stuhl ans Bett, nahm etwas Banane auf den Löffel und hielt ihn ihr hin. „Iß."

Ein Lächeln spielte um ihre Mundwinkel, doch ihre Augen huschten zu der Whiskyflasche im Papierkorb, bevor sie den Mund aufmachte.

Ich hatte immer von einem großen, toleranten, umtriebigen Haushalt geträumt, der erfüllt war vom Getrappel und Geplapper der Kinder – zwei, drei oder vier an der Zahl. Und mir vorgestellt, wie ich jeden Abend die Runde mache und sie zähle. „Das ist Millie", würde ich sagen und ihr die blonden Locken aus dem Gesicht streichen. „Das ist Arthur", und ihm den Daumen aus dem Mund ziehen. „Und *das*... das ist Jamie, unser Lausebengel."

Aber es war anders gekommen. Nach Chloë kamen keine weiteren Kinder. Mein Körper mühte sich nach Kräften ab, meinen innigsten Wunsch zu erfüllen, konnte aber nicht tun, was ich von ihm verlangte. Sie verfolgen mich, meine Nicht-Kinder. Die warmen, schlafenden, rosigen Körper der Kinder, die ich nie haben sollte. Manchmal lausche ich, ob ich sie droben unter dem Dach meines häßlichen Hauses spielen höre.

„Es macht mir nichts aus", sagte Will einmal zu mir. „Wir haben Chloë, das genügt. Wir sorgen für sie. Ich sorge für dich. Und du sorgst für mich, Fanny. *Sei bitte damit zufrieden.*"

„Macht es dir wirklich nichts aus?", fragte ich.

Er berührte meine Wange. „Es macht mir deinetwegen etwas aus. Mir macht alles etwas aus, das dir weh tut."

Trotzdem war mein Haushalt voll, und wir waren glücklich gewesen. Erst wurde Chloë geboren, und ich wurde in die Panik und das Mysterium und den Überschwang einer Liebe katapultiert, die niemals enden würde. Dann zog Meg zu uns; und später Sacha, nach seinem sechzehnten Geburtstag. Die Au-pair-Mädchen kamen und gingen; die Parteifunktionäre schlüpften herein und hinaus; und jeder hinterließ seinen geisterhaften Abdruck in der Atmosphäre, während ihr Rascheln und Murmeln im allgemeinen Gemurmel unseres Lebens aufging.

Kapitel 3

Alles in Ordnung, Francesca?

Mein Vater war der einzige Mensch, der meinen vollständigen Namen benutzte, und nur wenig von dem, was ich fühlte oder tat, entging seinem prüfenden Blick, der manchmal kritisch war, aber immer liebevoll.

„Eigentlich schon." Ich blickte von unserem improvisierten Mittagessen aus Champignonsuppe und Käse im Eßzimmer von Ember House auf. Es lag nur fünf Meilen von unserem Haus entfernt, und irgendwie brachte ich mindestens einmal in der Woche einen Besuch hier in meinem Terminkalender unter.

Die Uhr auf der Nußbaumanrichte tickte beruhigend, und die verschwommene Spiegelung der blau-weißen Obstschale neben ihr hatte die Tiefe und Ruhe eines Stillebens.

Die elektrische Beleuchtung ließ die Runzeln im Gesicht meines Vaters hervortreten. Waren es mehr geworden? Und sein Tweedjackett schien lockerer zu sitzen, als ich in Erinnerung hatte. Er war immer knochig gewesen: Seine ganze Energie war in seine Weinhandlung gesteckt worden – und in mich, sein einziges Kind. Ich weiß nicht, wie er über meine Situation dachte, denn es gab viele Dinge, die er nicht ansprach, aber auf seine Firma war er immens stolz. „Battista – Edle Weine" war ein hochangesehenes, spezialisiertes Unternehmen, das eine wachsende Zahl von Weinliebhabern belieferte, die bereit waren, die Auswahl ihrer Weine meinem Vater zu überlassen statt dem Supermarkt.

Ich spießte mit dem Messer ein Bröckchen Dolcelatte auf. „Wenn Chloës Abschlußprüfungen vorbei sind, wird es ruhiger werden."

Wie gestand man das Gefühl ein, an einem Scheideweg zu stehen? Wie fand sich eine junge Frau – na schön, eine Frau Anfang Vierzig – mit der Tatsache ab, daß ihre Tochter im Begriff war, das Nest zu verlassen? Wie konnte ich vorbringen, daß die Entscheidungen, die ich früher einmal getroffen hatte, mir keine Garantie und keinen Trost mehr boten, mir keine Daseinsberechtigung mehr gaben? Ich rang mir ein Lächeln ab. „Alles bestens, Dad. Nur ein Wölkchen, das sich vor die Sonne geschoben hatte. Und da wir gerade beim Thema sind, ich glaube, *du* könntest Vitamine brauchen."

„Hör auf, mich zu bemuttern", sagte er scharf.

An den Gardinen, die Caro, die Ex-Geliebte meines Vaters, vor langer Zeit ausgesucht hatte, war der Saum aufgegangen, und so setzte ich ihn, zusammen mit den Vitaminen, auf meine geistige Liste der Dinge, die erledigt werden mußten.

Mein Vater tippte mit dem Finger an eine Flasche Le Pin Pomerol – einem der weichsten, körperreichsten roten Bordeaux. „Denk lieber an das da. Den Tip hat mir Raoul gegeben."

Raoul Villeneuve war der Sohn eines der engsten Geschäftspartner meines Vaters – wobei „Geschäft" nur unzulänglich die Perfektion beschrieb, mit der hier Handel und Lebensstil miteinander verschmolzen waren. Raoul war ein Freund. Und er war mein erster Lover gewesen – aber darüber denke ich nicht nach.

Doch, manchmal schon. Ich bemühe mich, wieder das genaue Gefühl einzufangen, den Stich meiner verblüfften Reaktion heraufzubeschwören. Nicht weil ich Raoul begehrte, sondern weil ich noch nicht dahintergekommen war, was genau schiefging.

„Wie geht's Raoul? Ich habe lange nicht mehr mit ihm telefoniert."

„Er expandiert. Ist mit der Familie beschäftigt. Genießt seinen guten Ruf.“

„Aha“, sagte ich. In materieller Hinsicht hatte Raoul es weiter gebracht als Will, aber er hatte auch einen Vorteil gehabt: Das Wein-Imperium seiner Familie hatte nur darauf gewartet, daß er das Kommando übernahm. Das war bei Will anders gewesen, der aus einem Milieu kam, das keinerlei Luxus kannte.

„Was willst du mit ‚aha‘ sagen?“, fragte mein Vater.

„Gar nichts.“

Mein Vater war ein italienisches Flüchtlingskind, das mit seiner verwitweten Mutter während des Krieges aus Fiertino, einem Dorf nördlich von Rom, geflohen war und in Mittelengland eine neue Heimat gefunden hatte. Die Villeneuves waren Wein-Aristokratie und lebten in einem historischen Château. Sie kamen in den fünfziger Jahren miteinander in Kontakt, und trotz aller Gegensätze entwickelte sich eine enge Freundschaft. Das war nichts Ungewöhnliches unter Männern, die mit Wein zu tun hatten.

Nachdem ich Chloë hatte und es mir schwerfiel, alle meine Verpflichtungen unter einen Hut zu bekommen, übernahm Raoul eine Zeitlang meinen Platz an Vaters Seite, um dann wieder in das eigene Unternehmen zurückzukehren. Aber wir blieben weiter in Verbindung. Wir telefonierten noch immer miteinander... redeten über Gott und die Welt.

Wir erörterten, warum die Franzosen ihre edlen Weine jung und hoffnungsvoll tranken. Wir sprachen über Eichenfässer, sandige Böden, die Anzahl der Sonnenstunden des jeweiligen Jahres, den Einsatz von Technologie bei australischen und amerikanischen Erzeugern. Das Ergebnis? „Simplizität“, befand Raoul, der Franzose. Aber vielleicht war das kein Manko. Saubere, gleichbleibende, depotfreie Weine paßten besser in unsere Zeit als die trüben, gelegentlich launischen Produkte der Alten Welt.

Wir waren uns einig, daß die edelsten Weine sich jeder Kategorisierung entzogen. Jeder halbwegs intelligente Beobachter, sagten wir, konnte auf die beste Kombination aus Boden, Lage und Klima hinweisen, auf die Notwendigkeit, geduldig abzuwarten, bis die Traube genau den richtigen Reifegrad erreicht hat, und verkünden, genau das sei das Erfolgsrezept. Aber ein guter Wein, ein großer und erfolgreicher Wein, war, wie eine Ehe, eine glorreiche Verschmelzung von Natur, Substanz und Entschlossenheit. Er war das Ergebnis von Geduld, Sachverstand und Erfahrung, von großer Leidenschaft und Liebe, das sich nie ganz kontrollieren oder vorhersagen ließ. Ein kurzes Schnuppern, ein kurzes Balancieren auf der Zunge, mehr braucht es nicht, um den Geist zu beflügeln und die Sinne mit der Ekstase einer Entdeckung zu überfluten.

Mein Vater schenkte zwei Gläser von dem Pomerol ein (die Kreation eines erfindungsreichen belgischen Winzers und der Merlot-Traube) und wartete, bis ich meinen Gaumen bereitgemacht hatte.

Sattes Rubin. Dunkles Granat. Tiefe und Süße. Prüfend betrachtete ich den Wein im Glas, bewahrte sein Entzücken auf der Zunge.

„Beschreibe ihn“, befahl mein Vater.

„Gehaltvoll... konzentriert. Mit einem reichen Innenleben.“

Mein Vater war belustigt. „Was ich auch von dir hoffen will, Francesca.“

Als ich für ihn zu arbeiten begann, herumreiste, lernte und mit Kunden sprach, stellte der Wein für mich eine mysteriöse Kombination aus Anbaugebiet, Erzeuger und Sinneseindruck dar; ich wollte seine Geheimnisse unbedingt entschlüsseln und seine Terminologie meistern. Doch dann verliebte ich mich in ihn und lernte, daß Wein Leben war, daß Wein für das ganze Leben war. Er war Sonne und Wärme – er konnte herb, unerfreulich und enttäuschend sein, barg aber immer die Möglichkeit von Größe.

„Du mußt wieder richtig bei mir einsteigen“, sagte mein Vater, „jetzt, da Chloë aus dem Haus geht. Ich brauche Hilfe, und du mußt bereit sein, das Geschäft zu übernehmen." Er blickte mich liebevoll über den Tisch an. „Schließlich liegt es dir im Blut."

Ich spürte, wie mich freudige Erregung durchrieselte. Sie ließ sich am ehesten mit dem kleinen Schauer vergleichen, der das Erwachen aus langem Schlaf begleitet. Mein Vater hatte recht. Der Wein lag mir im Blut.

Als ich drei war, brannte meine Mutter Sally mit Art durch, einem Immobilienmakler aus Montana, wo sie noch immer lebte und wo ich sie jeden zweiten Sommer besucht hatte, bevor ich Will heiratete. Sofern es nicht absolut unumgänglich war, erwähnte mein Vater sie nie. „Sie ging", sagte er, „und damit basta."

Ob es mir paßte oder nicht, und ich kratzte jahrelang an den schlecht verheilten Wunden herum, meine Mutter nahm weit mehr mit als die Kleider, die sie in zwei Koffer gestopft hatte: nämlich auch meinen Glauben, daß alles auf der Welt sicher und von Dauer ist. Sie ließ meinen Vater (und mich) vorsichtiger, zerbrechlicher zurück.

Anstelle meiner Mutter ließ Vater Benedetta aus Fiertino (der Heimat von Generationen von Battistas) kommen, damit sie ihm half, mich großzuziehen, und sie lebte bei uns, bis Caro in Ember House Einzug hielt. Benedetta, eine entfernte angeheiratete Cousine innerhalb des komplizierten Stammbaums der Battistas, dunkelhaarig und nicht so schlank, wie sie gerne gewesen wäre, hielt meinen Vater in Schach, was nur wenige konnten. Benedetta war diejenige, die an meinem zehnten Geburtstag verfügte, daß das gemeinsame Bad mit meinem Vater der Vergangenheit angehörte. Das verwirrte mich. Vielleicht war Zehn eine magische Zahl. Vielleicht war sie geheim, so wie meine Mutter ein Geheimnis war. Aber falls ich Fragen hatte, so hatte ich noch nicht gelernt, sie zu stellen. Und so wurde ich an meinem zehnten Geburtstag, fast zu Tode geschrubbt und gebürstet, eingepackt in einen dicken, altmodischen Morgenmantel mit Kordelgürtel, von Benedetta nach unten zum Arbeitszimmer meines Vaters eskortiert.

Er saß am Schreibtisch, umringt von Weinbüchern, und trug die Transaktionen des Tages ein. Wohlwissend, daß die Zahl Zehn über mir hing, trat ich zu ihm. Als er sich einladend auf den Schenkel klopfte, schüttelte ich den Kopf.

„Das hatte ich ganz vergessen“, sagte er traurig. „Du bist ja jetzt ein großes Mädchen und wir müssen über Erwachsenendinge reden.“

Ich interessierte mich mehr für das gerahmte Foto auf dem Schreibtisch meines Vaters. Es zeigte einen Mann und eine Frau, die aus Stein gemeißelt waren und nebeneinander auf einer reichverzierten Lagerstatt mit Überwurf lagen. Der Mann hatte ein kantiges Gesicht und einen Bart; die Frau hatte Locken, die über ihren Rücken fielen, und baumelnde Ohrringe. Er hatte den Arm um sie gelegt, und sie lehnte sich an ihn.

Ich drehte mich rasch zu meinem Vater um. Geradezu tollkühn fragte ich: „Ist das Mami?“

Einen Moment lang herrschte gespanntes Schweigen. Nein, das war nicht Mami, antwortete er, und falls meine Frage ihn verletzt hatte, so verriet er es mit keiner Bewegung. Nein, das Bild zeige ein etruskisches Totenbett. Fünftes Jahrhundert vor Christus.

„War das, als ich acht war?“, fragte ich, denn die Zeit hatte für mich noch keine Bedeutung.

Mein Vater lachte. „Die Etrusker waren ein Volk, das vor langer, langer Zeit in der Gegend von Fiertino lebte, wo die Battistas herkommen. Sie stellten so viele Dinge her, daß die Leute bis zum heutigen Tag immer wieder Stücke und Scherben ausgraben und in Museen ausstellen. Das da gefällt mir ganz besonders, weil der Mann und die Frau niemals... getrennt sein werden.“

Das Zubettgehen war gewöhnlich für den unerschöpflichen Vorrat meines Vaters an Geschichten aus und über Fiertino reserviert, die, wie ich zugeben muß, jedesmal, wenn er sie erzählte, ein bißchen anders waren. Es machte mir Spaß, mich auf die Diskrepanzen zu stürzen. „Aber, Dad, du hast gesagt, die Ochsen waren grau, nicht weiß." Woraufhin er mir einen Klaps auf die Hand gab und sagte: „Sei nicht so vorwitzig, mein Schatz", und weitererzählte.

„Fiertino ist nur ein kleiner Ort, aber trotzdem eine richtige Gemeinde. Es liegt in einem Tal nördlich von Rom, in dem ursprünglich die Etrusker lebten, ein Volk aus der Antike, das die guten Dinge des Lebens liebte. Auf dem einen Hang wachsen Kastanienbäume, auf dem anderen Weizen, Oliven und Reben. Es hat einen großen viereckigen Platz mit einer Kirche am einen Ende und einem wunderschönen Kolonnadengang ringsum, der den dringend erforderlichen Schutz vor der Sonne bietet. Unsere Familie, die Battistas, lebte in der *fattoria*, dem Bauernhof, gleich draußen vor dem Ort, und dein Großvater war der *fattore*. Er beaufsichtigte die Getreidespeicher und die Weinkeller, die Olivenpressen und die Molkerei. Wir hatten einen eigenen Weinberg und bauten die Sangiovese-Traube an."

Genau wie das Füllhorn schienen die Geschichten nie ein Ende zu nehmen, und Fiertino wurde für mich gleichbedeutend mit Müdigkeit und Schlaf. Ich hörte von sengender Sonne und der Olivenernte, von dem weitläufigen Wohnhaus, der *fattoria*, die vom Gekreische und den Wortwechseln einer ausgedehnten, unbefangenen Großfamilie widerhallte. Ich wußte, daß der Ort im Krieg sehr gelitten hatte. Ich hörte die Geschichte von der dreibeinigen Ziege, dem wundersamen Olivenbaum, der Battista-Tochter, die durchbrannte, und von der jungen Ehefrau, die von ihrem wesentlich älteren Ehemann ermordet wurde, weil sie sich einen Liebhaber genommen hatte.

„Du siehst, es gibt einen Ehrenkodex", sagte mein Vater. Er sprach in der Gegenwartsform.

Er war ein kluger Mann, mein Vater. Er wußte, wie man im Geist eines Kindes bleibende Eindrücke hinterläßt. Bilder schlichen sich bei mir ein und schlugen lange, zähe, faserige Wurzeln – genau wie die Rebe.

„Es wird Zeit, nach Fiertino zu fahren", sagte mein Vater. „Wir haben es schon zu lange aufgeschoben."

Eigenartigerweise waren wir nie zusammen dortgewesen. Tatsächlich war mein Vater nur ein einziges Mal zurückgekehrt, und das als junger Mann. Wir reisten in der ganzen Welt herum und wir machten Geschäfte im Norden von Italien, aber mein Vater hatte nie Interesse gezeigt, in den Süden nach Fiertino zu fahren. Das lag, wie ich vermute, zum Teil an Benedetta, die ihn hatte heiraten wollen. Aber das war eine andere Geschichte.

„Wie oft hast du *das* schon gesagt!"

Er schien etwas verlegen zu sein. „Diesmal meine ich es ernst."

Ich wandte mich zum Gehen. „Wie wär's im September, wenn Chloë in Australien ist? Da hätte ich Zeit." Ich verbesserte mich. „Das heißt, ich kann mich mit Will und Mannochie arrangieren. Mir steht Urlaub zu."

Das Gesicht meines Vaters leuchtete so auf, daß sich mein Herz zusammenkrampfte. „Das wäre großartig, denn es gibt nichts, was ich lieber täte."

Ich versuchte den Spieß umzudrehen. „Unter einer Bedingung. Daß du zum Arzt gehst und dich durchchecken läßt. Ich besorge dir einen Termin. Und dann fahren wir nach Fiertino. Versprochen."

Mein Vater blickte schuldbewußt drein. „Ich war schon beim Arzt. Nur eine kleine Herzgeschichte. Er hat mir Tabletten gegeben. Alles bestens, außer *anno domini*."

Auf der Fahrt nach Hause stellte ich das Radio an, und Musik erfüllte den Wagen.

„Schnell, Francesca, bevor dich Benedetta ins Bett befördert. Sag, welche Trauben werden in der Toscana angebaut?"

Ich legte die hohle Hand an sein Ohr. „Sangiovese", flüsterte ich.

„Sehr gut. Und wie heißen die großen Rotweine aus dem Piemont?"

„Dolcetto, Barbera, Nebbiolo..."

Die wunderbare Benedetta. Wie oft beschimpfte sie meinen Vater, mein armes kleines Gehirn viel zu sehr zu strapazieren. „*Santa Patata,* Alfredo, du bist ein grausamer Mann." *Santa Patata* war das Äußerste, was sich die fromme Benedetta in puncto Fluchen gestattete. „Das Kind ist viel zu jung." Sie hätte sich keine Sorgen zu machen brauchen. Mein armes kleines Gehirn war sehr wohl imstande, eine Gelegenheit zu wittern, die Aufmerksamkeit auf mich zu lenken. Jedenfalls begriff ich schnell, daß ich auf das Territorium meines Vaters eingeladen wurde. Das, was die Franzosen *le terroir* nennen.

Ich weiß, daß *terroir* eigentlich „Lage" – Klima, Boden, Bewässerung – bedeutet. Doch für mich umfaßt es etwas Tiefergehendes und Interessanteres – das Territorium des Herzens.

In Stanwinton angekommen, stellte ich den Wagen in der Auffahrt neben der Lorbeerhecke ab und sperrte die Haustür auf. Sie fiel hinter mir ins Schloß.

„Mom", empfing mich Chloë in der Küche, „ich hab Hunger."

Ich machte den Kühlschrank auf und holte den Fischauflauf.

„Doch nicht *Fisch*!", sagte sie.

„Der ist gut fürs Gehirn. Von jetzt an gibt's nur noch Fisch."

Chloë biß sich auf die Lippen. „Wenn ich doch bloß die Prüfungen nicht machen müßte."

„Nur noch eine letzte Anstrengung, mein Schatz, dann hast du's hinter dir. Dann düst du ab nach Australien und kannst dich wegen etwas anderem aufregen." Ich stellte den Auflauf in den Backofen, um ihn aufzuwärmen. „Meinst du, daß Sacha mitessen möchte?"

„Ich glaube schon. Er hat mit mir gelernt." Chloë holte Messer und Gabeln aus der Schublade. „Ich habe ihn wirklich furchtbar lieb, Mom."

„Selbstverständlich", sagte ich rasch. „Er ist schließlich dein Vetter."

Chloë legte ausgesprochen sorgfältig eine Gabel auf. „Er ist so nett. Und er *weiß* soviel."

Ich wollte zu meiner Tochter sagen: „Sei bitte vorsichtig. Begib dich nicht auf gefährliches Territorium." Chloë hatte keinen Mangel an Freunden, ganz im Gegenteil – sie schwärmten bei uns ein und aus, wollten Kaffee, etwas zu essen, fernsehen, ein Bett für die Nacht -, doch Sacha war derjenige, dem sie sich zuwandte. Der liebe, zauberhafte Sacha, der immer Leder trug und sein wunderschönes sauberes Haar kurz geschoren trug, was seine markanten, aber feinen Gesichtszüge betonte.

Während die beiden aßen, trank ich ein Glas Preiselbeersaft – meine Freundin Elaine sagte, er reinige das Blut. Sie sprachen über Prüfungstaktiken, und Chloë gestand, daß sie Angst hatte.

„Das einzig Wichtige ist", sagte Sacha, „daß du auf den richtigen Trichter kommst, wenn du die Fragen siehst. Fang bloß nicht an, dir jetzt schon gute Antworten auszudenken, weil du dir die Fragen sonst entsprechend zurechtbiegst, und das geht garantiert schief."

Als Grundprinzip fürs Leben klang das vernünftig.

Chloë bedachte ihn mit einem ihrer schmelzenden Blicke und aß einen Riesenteller Fischauflauf. Ich arbeitete an meiner inneren Reinigung weiter und dachte, wie schön es war, friedlich hier zu sitzen und den beiden zuzuhören.

Dann kam Meg in die Küche. Sie war geschniegelt und gebügelt, und ihr blondes Haar, in Schattierungen von hellem Karamel, war oben auf dem Kopf zusammengefaßt. „Hallo, ihr Süßen", sagte sie, „ihr hättet mich ruhig aus der Verbannung holen können. Ich hätte gerne mit euch gegessen." Sie setzte sich an den Tisch. „Es war ein bißchen einsam heute. Keiner war da."

Ich schenkte mir noch ein Glas Saft ein und wußte genau, daß Megs Blick auf mir ruhte. „Sei still", hätte ich am liebsten zu ihr gesagt. „Sei bitte *still.*"

„Aber es ist ganz produktiv, Hausarbeiten zu erledigen, und zweifellos gut für die Seele. Und wir wissen ja alle, daß unbedingt etwas für meine Seele getan werden muß." In Megs Gesicht lag ein Hauch von Selbstgefälligkeit und jede Menge Bosheit. Als niemand einen Kommentar abgab, fügte sie hinzu: „Dürfte ich vielleicht darauf hinweisen, daß ich heute enthaltsam war?"

Sacha sprang so hastig auf, daß sein Stuhl auf den Fliesen quietschte. „Soll ich dir eine Tasse Kaffee machen, Mom?"

Meg trommelte mit ihren exquisit geformten Nägeln auf den Tisch – ihre Hände waren sehr schön und immer tadellos gepflegt. „Kaffee ist so... *braun...*", sagte sie. „Aber ich werde mich wohl damit begnügen müssen." Wieder blickte sie in meine Richtung – und plötzlich packte mich ein jäher Ekel. „Sollte ein Witz sein", sagte sie.

Haß ist ein eigenartiges Gefühl. Er kann vor Erschöpfung schwächer werden, um dann unvermutet, zerstörerisch wieder aufzulodern. Und er kann, und das erstaunt mich immer wieder, in etwas umschlagen, das sich nur als Zuneigung bezeichnen läßt. So erging es mir mit Meg.

Aus irgendeinem Grund kam Wills spätabendlicher Anruf auf der Geschäftsleitung. „Hier ist Mrs. Savage", sagte ich, „und für Telefonanrufe ist es viel zu spät."

„Du hast vollkommen recht", sagte mein Mann. „Um diese Zeit solltest du wirklich nicht mit Fremden sprechen."

„Dann kannst du ja auflegen", entfuhr es mir scharf, bevor ich die Worte zurückhalten konnte.

Einen Moment lang herrschte Schweigen. „Sauer zu sein paßt nicht zu dir. Was ist los? Habe ich dir etwas getan?"

„Entschuldige.“

Will versuchte es anders. „Kann ich irgendwie helfen?“

Ich widerstand der Versuchung, ihm zu sagen, daß er sich anhörte, als hätte er es mit einem seiner verschrobeneren Wähler zu tun. „Okay. Hier der heutige Lagebericht. Die hiesige Presse brachte drei Fotos von dir. Eines ist nicht besonders, die anderen sind gut. Und einen Artikel über den Hansard-Bericht, der beweist, wie sehr du dich für den Wahlkreis einsetzt, obwohl du Minister bist.“

Er seufzte gequält, so daß ich mir gemein vorkam. „Was ist *los*, Fanny?“, fragte er.

Ich hätte gerne gesagt, daß ich wünschte, er wäre öfter zu Hause. Daß er öfter zu Hause sein *sollte*, bevor es nicht mehr darauf ankam, ob er da war oder nicht.

Statt dessen begnügte ich mich mit dem routinemäßigen Austausch von Informationen. „Meg geht‘s gut. Chloë schwankt zwischen Panik und Euphorie. Und Sacha ist... eben Sacha.“

Das schien Will zufriedenzustellen. „Volles Programm morgen“, sagte er, und ich fragte mich, ob ihm klar war, daß er das fast jeden Tag sagte.

„Bei mir auch.“ Ich fragte mich, ob ihm auffiel, daß ich das fast jeden Tag sagte.

„Gute Nacht, mein Schatz. Hoffentlich bist du morgen früh besser gelaunt.“

„Gute Nacht“, sagte ich.

Die ersten Worte, die ich Will aussprechen hörte, waren: „Schluß mit staatlicher Verschwendung. Schluß mit Schulen, die ihre Kinder im Stich lassen, und Krankenhäusern, die ihre Patienten umbringen. Meine Damen und Herren, in meinem Beruf als Anwalt habe ich es tagtäglich mit Mißständen dieser Art zu tun. Ich weiß, wie sehr die Gutgläubigen, die Unschuldigen und die Benachteiligten darunter leiden. Ich weiß, wie sehr sie einen Fürsprecher brauchen.“

Er hielt inne, dachte kurz nach. „Meine Damen und Herren, für mich ist die Politik ein Mittel, eine Brücke zu bauen zwischen dem, was wir im Privatleben für gut und richtig erachten, und seiner praktischen Umsetzung im öffentlichen Leben..."

Es war ein eisiger Januarnachmittag, und ich war ins Stanwintoner Rathaus geschlüpft, um der Kälte zu entgehen, statt am Bahnhof auf den Zug zu warten, den ich nehmen mußte, und zufällig in die Versammlung geraten. Ich las zwar Zeitung, hatte aber nur eine vage Vorstellung von Politik, und meine Interessen lagen anderswo.

Will sprach als der von seiner Partei aufgestellte Kandidat. Der frühestmögliche Zeitpunkt für die nächsten Parlamentswahlen war im Frühjahr, doch Will machte sich nach einem, wie ich später erfuhr, sorgfältig ausgearbeiteten Plan bereits bekannt.

Ich erinnere mich noch, daß ich dachte: Ob er auch meint, was er sagt? Aber während ich die hochgewachsene Gestalt genauer betrachtete, das Haar, das die Farbe von reifem Korn im Sommer hatte, und die Gesichtszüge, in denen Humor und leidenschaftliche Gefühle aufleuchteten, wurde mir klar, daß er es ernst meinte, und mich erfüllte ein jähes, heftiges Verlangen, herauszufinden, wer dieser Mann war. Ich meine, wer er *wirklich* war.

Und ich erinnere mich, wie ich nach der Rede, als ich mich ziemlich dreist zu ihm durchdrängelte, um ihn anzusprechen, von einer Frau in Rot gestoppt wurde.

„Kann ich Ihnen helfen? Ich bin die Schwester von Will Savage." Sie musterte mich von oben bis unten. „Sie werden ihn doch nicht belästigen?", fragte sie besorgt. „Er hat so viel am Hals und reibt sich so auf." Dann lächelte sie, und ihr feines Gesicht belebte sich genau wie das ihres Bruders. „Ich bin da, um ihn zu beschützen, verstehen Sie?"

Kapitel 4

Mitten in der Auffahrt zu Ember House stieg Will abrupt auf die Bremse. „Moment mal, Fanny, habe ich da was mißverstanden?"

Wir kannten uns seit sechs Wochen, und ich nahm ihn mit nach Hause, um ihn meinem Vater vorzustellen. Will war achtundzwanzig und ich dreiundzwanzig, und wir wußten beide, daß dies ein wichtiger Moment in unserem Leben war – wichtiger als uns zum ersten Mal voreinander auszuziehen. Denn dieses Treffen würde uns in völlig anderer Art und Weise nackt und exponiert dastehen lassen.

„Du hast mir nicht gesagt, daß du in einem... einem herrschaftlichen Anwesen wohnst." Will kurbelte das Fenster herunter und deutete auf die Auffahrt, die von Rabatten mit Schneeglöckchen und Krokussen gesäumt war und hinter einer Biegung verschwand. Ich erinnere mich noch, wie ich dachte, daß die Auffahrt um diese Jahreszeit am schönsten aussah, bevor die aufdringlichen, üppigen Azaleen kamen und alles mit ihren Rosa- und Rottönen zudeckten.

Schon damals spürte ich, wie sehr Will auf sein Image bedacht war, auf seine Position. „Keine Angst, es ist kein Herrenhaus. Das ursprüngliche Haus war es vielleicht, aber das wurde in den fünfziger Jahren abgerissen, um ein neues zu bauen. Die Auffahrt ist das einzige, was von dem Anwesen übrig ist. Mein Vater hat es spottbillig gekauft, als er die Firma gründete. Keiner wollte es haben. Im Grunde ist das Haus ziemlich klein und alles andere als vornehm."

Will entspannte sich. Bei einem unserer Treffen – ergattert zwischen seinen Verpflichtungen in der Kanzlei und bei

Gericht, den Fototerminen, gesponserten Stafettenläufen und karitativen Mittagessen, und meinen Kunden, Verhandlungen mit Lieferanten, Besprechungen über die Auswahl der Sorten für saisonbedingte Weinproben – hatte Will mir erläutert, daß es sein erklärtes Ziel war, für eine Gesellschaft zu kämpfen, in der der einzelne seinen Weg aufgrund eigener Verdienste und nicht aufgrund von Privilegien machte.

„Und wie sieht das bei dir aus?", sagte ich neckend. „Anwälte verdienen sich bekanntlich goldene Nasen."

Ich berührte die langen, feinfühlig wirkenden Finger, die auf dem Lenkrad lagen. Alles an Will war wunderbar, einschließlich seiner Finger. „Mach dir keine Sorgen", hörte ich mich plappern und nach den richtigen Worten suchen, „wir sind nicht reich, ganz im Gegenteil. Wir sind praktisch arm."

Will lächelte mich zärtlich an. „Sei nicht albern."

Ich wurde rot. „Ich meine ja nur."

War das ich? Die junge Frau, die ihrem Vater so selbstbewußt half, seine Firma zu leiten, die so selbstbewußt ein Leben in London führte? Ja, ich war es, und ich war es auch nicht. Die Plötzlichkeit und Rückhaltlosigkeit, mit der ich mich verliebt hatte, hatte mir den Boden unter den Füßen weggezogen. Es verwirrte mich und machte mir – beinahe – Angst, dieses überwältigende, süße, heftige, leidenschaftliche Gefühl.

Wills Knöchel wurden weiß. „Ich bin ein bißchen nervös", gestand er.

Jetzt war ich wieder obenauf. „Du darfst nur nicht so tun, als ob du etwas von Weinen verstehst, das ist alles."

Er grinste. „Politischer Selbstmord."

Vater erwartete uns mit Caro, die seit zehn Jahren seine Geliebte war, im Salon. Nachdem sie in sein Leben getreten war, was einer wutentbrannten und verheulten Benedetta das Stichwort geliefert hatte, ihre Koffer zu packen und nach Fiertino zurückzukehren, hatte sich das Innere des Hauses zu seinem Vorteil verändert. Caro hatte ihm einen gemütlicheren

Touch verliehen: ein Kissen, ein umgestellter Sessel, ein Topf weiße Hyazinthen im Frühling, eine Lampe, die ein weicheres Licht warf. Es waren nur geringfügige Veränderungen, aber die Wirkung war erstaunlich.

„Ich hoffe, du hast nichts dagegen", hatte Caro gesagt, als sie bei uns einzog. Ich war dreizehn, fast grausam in meiner Abneigung – meiner Panik angesichts dessen, wie sich alles über Nacht ändern konnte. Und ich trauerte um Benedetta. Caro hatte gelacht und ihr Haar zurückgeworfen, das damals lang und noch naturblond war. Sie war sich ihrer Position als die Frau, die meinen Vater aller Wahrscheinlichkeit nach heiraten würde, so sicher, daß ihr meine Antwort egal war.

Etwa fünf Jahre später, als wir Freundinnen geworden waren und Caro ihrem Ziel noch keinen Schritt näher war, sah sie mich einmal an und sagte bitter: „Für Alfredo bin ich Luft."

Ich sah mich in den großen, flehenden Augen widergespiegelt und war wütend auf meinen Vater, krank bei dem Gedanken, daß ich sie in der Vergangenheit unglücklich gemacht hatte. „Du kennst meine Einstellung in dieser Sache", hatte er abweisend gesagt, als ich ihn zur Rede stellte.

„Das ist Will." Ich führte ihn zu meinem Vater, der vor dem brennenden Kaminfeuer stand.

„Aha", sagte er in seinem trockensten Ton – und mein Vater konnte sehr trocken sein –, so daß mich der Mut verließ, „der Politiker."

Als Antwort hätte Will – und zwar mit Fug und Recht – sagen können: „Aha, der Selfmademan", was meinen Vater absolut treffend beschrieben hätte, doch seiner höflichen Erwiderung gelang es, Caro einzuschließen, die auf dem Sofa saß. Das war, wie ich bemerkt hatte, ein Trick von ihm: *Immer alle einbeziehen.*

Zum Abendessen tranken wir einen Sauvignon blanc von Lawson's Dry Hill in Neuseeland. Will rührte sein Glas kaum an, was bei meinem Vater leichtes Stirnrunzeln hervorrief.

Den Kaffee nahmen wir im Salon ein. Caro kehrte auf ihren Platz auf dem Sofa zurück, und ich setzte mich neben sie. Mein Vater bezog wieder Stellung am Kamin. „In den Zeitungen steht nicht viel Schmeichelhaftes über Ihre Partei. Man hält sie für eine verschlagene Bande."

Will wurde munter. „Das macht den Wahlkampf umso spannender", sagte er, auf heimischem Territorium. „Am Ende werden die Wähler erkennen, daß wir das richtige Programm haben."

„So, so", sagte mein Vater. Er sah mich an. „Ich wußte gar nicht, daß du dich für Politik interessierst, Francesca."

„Jetzt schon", sagte ich.

Das Feuer flackerte. Ich hörte, wie Caros Tasse klirrend auf der Untertasse abgestellt wurde. Ich war so stolz auf Will, daß ich hätte weinen können. Statt dessen flüchtete ich mich in eine nützliche Tätigkeit: Ich griff nach der Kaffeekanne und schenkte allen nach. Dabei fragte ich mich, warum ich von den Göttern dazu ausersehen worden war, dermaßen gesegnet zu sein. Warum hatte ich, Fanny Battista, das große Glück gehabt, meine andere Hälfte zu finden?

Will stand auf, trat neben mich und hielt mir die Hand hin. „Fanny?"

Ich ergriff sie und richtete mich auf. Will wandte sich an meinen Vater. „Wir möchten Ihnen etwas sagen. Fanny und ich haben beschlossen, zu heiraten."

Mein Vater fuhr zurück, als hätte man ihm einen Schlag versetzt. Er sah mich an, und ich merkte, wie verletzt er war, daß ich ihn nicht ins Vertrauen gezogen hatte.

„Erst gestern abend", rechtfertigte ich mich.

„Das ist zu überstürzt", sagte mein Vater. „Ihr kennt euch doch kaum."

Will legte den Arm um mich. „Kurz und schmerzlos."

Will schlich sich zu später Stunde in mein Bett, und ich verbrachte eine schlaflose Nacht. Es war noch sehr früh, als ich beschloß aufzustehen. Ich schlüpfte aus dem Bett, wo Will zusammengerollt auf der Seite lag, den einen Arm ausgestreckt. Zärtlich, närrisch vor Liebe, beugte ich mich über ihn und lauschte seinem Atem.

Auf dem Weg hinunter in die Küche mußte ich an Caros Schlafzimmer vorbei, das gegenüber vom Zimmer meines Vaters lag. Die Tür war offen, das Licht an, und so steckte ich den Kopf hinein, um zu fragen, ob sie eine Tasse Tee wollte.

Kleidungsstücke waren unordentlich auf dem Bett verstreut, und Caro packte. Wir starrten uns an. Ich, zerknautscht und befriedigt, sie wie aus dem Ei gepellt, aber unglücklich.

„Wieso packst du?" Ich machte die Tür hinter mir zu.

Caro griff nach einem grünen Pulli und legte ihn zusammen. „Fanny, das einzig Gute in dem ganzen Schlamassel war unsere Freundschaft. Das war..." Sie blinzelte die Tränen weg. „Das hat mir geholfen. Sonst..." Sie zuckte hilflos mit den Schultern. „Alles andere war pure Zeitverschwendung."

Ich nahm einen Stapel Blusen vom Bett und setzte mich. „Warum ausgerechnet jetzt?"

Sie zupfte an dem Pulli herum. „Sagen wir so. Du wirst heiraten und ich nicht. Ich weiß, daß es albern ist, soviel Wert auf ein Stück Papier zu legen, aber ich tu's nun mal. So wie viele andere auch. Das ist das Problem, wenn man zur breiten Masse gehört."

Ich riß ihr den Pulli aus der Hand und strich mit den Fingern darüber. Das Material war weich und edel. „Caro, ihr seid schon so lange zusammen."

Sie sah mich gequält an. „Auch gute Zeiten gehen einmal zu Ende."

„Möchtest du, daß ich mit ihm rede?"

Sie schüttelte den Kopf. „Zwecklos."

„Aber ihr wart doch glücklich. Das weiß ich."

„Mal sehen..." Sie begann aufzuzählen: „Dein Vater ist so freundlich, mir ein sehr schönes Schlafzimmer und einen Platz an seinem Tisch zuzuweisen. Ich kann Lebensmittel bestellen und Jane bitten, die Teppiche zu saugen. Aber das ist auch schon alles, Fanny." Sie nahm den Pulli wieder an sich. „Du wirst es noch nicht verstehen, aber es genügt nicht, dekorativ auszusehen, wenn dein Vater Gäste hat. Ich will eine echte, lebendige, funktionierende Partnerschaft. Und darum..." Sie stand auf und packte den grünen Pulli ein. „Mache ich einen dicken Strich unter die letzten zehn Jahre. Ich verlasse mich darauf, daß du es ihm sagst."

„Aber das mußt du ihm *selbst* sagen."

Sie funkelte mich wütend an. „Nein, du kannst ihm alle Einzelheiten nennen." Sie drückte gewaltsam einen ihrer Koffer zu. „Im übrigen mache ich dir damit dein nützlichstes Hochzeitsgeschenk."

Ich hatte keine Ahnung, was sie meinte.

Sie stieß den Koffer mit dem Fuß zur Tür. „Ich zeige dir, wie man geht, Fanny. Das ist eine wichtige Lektion."

In den Flitterwochen im Loire-Tal, nur sechs Monate nach unserer ersten Begegnung, legte Will den Kopf auf meine Brust und sagte: „Dein Herz schlägt lauter als eine Trommel."

„Und wie viele Herzen hast du schon so aus nächster Nähe schlagen hören?"

„Sehr wenige." Er lächelte. „Ehrenwort. Abgesehen von meinem eigenen natürlich."

„Dann ist es ja gut", hörte ich mich sagen. „Ich möchte dich nicht mit zu vielen geteilt haben." Ich schwelgte in dem Gefühl und dem Geruch von ihm auf meiner Haut. „Glaubst du, daß unsere Herzen im gleichen Takt schlagen?"

„Selbstverständlich." Er schlang die Arme fester um mich und sagte, das habe er schon gewußt, als er mich das erste Mal sah. „Fünf Sekunden, mehr habe ich nicht gebraucht. Na gut, vielleicht *zehn*."

„Aber ich habe dich zuerst gesehen." Ich küßte seine feuchte, leicht salzige Halskuhle.

„Du Hexe", sagte er und hieß mich stilliegen, und ich blickte hinauf in die dunklen Augen und sah ein Leben vor mir, in dem nichts unmöglich war, und dachte, daß ich großes Glück hatte.

Am dritten Tag unserer Flitterwochen aßen wir mittags in einem dieser feudalen, tipptopp gepflegten, aber verschlafenen Dörfer am Ufer der Loire. Es war heiß für Anfang Juni, und die gepflasterten Straßen flimmerten in der Hitze. Das Murmeln des großen, trägen, schimmernden Flusses begleitete das Klappern von Besteck und das Klirren der Gläser.

Will aß kaum etwas. Schließlich kramte er in der Hosentasche nach seinen Zigaretten. Offiziell war er Nichtraucher und hätte niemals in der Öffentlichkeit geraucht – außer in Frankreich, wo alles „anders" war. Tatsächlich hatte er eine besondere Vorliebe für amerikanische Filterzigaretten mit weißem Mundstück, und damals mußte ich lächeln, daß es ein Beweis unserer Intimität war, von ihm Rauch ins Gesicht geblasen zu bekommen.

Ich diskutierte mit dem Kellner eingehend über den Wein – ich hatte noch nie die roten Chinons bewertet, die auf der Weinkarte dominierten. Will beobachtete mich und sagte dann: „Ich sehe zu gern zu, wie du deinen Wein auswählst. Du weißt so viel, und du weißt ganz genau, was du willst. Du bist wirklich die Tochter deines Vaters."

Wir hatten abgemacht, daß Will, falls er ins Unterhaus gewählt wurde, die Juristerei aufgeben und ich weiterhin für Dad bei „Battista – Edle Weine" arbeiten würde. Die finanzielle Seite schien zu stimmen, zumindest auf dem Papier, und ich freute mich auf Geschäftsreisen mit meinem Vater nach Australien und Amerika.

Der Kellner schenkte den Wein ein – himbeerrot, aber ganz hübsch anzusehen.

„Ich liebe dich, Mrs. Savage." Jedesmal, wenn Will das zu mir sagte, und das tat er oft, war es, als wäre ihm diese Formulierung gerade erst eingefallen, was sie in meinen Ohren zu der köstlichsten, der entzückendsten, der notwendigsten Sache der Welt machte.

Ich wandte mich ab und blickte auf den Fluß. Ich kannte Will noch nicht sehr gut. Aber es gab für mich keinen Zweifel, daß unsere Heirat richtig war. Diese absolute Gewißheit machte, daß ich mir alt und lächerlich jung zugleich vorkam.

„Wirst du es dir überlegen, irgendwann mit mir ins Val del Fiertino zu fahren, damit du siehst, woher meine Familie kommt?"

Er drückte die Zigarette aus. „Ich wüßte nicht, was ich lieber täte." Seine Miene verdüsterte sich einen Moment. „Ich habe nicht viel Familie, abgesehen von Meg und Sacha natürlich." Er wurde wieder munterer. „Ich freue mich schon darauf, deine zu adoptieren."

Ich erhaschte einen Widerhall seiner unglücklichen Kindheit. „Möchtest du darüber reden?"

Er zündete sich eine zweite Zigarette an. „Meine Großeltern waren zu alt und konfus durch das, was passiert war, um mit der Situation fertigzuwerden. Sie machten sich Vorwürfe, weil sie es zugelassen hatten, daß meine Mutter meinen Vater heiratete, und machten sich noch viel größere Vorwürfe, als meine Mutter ebenfalls zu trinken begann. Ich bin froh, daß sie nie erfahren haben, wie es um Meg steht."

Wir befanden uns auf heiklem Terrain, das wir noch nicht lückenlos sondiert hatten. „Wann hat Meg...?"

„Ich weiß es nicht. Sie hat es verheimlicht. Ich habe nie Alkohol an ihr gerochen. Ich hatte nie einen Verdacht. Vermutlich wurde es erst ein Problem, als sie Rob heiratete. Nur ein Drink am Ende des Tages. Aber ich war mit anderen Dingen beschäftigt, Schule, Prüfungen, dem Wunsch, aus dem Ganzen rauszukommen. Ich schäme mich, es zuzugeben, aber ich habe nicht viel über Meg nachgedacht. Sie war einfach da. Erst sehr viel später wurde mir klar, wieviel sie für mich getan hat und was das aus ihr gemacht hat."

Ich erinnere mich an... woran genau? An einen winzigen Schauer des Unbehagens; den leisen Anflug eines Schattens, der sich auf die Intensität unserer Zweisamkeit legte. Die Gläser auf dem Tisch, die Sonne auf den weißen Steinen, das Geräusch des Flusses... wir beide... dieses ganze Glück. Und doch...

„Will", sagte ich, und mir stockte der Atem, „wir dürfen uns niemals das Leben zur Hölle machen."

Er grinste. „Sehe ich vielleicht wie ein Teufel aus?" Seine Augen wurden schmaler. „Mir ist da gerade etwas eingefallen."

„Und das wäre?"

„Dazu müßten wir erst ins Hotel gehen... jetzt gleich."

Aber als wir dort ankamen, wartete eine Nachricht auf ihn. Will las sie, nahm mich in die Arme und sagte aufgeregt: „Mrs. Savage, wir müssen packen. Die Wahlen finden am vierzehnten Juli statt, und wir dürfen keine Zeit verlieren. Nicht *einen* Tag, nicht *eine* Minute. Wenn wir ordentlich Gas geben, können wir bis Mitternacht zu Hause sein."

Droben in unserem Zimmer betrachtete ich den Stapel ungeschriebener Postkarten, der auf dem Tisch unter dem Fenster lag. Jungfräuliche Postkarten pittoresker französischer Dörfer und träger französischer Flüsse. „Ich hab noch keine einzige geschrieben", sagte ich.

Er schnappte sie sich. „Dann schreibst du sie eben im Auto."

Ich setzte mich aufs Bett. Ich dachte, ich hätte mich auf Momente wie diesen sorgfältig vorbereitet. Ich hatte gewußt, daß ich, wenn ich Will heiratete, Opfer dieser Art würde bringen müssen. Aber die Enttäuschung machte mich doch vorübergehend sprachlos.

Er registrierte meine niedergeschlagene Miene, und seine eigene wurde besorgt. „Fanny... Ich weiß, daß der Zeitpunkt nicht ungünstiger sein könnte, aber die Wahlen bedeuten alles... na ja, nicht direkt alles. Natürlich bedeutest *du* mir alles... aber auf diesen Moment haben wir hingearbeitet. Das verstehst du doch, oder?"

Er sah so besorgt, so entschlossen, so ernst aus, daß ich nicht protestieren konnte. Wie konnte ich Will angesichts des wichtigsten Ereignisses seines Lebens eine Szene machen? Was war dagegen schon eine Hochzeitsreise? Nichts Lebenswichtiges, verglichen mit dem, was Will sich vorgenommen hatte – nämlich, schlicht und einfach ausgedrückt, die Probleme des ganzen Landes zu lösen.

„Großes Ehrenwort“, sagte er. „Bei der ersten sich bietenden Gelegenheit machen wir unsere zweite Hochzeitsreise, das verspreche ich dir.“

Mehr als alles andere wollte ich, daß Will glücklich war. Ich nahm seine Hand und sagte: „Abgemacht.“

Bevor wir das Hotel verließen, setzte ich mich hin und schrieb auf eine der Postkarten: „Liebe Fanny, hier ist es wunderschön. Schade, daß du nicht da bist. Liebe Grüße, Fanny.“ Beim Auschecken ließ ich mir an der Rezeption eine Briefmarke geben und warf die Karte in den Briefkasten in der Halle.

Auf der Fahrt nach Norden fummelte Will die ganze Zeit hektisch am Autoradio herum. Einmal bestand er darauf, an einer Autobahn-Tankstelle anzuhalten, und sprang hinaus, um Mannochie anzurufen. Ich beobachtete ihn vom Wagen aus. Er legte die freie Hand auf die Glasscheibe und stützte sich darauf, was einen unscharfen Abdruck hinterließ. Nach einigen Sekunden nahm er die Hand weg und schlang den Arm um seine Mitte.

Dieses kleine Anzeichen von Nervosität ging mir näher, als ich sagen kann, und es traf mich wie ein Schlag, wie teuer er mir war und wie wichtig es war, daß er erreichte, was er wollte.

Kapitel 5

Meg hatte gefragt, ob ausnahmsweise *sie* Chloë am letzten Prüfungstag von der Schule abholen dürfe. Chloë stürmte zur Küchentür herein. „Mom? Alles vorbei! Endlich!“ Sie war blaß, zappelig und aufgekratzt.

Ich nahm sie in die Arme und hielt sie ganz fest. Dann ging ich mit ihr nach oben, ließ ihr ein Bad ein und brachte ihr eine Tasse Tee.

Das Gesicht vom Dampf gerötet, ließ sie sich ins Wasser sinken. „Meine liebe, gute Mami.“ Sie schwieg geraume Zeit. „Ich kann mich zu nichts aufraffen. Ich kann mich nicht bewegen. Ich kann nicht denken.“

Es war kalt für Ende Juni, und so hängte ich das Badetuch über den geheizten Handtuchhalter. „Soll ich dir die Haare waschen?“

Die Form ihres Schädels war so vertraut, so lieb und teuer. Durch das Shampoo fühlten sich die Strähnen seltsam drahtig an. Ganz behutsam massierte ich und spülte, wischte Schaumspritzer von ihren Augen weg.

„Jetzt fängt das Leben an, Mom“, sagte sie, als ich sie abtrocknete so wie damals, als sie klein, noch ungeformt war, noch ganz mir gehörte. „Ist das nicht toll?“

Als ich einige Tage später aufwachte, streckte ich wie üblich die Hand aus. Wenn Will da war, stießen meine Finger auf einen warmen Rücken, die Biegung seiner Schulter. Es war eine Art frühmorgendlicher Appell an mich selbst: die Mahnung, nett zueinander zu sein, die ich allzu oft mißachtete.

An diesem Tag fühlte sich Wills Seite des Bettes besonders leer und kalt an.

Ich stand auf, schlüpfte in Jeans und ein T-Shirt, zog die Vorhänge auf und sah zu, wie der Sommertag feucht zum Leben erwachte. Es dauerte einen Moment, bis ich die beiden Personen bemerkte, die die Straße entlanggingen. Sie bewegten sich langsam, verträumt, schienen ganz ineinander versunken zu sein.

Chloë blieb neben der Lorbeerhecke stehen, und ich sah deutlich, daß sie nichts Kindliches mehr an sich hatte. Sacha beugte sich zu ihr und flüsterte ihr ins Ohr. Sie sagte etwas, drehte sich zu ihm um und schlang die Arme um seinen Hals. Sacha warf den Kopf zurück und lachte. Ich hatte ihn lange nicht mehr lachen sehen oder hören.

Als mir bewußt wurde, daß ich spionierte, trat ich rasch vom Fenster zurück.

Während ich Kaffee machte, kam Chloë in die Küche geschlendert. „Wieso bist du schon so früh auf, Mom?" Sie schnupperte. „Kaffee. Toll. Kann ich welchen haben?"

„Wart ihr die ganze Nacht aus? Habt ihr was gegessen?"

Chloë schüttelte den Kopf, daß die langen Haare um ihre Schultern flogen. „Du fragst immer das gleiche, Mom."

„Klar. Wir waren die ganze Nacht auf." Sacha, der ihr gefolgt war, holte Tassen aus dem Schrank. „Das Übliche." Er lächelte mich verschmitzt an. „Erinnerst du dich nicht mehr an die Zeiten?"

„Nur vage", erwiderte ich leicht säuerlich. „Wie war's im Club?"

Chloë und Sachas Blicke trafen sich, und eine private Botschaft wurde übermittelt. „Super." Chloës Stimme war einen Ton höher als sonst.

Ich säbelte Brot ab und steckte zwei Scheiben in den Toaster. „Ich hoffe, ihr habt nichts... Unvernünftiges gemacht."

Chloës Augen funkelten mich warnend an. *Sieh dich vor.*

„Jap..." Sacha zog den Reißverschluß seiner ledernen Bomberjacke auf und hängte sie sorgfältig über die Rückenlehne eines Stuhls. „Der Club ist nicht schlecht. Die Jungs und ich springen da vielleicht mal ein."

Sacha bemühte sich so sehr, nicht durchblicken zu lassen, daß sie dringend ein Engagement brauchten. Er hätte niemals zugegeben, daß die Band, zwei Jahre nach ihrer Gründung, noch kaum einen Schritt auf dem Weg zu Ruhm und Reichtum vorangekommen war.

Chloë beugte sich über ihren Kaffee. Ihre Wangen waren rosig angehaucht, und auf ihren Lippen lag ein leises Lächeln. Sie sah glücklich und unbeschwert aus.

Der Toast war im Toaster steckengeblieben, und so zerrte ich ihn heraus – was einen Sturzbach von Krümeln über den Boden verstreute – und legte ihn den beiden hin. „Nehmt euch von dem toskanischen Honig."

„Was hast du eigentlich gegen englischen Honig?" Sie klimperte mit ihren unglaublich langen Wimpern. „Oder gegen englische Sachen überhaupt? Immer heißt es italienische Pasta, italienischer Schinken, italienisches dies, das und sonst was." Wieder klimperte sie unschuldig mit den Wimpern, und Sacha sah ihr, offenbar hingerissen, zu. „Du mußt dieses Jahr unbedingt hinfahren, Mami, damit du es endlich hinter dir hast."

Ich holte die Kehrschaufel und fegte die Krümel zusammen. „Zufällig haben dein Großvater und ich genau das vor."

Chloë verdrehte die Augen. „Das sagt ihr immer."

Während die beiden aßen und tranken, saß ich am Tisch und machte mir Gedanken wegen der Tagesordnung des Stanwintoner Obdachlosen-Ausschusses. Dann stand Sacha auf und nahm seine heißgeliebte Jacke von der Stuhllehne. „Ich muß ins Bett", sagte er und verschwand.

„Und was ist mit dir, mein Schatz?"

Chloë trank ihren Kaffee aus und ging neben mir in die Hocke. „Misch dich nicht ein, Mom. Damit ist jetzt Schluß."

Ich legte den Arm um sie. In ihrem Mundwinkel hing etwas Honig, den ich mit dem Finger wegschnippte. „Er ist dein Vetter ersten Grades, Chloë."

Chloës glücklicher Ausdruck verflog. „Er ist mein alles ersten Grades, Mom. Er ist mein Fleisch und Blut. Er kennt mich in- und auswendig. Und ich kenne ihn."

„Er ist dein Vetter", sagte ich noch einmal.

Chloë richtete sich auf. „Vergiß es, Mom", sagte sie in kategorischem Ton, der mir neu war. Dann war auch sie weg.

Ich blickte zum Fenster und sah hinaus, wo sich, dunklen und überreifen Pflaumen gleich, Gewitterwolken zusammenballten.

Einige Stunden später gingen Chloë und ich die Säcke der Altkleidersammlung durch, die in unserer Garage deponiert worden waren. „Das ist ja irre viel, Mami! Ich sehe nicht ein, warum wir das überhaupt machen müssen."

Ich schüttete einen der Säcke aus, und eine Lawine schmutziger Pullover und Hosen ging über dem Boden nieder. Der Geruch – muffig, ungewaschen, deprimierend – ließ uns zurückweichen.

„Igitt", sagte Chloë. „Schmeiß das Zeug weg."

Ich verblüffte mich selbst, als ich hitzig erwiderte: „Das geht nicht. Die Sachen könnten noch nützlich sein. Jemand könnte sie noch brauchen."

Chloë inspizierte einen weiteren Sack. „Das da", sie zog eine rosa Strickjacke heraus, die verdächtig nach Kaschmir aussah, „ist eigentlich ganz nett."

Ich hob einen Armvoll Kleider auf und schleppte sie in die Küche, wo Brigitte gerade das Spülbecken schrubbte. „Könnten Sie die in die Waschmaschine tun?"

Sie trat einen Schritt zurück. „Das sind keine netten Sachen."

„Stimmt", pflichtete ich ihr bei, „aber wenn sie gewaschen und gebügelt sind, sehen sie gleich anders aus."

Brigitte stopfte sie schmollend in die Maschine und knallte die Tür zu.

Chloë war mir gefolgt und reichte Brigitte das Waschpulver. „Das Leben ist schon komisch", sagte sie. „Meinst du, daß es okay ist, wenn ich die Strickjacke behalte?"

Auf dem Weg in die Stadt nahm ich Meg im Auto mit, die zum Arzt wollte. Sie ließ den Sicherheitsgurt einschnappen. „Sacha hat mir erzählt, daß du... mit Chloë über Sacha gesprochen hast. Ich schließe daraus, daß du es nicht billigst, daß er und Chloë soviel zusammen sind..."

Ich fuhr vorsichtig aus der Einfahrt hinaus auf die Straße. Eigentlich hätte es mich nicht mehr überraschen dürfen, in welcher Weise Informationen im Haus zirkulierten. „Bespricht er eigentlich alles mit dir?"

„Fast alles. Wir haben schon immer viel miteinander geredet. Wie du ja weißt."

Das war unfair, aber die Bemerkung ging mir dennoch gegen den Strich. „Chloë bereinigt private Mitteilungen, bevor sie sie mir anvertraut."

„Sag mal", Meg kramte in ihrer Handtasche, „hast du etwas gegen meinen Sohn einzuwenden oder gegen meine Gene?"

„Ich habe Sacha sehr gern, und Chloë hat die gleichen Gene wie du."

Meg klappte die Sonnenblende herunter und benutzte den Spiegel, um knallroten Lippenstift aufzutragen, während ich mich mit einem Verkehrskreisel herumschlug, der dazu angelegt war, Autofahrer zum Wahnsinn zu treiben. „Weißt du, Fanny", sagte sie, „früher waren wir bessere Freundinnen."

Ich spürte, wie sich ihr Blick in meine Wange bohrte. „Meg", sagte ich vorschnell, „ich finde, daß es an der Zeit ist, gewisse Veränderungen vorzunehmen."

Wie immer kombinierte sie messerscharf. „Du willst mich rausschmeißen?" Dann lachte sie auf die ihr eigene Art. „Ich würd's tun, wenn ich du wäre." Sie schob sich abrupt das Haar hinter die Ohren, eine für sie untypische nervöse Geste. „Weiß Will, was du vorhast?"

„Ich habe es noch nicht im einzelnen mit ihm besprochen. Aber Chloë wird schon bald das Haus verlassen, und da dachte ich, vielleicht... vielleicht ist es Zeit, etwas Kleineres zu suchen."

„Das wird Will aber nicht gefallen. Er würde Sacha und mich nie rausschmeißen." Sie warf mir einen argwöhnischen Blick zu. „Und du würdest es auch nicht, stimmt's, Fanny?"

„Auch Sacha wird irgendwann ausziehen."

Meg warf den Lippenstift in ihre Handtasche. „Klar."

Ähnlich wie meine Mutter, die Ember House faktisch mit leeren Händen verlassen hatte, war Meg mit so gut wie nichts in Stanwinton aufgetaucht, nur mit einem Koffer und einer kleinen Tasche mit Sachas Sachen für seine Besuche an den Wochenenden. „Ich war nicht in der Verfassung, eine Auswahl zu treffen", hatte sie gesagt.

Jahre später, als ich mich auf der Party anläßlich Sachas achtzehntem Geburtstag mit Rob unterhielt, sagte er mir, daß er Meg angefleht habe, alles mitzunehmen – Möbel, Kleidung, Geschirr –, daß sie dies jedoch kategorisch abgelehnt und ihm erklärt habe, sie wolle Platz für ihren Kummer haben. Rob konnte das nicht verstehen, aber für mich klang es irgendwie plausibel.

Meg streckte die Hände vor sich aus. „Schau, nur ein leichtes Zittern. Es geht aufwärts. Das neulich abends war nur ein Ausrutscher. Ich werde mir auch wieder einen Job suchen."

„Gut." Ich fuhr auf den Parkplatz der Praxis und setzte Meg vor dem Eingang ab.

Meg hielt den Türgriff fest. „Aber ich bin noch nicht sicher genug, um es allein zu schaffen."

Ich beugte mich über den Beifahrersitz, um die Tür zuzumachen. „Meg", rief ich ihr nach. „Ich hab's nicht so gemeint."

♦

Nach der Ausschußsitzung fuhr ich nach London. Es regnete wieder. Ich spähte angestrengt durch die Windschutzscheibe. Mein Vater machte immer viel Tamtam um den italienischen Sommer, und mir wurde – wieder einmal – klar, warum. Ach, dort zu sein, wo es im Tal so heiß war, daß, wenn ich unter einem Olivenbaum saß und nach oben blickte, die Blätter flackernden Feuerzungen glichen.

Will hatte in der Diele unserer Londoner Wohnung einen Zettel auf den Boden gelegt, wo ich garantiert darüber stolpern mußte: „Wir treffen uns in der Botschaft. Kümmere dich um Pasquale. Sei bitte pünktlich."

Natürlich kam ich zu spät. Ich beging den Fehler, ein Bad zu nehmen, und während ich in der Wanne lag, klingelte zweimal das Telefon. Der erste Anrufer war ein Jounalist, der sagte, sein Blatt plane einen Artikel über mögliche zukünftige Führungspersönlichkeiten in der Partei, und ob er meinen Mann interviewen könne. Ich sagte ihm, er solle sich an Wills Büro wenden. Der zweite war Wills Privatsekretär, der mir, falls ich mit jemandem von der italienischen Delegation sprechen sollte, dringend riet, allen auch nur entfernt politischen Themen tunlichst auszuweichen. Diese Parole war an alle Ehefrauen ausgegeben worden. Welche ich denn ansteuern dürfe, wollte ich wissen.

„Vor kurzem wurden etruskische Bronzen entdeckt, die sehr schön sein sollen", erwiderte er.

Ich zeichnete Herzchen auf den beschlagenen Spiegel im Badezimmer. „Erzählen Sie mir Genaueres über die Bronzen."

„Bedauerlicherweise, Mrs. Savage, sind sie sehr... ausgesprochen erotischer Natur. Aber Sie müssen ja nicht auf Details eingehen. Und... Mrs. Savage... wenn Sie die Worte ‚Auto' und ‚Steuer' vermeiden könnten... Die Verhandlungen befinden sich derzeit in einem ausgesprochen kritischen Stadium."

Dergestalt gesprächsmäßig eingeengt, und noch dazu spät dran, fuhr ich mit dem Taxi zur Botschaft, wo Will schon auf mich wartete. Er lächelte und küßte mich auf die Wange, aber wie er meinen Arm packte, tat beinahe weh. „Mal wieder zu spät."

„Viel Verkehr." Ich verschränkte meine Finger mit seinen und stürzte mich sicherheitshalber sofort auf meine Liste der zu besprechenden Themen. „Wir müssen über Chloë reden."

Er drückte meine Hand und ließ sie dann los. „Worum geht's?"

„Um sie und Sacha. Ich mache mir Sorgen."

„Meg sagt, daß das Unsinn ist. Sie stehen sich nur sehr nahe, was bei Cousins nichts Ungewöhnliches ist."

„Du hast mit Meg gesprochen? Ich habe die ganze Woche versucht, dich zu erreichen, aber du warst immer beschäftigt..."

„Hallo, Ted." Will wandte seine Aufmerksamkeit aalglatt einem seiner Ministerkollegen zu.

In einem langen, schmalen Saal wurde ein guter Champagner serviert. Getreu meinen Anweisungen unterhielt ich mich über das Wetter und die Flora mit einem Botschafter, der eine quietschebunte Krawatte trug, und über Weine mit einem jungen Konsul, der mir mitteilte, daß er mit Bier aufgewachsen war. Ich nahm Antonio Pasquale beiseite und verblüffte ihn mit meinen Kenntnissen auf dem Gebiet der italienischen Sprache und der italienischen Weine. Als wir uns verabschiedeten, küßte er mir die Hand, und ich wußte, daß ich meine Sache gut gemacht hatte.

Daheim in unserer Wohnung steuerte Will geradewegs auf das Tablett mit den Spirituosen zu, was ungewöhnlich war, und goß sich ein Glas Whisky ein. „Ich bin fix und fertig. Pasquales Frau ist ein Alptraum."

„Wir sollten etwas essen."

„Viel zu müde."

„Ich auch." Ich kickte die Schuhe weg und kuschelte mich auf dem Sofa zusammen. „Erzähl mir, was läuft."

Will seufzte. „Dazu fehlt mir die Energie."

„Aha." Ich studierte meine Füße, die in hellen Abendstrümpfen steckten.

„Tut mir leid, Schatz."

Ich griff nach einem Kissen und drückte es an mich. „Was würdest du dazu sagen, wenn Dad und ich eine Reise nach Italien machen?"

Will war schlagartig bei der Sache. „Wann?"

„Während Chloë weg ist. Vermutlich im September. Wir haben aber noch nichts entschieden."

„Ohne mich?"

„Ja."

Will stellte sein Glas ab und setzte sich zu mir. „Dann mußt du selbstverständlich fahren. Ich weiß doch, wieviel es dir bedeutet." Er hielt inne. „Aber muß es unbedingt dieses Jahr sein? Es steht soviel an..." Er nahm mir das Kissen weg und legte den Arm um mich. „Ich brauche dich vor Ort." Ich spürte, wie neue Energie in ihn strömte, als er sich darauf konzentrierte, mich in den Schoß der Partei zurückzuholen. „Im Moment weiß ich wirklich nicht, wie ich ohne dich zurechtkommen soll." Er trank wieder einen kräftigen Schluck Whisky. „Vielleicht bin ich egoistisch." Als ich keine Antwort gab, sagte er scharf: „Fanny, hörst du mir überhaupt zu?"

Ich hob den Blick und sah meinen alten Will: den klugen, witzigen, leidenschaftlichen, engagierten Mann, in den ich mich verliebt hatte, und ich fragte mich, was er in mir sah und ob er überhaupt hinsah.

„Wir führen allmählich eine merkwürdige Ehe", hörte ich mich sagen. „Ich habe die ganze Woche versucht, mit dir über unsere Tochter zu reden... an welcher Stelle der Warteschlange stehe ich eigentlich?"

„Sei nicht albern." Seine Stimme klang plötzlich gereizt.

„Aber es stimmt."

Er legte die Hand unter mein Kinn. „Nur weil ich mit Meg gesprochen habe? Sie hat zufällig im richtigen Moment angerufen, du Dummkopf."

„Es ist nicht nur das." Ich schüttelte seine Hand ab und begann an der Kordel des beiseitegelegten Kissens zu zupfen. „Ich bin eben beunruhigt."

Er seufzte. „Ich bin überzeugt, daß kein Grund besteht, sich wegen Chloë Sorgen zu machen."

„Aber ich *mache* mir Sorgen um sie. Und ich mache mir Sorgen, weil ich mir *allein* Sorgen um sie machen muß."

„Wenn sie nach Australien geht, wird sie Sacha vergessen; sie wird neue Menschen kennenlernen. In ihrem Alter ist es ganz normal, den Falschen anzuhimmeln – sofern sie tatsächlich für ihn schwärmt."

Er hatte vermutlich recht, aber ich hatte genug Politikersprüche für einen Abend gehört. Ich hievte mich hoch und ging zum Fenster und sah hinaus in die trübe Sommernacht. „Ich möchte mit meinem Vater wegfahren, Will. Ich glaube, daß er gesundheitlich nicht ganz auf der Höhe ist, und ich würde gern mehr Zeit mit ihm verbringen."

„Lieber als mit mir..."

Ich drehte mich um und funkelte ihn an. „Das will ich überhört haben."

Will stellte sein Glas ruckartig auf dem Tisch ab. „Hast du Meg tatsächlich nahegelegt, daß sie auszieht?"

„Nicht direkt", erwiderte ich. „Der Vorschlag wurde unterbreitet, aber es wurde nicht darüber abgestimmt."

„Findest du nicht, daß du das zuerst mit mir hättest besprechen müssen? Meg ist verstört und beunruhigt, und das kann nicht gut für sie sein."

„Etwas mit dir besprechen? Eine hervorragende Idee. Ich hab's die ganze Woche versucht. Soll ich bei Mannochie anfragen, ob er mich irgendwo in deinen Terminkalender einschieben kann? Oder in eine deiner Sprechstunden – vielleicht zwischen die falschen Gasabrechnungen und die gewalttätigen Nachbarn?" Ich ging zur Tür. „Aber jetzt gehe ich erst einmal zu Bett."

Als ich im Flur war, rief er mir nach: „Ich kann ihr nicht weh tun, Fanny. Ich kann sie nicht im Stich lassen."

Kapitel 6

Nach den Melonen riechend, die ich in Frankreich unbedingt noch hatte kaufen müssen und die den Wagen mit ihrem süßen, reifen Aroma erfüllten, kehrten Will und ich mitten in der Nacht von unserer abgebrochenen Hochzeitsreise nach Ember House zurück.

Früh am nächsten Morgen taumelten wir aus dem Bett, zerrten saubere Sachen aus den unausgepackten Koffern und fuhren nach Stanwinton. Mannochie erwartete uns in der Parteizentrale.

Will wurde sofort von einem Apparatschik mit Beschlag belegt, und Mannochie tauchte an meiner Seite auf. „Sie müssen unbedingt die Kreisvorsitzende kennenlernen und Sie müssen gut mit ihr auskommen."

„Warum? Wandere ich sonst in den Bau?", fragte ich und wünschte, ich hätte es nicht gesagt, da ich merkte, daß es nicht sehr witzig klang.

In der Zentrale wimmelte es von Menschen, und überall standen Stühle, Fotokopierer und Körbe herum, die von braunen Umschlägen überquollen. Das ständige Klingeln von Telefonen übertönte die hektische Betriebsamkeit. Mannochie bugsierte mich zu einem Tisch, an dem eine Frau einem älteren Ehepaar Anweisungen zum Sortieren der Wahlbroschüren gab. „Keine Trödelei", schärfte sie den beiden ein. „Keine Fehler."

„Pearl, das ist Fanny."

Die kräftig gebaute Frau wuchtete sich hoch. „Wird auch Zeit."

Sprach sie immer in diesem Staccato-Ton? Ich wurde vor lauter Nervosität übermütig, aber ich beherrschte mich und sagte: „Will und ich sind so schnell wie möglich hergekommen. Wir sind die Nacht durchgefahren."

Pearl Veriker hätte mich schon bei früherer Gelegenheit kennenlernen sollen – *Ehefrauen müssen auf Herz und Nieren geprüft werden* –, war damals aber im Krankenhaus gewesen. Sie war groß, hatte eine markante Nase und gab sich nicht damit ab, modisch auf dem neuesten Stand zu sein. Ihre Baumwoll-Hemdbluse biß sich mit ihrem Rock, und sie trug fleischfarbene Strumpfhosen zu weißen durchbrochenen Schnürschuhen. Ihr prüfender Blick dagegen war klug und erbarmungslos. Schließlich streckte sie die Hand aus. „Ich werde Fanny zu dir sagen, denn wir werden viel miteinander zu tun haben."

Falls ich tröstende Worte wegen meiner ruinierten Hochzeitsreise erwartet hatte, dann hatte ich mich getäuscht. „Du kannst dir denken, daß alle Mann Gewehr bei Fuß stehen. Hoffentlich hast du bequeme Schuhe an." Sie warf einen Blick auf meine nackten Beine unter dem kurzen Jeansrock. „Tut mir leid, aber du solltest besser Strumpfhosen und einen längeren Rock tragen. Je tiefgreifender und revolutionärer unsere Ideen sind, desto unverfänglicher und solider muß unsere äußere Erscheinung sein. Das hätte dir klar gesagt werden müssen."

Sie meinte: Das hätte dir klar sein müssen. Ich errötete ob meiner Ignoranz.

Eine junge Frau mit einem Stapel Briefe in der Hand drängte sich an uns vorbei. Pearl Verikers Arm schoß vor und versperrte ihr den Weg. Wo Marcia damit hin wolle, begehrte sie zu wissen. Es folgte ein knapper Wortwechsel, dann wurde die Gefangene Marcia freigelassen. „Meine Aufgabe ist es, alles unter Kontrolle zu haben. Alle im Auge zu behalten." Ohne innezuhalten sagte sie: „Hoffentlich bist du gesund, das werden harte Wochen."

„Will wird mich bestimmt instruieren."

„Dein Mann, Fanny, ist neu im Geschäft. Habt ihr schon geklärt, wo ihr im Wahlkreis leben werdet, falls wir siegen?"

„Wenn wir hier sind, werden wir bei meinem Vater in Ember House wohnen."

Pearl schüttelte den Kopf. „Ausgeschlossen. Ihr braucht ein ruhiges, bescheidenes, billiges Haus. Es ist wichtig, hier Wurzeln zu haben."

„Anscheinend brauchen wir ein ruhiges, bescheidenes, billiges Haus im Wahlkreis", teilte ich Will in der Ungestörtheit unseres Schlafzimmers in Ember House mit.

Eine Socke aus, eine Socke an, drehte er sich ruckartig zu mir um. „Stimmt. Schließlich werden wir hier leben. Falls wir gewinnen. Das weißt du doch."

„Nein, das wußte ich nicht."

Will streifte die andere Socke ab und ließ sie auf den Boden fallen. „Ich habe es dir erklärt."

„Du hast von der Möglichkeit gesprochen. Ich will nicht hier leben. Der Hauptteil meiner Arbeit für die Firma ist in London. Du vergißt, daß ich den größten Teil meines Lebens hier verbracht habe, und ich weiß, wie das ist. Wir sollten in London wohnen."

„Fanny..." Will kam zu mir herüber und setzte sich aufs Bett. „Schätzchen... schau mich an. Die Sache ist wichtig. Wir müssen nun mal Opfer bringen. Vergiß nicht, woran wir glauben. Was wir uns vorgenommen haben." Er ging neben dem Bett in die Hocke. „Niemand hat gesagt, daß es leicht sein wird."

Ich hörte ihn die Worte sagen, sah die Überzeugung und den festen Glauben, die sein Gesicht aufleuchten ließen. „Will, wir müssen nicht hier leben. Wir können oft herkommen, sehr oft."

„Wir können keine halben Sachen machen. Hier geht es um eine Art Krieg. Das sehe ich jetzt ganz klar."

Ich blickte in die dunklen Augen, die mich so entzückten.

„Will, darf ich dich darauf hinweisen, daß das erste Opfer des Krieges immer die *Wahrheit* ist?"

„Mrs. Savage, das ist nicht sehr hilfreich."

♦

Ich gab alles. Gewiß, ich war kein Experte, doch Mannochie tat sein Bestes, um dafür zu sorgen, daß ich einer wurde. Er war ständig an meiner Seite, murmelte Anweisungen, lieferte Informationen, soufflierte mir die Antworten. Er verklickerte mir, wer in der Stadt das Sagen hatte, wem die Baugeschäfte gehörten, wer die Kommunalsteuern festsetzte, welche Wohnsiedlung aller Wahrscheinlichkeit nach für Will stimmte. Er flößte mir Fakten, Statistiken und gute Ratschläge ein und brachte mir die Spielregeln dieses seltsamen Feldzuges bei. *Kampf bis aufs Messer.*

„Pardon wird also nicht gegeben", witzelte ich.

Er wurde sehr ernst. „Nein. Und laß dir ja nichts anderes einreden, Fanny."

Inzwischen waren wir bei „Fanny" angelangt, doch er wurde immer nur „Mannochie" genannt. Sein Vorname war, wie er sagte, nicht für die Öffentlichkeit bestimmt.

Im gleichen Maße, wie ich Mannochie erwarb, verlor ich Will – vielmehr meinen privaten Will. Der öffentliche Will war umgeben von Helfern mit Klemmbrettern, potentiellen Wählern, Wählern, die ihn haßten. Er wurde gleichermaßen bewundert und verabscheut. Aber eines stand fest: Egal, wo er hinkam, man nahm Notiz von ihm.

„Du sagst *gar* nichts", befahl mir Pearl Veriker. „Kein Wort. Dafür sind andere da."

Und so stieg ich schweigend in den Wahlkampfbus und machte, mit meinen Instruktionen im Ohr, die Runden. Weit hinten auf dem Podium sitzend, nahm ich an Versammlungen teil und trat vor, um mich (schweigend) neben Will zu stellen und den Applaus entgegenzunehmen. Angemessen gekleidet nahm ich Arm in Arm mit Will Fototermine wahr, und die Resultate waren nicht schlecht.

„Ein Glück, daß du gut aussiehst", sagte Pearl. „Dein Mann hat die Befehle befolgt."

Ich starrte sie an, und sie tätschelte meine Schulter. „Kleiner Scherz, Fanny."

Falls Pearl tatsächlich Witze riß, konnte ich nur vermuten, daß sie und ich Fortschritte machten.

Gehorsam klapperte ich stundenlang die Straßen ab und klingelte an Türen. Meistens machte eine Frau auf, und ich konnte flüchtige Blicke ins Innere werfen, wo Körbe voll nasser Wäsche darauf warteten, aufgehängt zu werden, Dreiräder und Kinderwagen den Flur verstellten und Schulranzen ihren Inhalt verstreuten. Manchmal erschienen auch die Männer. Wenn sie mich nicht mochten, sagten sie es mir ins Gesicht, und wenn sie unangenehm wurden, zog mich Mannochie weiter.

Meine Füße schwollen an und meine Schultern schmerzten vom Herumschleppen der Prospekte. Es *war* gewissermaßen ein Krieg, auch wenn er an der Heimatfront ausgefochten werden mußte. Auf unseren Listen hakten wir Wohnblocks ab, wo die Gehwege nach Urin stanken, und nette, behagliche Einfamilienhäuser in ruhigen baumbestandenen Straßen. Wir trotteten kiesbestreute Auffahrten zu großzügigen, gepflegten Villen hinauf, die um die Jahrhundertwende von Industriebaronen gebaut worden waren. Ihre Bewohner waren die Schlimmsten, denn ihre Feindseligkeit drückte sich in höflicherer und tödlicherer Form aus. „Leute wie Sie tun doch nichts anderes, als unsereinem ständig neue Steuern aufzubürden", sagte eine schmuckbehängte und aufgedonnerte Frau. „Mehr fällt Ihresgleichen ja nicht ein." Sie wollte uns schon die Tür vor der Nase zuschlagen. „Wer, sagten Sie, sind Sie doch gleich?"

Mannochie nahm mich eines Abends beiseite. Er schien verlegen zu sein. „Fanny, könntest du deine Ansichten über den örtlichen Nahverkehr vielleicht für dich behalten?"

Ich war erstaunt. „Habe ich denn welche?"

„Offenbar schon, und man hat dich heute vormittag bei den Pfadfinderinnen darüber sprechen hören."

„Ich habe nur gesagt, daß es mehr Busse geben sollte."

Mannochie blickte besorgt drein. „Genau. Du spielst damit einer Lobby in die Hände."

Am Abend vor dem Wahltag hatte ich mit Will ungestört in einem chinesischen Lokal in der Stadt essen wollen. Doch dann wurde er in letzter Minute durch eine Besprechung in der Zentrale aufgehalten, und wir mußten uns mit einem Sandwich begnügen, das Mannochie organisiert hatte. Will rührte seines kaum an, trank aber zwei Gläser eines gräßlichen Weines.

Am anderen Ende des Raums lieferte der Fernseher letzte Prognosen und Zahlen. Ich massierte meine schmerzenden Schultern. Nur noch wenige Stunden... Dann hatten Will und ich wieder ein Privatleben und konnten darangehen, unsere gemeinsame Zukunft zu gestalten.

Mannochie tauchte auf. „Die Zahlen sehen ganz gut aus." Die beiden Männer konferierten, und ich aß mein Hühnersandwich. Ich hörte nur mit halbem Ohr hin, doch dann schoß es mir plötzlich durch den Kopf, daß ich, durch die Heirat mit Will, mein Schiff auf eine See hinausgeschickt hatte, die stürmischer war, als ich vermutet hatte. Schließlich zog Mannochie ab, und Will griff nach meiner Hand.

„Hast du gehört? Sieht gut aus. Mit ein bißchen Glück sind wir drin." Er drückte meine Finger so fest, daß es weh tat. „Glaubst du, daß wir's schaffen?"

Mein Herz schwoll vor Liebe und Vertrauen zu ihm, und ich streichelte seine Hand in meiner. „Ja. Ja, das glaube ich."

Um Mitternacht trafen wir im Rathaus ein. Gerade waren die beiden letzten Wahlurnen gebracht worden, und die endgültige Auszählung war im Gange. Die Wahlhelfer beugten sich über die Tische, Zeigefinger und Daumen durch Gummikappen geschützt. Die Stimmzettel-Stapel wuchsen, veränderten sich; einige wurden erneut ausgezählt, das Ergebnis notiert.

Will und die anderen Kandidaten schritten zwischen den Tischen auf und ab, machten jedoch geflissentlich einen großen Bogen umeinander. Der Wahlleiter hielt sich schon in der Nähe des Mikrofons auf dem Podium bereit.

Jemand berührte meinen Arm, und ich drehte mich um. „Hallo", sagte Meg. „Tut mir leid, daß ich erst jetzt komme." Sie sah erregt und strahlend aus, wie aus dem Ei gepellt in einem roten Leinenkleid und schicken Schuhen. „Ich kann mir doch den großen Tag meines kleinen Bruders nicht entgehen lassen."

Um ein Uhr dreißig bugsierte mich Pearl Veriker in einen Nebenraum. „Sieht gut aus", sagte sie. „Laß dich anschauen."

Rock lang genug? Strumpfhosen? Make-up?

„Wo ist dein Ehering?" Ihre Augen fixierten meine nackte linke Hand.

Ich fischte ihn aus der Tasche. „Ich bekomme einen Ausschlag davon. Ich habe mich noch nicht an ihn gewöhnt."

„Anstecken, Fanny."

Ich schob ihn über meinen roten, geschwollenen Ringfinger und ertrug das Jucken und Brennen. Zu meiner Überraschung war das Jucken und Brennen meiner Rebellion nicht weniger heftig. So gewiß wie ein Ochse wurde ich ins Joch gespannt, und falls ich nicht so gewettet hatte, war es nun viel zu spät, um etwas dagegen zu unternehmen.

Ich riß mich zusammen und ging hinüber zu unseren Parteifunktionären, deren Durchschnittsalter beträchtlich über meinem lag, aber es waren auch ein oder zwei jüngere darunter. „Ist es nicht komisch, daß einem die von der Gegenseite immer viel häßlicher vorkommen als die eigenen Leute?", raunte mir ein dynamischer Jüngling zu.

Während ich Orangensaft in Plastikbecher goß, schaute ich kurz auf und erhaschte Wills Blick. Wir sahen uns einen Moment tief in die Augen, und sein Mund verzog sich zu einem leisen Lächeln. Er bat mich stumm, an ihn zu glauben. Meine kurzlebige und konfuse Rebellion erstarb.

Um drei Uhr morgens stand ich neben Will auf dem Podium, während der Wahlleiter das offizielle Ergebnis verkündete und Will zum neuen Abgeordneten des Wahlkreises Stanwinton erklärte wurde. Wir standen Seite an Seite, beide wie benommen und fast sprachlos. Ich war glücklich und stolz – wurde von einem wahren Freudentaumel erfaßt. Die Zukunft sah aus, als ob sie zu bewältigen wäre.

Drunten im Saal sank die nicht unterzukriegende Pearl plötzlich auf einen Stuhl und preßte sich ein Taschentuch auf den Mund. Mannochie klatschte, und einige der Wahlhelfer tanzten herum.

Will legte den Arm um meine Schultern und küßte mich, und ich schwor mir im Stillen, ihm zu geben, was ich nur konnte, und noch mehr. Ich schwor mir, mein Bestes für ihn zu tun.

„Will..." Meg kämpfte sich aufs Podium durch, ihr rotes Kleid ein leuchtender Farbklecks, und hängte sich bei Will ein. „Liebster Will..."

Die Fotografen blitzten drauflos, irgend jemand rief Bravo, Mannochie klatschte noch immer.

Später am Tag wurde das offizielle Foto im *Stanwinton Echo* veröffentlicht. Es war körnig, leicht unscharf, was bei Lokalzeitungen manchmal vorkam, und einige der Personen, die sich auf dem Podium drängten, waren nur schwer zu erkennen. Ein lächelnder Will stand groß und aufrecht da. Er sah jung, glücklich und vielversprechend aus. Neben ihm stand eine schlanke, hellhaarige Person, die strahlend lächelte. Aber das war nicht ich. Das war Meg.

Meine erste Aufgabe als Ehefrau eines Mitglieds des Unterhauses bestand darin, mir Wills winzige Londoner Zweizimmer-Wohnung vorzunehmen. Das beinhaltete, in Wills Schrank irgendwie ein paar Zentimeter freizumachen, um meine Kleider aufzuhängen, Kartons und Papiere auszumisten und die Wohnzimmermöbel umzustellen, um meinen antiken Stuhl unterzubringen. Ich biß die Zähne zusammen und suchte verzweifelt nach einem Plätzchen für meine Geschäftsunterlagen.

Als ich das Bett machte, stieß ich mit dem Fuß an einen herumliegenden Schuh von Will. Ich hob ihn auf, und mein Herz schmolz dahin. Der Schuh war ein Teil von Will, dem Mann, den ich liebte. Ich schob die Hand hinein. In die Innensohle hatte sich der persönliche Abdruck eines Menschen eingebrannt. Genau wie in meine eigenen Schuhe. Wills zweite Zehe war länger als die große, und ich strich mit dem Finger über die Vertiefungen im Leder. Das war mein Geheimnis, und mein geheimes Wissen.

Das Telefon klingelte. „Fanny Savage? Mein Name ist Amy Greene." Sie begann mir zu erläutern, daß ihr Mann ein Hinterbänkler war und daß sie dabeiwar, für die neuen Ehefrauen ein zwangloses Treffen in Westminster zu organisieren. „Wir Oldtimer kümmern uns gern ein bißchen um euch Frischlinge."

Trotz aller Geschäftsmäßigkeit war ein deprimierter Unterton nicht zu überhören. Ich fragte sie höflich, wie lange ihr Mann schon im Parlament war. „Wie lange als Abgeordneter und Stimmvieh? Fünfundzwanzig Jahre, drei Monate und zwei Tage."

„Oh."

Sie stieß ein Raucherlachen aus. „Lassen Sie sich eines gesagt sein, Fanny, das Parlament haßt Frauen. Es *haßt* sie. Ich kann Sie nur warnen."

Will hielt seine Jungfernrede im Oktober, als das Parlament nach der langen Sommerpause wieder zusammentrat. Am

Abend davor debattierten wir darüber, welchen Anzug er tragen sollte. Ich votierte für den grauen. Er sprach sich für den blauen aus. War das so wichtig? Offenbar schon. Farben (das hatten jedenfalls die Apparatschiks wissen lassen) übermittelten eine subtile Botschaft. Ich fand das ein bißchen verwirrend, denn ich war davon ausgegangen, daß es auf den Inhalt ankam.

„Ich weiß, daß es Unsinn ist", behauptete Will hartnäckig, „aber dies eine Mal sollte ich vielleicht doch auf das hören, was die Berater mir raten."

Ich massierte seine Schultern, die total verkrampft waren. „Komm, atme mal tief durch. Entspann dich."

Ich sagte ihm nicht, daß meine eigenen Nerven einen Übelkeit erregenden Tanz in meiner Magengrube aufführten. Dabei hatte ich nichts weiter zu tun, als zuzusehen, wie Will sich erhob und über die sozialen Vorteile billigerer Wohnungen sprach und seine Kollegen beeindruckte. Doch dieser erste Auftritt würde Auswirkungen auf seine Zukunft haben – und auf meine.

„Ich darf es nicht vermasseln, Fanny", sagte Will.

„Denk einfach an deine Schwester und mich", machte ich ihm klar. „Von unserem Platz da oben auf der Zuschauertribüne kriegen wir nur die kahlen Stellen der Köpfe zu sehen."

Er stieß ein unterdrücktes Schnauben aus.

Wills Rede verlief glatt.

Zumindest glaube ich das, denn als er aufstand, sich räusperte und ruhig und flüssig zu sprechen begann, schweiften meine Gedanken in eine andere Sphäre ab.

Es war die Nervosität, wie ich weiß, aber ich stellte fest, daß ich an Bäume dachte. An hohe wie die Platane, deren kräftige, unbeugsame Äste ihre winterliche Nacktheit unterstreichen. Ich dachte an Pappeln, die sich im Sommerwind biegen, und duftige Akazien und die erstaunlichen Rottöne des Ahorns. Aber die Bäume, die mich ganz besonders ansprechen, waren schon immer die Zypressen, *Cupressus sempervirens*, diese dunklen Ausrufezeichen auf italienischen Gemälden aus dem Mittelalter und der Renaissance. Und der Buchsbaum, der strenggenommen gar kein Baum ist. Er wurde vermutlich von den Römern in England eingeführt, und sein Stamm und seine Wurzeln sind so schwer, daß sie im Wasser untergehen.

Meg sah mich scharf an, und ich errötete schuldbewußt. Ich hatte versprochen, mir kein Wort von Wills Rede entgehen zu lassen, um anschließend einen konstruktiven Bericht abzuliefern.

Du hast zu schnell gesprochen. Du hast zuviel mit den Händen herumgefuchtelt, das lenkt den Zuhörer ab. Du darfst nicht zu Boden blicken.

Und so weiter.

„Als wäre er dafür geboren", flüsterte Meg.

Meg interpretierte meine mangelnde Begeisterung als Mangel an Beherrschung. Außerdem dachte sie bestimmt nur an Will: Ich vermutete sogar, daß sie kaum je an etwas anderes dachte. Ihre Manöverkritik würde untadelig und sehr hilfreich sein.

Sie legte ihre kleine Hand mit den exquisit geformten Nägeln auf meinen Arm. An dem Tag waren sie passend zum Lippenstift rosa lackiert. „Du muß lernen, lockerer zu sein, Fanny", riet sie mir mit leiser, besorgter Stimme. „Du mußt einen Sinn für Humor entwickeln. Dann wirst du leichter damit fertig."

Ich biß die Zähne zusammen. Glaubte sie tatsächlich, mal ganz abgesehen von dieser Beleidigung meines absolut funktionstüchtigen Sinns für Humor, daß es mir *derart* an der erforderlichen Qualifikation mangelte? Waren meine Unwissenheit und Unerfahrenheit so offensichtlich? „Ich werde es mir merken", murmelte ich.

Meg machte weiter. „Sei bitte nicht beleidigt", sagte sie. „Du bist so nett, Fanny, und ich will dir doch nur helfen." Sie lächelte verständnisvoll. „Ich bin schließlich schon ein bißchen länger dabei."

Draußen vor dem Unterhaus lag ein Fotograf für eine überregionale Zeitung auf der Lauer, und er beschwatzte Will und mich, für ihn zu posieren, und so wurden wir, Hand in Hand und vom Türbogen eingerahmt, aufgenommen.

„Das neue Goldene Paar des Parlaments", lautete die Überschrift in einer Wochenzeitung. Die Kamera hatte Will ernst, aber unwiderstehlich eingefangen. Nicht so mich, wie ich nach einem kurzen Blick auf das Foto feststellte, denn ich hatte einen argwöhnischen, beinahe erschrockenen Ausdruck im Gesicht.

Mannochie dagegen, der die Nacht auf dem Sofa in unserer Wohnung verbracht hatte, erklärte sich hochzufrieden. „Das wird im Wahlkreis gut ankommen."

Will studierte das Foto länger, wie mir schien, als angebracht war. „Ich bin besser getroffen als du", verkündete er.

„Das finde ich auch." Ich konzentrierte mich auf das Braten des Specks. „Aber für mich reicht's."

„Unbedingt", sagte Mannochie.

Will ritt weiter auf dem Thema herum. „Ich kann es mir nicht leisten, mich schlecht fotografieren zu lassen. Niemals. Sag's ihr, Mannochie. *Eine* schlechte Aufnahme, und man braucht Jahre, um die Scharte auszuwetzen."

Wir setzten uns auf das Sofa und den Stuhl im Wohnzimmer, aßen Speck, Eier und Toast, tranken Kaffee und blätterten die Morgenzeitungen durch. Will und Mannochie diskutierten über Taktik und, ziemlich ausführlich, über Termine.

Ich blickte von der Zeitung auf und warf eine Tatsache in die Termindiskussion ein. „Ich bin im Dezember in Australien."

Beide drehten sich wie ein Mann zu mir um.

Will sagte: „Davon hast du mir gegenüber nichts erwähnt, Fanny."

„O doch. Du hast es nur vergessen."

Mannochie schob die Krümel um seinen Teller herum zu einem ordentlichen Häufchen zusammen. „Stanwinton legt sich an Weihnachten mächtig ins Zeug. Da zeigt sich der Bürgerstolz. Es gibt eine Fülle von Spendenaktionen, die der Abgeordnete des Wahlkreises immer tatkräftig unterstützt. Dann sind da die Veranstaltungen für die örtlichen Kinderheime, die Senioren und die Behinderten." Er lächelte entschuldigend. „Anwesenheit zwingend erforderlich."

Ich wandte mich an Will. „Kein Problem. Du bist ja da."

Will griff nach einer zweiten Scheibe Toast und bestrich sie mit Butter. „Fanny. Ich weiß nicht, wie ich es ausdrücken soll, aber ich brauche dich vor Ort." Er sah ganz besonders begehrenswert aus: leicht zerzaust, jungenhaft und bittend. Was bewirkte, daß ich ihn heftig begehrte.

Ich schüttelte den Kopf. „Dad und ich haben diese wichtige Geschäftsreise lange geplant. Wir werden im Hunter Valley erwartet, wir sind Ehrengäste bei einem Bankett in Adelaide, und Bob und Ken kommen extra vom Yarra rüber."

Die Namen sagten keinem der beiden Männer etwas. Für mich und meinen Vater dagegen waren sie ein wesentlicher Bestandteil unseres ureigenen Territoriums, und wir machten seit Jahren Geschäfte mit ihnen. „Du willst, daß ich hold lächle, Wangen küsse, Weihnachtslieder singe, Patschhändchen tätschle?"

„So war es abgemacht." Wills Blick wanderte von Mannochie zu mir.

Will und ich hatten unsere Arbeitsteilung in der Theorie viele Male erörtert, und ich war davon ausgegangen, daß ich es mir aussuchen konnte, wann ich Dienst tun wollte – wann ich eine gute Ehefrau sein wollte. „Es geht um die Firma, Will. Um langfristige Verpflichtungen."

Mannochie nahm seinen mit Eigelb verschmierten Teller und verzog sich Richtung Tür. „Ihr solltet das miteinander besprechen... Fanny, vielleicht wäre es eine gute Idee, wenn du und ich die Termine rechtzeitig abstimmen würden. Dann ließen sich Kollisionen in Zukunft vermeiden."

Das war das Stichwort für unseren ersten Streit... bei dem Will etwa folgendermaßen argumentierte: Warum hast du mir das nicht früher gesagt? Und ich scharf zurückgab: Du hörst mir ja nie zu. Dann verlangte Will zu wissen, wie ich ihn vor Mannochie wie einen Idioten hinstellen konnte.

„Das war nicht schwer", sagte ich wie der Blitz.

Will mußte grinsen. Danach beruhigte sich die Atmosphäre, und wir begannen vernünftig miteinander zu reden. Es war klar, daß wir uns noch nicht über die Demarkationslinien geeinigt hatten und daß es noch Klärungsbedarf gab.

Es war ja nicht so, als verlangte Will, daß ich meine Arbeit zugunsten seiner aufgab. „Nein, ganz und gar nicht", sagte er. Er kratzte sich mit dem Kuli am Kopf. „Deine Arbeit ist wichtig, und sie muß ihren festen Platz haben. Es ist nur so, daß ich dich in der Vorweihnachtszeit gern dabeigehabt hätte. Nur in diesem ersten Jahr."

Das sorgte dafür, daß ich fast die ganze Nacht wachlag und das Für und Wider unserer Ansprüche an die Zeit des anderen abwog.

Das Thema erschien mir plötzlich so komplex, daß ich mir um vier Uhr morgens schließlich eine Tasse Tee machte. Während der Kessel kochte, strich ich mit dem Finger über die Vorratsgläser mit den roten Schraubdeckeln, die ich kurz nach unserer Hochzeit gekauft hatte.

Küchen sollten größer sein als die hier. Sie sollten nicht schlecht proportioniert und knauserig mit Stauraum sein.

Sondern so wie in dem großen Haus in Fiertino, falls man meinem Vater glauben konnte, wo sich hinter der Hauptküche eine Speisekammer anschloß, in der Pasteten und Dörrfleisch und Konservendosen aufbewahrt wurden. „Da standen reihenweise Einmachgläser in den herrlichsten Farben", sagte er zu mir. „Früchte und Essiggurken und Walnüsse... falls sich der Sommer einwecken läßt, dann befand er sich in diesen

Gläsern. Meine Mutter kontrollierte die Speisekammer jeden Tag. Das war so eine Angewohnheit von ihr, und es wäre für sie undenkbar gewesen, diesen täglichen Kontrollgang *nicht* zu machen. ‚Das ist wichtig für die Familie', sagte sie immer. ‚Ich muß wissen, daß Essen im Haus ist, sonst kann ich nachts nicht ruhig schlafen.'"

Ich dagegen mußte mich mit zwei kleinen Wandbrettern in der Küche behelfen und meine Vorratsgläser mit Reis, Nüssen, Teigwaren und Linsen füllen. Meine Weinhandbücher hatte ich schon neben dem Toaster auf den einzigen freien Platz der Arbeitsfläche gestellt.

Der Kessel kochte.

Nebenan quietschte eine Bettfeder und Füße wurden auf den Boden gesetzt. Will erschien an der Tür. „Fanny... dir muß ja eiskalt sein." Er quetschte sich in die Küche und schlang die Arme um meine Taille. „Du *bist* eiskalt. Komm, laß mich den Tee machen."

Wir nahmen ihn mit und tranken ihn im Bett, wo ich meine kalten Füße zum Aufwärmen auf Wills Beine legte. „Meine Schuld", sagte er.

„Meine auch."

Dann nahm er mir die Teetasse ab und stellte sie auf den Nachttisch. Er strich mir übers Haar, und mir ging plötzlich auf, warum Auseinandersetzungen so wichtig sind, weil nämlich die Versöhnung danach so unglaublich süß ist.

„Mannochie und ich kriegen das schon hin", sagte er munter.

„Bist du sicher?"

„Nicht ganz."

Das brachte mich zum Lachen. Ich schob die Hand unter sein T-Shirt und ließ sie auf seinem erregenden nackten Fleisch liegen.

Während des Rests der Nacht wurde Chloë gezeugt. Ich hatte keine Ahnung davon, als ich, bei der ersten sich bietenden Gelegenheit, einen großen, ledergebundenen Loseblatt-

Kalender kaufte und ihn Will schenkte. „Der hält bestimmt“, sagte ich, „viele, viele Jahre.“

Kapitel 7

Rückblickend hatte es etwas merkwürdig Intensives, faktisch in einem einzigen Raum zu leben. Wir berührten uns ständig: Wenn ich in die Küche ging, streifte ich Will; wenn er sich aufs Bett setzte, um die Schuhe zuzubinden, mußte er mich wegschieben; wenn wir aneinander vorbeigingen, stießen wir mit den Schultern aneinander.

Nachdem wir umgezogen waren und mehr Zimmer hatten, um uns auszubreiten, war das anders. Aber da hatte auch ein neues Leben angefangen, und es gab andere Dinge, die uns auf Trab hielten.

Im letzten Moment erhielt Will Anweisung, eine Delegation zu begleiten, die sich in einigen europäischen Ländern über die Einstellung zur Zweitwagensteuer informieren sollte. Das machte seinen Plan zunichte, ein paar Tage daheim mit Chloë zu verbringen, bevor sie zu ihrer Reise aufbrach. Er teilte ihr die schlechte Nachricht sonntags beim Mittagessen mit. „Tut mir leid, mein Schatz. Ich hoffe, du verstehst das."

Chloë aß ungerührt weiter. „Ist schon okay", sagte sie.

Ich konnte die Enttäuschung in ihrem Gesicht nicht ertragen. „Will, könntest du nicht wenigstens einen Nachmittag erübrigen?"

„Ist schon okay." Chloë versuchte mit aller Gewalt, sich nichts anmerken zu lassen.

Will warf mir einen Blick zu, und ich formte mit den Lippen die Worte: „Sie ist enttäuscht." „Chloë", sagte er, „es tut mir wirklich furchtbar leid."

Sie stand auf, und ich sah die wesentlich ältere Chloë in ihrem Gesichtsausdruck. „Aber nicht leid genug, Dad", sagte sie. „Also belassen wir es dabei, einverstanden?"

Sie verließ das Zimmer und machte die Tür bewußt laut zu.

Ich sah Will an. „Sie hat sich so lange darauf gefreut."

Will schien ehrlich bekümmert zu sein. „Ich wünschte, ich könnte bleiben."

„Was soll's." Ich begann den Tisch abzuräumen. „Was hin ist, ist hin."

Er zuckte zusammen und betrachtete eingehend seine Schnürsenkel. „Fanny", sagte er nach geraumer Zeit, ohne aufzublicken, „ich muß dich um einen Gefallen bitten..."

„Spar dir die Worte", sagte ich. „Laß mich raten."

Die Sprechstunden fanden in einem der kleineren Räume des Rathauses statt. Die Fenster ließen sich nicht öffnen und schlossen die Gerüche von gebrühtem Kaffee und verbrauchter Luft ein.

Tina, die Sekretärin des Wahlkreises, kam mit zwei Einkaufstaschen herein und ließ sie auf den Boden plumpsen. „Das verdammte Zeug wird bestimmt auftauen", sagte sie, „Hähnchenbrustfilet in Sahnesauce, Erbsen, aber was bleibt mir anderes übrig, wenn der Herr des Hauses pünktlich zu speisen verlangt..."

Tina war eine gedrungene, mütterliche Frau, die die Angewohnheit hatte, mißbilligend mit der Zunge zu schnalzen, wenn sie einige der schlimmeren Fälle mit anhörte. Ihr Mann war arbeitslos, und um über die Runden zu kommen, verkaufte sie Kosmetikartikel von Haus zu Haus. An diesem Tag trug sie türkisfarbene Hosen und einen weißrosa Lippenstift, der, wenn er der letzte Lippenstift der Welt gewesen wäre, bei einem Autodafé hätte verbrannt werden müssen. Aber sie trug ihn allem zum Trotz und mit einer Miene, die besagte: „Mich kriegt keiner klein." Sie schob ihre Einkäufe unter den Tisch.

„Mein Alter meint, wir sollten einen Leibwächter haben. Da draußen laufen Verrückte rum."

„Das übernimmt Mannochie, stimmt's, Mannochie?"

„Bis zum letzten Atemzug", sagte er in seiner trockenen Art.

Die erste war Mrs. Scott. Sie war Stammgast bei den samstäglichen Sprechstunden. Im Laufe der Jahre hatte Will sich nach Kräften bemüht, ihre Probleme mit der feuchten Sozialwohnung und den Leuten nebenan zu lösen, die sie terrorisierten. Sie war klein, von der Osteoporose gekrümmt und hatte schon vor Jahren ihre letzten Familienangehörigen verloren.

„Ach, Sie sind's", sagte sie. „Der Minister ist sicher beschäftigt? Etwas Wichtiges?" Rührenderweise betrachtete sie Wills Rang als ein persönliches Plus. Ich erklärte ihr, daß ich die Sprechstunde nicht direkt übernahm, sondern ihn nur vertrat. Heute hatte sie den Arm in der Schlinge. „Bin auf der Treppe gestürzt. Dabei hat die Stadt gesagt, daß jemand kommt und das Ding repariert, und darum will ich, daß Sie sie für mich verklagen."

Wir erörterten, was wir für sie und den andauernden und aussichtslosen Kampf gegen das Terrorregime der Nachbarn tun konnten. Mrs. Scotts Mund war vor Schmerzen und Verzweiflung ganz verkniffen. „Sollen wir den Arzt kommen lassen, damit er Sie untersucht?", fragte ich.

Die kläglichen Reste ihrer alten Lebensgeister regten sich. „Als das letzte Mal ein Arzt den Fuß ins Haus gesetzt hat, saß noch Königin Victoria auf dem Thron." Sie kramte in ihrer Tasche. „Ich hab Ihnen was mitgebracht. Ich wollte es dem Minister für Sie mitgeben."

Sie reichte mir ein weiches Stück Stoff in Filetarbeit, das mit Glasperlen umrandet war. „Das ist für Ihren Milchkrug", sagte sie. „Ich hab's selbst gemacht."

Ich breitete es auf dem Tisch aus. Die Perlen waren lapislazuliblau und goldgefleckt und sehr hübsch. Ich hatte plötzlich einen Kloß im Hals.

Sie betrachtete mich mit wachen Augen. „Doch nicht alles pure Zeitverschwendung, wie?"

Nein, bestimmt nicht. „Das ist sicher Ihr allerschönstes, Mrs. Scott."

„Ich wollte, daß Sie es jetzt bekommen. Ich bin vielleicht nicht mehr lange da", sagte sie.

Sie zog sich mühsam hoch und schüttelte den Kopf, als versuchte sie, sich auf etwas zu besinnen. „Es ist im Flug vorbeigegangen", sagte sie. „Das Leben. Aber das würde mich nicht weiter stören, wenn es nicht so verdammt ungerecht gewesen wäre."

Drüben am Schreibtisch schnalzte Tina mit der Zunge und tippte drauflos, während Mannochie den Eingang bewachte, um die Verrückten fernzuhalten.

Nach der Sprechstunde trennten er und ich die dringenden von den weniger dringenden Fällen und besprachen die anliegenden Probleme. Falls ich eines Beweises bedurft hätte – was nicht der Fall war –, daß Politik in mysteriösen Regionen stattfindet, dann hätte die Sprechstunde ihn geliefert. In Westminster wurde viel geredet und Wind gemacht, aber Hebel wurden hier, an der Basis, in Bewegung gesetzt.

Ich fuhr in die Stadt, um mich mit Chloë zu treffen.

Mein Vater und ich hatten Freunde in sämtlichen australischen Weinbaugebieten, und jeder von ihnen hätte Chloë aufgenommen. Aber nein: Chloë wollte unabhängig sein. Bislang sah ihr Reiseprogramm für Australien einen einwöchigen Aufenthalt in Adelaide und einen Ausflug ins Hunter Valley vor. Das war alles, was wir für sie hatten arrangieren dürfen.

Wir trafen uns im Trekking-Shop: ich mit einem Bündel Scheine in der Hand und sie mit der Liste, die sie zu machen versprochen hatte. Bei genauerer Betrachtung erwies sich diese als jämmerlich kurz. Mini-Karabiner. Wandersandalen. Wanderstiefel. Insektenspray. Vorhängeschloß für den Rucksack. „Das kann doch nicht *alles* sein", sagte ich. „Du kannst nicht ohne vernünftige Ausrüstung ans andere Ende der Welt fliegen. Das ist zu gefährlich."

„Ehrlich, Mom, du solltest dich mal reden hören. Mir passiert schon nichts."

Ich hätte zu gern in meine Tochter hineingeschaut, um dahinterzukommen, wie es um sie stand. Um etwaige bange Anwandlungen beschwichtigen zu können. Um die Aufgabe einer Mutter erfüllen zu dürfen, unendlich viel weiser und ruhiger zu sein. „Ich werde ja wohl noch Vorschläge machen dürfen", sagte ich, in die Defensive gedrängt, „oder nicht?"

Sie griff nach einer Geldtasche, die unter dem Arm festgeschnallt wurde. „Meinst du, daß ich die nehmen soll?"

„Ja", sagte ich rasch. „Und Sonnenöl. In rauhen Mengen, weil es da heiß wird."

„Mutter! In Australien gibt es Sonnencreme *zu kaufen*."

Chloë war sehr still, während ich bezahlte. Im Wagen lehnte sie sich zurück, und ich vermutete, daß ihr Schweigen einen tieferen Grund hatte. So war es... Sie zupfte an ihren malträtierten Nagelhäutchen herum. „Sacha sagt, daß Tante Meg ihm erzählt hat, daß du umziehen willst. Das würdest du doch nicht ohne mich tun, oder? Ich meine, bevor ich zurückkomme?"

„Meg hätte nichts davon erwähnen sollen."

„Aber wenn es *stimmt*?"

„Das war nur so eine Idee." Ich fuhr ein Stück und sagte dann: „Ich hätte nichts gegen eine Veränderung. Du wirst bald ausfliegen..."

„Ich hasse es, wenn Erwachsene das sagen."

Ich berührte ihre Wange. „Wo ist das kleine Mädchen, das es nicht erwarten konnte, erwachsen zu sein? Das immer gesagt hat: ‚Ich verbiete dir, mich wie ein Kind zu behandeln'?"

Chloë wurde nachdenklich. „Das war früher. Begreifst du das nicht?" Sie zog die Schultern hoch und starrte durch das Fenster auf die vorbeiziehende Landschaft hinaus. „Ist zwischen dir und Dad alles in Ordnung?"

Ich fuhr besonders vorsichtig um eine Kurve. „Warum fragst du?“

„Nur so.“

„Alles bestens.“

„So hört es sich aber nicht an, wenn du mit ihm telefonierst.“

Ich legte mir eine Antwort zurecht. „Meine Telefongespräche sind nicht für fremde Ohren bestimmt.“

Chloës Blick war mitleidig und überlegen zugleich. „Wo lebst du eigentlich? Wir sind eine Familie, Mom.“

Ich lachte, aber es kam von Herzen. „Das ist gut.“

Zu Hause luden wir die Einkäufe aus, und Chloë verzog sich nach oben, um ihre Reisebegleiterinnen anzurufen. Ein Schwall aufgeregten Geplappers drang aus ihrem Zimmer nach unten.

Ich ging hinunter in die Küche. Am Abend wollte mein Vater zum Essen kommen. Ich zog meinen Ehering ab und hängte ihn auf den Haken an der Pinnwand. Von Zeit zu Zeit ließ er noch immer meinen Finger anschwellen – vielleicht hatte es mit meinen Hormonen zu tun, meiner Gemütsverfassung, der Jahreszeit –, und er störte mich bei der Hausarbeit.

Brigitte steckte den Kopf zur Tür herein. „Ich bin weg“, sagte sie. „Okay.“ Es war keine Frage, sondern eine Feststellung. Die Hintertür wurde demonstrativ zugeknallt.

„Ich glaube nicht, daß sie hier glücklich ist“, bemerkte Meg, die in die Küche gekommen war. „Sie hat viel telefoniert. Und sie hat nicht besonders nett über dich gesprochen.“

Ich wußte sehr wohl, daß die Au-pair-Mädchen eine Art Nachrichtenbörse über ihre Arbeitgeber betrieben. Ich hatte mich nie ganz damit abfinden können, praktisch wildfremden Menschen zu begegnen, die exakt über den Zustand meiner Unterwäsche informiert waren – nicht zuletzt deshalb, weil ich detaillierte Informationen über ihre besaß.

Ich fing an, Fleisch und eine Zwiebel kleinzuhacken, die mir prompt Tränen in die Augen trieb.

„Du hast dich zu einer guten Köchin entwickelt, Fanny“, stellte Meg fest. „Wer hätte das gedacht.“

Schweigen.

Sie sah zu, wie ich den Tisch deckte und Wassergläser hinstellte. „Du hast ein Gedeck zuviel aufgelegt.“

„Mein Vater kommt.“

Sie nickte. „Gut.“ Erneutes Schweigen. „Hast du was?“

„Allerdings.“ Ich stellte das letzte Glas an seinen Platz. „Ich kann mich nie darauf verlassen, daß du nichts weitererzählst. Du hättest Sacha, und folglich Chloë, nichts von der Idee mit dem Umziehen sagen dürfen.“

Meg sah mich herausfordernd an. „Hat sie etwa kein Recht, es zu erfahren?“

„Du hast sie beunruhigt.“

„Fanny“, klärte sie mich nachsichtig auf, „Chloë ist kein Kind mehr.“

Daß Meg recht hatte, machte mich noch ärgerlicher. „Will und ich würden es vorziehen, selbst zu entscheiden, wann wir etwas Wichtiges mit ihr besprechen.“

„Wenn du meinst.“ Meg füllte die Wasserkaraffe und plazierte sie mitten auf dem Tisch, wo sie die kleine Vase mit rosa und weißen Rosen erdrückte, die ich extra dort hingestellt hatte.

Mitten im Essen blickte ich von meinem Teller auf. Meg flirtete mit meinem Vater, was ihm immer sehr gefiel. „Meg ist eine gescheite Frau“, hatte er einmal gesagt. Sacha und Chloë waren ins Gespräch vertieft. Die Kerzen auf dem Tisch warfen ihr romantisches Licht auf die Rosen und die Wasserkaraffe. Wills Stuhl war natürlich leer, und ich dachte, daß er das hier bestimmt vermißte.

Chloë lachte, und im Kerzenschein strahlte sie jene besondere Schönheit aus, die man nur besitzt, wenn der interessanteste Teil des Lebens noch vor einem liegt. Mein Vater sah zu mir herüber und erhob sein Glas in meine Richtung. Das war so eine Angewohnheit von ihm. Es sagte mir, daß er mich liebte und immer lieben würde.

Ich erhob ebenfalls mein Glas.

Ich hatte als erstes meinen Vater angerufen. „Ich bekomme ein Baby."

„Das ist ja wunderbar, Francesca. Eine *wunderbare* Neuigkeit. Kluges Mädchen." Er schwieg einen Moment. „Freust du dich?"

„Es kommt so plötzlich, Dad. Es kommt mir völlig verrückt vor. Aber klar freue ich mich."

„Aha." Wieder eine kurze Pause. „Francesca, wir müssen uns darüber unterhalten, was das für die Firma bedeutet."

„Ich weiß." Ich biß mir auf die Lippen. Ich hatte auf einmal das Gefühl, ins falsche Flugzeug gestiegen und am falschen Ort gelandet zu sein. „Wir werden uns ein paar Monate irgendwie behelfen müssen, wenn das Baby da ist, aber danach läuft alles normal weiter."

Erst dann rief ich Will an, der sich sofort aus einer Debatte über Zolltarife verdrückte und nach Hause geeilt kam. „Das ist großartig. Wundervoll. Ich muß Meg anrufen, und du rufst deinen Vater an."

„Er weiß es schon."

„Verstehe", sagte er und ließ mich los. Ich hätte mir die Zunge abbeißen können. „Tja, dann kenne ich ja jetzt meinen Platz."

Einige Wochen später kam er mit drei Büchern über Schwangerschaft und Geburt nach Hause. „Wir wollen schließlich alles richtig machen."

„Bring's mir bitte schonend bei." Ich eilte in die Küche, wo ich Knoblauch schälte und zerdrückte und auf zwei Steaks strich.

„Fanny, es wird dich vielleicht interessieren, daß du jetzt eine Puffbohne in dir hast", rief Will.

Der Anblick der Steaks veranlaßte meinen Magen, einen Stammestanz aufzuführen. „Für eine Puffbohne ist es ganz schön frech."

Will stellte sich unter die Tür und wedelte mit dem Buch herum. „Warte nur, bis es so groß ist wie ein Ammonit."

„Ich kann's kaum erwarten."

„Ich auch nicht." Will warf das Buch weg, schaltete den Grill aus und zog mich zum Bett. Wo ich, angesichts der gesteigerten Sinnenlust meines sich verändernden Körpers, das Gefühl hatte, als würden sich meine Nervenfasern verdoppeln, ja verdreifachen.

Danach lagen wir da und sprachen träge und genüßlich über die Zukunft. Wir mußten uns rasch nach einem Haus umsehen, die Entbindung würde in London sein – oder vielleicht doch im Wahlkreis? -, mögliche Namen.

Eine Information hatte ich mir bis jetzt aufgespart. „Will, ich werde nun doch nicht nach Australien fahren. Der Arzt sagt, wenn ich mir im Flugzeug einen Bazillus oder was einfange, kann ich keine Medikamente nehmen. Dad sagt, daß er alleine zurechtkommt."

Ich lag auf Wills Arm. Langsam schob sich seine Hand um meine Schulter und blieb dort liegen. „Okay." In seiner Stimme schwang nicht der geringste Triumph mit. „Okay."

Die Weihnachtsfeier des Unterhauses fand im Terrassensaal statt, der Aussicht auf die Themse gewährte. Es war voll, laut und heiß. Wir schlängelten uns durch die Menge, und während ich in meiner eigenen Welt ganz zu Hause war, war das hier Neuland für mich. Mein Magen rumorte wegen der Schwangerschaft, vor Nervosität und... Schüchternheit.

Amy Greene kam mir zu Hilfe. „Da sind Sie ja. Kommen Sie mit." Sie legte die Hand auf mein Kreuz und schob mich zu einem der großen Fenster. „Das ist Elaine Miller. Ihr Mann gehört zur *anderen* Partei, aber wir mögen sie trotzdem." Eine große, schlanke Rothaarige streckte die Hand aus. „Und das", sagte Amy, „ist Betsey Thwaite. Ihr Mann ist Einer Von Uns und schwer im Kommen. Wie Ihrer."

Betsey Thwaite war eine kleine Blondine, deren Lächeln sich nicht auf ihre Augen erstreckte. „David wurde gerade zum Fraktionsvize ernannt."

„Ach so", sagte Elaine, „man muß nur naseweis sein und andere schurigeln, um es zu etwas zu bringen." Betsey warf ihr einen vernichtenden Blick zu. „Was für eine süße Bluse", fuhr Elaine fort. „Wo haben Sie die gekauft?"

Zu meiner Überraschung wußten sie, daß ich schwanger war. „Machen Sie sich nichts daraus", sagte Elaine. „In dieser Welt sind die Buschtrommeln Tag und Nacht zugange. Da sind sogar die BH-Größen der Ehefrauen bekannt. Wo wollen Sie es bekommen?"

Ich schnappte mir ein Glas Orangensaft von einem vorbeikommenden Kellner. „Im städtischen Krankenhaus."

Elaine sah mich nachdenklich an. „Solange Sie es nicht bekommen, während eine Abstimmung läuft."

„*Elaine*!", mischte sich Betsey Thwaite ein. „Du solltest Fanny nicht gleich alle Illusionen rauben."

Amy stieß ein kurzes, bitteres Lachen aus.

Elaine wandte sich an mich. „Betsey ist ein treuer Paladin, Fanny, aber Sie dürfen sich von ihr nicht einschüchtern lassen wie so viele von uns."

„Wirklich, Elaine", sagte Betsey. „Das bist du doch auch. Streite es bloß nicht ab."

Elaine wurde umgänglicher. „Als ich Neil geheiratet habe, war ich in allem, woran er glaubte, entgegengesetzter Meinung. Aber was soll's? Ich liebte ihn und trat brav ins Glied. Betsey hat vermutlich recht. So gesehen *bin* ich ein treuer Paladin."

Elaine hatte drei Kinder – „ich könnte ebensogut eine alleinerziehende Mutter sein", gestand sie – und hatte vor, eine Firma für Strickmoden zu gründen. „Aber ständig kommt etwas anderes dazwischen. Na ja, mit etwas Glück bleibt Neils

Partei noch jahrelang in der Opposition." Sie schenkte mir ein aufrichtiges Lächeln. „Willkommen im Club, Fanny."

Als ich nach Hause wollte, machte ich mich auf die Suche nach Will und stöberte ihn im Gespräch mit einer Gruppe von Männern seines Alters auf, umringt von einem größeren Kreis bewundernder Frauen. Ich berührte seinen Arm. Einen Moment lang war offenkundig, daß er nicht registriert hatte, wer ich war. Dann machte es klick. „Hallo, Schatz." Er war bester Stimmung, und seine Augen funkelten. „Du bist sicher erschöpft. Was hältst du davon, wenn ich dir ein Taxi besorge? Ich muß beim Abendessen noch ein paar Dinge mit Neil klären."

Es gab viele solcher Abende.

Wenn Will spät nach Hause kam, schlüpfte er vorsichtig zu mir ins Bett. Er bot an, auf dem Sofa zu schlafen, doch ich wollte nichts davon hören. „Du gehörst neben mich", sagte ich, und es machte mir nichts aus, wenn er mich mit seinem Herumgetappe im Dunkeln aufweckte.

Es wurde gemunkelt, daß Will ein Mann war, den es im Auge zu behalten galt. „Der Abgeordnete des Wahlkreises Stanwinton", schrieb ein politischer Kommentator, „hat die Ausstrahlung eines Hoffnungsträgers."

Nachdem Elaine den Artikel gelesen hatte, rief sie mich an. „Ich höre schon, wie die Messer gewetzt werden. Sieh dich bloß vor. Und leg dir ein dickes Fell zu."

Ich schnitt den Artikel aus und klebte ihn an den Spiegel neben der Wohnungstür. Als Will heimkam, war ich in der Küche und kämpfte gegen die aufsteigende Übelkeit an. *Eins. Zwei.* Ich beugte mich über die Spüle. *Einatmen. Ausatmen.*

Ich hörte nichts. Kein „Hallo, Schatz". Neugierig steckte ich den Kopf aus der Küchentür und ertappte Will dabei, wie er sich im Spiegel betrachtete. Er tätschelte sein Kinn und zupfte an seinen Haaren herum, ohne mich zu bemerken. Dann rammte er die Hände in die Hosentaschen, drückte die Schultern durch und trat einen Schritt zurück.

„Was treibst du da?“, fragte ich.

Er fuhr herum. „Ich hab bloß geguckt“, gab er verlegen, aber trotzig zu.

„Geübt, meinst du“, sagte ich.

Er wurde knallrot. „Ich hab mich nur mal wieder genauer angeschaut.“

Ich schlang den Arm um seine Taille. „Gib's zu. Du hast für höhere Weihen geübt.“

Pearl Veriker hatte die Unterlagen über ein Haus einige Meilen außerhalb der Stadt geschickt. „Das da wäre angemessen“, hatte sie in ihrer bestimmten Handschrift geschrieben und „angemessen“ dick unterstrichen. Am Wochenende darauf, während Will seine Bürgersprechstunde abhielt, gingen mein Vater und ich es uns ansehen. Wir fuhren einen schmalen Weg entlang, der von zwei großen gepflügten Feldern flankiert war, und bogen in die Auffahrt eines abweisenden roten Backsteinbaus im Stil spätviktorianischer Neugotik ein, an dessen Küche kleinere Nebengebäude angefügt waren.

Es stand bereits leer. Als ich durch die Haustür trat, spürte ich, daß ich einen Ort betrat, an den schon lange keine frische Luft mehr gedrungen war.

„Betrachte die Sache mal so“, sagte mein Vater. „Es ist ein Dach über dem Kopf.“

Die Räume im Obergeschoß hatten bessere Proportionen, und in den großen Fenstern spiegelte sich die Wintersonne. Das Elternschlafzimmer blickte auf die gepflügten Felder vor dem Haus. Das Grau und Braun der Erde dominierte den Blick. Um die Felder herum waren Schilder aufgestellt, „Kein Durchgang“, und am nördlichen Ende der Felder besetzte eine Krähenkolonie die Äste einer Buchengruppe.

Mein Vater riß ein Fenster auf und klopfte prüfend das Fensterbrett ab. Ein Schwall kalter und nach Winter riechender Luft durchdrang die muffige Kühle. „Fanny...“, sagte er.

Ich spürte, was kommen würde. Ich inspizierte meine Hände. Sie waren leicht angeschwollen. Genau wie meine Taille, und meine Hose spannte an den Oberschenkeln. Sogar meine Schultern kamen mir breiter vor. Die Schwangerschaft bekam mir nicht: Mein Körper weigerte sich, Befehle zu befolgen, was mich verwirrte und zugleich wütend machte. Das Puffbohnen-Ammonit-Wesen, das sich da in meinem Körper einnistete, verhielt sich weder artig noch höflich.

„Ich weiß, was du sagen willst. Du brauchst jemanden in der Firma, der mehr vor Ort ist. Ich war dir in letzter Zeit keine große Hilfe."

„Du kannst ja wiederkommen", sagte er rasch, „wenn das Kind da ist."

Ich starrte auf die deprimierenden Felder. „Schon komisch, wie sich die Dinge ändern, Dad." Wegen einer Puffbohne, die sich in einen Ammoniten verwandelte.

Mein Vater beobachtete mich scharf. „So ist das nun mal. Ein Kind zu bekommen ist etwas anderes, als zum Zahnarzt gehen – eine ungemütliche halbe Stunde und alles ist vorbei."

„Ich komme bestimmt zurück", sagte ich. „Ich verspreche es. Das klappt schon. Ich schaffe das." Mein Vater blickte skeptisch drein. „Dad, ich werde meine Arbeit auf keinen Fall für immer aufgeben. Will würde das auch gar nicht erwarten."

„Sicher", sagte er, und ich hörte aus seinem Tonfall heraus, wie fragwürdig, ja sogar trügerisch, meine neue Situation war.

Am späten Nachmittag ging ich mit Will das Haus besichtigen. Das Zwielicht machte es weniger abweisend, dämpfte die grelle Farbe, und die Räume im Erdgeschoß waren bei elektrischer Beleuchtung weniger düster.

Will war von dem Haus begeistert. Er hob die Proportionen der Schlafzimmer und den Blick über die Felder hervor. Im Erdgeschoß mußte eine Menge getan werden, aber er freute sich auf die Herausforderung. „Ich kann Regale bauen", sagte er. „Und Böden verlegen. Ich werkele gern herum."

Seine Energie und sein Enthusiasmus waren ansteckend, und es war beruhigend zu wissen, daß wir uns das Haus leisten und Pläne schmieden konnten. Ich stand in dem Raum, wo wir seiner Meinung nach die Küche unterbringen sollten, und sah durch das groteske gotische Fenster hinüber zu der Krähenkolonie in den Buchen. Schwarze Schatten umkreisten die Äste der Bäume. Ich sagte mir, daß es für ein Kind viel besser war, auf dem Lande aufzuwachsen, und war erstaunlich zufrieden.

Wir waren früh mit dem Abendessen fertig, und ich wurde angewiesen, sitzen zu bleiben, während Meg, Chloë und mein Vater den Abwasch übernahmen.

Das Telefon klingelte. Es war Raoul. „Fanny, ich habe ewig nichts von dir gehört", sagte er.

„Das habe ich gerade auch gedacht. Wie gehen die Geschäfte? Wie geht's Thérèse und den Kindern?"

„Die Geschäfte könnten immer besser gehen. Der französische Markt floriert nicht."

Aus den Unterlagen meines Vaters wußte ich ganz genau, daß die französischen Lieferanten ihre Stellung mehr als behaupteten. „Wie ist das nur möglich?", frotzelte ich.

„Die Leute trinken mehr und mehr Weine aus der Neuen Welt. Ich werde mir einen anderen Job suchen müssen."

Egal wie man die Sache betrachtete, die Villeneuves waren gut betucht, und Raoul würde nie aufgeben. In Raouls Adern floß kein Blut, sondern Pétrus oder Château Longueville.

Wir plauderten etwa eine halbe Stunde miteinander: eine ungezwungene, mäandernde Unterhaltung, die um alle Gespenster einer noch nicht abgeschlossenen Vergangenheit einen großen Bogen machte.

Schließlich sagte Raoul: „Alfredo hat mir gesagt, daß du erwägst, wieder richtig in die Firma einzusteigen, wenn Chloë weggeht. Ehrlich, Fanny, das ist eine außerordentlich gute Nachricht."

„Ich denke darüber nach. Alles hängt davon ab, was Will vorhat. Er ist... hm... erhofft sich große Dinge."

„Das würde dich sehr glücklich machen", sagte er schlicht.

„Das weiß ich."

Ich gestattete mir einen winzigen Moment des Rückblicks, des Was-wäre-gewesen-wenn. „Dad sagt, daß Château d'Yseult von den Amerikanern gekauft wurde. Hat das für Wirbel gesorgt?"

„Ich glaube, wir werden uns daran gewöhnen", sagte Raoul. „Das heißt, ich glaube, wir Franzosen werden uns daran gewöhnen müssen."

Chloës Flug war am 13. Juli, und ich bemühte mich, nicht abergläubisch zu sein.

Am Tag davor fuhr ich sie nach Ember House, damit sie sich von meinem Vater verabschiedete. Vor dem Mittagessen machten wir einen Rundgang durch den Garten und blieben unter der Buche stehen, in der mir mein Vater, vor vielen Jahren, ein Baumhaus gebaut hatte.

„Nicht nach unten schauen", rief ich Chloë zu, die beschlossen hatte, hinaufzuklettern.

Nicht nach unten schauen. Das hatte mir mein Vater beigebracht – ein Rat, der absolut einleuchtend ist, sobald man ihn erhalten hat, aber nicht früher.

„Laß sie", sagte mein Vater. „Sie weiß, was sie tut."

„Reg dich ab, Mom." Chloë schwang sich auf die erste Astgabel und setzte sich rittlings darauf. „Schau mal."

„Sie ist genau wie du", bemerkte mein Vater liebevoll.

„War ich auch so dickköpfig?"

„Wahrscheinlich. Ich kann mich nicht mehr erinnern."

Ich bückte mich, um ein Steinchen aus meinem Schuh zu schütteln. Zwischen die Baumwurzeln schmiegten sich grünes, leuchtendes Moos und die Überbleibsel der Miniatur-

Alpenveilchen, die ich im Laufe der Jahre dort gepflanzt hatte. Alpenveilchen sollten niemals in Töpfen sein. Sie gehören ins Freie, in die kühle, triefende Feuchtigkeit des englischen Frühlings. „Ich wünschte, sie würde nicht wegfahren, Dad, aber ich weiß, sie muß. Es ist wie eine Art... Ende."

„Es ist kein Ende, glaube mir", sagte er und zog meine Hand in seine Armbeuge. „Daran mußt du dich festhalten."

Chloë kletterte auf die zweite Gabelung des Stammes, wo, wie ich wußte, die Borke glatt und mit Flechten gesprenkelt war, die Äste breit und einladend waren. Ideal für das einsame, ständig schmutzige Mädchen, das sich dort vor so vielen Jahren sein eigenes Reich geschaffen hatte. Chloë hakte ein Bein über den Ast und lehnte sich zurück. „Jetzt seh ich wahrscheinlich das, was du immer gesehen hast."

„Wahrscheinlich."

Sie linste hinüber zu den Überresten der Plattform. „Die Bretter sehen morsch aus."

„Sei vorsichtig." Ein leichter Windstoß ließ die Blätter erzittern. Ich kannte das Geräusch so gut. Am Ende hatte ich den Weg hinauf auf diesen Baum besser gekannt als die Treppe im Haus.

„Da oben habe ich meine erste Flasche Apfelmost getrunken", sagte ich zu meinem Vater, „und fluchen geübt."

„Ich weiß", sagte er. „Ich bin früher hier unten herumgeschlichen und habe aufgepaßt, daß dir nichts passiert."

„Wirklich, Dad? Ich habe dich nie gesehen. Ich dachte immer, ich sei so raffiniert."

„Das warst du auch, Francesca." Er schien sehr zufrieden mit sich zu sein. „Aber ich war auch nicht auf den Kopf gefallen."

Ich sah ihn genauer an. So sehr ich es auch zu verdrängen suchte, mein Vater wurde älter. Angst durchbohrte mich wie ein Dolch. „Wie wär's, wenn ich mir Arbeit mitnehmen würde, wo ich doch bald wieder richtig bei dir arbeiten werde? Warum gibst du mir nicht gleich etwas mit?"

Er blieb stehen und legte die Hand auf meinen Arm. Die Berührung war so zart wie ein Blatt. „Warum eigentlich nicht?"

„Achtung, ich komme jetzt runter." Im nächsten Moment landete Chloë neben uns. „Meine Jeans sind voller Moos, Mom. Und dabei wollte ich sie auf dem *Flug* anziehen."

Es war eigentlich nicht nötig, an Chloë herumzuwischen und herumzureiben, aber da ich sie nicht mehr lange haben würde, gestattete ich es mir. Es lieferte mir einen Vorwand, ihr das Haar aus der Stirn zu streichen und meine Hände über ihre Schultern gleiten zu lassen, um festzustellen, ob sie nicht zu dünn waren. Mach die Augen zu, sagte ich bei mir. Genieße diesen Moment und halte ihn fest: Präge dir das *Gefühl* von ihr ein.

Will konnte – natürlich – nicht mit zum Flughafen kommen. „Du mußt sie ganz lieb von mir grüßen... und, Fanny, gib ihr noch etwas Geld extra. Von mir. Ich zahl's dir zurück." Sacha war auch nicht da. „Hat ein Engagement." Also fuhr ich sie und ihren Rucksack allein zum Flughafen, wo sie sich mit Jenny und Fabia traf, ihren Reisebegleiterinnen.

Die drei Mädchen hörten schweigend den drei Müttern zu, die ängstlich und besorgt letzte Ermahnungen – *zusammenbleiben, Alkohol, Drogen, Lustmolche* – stammelten.

Ich nahm Chloë beiseite. „Schade, daß Sacha nicht da ist."

Chloë wandte die Augen mit den unglaublich langen Wimpern ab, aber erst nachdem ich einen Anflug von Panik und Verletztheit erhascht hatte. „Sacha hält nichts von Abschiedsszenen. Aber ich finde sie wichtig, Mami, du doch auch?"

„Ja."

Sie fummelte an ihrem Tagesrucksack herum, in dem sich ihr Geld, ihr Ticket und ihr Reisepaß befanden. „Er hätte doch kommen müssen, oder?"

„Hast du die Medikamente eingepackt?", fragte ich beschwörend.

„Ja, Mom."

„Hast du deinen Geldgürtel an?"

„Das hast du mich schon zweimal gefragt, Mom."

Ihre Rolle war es, gefaßt und entschlossen zu sein. Meine war es, mich aufzuregen, mich zu ängstigen und zuletzt zum Abschied zu winken und meine Tochter sanft ins Leben hinauszuschubsen.

Kapitel 8

In der Hoffnung, einen letzten flüchtigen Blick von Chloë zu erhaschen – nur eine Bewegung ihres Kopfes, die Andeutung ihrer Schulter -, blieb ich vor dem Abflugschalter stehen und verfolgte, ohne etwas zu erkennen, wie die Reisenden ihn passierten. Darunter waren Mädchen wie Chloë, Jenny und Fabia, jung, erwartungsvoll, begierig darauf, geprüft und geformt zu werden von dem, was die Welt zu bieten hatte.

Fünf Minuten verstrichen, dann zehn. Ich hängte meine Tasche über die andere Schulter. Ich steckte die Hand in die Jackentasche und spürte, daß sich der Parkschein unter einem Nagel verfing. Ich wappnete mich. Ein Zahn ist nach Novocain taub, aber der Schmerz ist noch immer vorhanden.

Ein Flughafenangestellter bedachte mich mit einem halb argwöhnischen, halb gelangweilten Blick. Er kannte das alles. Da ich mit meinem Handy nicht ins Ausland telefonieren konnte, schlüpfte ich in eine Telefonzelle, rief Will an und fütterte den Apparat mit Münzen, während ich wartete.

„Was ist los?", fragte er.

„Ich habe mich nicht vergewissert, ob Chloë ihre Fleecejacke dabei hat. In Australien ist jetzt Winter, und sie friert bestimmt."

„Und deshalb läßt du mich aus einer Besprechung holen?"

„Ich wollte dir nur sagen, daß sie weg ist."

Seine Stimme klang zärtlich – aber auch ein wenig genervt. „Ich bin froh, daß du angerufen hast. Notfalls muß sie sich eben drüben etwas kaufen, Dummerchen. Da gibt's schließlich Läden."

„Ich weiß“, sagte ich geknickt. „Ich weiß, ich hätte dich nicht stören sollen. Aber ich bin völlig durcheinander.“

„Nun, ich bin froh, daß du angerufen hast“, sagte er noch einmal und beendete das Gespräch mit dem üblichen „Ich muß los“ erst, als er Chloës potentielle Gänsehaut mit mir ausdiskutiert und sich vergewissert hatte, daß ich genug Geld bei mir hatte, um den Parkplatz zu bezahlen.

Ich weinte auf der ganzen Fahrt zu Elaine. Die Tränen liefen mir übers Kinn und tropften auf den Sitz.

Sie machte gerade Schokoladekuchen für den Wohltätigkeitsbasar des Roten Kreuzes, als ich ihre Küche betrat. Von oben drang ohrenbetäubender Lärm herunter.

„Das ist Jake“, sagte sie, als sie mich küßte. „Übt Schlagzeug.“

„Du hast's gut“, sagte ich.

Sie packte mich bei den Schultern und blickte mir prüfend ins Gesicht. „Du bist ziemlich down, stimmt's?“

„Ein bißchen.“ Ich biß mir auf die Lippen. „Genau gesagt, sehr. Ich weiß nicht, was ich ohne Chloë anfangen soll.“

„Okay. Dann müssen wir etwas unternehmen“, sagte sie energisch. „Als erstes wirst du mir helfen, diese elenden Kuchen zu backen, und dann wirst du zu Hause anrufen und mitteilen, daß du über Nacht hier bleibst, und zum Teufel mit den anderen.“ Sie drückte mir einen Rührlöffel in die Hand. „An die Arbeit. Mach dich nützlich.“

Oben trommelte und schepperte es. Elaine seufzte, und als sie sich die Haare aus der Stirn strich, zitterte ihre Hand. Ich fragte leicht besorgt: „Ist bei dir alles in Ordnung?“

„Klar.“

Aber beim Abendessen, bei Spaghetti bolognese und einer Flasche Wein, gestand Elaine: „Ich habe dieses Leben satt.“

Das sah ihr überhaupt nicht ähnlich. „Was ist passiert?“

Sie schwieg geraume Zeit und ließ dann den Kopf in die Hände sinken. „Ich glaube, daß Neil diesmal eine ernste Affäre hat." Ihre Stimme klang gedämpft. „Alle Zeichen sprechen dafür. Eine von den Sekretärinnen im Unterhaus. Ich habe versucht, den Tatsachen nicht ins Gesicht zu sehen, aber ich muß."

„O Elaine."

Elaine hob den Kopf. „Ich wollte eigentlich nichts sagen, Fanny. Nicht jetzt, wo du so unter der Trennung von Chloë leidest."

Das war so typisch Elaine, daß ich verzweifelt überlegte, wie ich ihr helfen und sie trösten konnte. „Erzähl mir davon", sagte ich, „und dann laß uns beratschlagen, wie es weitergehen soll."

Wir redeten die halbe Nacht und gingen nicht viel klüger, und ohne etwas entschieden zu haben, zu Bett. Uns fielen alle möglichen praktischen Dinge ein – unter anderem, daß Elaine ihre Koffer packt -, doch keines davon war ein Patentrezept gegen Kummer. Übermüdet und ausgelaugt kam ich am nächsten Vormittag zu Hause an, wo sich alles in heller Aufregung befand. Brigitte war während der Nacht abgehauen. Irgendwann am Vorabend hatte sie die Koffer gepackt, die Schlüssel auf den Küchentisch gelegt und war verduftet.

„Ohne ein Wort", sagte Meg und wich meinem Blick aus. „Ich habe weder ein Taxi noch sonst etwas gehört."

„Sie ist abscheußliche Weib", sagte Malika.

Brigitte hatte auf mich nicht wie ein „abscheußliche Weib" gewirkt. Irritierend vielleicht, aber nicht abscheulich. Als ich jedoch entdeckte, daß ihre letzte Tat darin bestanden hatte, in unser Badezimmer zu schleichen und sich mit Shampoo und Badeöl einzudecken, empfand ich ihre Bosheit wie Sandpapier auf sonnenverbrannter Haut.

Am Freitagabend traf Will unerwartet früh zu Hause ein.

Ich saß gerade am Küchentisch. Nachdem ich einen Stapel Rechnungen und Versandaufträge meines Vaters abgearbeitet hatte, nahm ich mir einen Aktenordner vor, den ich aus Ember House mitgenommen hatte. „Ehrgeizig“, hatte er über ein Weingut geschrieben, „aber zu ungeduldig.“ Über ein anderes: „Boden wenig ertragversprechend.“ Über ein drittes: „Terroir begrenzt und undefiniert.“ Sie waren so typisch für ihn, diese präzisen, überlegten Beurteilungen.

„Wo stehe ich?“, hatte Elaine ausgerufen. „Wer *bin* ich? Was soll ich jetzt machen?“ Ihre Verzweiflung war mir sehr nahe gegangen – aus vielerlei Gründen, die nicht nur mit meiner Zuneigung zu ihr zu tun hatten.

Ich sortierte die Unterlagen in „Erledigt“ und „Zu erledigen“ und betrachtete die Stapel. So gesehen – wer war *ich*? Mit Sicherheit nicht die Fanny Savage, Ehefrau, Mutter, Weinexpertin und Geschäftsfrau, die mir, früher einmal, vorgeschwebt hatte.

Aber ich hatte es so gewollt.

„Hallo, Schatz“, sagte Will.

Ich sah überrascht auf und registrierte einen Moment lang nicht, wer vor mir stand. Er hatte seinen besten grauen Anzug an und war leicht sonnengebräunt. „Ich hatte dich noch nicht erwartet.“

„Ich konnte einen früheren Flug bekommen. Ich wollte so schnell wie möglich hier sein, um zu sehen, wie es dir geht.“ Er lächelte bekümmert. „Ich weiß doch, daß dir Chloë fehlt.“

Ich streckte die Hand aus, und er nahm sie. „Das war nett von dir. Du siehst gut aus. Du hast also ein bißchen Zeit gehabt, am Pool zu liegen.“

„Jap.“ Er drückte mir einen Kuß auf den Kopf. „Was machst du da?“

„Den üblichen Battista-Kram. Ich habe Dad angeboten, ihm ein bißchen mehr abzunehmen. Ich glaube, er kann Hilfe brauchen. Was meinst du?“

Er runzelte leicht die Stirn und ließ sich auf einen Stuhl fallen. „Was zu essen da? Wo sind die anderen?“

„Mal sehen, was ich auftreiben kann. Meg hat beschlossen, zu den Anonymen Alkoholikern zu gehen, und Sacha ist in London." Etwas in seiner Haltung machte mich auf Ärger gefaßt. „Ist etwas schiefgegangen?"

„Es gibt Ärger... wie üblich." Er seufzte. „Die Automobil-Lobby geht wegen der Zweitwagensteuer auf die Barrikaden. Ihr steht jede Menge Geld zur Verfügung, und ein Teil der Sensationspresse hat sich auf ihre Seite geschlagen und faselt von Beschneidung der persönlichen Freiheit." Er klang ungewöhnlich niedergeschlagen, und sehr müde.

Ich stand auf und legte die Hand auf seine Schulter. Der Stoff seiner Anzugsjacke fühlte sich weich, teuer, elegant an. „Wird schon nicht so schlimm werden. Irgendwann gibt es bei solchen Dingen ja immer Ärger."

„Diesmal ist es ziemlich übel", sagte er. „Wenn die Sache in die Binsen geht, stehe ich wie ein Idiot da, und das stempelt mich zum Verlierer ab."

Er drehte sich um und sah mich an, und ich wußte, daß er noch immer das Amt des Schatzkanzlers anstrebte. Ich machte den Kühlschrank auf und inspizierte den Inhalt. „Wie wär's mit Fischfrikadellen und Tomatensalat?"

„Prima."

„Übrigens, Brigitte hat ihre Sachen gepackt und ist abgehauen. Gestern nacht, ohne Vorwarnung."

Will hörte nicht zu. „Bist du eigentlich für die Zweitwagensteuer, Fanny? Wenn nicht, solltest du es mir lieber gleich sagen."

Ich holte tief Luft. „Nicht so sehr, wie ich sollte." Ich legte die Fischfrikadellen in die Pfanne und schnitt die Tomaten auf. Sie waren klein, kalt und hart, und ich gab etwas gehackten Schnittlauch darüber. Was hatte es für einen Sinn, nicht mit der Wahrheit herauszurücken? „Du weißt, daß ich schon immer meine Zweifel hatte."

Er war sichtlich gekränkt und ein bißchen konsterniert, und es traf mich bis ins Mark. Die tief verwurzelten Gewohnheiten der Liebe und der Loyalität drangen wieder durch, und ich legte die Arme um ihn. „Tut mir leid, Will. Aber ich kann nun mal keine Begeisterung dafür aufbringen." Er lehnte sich an mich, und ich strich ihm über das Haar, genoß dessen Fülle.

„Und ich bin es ein wenig müde", fuhr ich fort, „zu warten und zu organisieren und ständig auf dem Präsentierteller zu sitzen."

„Ein undankbares Geschäft, stimmt's?", räumte er ein. „Für dich, meine ich. Aber ich weiß beim besten Willen nicht, wie ich etwas daran ändern kann."

Eine kühle kleine Stimme in meinem Kopf sagte mir, daß Will recht hatte und daß es sinnlos war, die Diskussion fortzusetzen. Es ließ sich nun mal nicht ändern – man mußte damit leben. Oder doch nicht? Die kühle kleine Stimme brachte mich noch mehr durcheinander, als sie, mitfühlend und höchst verführerisch, hinzufügte: *Fanny, ich glaube, du brauchst Urlaub von der Ehe.*

Bei dem Gedanken bekam ich weiche Knie. *Nur Urlaub?*

Will forschte in meinem Gesicht nach Hinweisen, was ich gerade dachte, und von meiner eigenen Subversion entnervt, hielt ich es für das beste, zum Thema Zweitwagensteuer zurückzukehren. „Ich finde noch immer, daß die Menschen nicht gesagt bekommen wollen, was gut für sie ist, Will."

„Hör mich an", sagte er eindringlich und legte, wieder einmal, die Argumente dar, die für eine solche Steuer sprachen. Ich brachte erneut meine Gegenargumente vor. Wir stellten fest, daß wir uns im einen Punkt einig waren, im anderen uneins. Über einen dritten lachten wir. Plötzlich war unsere alte Intimität wieder da.

„Komm mit nach oben, Fanny."

„Ja", sagte ich.

„Was für ein rührender Anblick." Keiner von uns hatte bemerkt, daß Meg unter der Tür stand.

Will ließ mich los, und sie rauschte auf ihn zu und umarmte ihn. „Gute Sitzung?", fragte er.

Sie wirkte ruhig und gefaßt. „Es geht aufwärts. Hoffe ich. Keine Szenen mehr." Sie sah mir direkt in die Augen. „Es tut mir leid wegen neulich, Fanny. Ich hoffe, du hast mir verziehen?"

„Kurze Sitzung", sagte ich.

Sie zog spöttisch eine Augenbraue hoch, als ich nicht auf ihre Frage einging, und wickelte dann den rosa Schal um ihren Hals ab. „Die Sache ist ganz einfach und läßt sich in zwei Worte fassen: ‚Kein Alkohol.' Das kapiert auch der Dümmste, und ich bin ja nicht dumm."

Will betrachtete sie liebevoll. „Nein, bestimmt nicht."

„Worüber habt ihr gerade gesprochen?"

Ich ging zum Herd, um nach den Fischfrikadellen zu sehen. „Über die Zweitwagensteuer, was sonst? Aber eigentlich hatte ich meinen Wiedereinstieg in den Beruf zur Sprache bringen wollen."

Sie hakte sich bei Will ein. „Ich bin nicht auf dem Laufenden", sagte sie. „Erzähle mir genaueres."

Ich stellte fest, daß ich die letzte Tomate mit unnötiger Brutalität zerkleinerte.

In Einklang mit dem bisherigen Sommer begann die Woche des einundzwanzigsten kühl und unbeständig. Um mich für das offizielle Essen vorzubereiten, hatte ich mich zum Friseur begeben und drei Stunden damit verbracht, die Instruktionen und Hintergrundinformationen zu studieren, die Wills Büro geschickt hatte. Transportzölle. Subventionen. Agrarinitiativen. So weit, so vorhersehbar.

Als Will mir in den Wagen half, sagte er zu meiner Überraschung: „Du siehst hinreißend aus."

„Danke."

In einem weiten schwarzen Seidenrock mit passendem Jäckchen, das Haar mit Strähnchen aufgehellt und aus der Stirn gekämmt, saß ich zwischen Antonio Pasquale – wir begrüßten uns sehr herzlich – und dem charmanten italienischen Botschafter. Während der beiden ersten Gänge war ich mit Antonio beschäftigt, und wir sprachen über Rubine. Er bemerkte meinen Ring. „Gibt es nicht in der Bibel eine Stelle, wo es heißt, daß eine gute Frau edler als alle Rubine ist?“ Er lächelte mir in die Augen, und so sagte ich ihm nicht, daß die Bibel von Perlen spricht. „Ihr Mann hätte Ihnen einen sehr viel größeren kaufen müssen.“ Wir unterhielten uns blendend, und als das Dessert serviert wurde und ich mich meinem Nachbarn zur Rechten zuwandte, blinzelte er mir doch tatsächlich zu.

Der italienische Botschafter war unglaublich kultiviert und gutaussehend. „Amüsiert Sie etwas, Mrs. Savage?“

„Ich glaube, Ihr Finanzminister hat mir eben zugeblinzelt.“

„Darf ich das auch?“

„Wenn Sie möchten.“

„Ihr Mann war in letzter Zeit sehr aktiv. Er ist ein bemerkenswerter Politiker.“ Er beugte sich zu mir. Sein Atem war mit Himbeere und Vanille parfümiert. „Wir benötigen nur noch etwas Zeit, um seinen Plan in allen Einzelheiten durchzudenken. Wie Sie wissen, gibt es den einen oder anderen strittigen Punkt.“

Aus dem Augenwinkel sah ich, daß Will mich fixierte. *Laß mich nicht im Stich.*

Teamwork. Der Löffel in meiner Hand war kühl und hart, und die Himbeeren hinterließen einen süßen Geschmack auf meiner Zunge. Einmal ein Team, immer ein Team.

„Warum sprechen Sie nicht nach dem Essen mit ihm?“

„Vielleicht ist der Premierminister... Wir sind nicht sicher, inwieweit der Premierminister die Sache unterstützt...“

Ich lächelte. „Der Premierminister ist kein persönlicher Freund.“

„Aber vielleicht könnten Sie Ihrem Mann einen Wink geben, die Interessen aller im Auge zu behalten.“

Ich legte den Löffel hin. „Das müssen Sie ihm schon selbst sagen.“

Die Damen zogen sich zum Kaffee zurück und ließen die Männer im Speisezimmer allein. „Schrecklich“, zischte mir unsere Gastgeberin ins Ohr, „aber die Herren der Schöpfung wollen es so.“

Ich nahm eine Tasse Kaffee. „Wird Ihnen das alles nie lästig?“

Sie sah mich erstaunt an. „Ich glaube nicht. Natürlich gibt es auch Nachteile, aber es ist ein interessantes Leben. Gewiß, solange die Kinder klein sind...“

Wir gingen hinüber zu den anderen Ehefrauen, die eine farbenprächtige Gruppe in Rot-, Blau- und Goldtönen bildeten. Sie waren ein fröhliches Grüppchen, begierig darauf, alles kennenzulernen, was London zu bieten hatte, und so unterhielten wir uns angeregt über Gesichtsbehandlungen, Shopping und das Theater.

Ich berichtete Will von dem Gespräch über den Premierminister, als wir wieder in unserer Wohnung waren. „Schon kapiert“, sagte er, legte sich ins Bett und griff nach dem roten Koffer.

Unter seinen Augen lagen vor Müdigkeit dunkle Schatten. „Will, könntest du dich jemals damit anfreunden, etwas anderes zu tun?“

„Eigentlich nicht. Obwohl es Zeiten gibt... Früher schien alles klar vor mir zu liegen. Gewählt werden und anfangen, die Welt zu verbessern... Aber so einfach ist das nicht, stimmt‘s? Trotzdem kann ich mir nicht vorstellen, aus der Tretmühle auszusteigen, noch nicht.“

Ich wandte mich ab und stopfte das Kissen unter den Kopf. Der Koffer wurde auf den Boden gestellt, und Will nahm mich in die Arme. „Fanny...“

Doch die Distanz zwischen uns hatte sich wieder aufgetan, und ich kämpfte gegen meine Gleichgültigkeit an... und meine Reserviertheit. Will war beinahe – aber noch nicht ganz – ein Fremder geworden, ein beunruhigender Fremder:

jemand, den ich einst in- und auswendig gekannt hatte, der aber inzwischen nur noch ein Bekannter war.

„Ach, Fanny", sagte er schließlich. Er griff nach meinen Handgelenken und hielt sie fest. „Du fehlst mir..."

Ich raffte mich auf und legte die Arme um seinen Hals. Es war eine Sache des Vertrauens, denke ich, und eine Frage des Willens. Ich mußte fest daran glauben, daß die leidenschaftlichen Gefühle, die wir einst für einander empfunden hatten, noch nicht völlig tot waren.

Es funktionierte.

Hinterher sagte er: „Fanny, das war richtig schön."

Ich lächelte und berührte seinen Schenkel. „Stimmt."

Ich lag wach, horchte auf die Geräusche der Großstadt.

Ich hätte beinahe alles darum gegeben, über einen heißen Berghang zu wandern, wo, wie mein Vater mir gesagt hatte, die Reben sich tief durch Lehm und Sand eingruben. Ich wollte mit zusammengekniffenen Augen durch den Sonnenschein zu einem Horizont blicken, wo *Cupressus sempervirens* gen Himmel wies, und Olivenbäume sehen, dicke Tomaten an dünnen Stöcken, das leuchtende helle Grün des Basilikums.

Und ich sehnte mich nach Chloë und fragte mich, wo sie jetzt war. Taten ihr die Füße weh oder schmerzte ihr Rücken? Bekam sie zu essen und hatte sie saubere Sachen anzuziehen? Würde sie die... die Erfahrungen meistern, die vor ihr lagen?

Aus dem Geäst meiner Buche daheim in Ember House hatte ich Autos beobachtet, wenn sie um die Kurve der Straße bogen, die am Garten entlanglief. Wenn ich mein (pinkes Plastik-) Teleskop richtig hielt, hatte ich einen guten Blick auf die Insassen. Sobald der Wagen das Tempo verlangsamte, klappte die Beifahrerin oft die Sonnenblende herunter, um im Spiegel ihren Lippenstift zu kontrollieren. Manchmal kurbelte der Fahrer das Fenster herunter und warf Abfall hinaus. Dieses Verhalten ließ mich zu dem Schluß kommen, daß die Menschen doch sehr eigenartig waren.

An meinem achtzehnten Geburtstag nahm ich Raoul mit hinauf in meinen Adlerhorst; ungeschickt und fluchend hangelten wir uns in der Dunkelheit nach oben. Raoul hatte ausnahmsweise zuviel Wein getrunken, und ich hatte elegante Sandaletten an. Die Plattform ächzte unter unserem Gewicht, und wir küssten uns unbeholfen. Die Naht meines dünnen Baumwollfähnchens platzte auf, als Raoul zu heftig zerrte, und er stürzte sich auf das Stückchen Fleisch, das sichtbar wurde. „So braun", murmelte er und riß sich das Hemd vom Leib.

Unerfahrenheit und Unwissenheit ließen mich zurückweichen, und Raoul war unnötig grob. Wir verfügten noch nicht über die Gnade des Humors, nur über die finstere Entschlossenheit, die Sache hinter uns zu bringen.

„Es tut mir leid, es tut mir leid", murmelte Raoul schließlich. Er wandte mir ein Gesicht zu, das vor Schweiß glänzte. „Ich liebe dich."

Doch ich stieß ihn weg.

Das war nicht fair von mir.

Ein Baumhaus ist nicht der Ort für eine Verführung. Es gehört zur Kindheit... zu einer anderen Welt. Nun war es besudelt.

In jener Nacht verließ ich mein Baumhaus in mehrfacher Hinsicht.

Ich drehte mich im Bett um und betrachtete die Aspekte meines Lebens. Die Rubin- und Karmesintöne, das zarte Gold und die Bernsteinfarbe des Weines. Mein Vater. Will. Meg. Sacha.

Und wie ich meine Tochter zu ihrem Flugzeug geschubst hatte...

Kapitel 9

... so wie ich sie damals ins Leben geschubst hatte.

Die erste Wehe überraschte mich, während ich in Wills Wohnung früh zu Abend aß. Alleine.

Ich war in der neununddreißigsten Schwangerschaftswoche, und wenn ich über das Tempo der Veränderungen in meinem Leben nachdachte, kam es mir so vor, als würde ich Will nur unwesentlich länger kennen.

Auf dem Fernsehschirm begannen die Sechs-Uhr-Nachrichten, und exakt im gleichen Moment rief Will an, um mir zu sagen, daß er bis zum späten Abend in einer Besprechung sein werde und ich nicht mit dem Abendessen auf ihn warten solle. Ich war schlapp, schwanger und empfindlich, und mir schoß durch den Kopf, daß Will seine Arbeit mehr liebte als mich. Schlimmer noch, daß er sie besser verstand als mich und ihr *lieber* nachging, als mit seiner Frau zu Abend zu essen.

„Okay", sagte ich. „Kriegt's eben der Hund."

„Vermißt du mich?"

Ich biß mir auf die Lippen. „Nein."

„Ich betrachte das als ein Ja. Vermißt ihr *beiden* mich?"

Unwillkürlich schlich sich ein Lächeln auf meine Lippen. „Nein... Ja."

Wie ein Tier hatte ich mich verkrochen. Ich war blind und unsichtbar geworden, tastete mich irgendwie durch die Tage. Auf der einen Ebene sehnte ich mich nach Wills Anwesenheit und Fürsorge, aber fast... fast war er schon überflüssig geworden, denn ich war ganz in dieses weibliche Bündel versunken, dieses dicke, unförmige Ding mit seinen peinlichen Schmerzen und Unpäßlichkeiten. Die Bücher hatten mich über Rückenschmerzen, Krampfadern und eine Fülle weiterer Beschwerden aufgeklärt und mir die Vorgänge in meinem Körper anhand von Grafiken veranschaulicht. Keines jedoch hatte offen ausgesprochen, wie sehr der Verstand in Mitleidenschaft gezogen wurde. Daß das Puffbohne-Ammonit-Wesen die Ströme von Geist, Energie, Organisationstalent und Erfindungsgabe aufsaugte, bis nichts übrigblieb als ein vages, träges Nichts.

Da Will häufig nicht da war und ich nicht die Energie aufbrachte, Freunde zu besuchen, gab es keinen, dem ich meine Gefühle hätte anvertrauen können, und so hatte ich es mir angewöhnt, laut mit mir selbst zu reden. „Ich komme mir vor wie weiche Butter, flüssige Marmelade, ein schmelzender Schneemann", teilte ich der Grillpfanne mit, als ich sie abwusch, eine Tätigkeit, die damals das Niveau meiner Leistungsfähigkeit darstellte.

Sei's drum.

Kurz nach Will rief mein Vater an, um sich nach meinem Befinden zu erkundigen. Er klang bestürzt. „Du bist allein? Das ist nicht gut. Es sollte jemand bei dir sein. Was ist, wenn etwas passiert?"

„Nur keine Panik, Dad. Es ist alles in Ordnung."

Er klang verärgert. „Kannst du jemanden bitten, zu dir zu kommen?"

„Dad, es ist erst halb sieben, und Will hat versprochen, bald hier zu sein."

„Trotzdem..." Im Hintergrund klingelte sein anderes Telefon. „Ich muß auflegen", sagte er. „Ich melde mich wieder."

Die erste Wehe veranlaßte mich nur, mich anders hinzusetzen, um den Schmerz zu lindern. Fünfzehn Minuten später kam die zweite, die so heftig war, daß ich den Teller mit meinem Salat wegschob und mühsam aufstand.

Ich preßte die Hand auf mein Kreuz und ging die fünf Schritte bis zum anderen Ende des Zimmers. Dann machte ich kehrt und ging wieder zurück, spürte, wie das ganze Gewicht auf meine Knie drückte. Ein Schritt zuviel und sie brechen, dachte ich. Dann liege ich da.

Weitere Wehen sandten Schockwellen durch meinen Körper.

Ich hätte viel darum gegeben, oben in meinem Baum zu sitzen, eine Flasche grellrote Limonade in der Hand, über mein Reich zu blicken und fluchen zu üben.

Was wäre, wenn ich Will anriefe und sagte: „Alles weitere überlasse ich dir; ab jetzt bist *du* dran“?

Ein Anruf im Unterhaus setzte mich davon in Kenntnis, daß Will eine halbe Stunde zuvor gegangen war und keine Telefonnummer hinterlassen hatte. Ich versuchte seinen Piepser, aber er war ausgeschaltet.

Ich rief Elaine an, die sofort zur Sache kam: „Typisch Ehemann. Meiner ist wahrscheinlich bei deinem. Soll ich ins Krankenhaus kommen?“

Ich überlegte. Freundschaft war etwas Schönes, aber kein Ersatz für Will. Ich dankte ihr und bat: „Könntest du meinen Vater anrufen? Sag ihm, ich bin auf dem Weg ins Krankenhaus.“

Von da an erinnere ich mich nicht mehr an die Details, nur noch an das Bild ganz allgemein, wofür ich dankbar bin. Die Hebamme sagte, das liege daran, weil alles so schnell ging, was bei einer Erstgebärenden ungewöhnlich sei. Etwas sehe ich in meiner Erinnerung aber ganz deutlich vor mir, nämlich wie ich von oben auf eine dicke, um sich schlagende, schwitzende Gestalt herabschaue, die, wie ich erschrocken feststellte, ich selbst war. Das Zimmer lag weitgehend im Dunkeln, wurde nur von einer schwachen Lampe erhellt. In ihrem Licht tauchte hin und wieder eine Hebamme auf. Manchmal sagte sie etwas zu mir. Manchmal gab ich Antwort.

Schon bald hatte ich nicht mehr den Wunsch, allein zu sein. Ich wollte, daß jemand meine Hand hielt und mich von der Person auf dem Entbindungsbett wegzog. Ich sehnte mich nach der Berührung eines Menschen, der mich liebte, und weinte vor Schmerzen und wegen Wills Abwesenheit.

„Schauen Sie mal, wer da ist..." Die Hebamme tauchte neben dem Bett auf, und mit wildem Blick fuhr ich hoch in der Erwartung, die große, blonde Gestalt meines Mannes zu sehen.

„Hallo", sagte Meg. „Dein Vater hat mich angerufen." Sie hatte einen schwarzen Pullover an, der ihr viel zu weit war, und trotz der Hitze im Zimmer zitterte sie. Ihr Atem wies Spuren von Whisky auf.

Ich kämpfte gegen den Impuls an, das Gesicht abzuwenden. „Wo ist Will?"

„Er ist auf dem Weg", sagte sie und nahm meine Hand. „Glaube ich." Ihre kalte Berührung war wie ein Brennen, und ich wünschte Meg ans andere Ende der Welt.

Dann ging alles sehr schnell. Meg stand neben dem Bett, tupfte mir das Gesicht ab und teilte mir mit, daß ich mich tapfer hielt, und Meg war auch, abgesehen von der Hebamme, der erste Mensch, der Chloë sah.

Sie wurde fünfundzwanzig Minuten vor zwölf geboren, ohne die Hilfe von Schmerzmitteln. „Braves Mädchen", sagte die Hebamme. „Gut gemacht, Mädchen. Ist immer besser für das Baby, wenn die Mami alles selbst macht."

Sie legte mir Chloë auf den Bauch, einen noch blassen und stummen Ammoniten. Bis zu diesem Moment war ich mit den heroischen und eigentümlichen physischen Leistungen meines Körpers beschäftigt gewesen. Nun trat ein Moment der Stille ein, der Erwartung. Ich sah hinunter. Wie außerordentlich, dachte ich. Das ist also das Resultat, was eine erzwungene neunmonatige Okkupation meines Körpers und ein unwürdiger Kampf auf einem Entbindungsbett zur Folge haben. Dann drehte Chloë das Gesicht in meine Richtung und kniff die Augen zusammen.

Sie streckte die Hand aus, als wollte sie nach ihrem Leben greifen. Das Händchen ließ eine unsichtbare Seidenschnur in die Luft schnellen, schwang sie geschickt wie ein Lasso, zielte damit auf mein Herz und hatte es, mit einem Schnippen der winzigen rosa Fingerchen, eingefangen.

„Sie ist wunderschön." Meg beugte sich vor, um sie zu begutachten, und ihre Stimme hatte einen wehmütigen Ton. „Ich finde, ich sollte Patin werden, meinst du nicht?"

Sie ging, als Will kurz darauf ins Zimmer stürmte. „Es tut mir so leid, es tut mir so wahnsinnig leid." Unschlüssig, ob er mich berühren sollte oder nicht, blieb er neben dem Bett stehen. „Das wird mir nie wieder passieren. Ich werde mich in Zukunft immer melden."

„Deine Tochter ist da drüben, Will."

Er riskierte es, den Arm um meine Schultern zu legen, und küßte mich. Er war furchtbar enttäuscht und wütend auf sich. „Die Sitzung hat lange gedauert. Rahmenbedingungen für Kinderarbeit bei asiatischen und britischen Herstellern. Ich kann es dir nicht verdenken, wenn du böse bist."

„Nicht böse... nur leer."

„Ich habe den Piepser ausgeschaltet, nicht mehr daran gedacht und bin los, um bei Brazzi rasch einen Happen zu essen. Ich habe alles verpaßt, stimmt's?"

Sein Schuldbewußtsein war beinahe komisch, aber es war auch traurig. Denn er *hatte* ihn verpaßt – diesen ganz besonderen, wundervollen Augenblick, in dem Chloë in die Welt purzelte.

Die Nachwirkungen der Erschöpfung, der Schmerzen und der ausgeschütteten Hormone zehrten an meinen Kräften. „Geh und schau dir deine bildschöne Tochter an. Und dann ruf bitte Dad an... und meine Mutter. Ich habe es ihr versprochen."

„Kannst du mir verzeihen?"

Natürlich verzieh ich ihm. Chloë war da, gesund und munter, und verglichen damit gab es nichts zu verzeihen.

♦

Wir bezogen das neue Haus in Stanwinton, als Chloë zwei Wochen alt war. Es hatte mir widerstrebt, mich von der Geborgenheit der Wohnung loszureißen, doch Will hatte darauf bestanden, den vereinbarten Zeitplan einzuhalten. „Das schaffen wir schon“, sagte er, als ich Gründe wie Stillen und Schreien und Windelwechseln vorschob, alles Dinge, die mir immer noch im Licht einer komplizierten mathematischen Theorie erschienen. „Es ist das einzig Richtige, unsere neue Tochter in unser neues Haus zu bringen.“

Noch immer wund und mitgenommen, bemühte ich mich nach Kräften, und Will, noch immer zerknirscht wegen seines Fehlens bei der Geburt, versuchte durch Packen, Schleppen und Transportieren alles wettzumachen. Ich sollte rein *gar nichts* tun. Das erschien mir nur vernünftig, denn ich *wollte* gar nichts tun.

„Ich will nicht aufstehen, nicht kochen, nicht waschen, nicht einmal denken.“ Seit der Geburt klang meine Stimme selbst für mich anders als früher. Ich führte es auf die Heiserkeit vom Schreien zurück, aber ich war beinahe überzeugt, daß es damit zu tun hatte, daß ich mich so grundlegend veränderte.

Will nahm derartige Bemerkungen rührend ernst. „Es ist ganz normal, sich nach einem Kind schlapp zu fühlen.“

„Woher weißt du das?“

„Ich habe es in einem der Bücher gelesen.“ Ich gab mir nicht die Mühe, darauf zu antworten, und so machte er weiter: „Wenn du dich erst im Haus eingerichtet hast, geht es dir bestimmt besser. Ich werde jeden Freitag kommen.“

Er tat mir fast leid, so sehr strengte er sich an, alles wiedergutzumachen

Die Felder starrten vor Stoppeln, als unser schwer beladener Wagen vorsichtig dem Weg zwischen ihnen folgte, und die Blätter an den Buchen schwankten im Wind. Vom Rücksitz, wo ich mit Chloë saß, schaute ich hinaus auf die Felder. Ob sie mir gefielen oder nicht, von nun an würde ich sie ständig um mich haben.

Mannochie erwartete uns an der Haustür. Das berufsmäßige Lächeln verstärkte sich zu einem echten, als er mir aus dem Wagen half. „Ein herzliches Willkommen euch allen“, sagte er altmodisch förmlich. Prompt wachte Chloë auf und begann zu schreien. „Darf ich?“, fragte Mannochie und nahm sie. Ob man‘s glaubt oder nicht: Chloë hörte auf zu weinen.

„Ich wußte gar nicht, daß du so gut mit Babys umgehen kannst, Mannochie.“

„Sie ist entzückend.“ Mannochie wiegte Chloë auf dem Arm, was ihr gefiel.

Will spähte über seine Schulter. „Ja, das ist sie.“

Ich ließ die beiden stehen und trat über die Schwelle. Die Männer hatten in den letzten Wochen viel Arbeit in das Haus gesteckt, und es war tapeziert worden, mit billiger Partieware aus dem Heimwerkerladen, und Teppichböden waren verlegt worden.

Das frisch lackierte Treppengeländer fühlte sich unter meiner Hand noch leicht klebrig an, als ich nach oben ging, und der jungfräuliche Teppichboden war rutschig unter meinen Füßen. Das erste, was ich in unserem Schlafzimmer tat, war, das Fenster aufzumachen und frische Luft hereinzulassen, um den Mief frischer Farbe zu mildern.

Mein Körper tat weh, und mein Verstand war so stumpf und labberig wie Teig, der zu lange herumgestanden hat. Außer wenn ich Chloë betrachtete, war ich matt und abwesend, ohne Leben und Energie.

Irgendwo, weit weg, weinte ein Kind. Unmut flackerte auf: Ich hatte etwas verloren, von dem ich nun wußte, daß es das Privileg des Alleinseins war.

Mannochie kam nach oben getappt. „Chloë weint.“

Ich rührte mich nicht. „Ich weiß.“

Er versuchte es erneut. „Sie scheint Hunger zu haben.“

Ich wußte, daß ich das Fenster schließen und nach unten gehen sollte. Aber ich wollte an meinem Aussichtspunkt bleiben, die Krähen beobachten, die über ihren Nestern kreisten, und den stahlgrauen Himmel.

Mannochie berührte meinen Arm. Eine unaufdringliche, höfliche Geste. „Fanny, warst du in letzter Zeit mal beim Arzt?"

Tränen liefen mir neben dem Mund herunter. Ich hatte etwas verloren. Mein Baumhaus und die Freiheit, die ich dort oben in den Ästen gekannt hatte, waren in einem anderen Land, weit, weit weg. Zweifellos würde ich älter – und alt – werden, ohne jemals wieder dort zu sein.

Meine Tränen kamen auch aus Furcht: Ich hatte Angst, meinen Rollen nicht gerecht werden zu können, es nicht zu *schaffen*, geschweige denn, die erhabenen Gefilde zu erreichen, Haus und Kind perfekt zu managen.

Ich streckte die Zunge heraus und schmeckte Salz. „Wieso sollte ich einen Arzt brauchen?"

„*Fanny!*" Will erschien mit der schreienden Chloë unter der Tür.

Widerwillig drehte ich mich um. „Gib sie her."

Er drückte sie mir in die Arme und sah mich prüfend an. „Alles okay?"

„Bestens", sagte ich.

Die Männer gingen wieder nach unten, und während sie das Gepäck hereinbrachten, saß ich mit Chloë da und stillte sie. Verzaubert, verzückt und verärgert betrachtete ich den eifrigen kleinen Mund, die feinen Äderchen in den fast durchscheinenden Augenlidern. „Du bist ein gieriger Fratz", teilte ich ihr mit.

Chloë nahm keine Notiz davon. Als sie satt war, sank ihr Kopf nach hinten, und sie schlief ein. Allmählich legten sich die widerstreitenden Gefühle in mir.

Will kam mit einer Tasse Tee herauf und betrachtete uns liebevoll. Seine Anwesenheit wirkte beruhigend, und plötzlich war ich beinahe glücklich und zufrieden.

„Komm", sagte er, zog mich mit dem Rücken an seine

Schulter und nahm Chloë auf den Schoß. „Bleib ein Weilchen sitzen. Laß dir Zeit."

Dann fügte er hinzu: „Ich liebe euch beide sehr."

„Okay, es geht los", rief der Fotograf vom *Stanwinton Echo*. Die Kamera blitzte. „Noch mal", befahl er.

Ich versuchte meinen noch immer rundlichen Bauch hinter Will zu verstecken.

„Lächeln und nach links schauen."

Die Sache war nicht so schlimm, wie ich befürchtet hatte. Tatsächlich machte es sogar Spaß, im Mittelpunkt zu stehen, und unter anderen Umständen hätte ich vielleicht Gefallen daran gefunden.

„Können wir jetzt bitte das Baby haben?"

Das einzige, worin Will und ich vollkommen übereinstimmten, war der feste Vorsatz, Chloë aus Fotos und Publicity herauszuhalten. Und nun waren wir, mit der erst einen Monat alten Chloë, auf einer Pressekonferenz im Rathaus. Es war, wie wir übereinstimmend befunden hatten, ein kleinerer Notfall.

Ein dienstälterer Abgeordneter war erkrankt, und Will hatte bei einer Fernsehdiskussion zum Thema Verkehr für ihn einspringen müssen. In der Hitze des Gefechts verhaspelte er sich bei einem Satz, so daß der Eindruck entstand, er stehe im Widerspruch zur offiziellen Parteilinie, was ihm dick angekreidet wurde.

Nach der Sendung war er direkt nach Stanwinton gefahren und hatte sich nachts heftig erbrochen. Ich hielt seinen Kopf und wischte auf und machte ihm einen Tee.

Er trank ihn dankbar und murmelte: „Das passiert mir manchmal, wenn etwas schiefgeht. Wirklich zu blöd."

Dieses Eingeständnis rührte mich zutiefst, so daß ich lange mit ihm aufblieb und wir uns gemeinsam überlegten, welche Art von Schadensbegrenzung angesagt war.

Die Morgenzeitungen berichteten über die Sendung und schenkten Will besondere Erwähnung. „Redegewandtheit gepaart mit Integrität", schrieb ein (seriöser) Kommentator. „Strahlemann redet Tacheles", schrieb ein anderer (weniger seriöser). Mannochie begann herumzutelefonieren, und alle waren sich einig, daß gezielte Publicity in der örtlichen Presse viel dazu beitragen würde, sein Image im Wahlkreis aufzupolieren.

Einer der Reporter fragte: „Wie fühlt man sich als glamourösestes Paar des Unterhauses?"

Ein junges Ding in Lederhosen hielt den Finger hoch. „Stillen Sie Ihr Kind, Mrs. Savage?"

Mannochie intervenierte. „Falls Sie Will Savage Fragen zum Parteiprogramm stellen wollen, ist jetzt der richtige Moment."

Das junge Ding schnitt eine Grimasse. *Parteiprogramm? Vergiß es!*

Entspannt und lächelnd gestattete Will den Fotografen, nach Herzenslust Aufnahmen zu machen, und beantwortete alle Fragen. Dann erhaschte ich den Ausdruck in seinen Augen, der weder geduldig noch ergeben war. Es war ein ganz privater Ausdruck, den nur ich interpretieren konnte – ein Wegweiser zu dem geheimen, erotischen Territorium, das uns beiden gehörte – und der mich erschauern ließ.

Mannochie hatte vereinbart, daß ich ein einziges Interview geben würde, und so zog ich mich mit Chloë, die sich vorbildlich benahm, und dem jungen Ding in Lederhosen, das Lucy hieß, in einen kleineren Raum zurück.

Sie stellte ein Tonbandgerät zwischen uns auf. „Wie sehen Sie die Rolle der Politikerfrau von heute?"

„Sie verändert sich...", erwiderte ich. In der plötzlich eintretenden Stille verflüchtigte sich meine Munterkeit, mein Körper stöhnte schier vor Erschöpfung, und meine gestörte Nachtruhe malte dunkle Schatten unter meine Augen.

„Also nicht mehr die treue Gefährtin alten Stils?"

„Die heutigen Ehefrauen sind anders als früher."

„Würden Sie bei Wahlen anders stimmen als Ihr Mann?"

„Wenn ich es für richtig hielte."

Sie sah mich besonders verständnisvoll an. „Angesichts der Tatsache, daß Politiker-Ehen, aus ersichtlichen Gründen, gefährdet sind, glauben Sie, daß Sie Ehe, Mutterschaft und Beruf unter einen Hut bringen können?"

Ich ärgerte mich über die Unterstellung, Will und ich seien zum Scheitern verurteilt. „Ich bin nicht bereit, diese Frage zu beantworten", sagte ich. „Wie Sie bemerkt haben werden, ist mein Kind noch sehr klein."

Von da an verlief das Interview schleppend.

Zwei Tage später erschien der Artikel. Die Überschrift lautete: „Kritisch und unabhängig: Die moderne Abgeordneten-Ehefrau stimmt gegen ihren Mann." Der Text lautete: „Fanny Savage ist eine Ehefrau von neuem Schlag: eine moderne Frau mit eigenem Beruf und eigenem Kopf. Wenn sie es für richtig hielte, würde sie für die Opposition stimmen."

Pearl Veriker rief an, während ich noch im Bett lag und Chloë stillte, und las mir den Artikel am Telefon vor. „Das war sehr unklug, Fanny. Das war sogar Verrat."

Mit einem flauen Gefühl im Magen erkannte ich, daß Pearls Regelwerk komplizierter war, als ich gedacht hatte. „Pearl, ich habe ein Recht auf eine eigene Meinung, und das macht mich wohl kaum zum Deserteur."

Aber wie beim Tragen von Strumpfhosen schien es auch hier keinen Verhandlungsspielraum zu geben. Am Ende reichte ich Will den Hörer und lauschte gespannt, wie er Pearl mit List und Tücke beschwichtigte.

Dieser Schlamassel war *meine* Schuld. Das wußte ich, und Will wußte es auch. Er ließ sich in die Kissen fallen. „Wir hatten alles lang und breit besprochen", sagte er.

Ich fuhr mir mit der Hand über die Augen. „Sie hat mich an einem wunden Punkt erwischt."

Will schwang sich aus dem Bett, riß das T-Shirt herunter, in dem er schlief, und warf es auf den Boden. „Auch darüber haben wir gesprochen."

„Darf ich den Herrn vielleicht darauf hinweisen, daß er als *erster* einen Fehler gemacht hat?“

„Für den ich jetzt zweimal bezahlen muß.“

Ich streichelte Chloës Wange. Sie roch nach Milch und Babylotion, unschuldigen, unverfänglichen, alltäglichen, anständigen Dingen. Ich sah meine Schuldhaftigkeit wie einen zarten Kondensstreifen vor mir, der sich über einen endlosen Himmel zieht. Hatte ich Will ruiniert? Ihm einen Makel – *unzuverlässig* –, ein Kainsmal aufgedrückt? „Es tut mir leid. Ich vergesse immer, wie schwer es ist, nicht das zu sagen, was man denkt.“

Will riß die Hemdenschublade auf. „Hat man es dir nicht oft genug eingebleut? Man darf niemals sagen, was man denkt.“

Es trat eine lange, seltsame Stille ein, während jeder die tiefere Bedeutung dessen, was der andere gesagt hatte, verdaute.

„Will, findest du es nicht merkwürdig, daß man sich verstellen muß, um offen und ehrlich zu wirken?“

Will zog ein blaues Hemd heraus und inspizierte den Kragen. „Ich weiß.“ Er sah zu mir her, verwirrt und mehr als nur ein wenig bestürzt. „*Ich weiß.*“

Mein Vater war entsetzt, als ich anrief, vor Erschöpfung und Schluchzen kaum einen vernünftigen Satz herausbrachte, und von meinem letzten Lapsus berichtete. „Ich komme rüber“, sagte er. „Sagen wir in einer Stunde, ich muß noch verschiedenes erledigen.“

Er traf pünktlich auf die Minute ein. „Du kommst mit mir nach Hause“, verkündete er. „Ich habe Benedetta angerufen. Sie setzt sich ins Flugzeug und wird die Sache in die Hand nehmen.“

„Du hast Benedetta angerufen? Du hast dich mit ihr versöhnt?“ Ein törichtes Lächeln machte sich auf meinem Gesicht breit. „O Dad, ich sehne mich so nach ihr.“ Dann sagte ich: „Aber ich kann Will nicht im Stich lassen.“

„Will kann an den Wochenenden nach Ember House kommen. Kein Problem.“ Er drückte mich fest an sich. Ich schob ihn rasch in meine unaufgeräumte, chaotische Küche und beförderte einen Korb mit Chloës gewaschenen Sachen mit einem Tritt unter den Tisch und außer Sichtweite. „Entschuldige, daß es hier so aussieht, aber ich bin zu müde, um zu putzen."

Er warf die Wagenschlüssel auf den Tisch. „Du bist meine Tochter, und du brauchst Hilfe. Du kommst jetzt besser mit. Zu Hause ist alles bereit."

„Na gut." Ich ließ mich mit einem Gefühl der Erleichterung auf einen Stuhl fallen.

Ich rief Will an und sagte ihm, daß ich mit meinem Vater nach Hause fuhr. „Nur für ein paar Wochen."

„Was meinst du mit ‚nach Hause'?" Er war beleidigt. „Ich dachte, dein Zuhause sei bei mir."

„Entschuldige. Ist mir so rausgerutscht." Aber es belastete unser Gespräch, und nicht zum ersten Mal wünschte ich, wir müßten unsere Ideen, Probleme und Vorhaben nicht am Telefon besprechen.

„Macht es dir etwas aus? Es würde Chloë und mir guttun."

„Ich merke, daß du dich bereits entschlossen hast." Doch am Ende sagte er: „Du gehst selbstverständlich mit. Ich verstehe, daß du jetzt Hilfe brauchst."

Ich legte auf und bemerkte die Staubschicht, die auf einem der häßlichen Heizkörper lag. Ich war zu müde, um das Staubtuch zu holen. Statt dessen pustete ich. Der Staub stieg auf und setzte sich wieder. „Verschwinde", befahl ich ihm. „Pack deine Sachen und verzieh dich."

♦

Als wir in Ember House ankamen, nahm mein Vater mir sofort Chloë ab. „Schau sie dir an! Eine wahre Schönheit."

„Und schlau dazu. Sie läßt jetzt schon alle nach ihrer Pfeife tanzen."

Chloë sah zu ihrem Großvater auf. Er setzte sich und nahm sie auf den Schoß. „Bei dir werde ich nicht die gleichen Fehler machen."

„Du hast keine Fehler gemacht", sagte ich. „Du warst der beste Vater der Welt."

Er zuckte mit den Schultern. „Es gab Zeiten, da hätte ich aufgeben und dich zu deiner Mutter verfrachten können. Aber ich habe es selbstverständlich nicht getan."

Ich machte mir mit einem Stapel Windeln zu schaffen. „War ich im Weg?" Ich war plötzlich den Tränen nahe.

„Francesca, du hast nicht begriffen, was ich sagen will. Nachdem du da warst, hätte ich schlicht nicht mehr ohne dich sein können. Ich wollte dich bei mir haben, und ich war darauf bedacht, alles zu tun, dieser Tatsache in jeder Hinsicht gerecht zu werden." Er streichelte Chloës Pausbäckchen. „Auch du wirst das feststellen."

Ich beobachtete die Interaktion zwischen Großvater und Enkeltochter. Ich hatte es bereits festgestellt. Ich wischte mir verstohlen die Augen ab und lächelte ihn an. Einen Moment lang war der Raum erfüllt von Liebe, einer unkomplizierten, bedingungslosen Liebe, die bewirkte, daß ich mich besser und stärker fühlte.

Chloë machte den Mund auf und begann zu schreien. Meine Brüste prickelten und näßten. Schnell wie der Blitz gab mein Vater mir Chloë wieder.

Nichts hatte sich in Ember House verändert. Es war friedlich, solide, schäbig und vor allem vertraut. Es gestattete mir, untätig und träge zu sein. Es kannte mich, und ich kannte es. Keine Überraschungen. Kein Eingewöhnen nötig. Vater hatte recht gehabt. Ich brauchte diese Atempause, und mit der Ankunft von Benedetta fiel eine Last von meinen Schultern.

„*Santa Patata*, bist du blaß!", sagte sie. „Du mußt Leber essen. Ich werde dir Leber machen."

Wie selbstverständlich übernahm sie das Kommando, und es war, als hätte es die dazwischenliegenden Jahre nie gegeben – als wäre Benedetta nicht verheiratet gewesen und Witwe geworden und ich nicht erwachsen geworden. Sie erteilte im Vordergrund Befehle und sah im Hintergrund nach dem Rechten – wusch und bügelte Chloës winzige Sachen, sorgte dafür, daß ich meinen Nachmittagsschlaf hielt, schnappte sich Chloë, wenn sie nach dem abendlichen Stillen quengelte. „Du bist meine *bambina* Fanny, und ich kümmere mich um die *bambina* meiner *bambina*." Das An- und Abschwellen ihrer Stimme und ihre Ausdrucksweise riefen viele, ach so viele schlummernde Erinnerungen an meine Kindheit wach.

Sie waren klug, mein Vater und Benedetta. Und großherzig. Trotz der Vergangenheit taten sie sich zusammen, um mir den Raum und die Ruhe zu geben, mich ganz auf Chloë zu konzentrieren. Ich lernte, daß das eine Schreien Hunger bedeutete, ein anderes, daß sie sich nicht wohl fühlte oder sich langweilte. Dank Benedettas Ratschlägen, erteilt in einer Mischung aus ihrem gebrochenen Englisch und meinem Italienisch, das durchaus verbesserungswürdig war, lernte ich, Chloës Bedürfnisse im voraus zu erkennen – wann sie gefüttert, wann zu Bett gebracht, wann ein bißchen länger herumgetragen werden mußte. Unter Benedettas Anleitung begann ich die Muskeln spielen zu lassen, die erforderlich waren, um die Bürde der veränderten Umstände und des Mutterseins mühelos und mit Anstand zu tragen.

Kapitel 10

Am Tag bevor ich von diesem Aufenthalt bei meinem Vater in unser Haus zurückkehrte, war es kühl und windig. Ich stieß die Terrassentüren im Salon auf und trat hinaus. Der Geruch des Gartens änderte sich nie: feuchte Erde, ein scharfer, beißender Hauch von Moder, der leicht herbe Duft der Sträucher, die in der Nähe wuchsen. Der Rasen war naß, die Erde weich, und meine Füße hinterließen eine deutliche Spur, als ich zur Buche ging. Sie sah aus wie immer, und alles an ihr war vertraut – das Rascheln der Blätter, das Pfeifen des Windes, die gebrochenen Strahlen des Lichts, das durch die dichte Krone einfiel.

Ich spähte hinauf. Das Baumhaus schien noch intakt zu sein. Ich strich mit den Händen über meine Hüften, spürte ihre neue Fülle und Weichheit. *Nur zu, Fanny.* Lächelnd legte ich die Hand auf den ersten Ast und zog mich hoch. Kinderleicht. Dann kletterte ich vorsichtig hinauf auf die Plattform. Das war schon nicht mehr so leicht.

Doch als ich dann oben war, bedenklich auf den inzwischen wackeligen Brettern balancierte, war ich, für kurze Zeit, die Königin von allem, was ich überblickte.

Der Wind ließ Tropfen vom letzten Regen herunterprasseln, und ich hob die Hand an den Mund und leckte sie ab. Klar und kühl. Hier oben hatte ich das Gefühl, schwerelos zu sein, ohne Verantwortung, ohne die Ängste, die sich mit einem Kind verbanden. Innerlich ruhig. Nicht ganz so, wie ich es früher gewesen war, aber ruhig genug.

Nach und nach wurden meine verworrenen Empfindungen leichter und verflüchtigten sich.

Am Abend gab Vater, um mich aufzuheitern, ein kleines Fest.

Es war wie in alten Zeiten. Meine hochhackigen Schuhe, die ich lange nicht getragen hatte, waren ungewohnt, und ich zwängte mich in einen engen schwarzen Rock, wobei mir das Fettpolster zu schaffen machte, das noch meinen Bauch zierte, und empfing mit meinem Vater zusammen die Gäste, das Bekken nach vorn gekippt und die Zehen gekrümmt, und fühlte mich herrlich normal.

Die Gäste waren Leute aus der Weinbranche, die ich alle kannte, einschließlich Raoul, der zu einem kurzen Besuch im Land war. Wir waren oft etwas gehemmt miteinander, doch das pflegte vorbeizugehen. „Was macht die Nase?", fragte er, als er mich küßte. Da sich eine Schwangerschaft bekanntlich auf den Geruchssinn auswirkt, war das natürlich seine erste Frage.

„Keine Ahnung", sagte ich ernst. „Das muß ich noch herausfinden."

Raoul hatte einen olivfarbenen Teint, ein interessantes, sensibles Gesicht und war immer tipptopp gekleidet. An dem Tag hatte er einen Kratzer auf der Wange, der ihm etwas Kühnes und Piratenhaftes gab.

„Was ist passiert?"

„Ich habe zu Hause Gestrüpp ausgelichtet und ein Zweig hat mich erwischt, aber ich habe dir noch nicht gratuliert", sagte er. „Ich hoffe sehr, daß du uns einen Besuch abstattest, wenn die Kleine größer ist. Meine Familie würde sie zu gern kennenlernen."

„Und ich würde zu gern kommen."

In Frankreich ist die Vorliebe für gute Weine ein Teil des Nationalcharakters – das, was die Franzosen, abgesehen von der Sprache, in ihren Augen zu Franzosen macht. Folglich stand es den Villeneuves auch zu, in dem exquisitesten Château zu leben, das ich je gesehen hatte.

Er betrachtete mich prüfend. „Du siehst ein wenig müde aus, Fanny. Ich weiß, es ist nicht leicht, nach einem Kind in den Normalzustand zurückzukehren."

Wieder fühlte ich verräterische Tränen in mir aufsteigen und sah weg, hinunter auf den Teppich, den ich vor vielen Jahren mit Caro ausgesucht hatte.

„Mein Vater wird sich bald zur Ruhe setzen, und ich werde die Leitung übernehmen."

Großartig, dachte ich. Raouls Leben ist nun so exakt arrangiert wie eine perfekt gedeckte Tafel. Wohlstand, gesicherte Position. Kann tun und lassen, was er will. Messer, Gabel, Löffel... und Weingläser.

„Was ist so komisch?", fragte er.

Ich sagte es ihm, und er meinte, er glaube, daß der interessante Teil des Lebens erst dann kommt, wenn man das *hors d'oeuvre* hinter sich hat und mitten im Hauptgang ist.

„Darüber müssen wir uns unterhalten, wenn es soweit ist", sagte ich.

Bevor ich nach Hause fuhr, hatten mein Vater und ich eine ernsthafte Unterredung über die Firma, und ich begann die Grenzen meiner Möglichkeiten, meiner neuen Welt, deutlicher zu erkennen. „Ich finde, wir sollten uns überlegen, jemanden einzustellen, der mir hilft, bis Chloë aus dem Gröbsten heraus ist. Du mußt nicht sofort wieder anfangen. Laß dir ruhig Zeit."

Ich war nicht sicher, ob ich gekränkt oder erleichtert war. „Ich kann mir nicht vorstellen, nicht zu arbeiten", sagte ich.

Mein Vater sah mich nachdenklich an. „Das verstehe ich. Aber ich meine, im Augenblick hat Chloë Vorrang."

Nach einigem Hin und Her gab ich nach. „Ich versichere dir, daß ich es schaffen würde, aber du hast wahrscheinlich recht. Momentan wäre es sicher das Vernünftigste. Frag doch mal Raoul, ob er rüberkommen würde, um ein bis zwei Monate auszuhelfen."

„Das habe ich bereits getan", sagte mein Vater. „Ich muß an das Wohl meiner Enkeltochter denken. Und an deine Gesundheit."

Diesen Schachzug meines Vaters mußte ich erst verdauen.

„Übrigens hat er mir gesagt, daß er Thérèse heiraten wird. Sehr passend." Thérèse stammte, wie ich wußte, ebenfalls aus einer *négociant*-Familie und war ebenfalls sehr wohlhabend. Er lächelte. „Nun, damit ist doch alles gut ausgegangen, stimmt's? Was ist los, mein Liebling? Hat er dir nichts davon erzählt?"

Ich wollte nach Hause. Ich vermißte Will, und nun, da ich mich kräftiger fühlte, brauchte ich wieder mein eigenes Reich. Das Bedürfnis danach wurde immer heftiger und drängender: die Vorhänge aufziehen, das Kaminfeuer anzünden und meine Tochter in einem fröhlichen Kinderzimmer mit Beatrice-Potter-Figuren auf der Tapete zu Bett bringen.

„Also dann, paß auf dich auf", sagte mein Vater und drückte mich an sich.

„Also dann, paß *du* auf *dich* auf." Ich küßte seine Wange, die so vertraut war unter meinen Lippen.

Mit seinen Instruktionen im Ohr, mir nur ja eine Hilfe zu besorgen, stieg ich ins Auto und fuhr los.

Die Lorbeerhecke hatte noch immer die gleiche trostlose Farbe, und über den Buchen flogen Krähen auf. Alles wie immer. Ich trug Chloë in die Küche und setzte sie in die Babywippe. „Mein kleiner Engel", sagte ich zu ihr, und ihr Mund öffnete sich zu einem so hinreißenden Grinsen, daß ich sie einfach wieder auf den Arm nehmen mußte. Sie roch nach Baby und war so klein und voller Vertrauen, daß ich genau wußte, daß ich mein Leben hingeben würde, um auch nur ein einziges blondes Löckchen vor Schaden zu bewahren.

Am Donnerstagnachmittag kam Elaine Miller vorbei, die auf dem Weg zu ihrer Mutter im Norden war. „Amy meinte, du könntest ein paar hilfreiche Worte brauchen. Keine praktische Hilfe, meine Liebe. Damit das von vornherein klar ist."

Ich gab ihr einen Kuß. „Seelsorgerische Betreuung kommt wie gerufen."

„Solidarität unter Leidensgenossinnen, Fanny."

Ich servierte ihr eine Quiche aus dem Supermarkt und Salat, und weil die Blätterteighülle so labberig war, kratzten wir die Füllung ab. Chloë zappelte neben uns in ihrem Kinderstühlchen und nahm zunehmend Blickkontakt auf. Elaines Kinder tobten im Garten.

Elaine bat um eine zweite Portion und erfüllte meine Küche mit ihrer Energie und ihrem Schwung. „Hör zu, Süße, das ist jetzt die schlimmste Etappe. Wenn du die hinter dir hast, kannst du Bestandsaufnahme machen." Sie ließ ihre Blicke über den ramponierten alten Herd und das auf der Anrichte aufgestapelte Geschirr wandern, das ich aus Zeitmangel noch nicht eingeräumt hatte. „Könnte nett werden hier."

Beim Kaffee gab sie weitere Ratschläge. „Du solltest etwas eigenes haben, nur für dich. Ein Hobby, deinen Beruf... sonst..." Sie wurde sehr ernst. „Du weißt es noch nicht, aber du wirst es noch merken." Ihr Mund verzog sich zu einem schmalen, schmerzlichen Lächeln. „Neil schläft mit seiner Sekretärin. So was kommt vor. Einige von denen meinen, das gehöre zum Job. Keine Angst, mir ist es ziemlich schnuppe."

„Dann bist du tatsächlich ein treuer Paladin."

„Das wirst *du* auch noch. Das weiß ich."

Später, nachdem Elaine gegangen war, tauchte Will überraschend im Badezimmer auf, wo ich gerade Chloë badete, und legte die Arme um meine Taille. „Hallo, Mrs. Savage. Geh bitte nie wieder weg."

Ich drehte den Oberkörper herum und küßte ihn. „Dabei wollte ich mich doch extra für dich schniegeln und bügeln und aufbrezeln!"

Er schob die feuchten Haare aus meinem Nacken und

preßte seinen Mund auf die entblößte Haut, so daß ich stöhnte. „Paß auf, sonst lasse ich Chloë fallen."

Später, als das Abendessen fertig war, stellte Will eine Flasche Wein auf den Tisch. „Ich möchte, daß du mit meiner Wahl zufrieden bist. Ich habe nämlich Hausaufgaben gemacht."

„Wirklich?" Ich war über alle Maßen erfreut und aufgeregt. Ich hob mein Glas und schnupperte. Schwer und warm. Gerbstoff und Schwarze Johannisbeere. „Perfekt, Will. Acht von zehn möglichen Punkten. Nein, neun..."

„*So* gut ist er nun auch wieder nicht." Seine Augen funkelten über dem Rand des Glases. „Und *kein* Wort über Politik heute abend. Versprochen." Er nahm noch einen Schluck. „Also, zunächst einmal, liebst du mich?"

Wir waren gerade beim Brathähnchen, als Chloë mit einer leichten Kolik aufwachte. Als ich endlich wieder nach unten kam, war Will am Telefon – völlig vertieft in ein Gespräch mit einem Kollegen über eine anstehende Gesetzesvorlage zur Einkommenssteuer. Ich stocherte an meinem kalt gewordenen Hähnchen herum und hörte der einseitigen Unterhaltung zu, bei der es darum ging, wer in der Partei voraussichtlich dagegen rebellieren würde, wer nicht, und um die voraussichtlichen Konsequenzen.

Will sprach sicher, schnell, überlegt und konzentriert. Die behagliche Intimität – der Gedankenaustausch, die Freude an der Gesellschaft des anderen – beim Abendessen war verschwunden. Als Will seinen Kollegen endlich davon überzeugt hatte, daß ein Penny mehr bei der Einkommenssteuer von vitaler Bedeutung für die Finanzierung eines Sozialprogramms war, aß ich gerade die zweite Portion Obstsalat.

Will gähnte. „Ab ins Bett."

An diesem Punkt des Abends mußte ich nicht überredet werden. Wir lagen, die Arme umeinander geschlungen, im Bett, und im nächsten Moment war Will eingeschlafen.

Fast umgehend, wie mir schien, verlangte Chloë gestillt zu werden. Sie war unruhig und quengelte, und als ich mich schließlich, mit angehaltenem Atem, von ihrem Bettchen wegschlich, war ich durchgefroren und zitterte vor Erschöpfung.

Will hatte das Licht eingeschaltet, sich Kissen in den Rükken gestopft und las. Er sah auf und sagte: „Fanny, mir geht da seit längerem etwas durch den Kopf. Ich wollte beim Abendessen mit dir darüber sprechen." Dann ließ er die Bombe platzen. „Ich habe mir zu überlegen versucht, was für alle das Beste ist. Für uns, und Chloë, und Sacha. Und für Meg. Sie muß aus ihrer Wohnung, weil das Viertel saniert wird, und ist auf der Suche nach etwas anderem. Ich weiß, daß es viel verlangt ist, sehr viel sogar, aber ich glaube, es wäre das Vernünftigste..."

„Du hast recht", sagte ich, als mir das volle Ausmaß seines Ansinnens aufging. „Das ist zuviel verlangt."

Er griff nach meiner eiskalten Hand und küßte die Finger, einen nach dem anderen. „Hör zu. Ich habe alles durchdacht. Wir könnten aus der Spülküche eine Küche für Meg machen und ihr die Räume darüber als Schlafzimmer und Wohnzimmer geben. Im Haus ist jede Menge Platz, und die Umbauten würden sich ohnehin lohnen. Ich kann einiges selber machen."

Den Spruch kannte ich. „Das sagst du immer, aber du tust es nicht... Außerdem ist das nicht der springende Punkt."

Es herrschte längere Zeit Schweigen.

Will brach es als erster. „In einer Familie hilft man sich, stimmt's, Fanny? Meg ist unglücklich, braucht eine Zuhause. Ich dachte, es wäre eine Möglichkeit, ein Auge auf sie zu haben."

Ich ließ meine Hand in seiner liegen. „Will, ich möchte nicht, daß *irgend jemand* bei uns wohnt. Du und Chloë genügt mir."

„Ich weiß, mir geht es ja auch so, aber..." Fragend wanderte eine Augenbraue nach oben. „Du magst Meg doch, oder? Sie sagt, mit dir kann sie reden."

Meg hatte mir die Geschichte ihrer gescheiterten Ehe erzählt, von ihrem Kampf mit der Flasche und ihrem Kummer, als ihr Sacha weggenommen wurde, der von da an bei seinem Vater lebte, weil Meg trank. Sie hatte sich allen entfremdet, die ihr etwas bedeuteten – ihrem Exmann („ein Heiliger, dem der Geduldsfaden riß“) und ihrem Sohn (der sie nur an den Wochenenden besuchen durfte). Ich hatte großes Mitleid mit ihr gehabt und mich völlig hilflos gefühlt.

„Natürlich mag ich Meg“, sagte ich rasch. „Ich mag viele Leute. Ich habe viele Leute sogar furchtbar *gern*, aber deshalb will ich noch lange nicht mit ihnen zusammenleben.“

Will zog mich an sich. „Hör zu, Fanny. Das ist eine Chance, zu praktizieren, was wir predigen. Aber nicht nur der großen Sache zuliebe, sondern meiner *Schwester* zuliebe...“

„Will, das hier ist eine Ehe und kein... kein Wohltätigkeitsverein.“

Ich spürte, daß er mit dem Erbe einer alten, schwierigen Vergangenheit kämpfte. „Fanny, als ich sie wirklich brauchte, war sie für mich da“, sagte er schlicht. „Es wäre nicht fair von mir, sie jetzt im Stich zu lassen...“ Er wurde munterer. „Außerdem haben wir nicht das Geld, um uns jede Menge Hilfe leisten zu können. Meg kann ihren Teil beitragen. Du könntest mehr Zeit in London verbringen... Ich glaube, es wird unserer Ehe guttun.“

„Nein“, sagte ich. „Nein, ich halte das für keine gute Idee.“

Er sah hinunter auf unsere verschränkten Hände und machte einen letzten Versuch. „Sie muß ihre Wohnung aufgeben und hat im Moment keine Arbeit; allein schafft sie es nicht. Ich habe ihr so viel zu verdanken. Irgendwie hat ihr das Leben ziemlich übel mitgespielt, und ich habe einfach das Gefühl, daß das zum Großteil meine Schuld ist.“

Es dauerte lange, bis ich einschlief.

Als ich aufwachte, stand Will mit Chloë über der Schulter neben dem Bett. „Sie hat Hunger“, sagte er. „Ich wußte nicht, was ich mit ihr machen soll.“

Alles hatte sich verändert. Das Zimmer verschwamm, und mein Herz pochte protestierend. Jeder Nerv in mir schrie vor Erschöpfung. Unten wartete ein Korb schmutziger Wäsche auf mich. Im Kühlschrank war kaum noch etwas zu essen, und der Heizkörper war noch immer staubverkrustet. Ich strich mir die Haare aus dem Gesicht und setzte mich mühsam auf. „Gib sie mir."

Will legte mir Chloë in den Arm, und ich gab ihr die Brust. „Du hast gewonnen", sagte ich zu Will. „Meg kann hier wohnen. Aber nur für ein paar Monate, bis sich alles normalisiert hat. Nur bis ich wieder auf den Beinen bin und sie klarer sieht."

Es ging alles sehr schnell, und während das Haus in Stanwinton umgebaut wurde, um Meg aufzunehmen (Will hatte natürlich keine Zeit, irgend etwas selbst zu machen), flog ich mit Chloë zu meiner Mutter nach Montana. Vater war strikt dagegen. „Wozu der Aufwand?", wollte er, mit einem ungewohnten Anflug von Bitterkeit, wissen. „Du kannst doch hier wohnen, während das Haus eine Baustelle ist, falls das das Problem ist."

„Sie hat ein Recht darauf, ihre Enkelin zu sehen."

„Es hält sie nichts davon ab, *selbst* ins Flugzeug zu steigen."

Sally erwartete uns am Flughafen hinter der Absperrung. Ich hatte sie seit drei Jahren nicht gesehen, und ich erkannte sie nicht auf Anhieb – sie hätte jede der Frauen mittleren Alters sein können, die in Jogginganzügen oder unförmigen Jeans und Fleecejacken in der Halle herumschwirrten. Traurig oder komisch? Meine Mutter war irgendwo in der Menge, und ich war nicht sicher, wie sie aussah.

Schließlich entdeckte ich sie in einer braunen Wildlederjacke, das blasse, sommersprossige Gesicht umrahmt von gekräuselten und zu langen Haaren und ohne Make-up. Sie stützte sich mit verschränkten Armen auf die Absperrung und wirkte verängstigt. Neben ihr stand der große, stämmige Art, der gutmütig lächelnd die ankommenden Passagiere musterte. Seine ausgebeulten Jeans und das karierte Hemd täuschten: Er verdiente nicht schlecht. Gewiß, Grundbesitz in Montana war etwas anderes als Grundbesitz in New York, aber dafür gab es reichlich davon und mehr Luft zum Atmen.

„Hi!", rief Sally mit einer Stimme, aus der längst alle Spuren ihrer englischen Herkunft verschwunden waren. Sie drückte mir einen knappen, verlegenen Kuß auf die Wange und wandte sich dann Chloë zu. „*Hallo*, du!"

Ich überließ ihr Chloë, und Art schüttelte mir wie wild die Hand. „Wir wissen das echt zu schätzen", sagte er. „Sally ist schon seit Tagen ganz aus dem Häuschen. Vor lauter Aufregung war nichts mehr mit ihr anzufangen."

Aus dem Augenwinkel sah ich, wie meine Mutter kurz mit den Schultern zuckte.

Sally und ich saßen, mit Chloë zwischen uns, im Fond des Kombiwagens, während Art übervorsichtig quer durch die Stadt und am anderen Ende wieder hinausfuhr. Er sagte nicht viel, aber sein Schweigen hatte nichts Unbehagliches. Auch Sally sagte nicht viel, außer: „Hat sich nicht viel verändert, seit du das letzte Mal hier warst. Mehr Häuser, was schade ist."

Paradiseville war so genannt worden, weil man auf dem Höhepunkt des Goldrausches geglaubt hatte, durch die Ausläufer der Berge im Süden ziehe sich eine Goldader, und so war unten am Fluß eine Ansammlung von Blech- und Holzhütten wie Pilze aus der Erde geschossen. Von dort hatte sich der Ort weiterentwickelt.

Art stieß ein zufriedenes Lachen aus. „Mir kann's nur recht sein. Gut fürs Geschäft, also mecker nicht."

„Man wird ja wohl noch einen Kommentar abgeben dürfen", sagte Sally scharf.

Ich hatte vergessen, daß die Landschaft von Montana ein Schauspiel ähnlichen Ranges wie große Oper oder ein epischer Breitwandfilm bot. Hier war alles Natur pur. Man hatte das Gefühl, in eine riesige goldene Flutwelle hineinzufahren, in die Rot und Ocker gemischt waren. Aber auch die Details waren herrlich. Haselnüsse lagen auf dem Boden, deren harte Schalen zarte Kerne freigaben, Beeren schmiegten sich in die Hecken, und Pferde grasten vor der Kulisse der Berge.

All das zeigte ich Chloë, die keine Notiz davon nahm.

Ehrlich gesagt erinnerte ich mich besser an das Haus als an meine Mutter. Es war aus Schindeln gebaut, die gebrochen weiß gestrichen waren, hatte eine umlaufende Veranda und vorne eine frei aufgehängte Bank, wo ich sitzen und Chloë schaukeln konnte.

Sally rutschte aus dem Kombiwagen. „Ich wußte nicht, was du alles brauchst, drum hab ich Ma Frobber weiter hinten gefragt. Sie hat mich aufgeklärt und mir ihre Sachen geliehen. Sie hat sechs gehabt.“ Sally lächelte leicht besorgt. „Hoffentlich ist alles okay.“

Alles war bestens, nur daß Chloë unter Jetlag litt und sich fast die ganze Nacht weigerte, zu schlafen. In dem kleinen Haus war ihr Gebrüll natürlich überall zu hören, und während ich sie verzweifelt zu beruhigen versuchte, ging in Sally und Arts Schlafzimmer mehr als einmal das Licht an.

Nach dem Frühstück setzte ich mich mit ihr auf die Schaukel. Sally schüttelte ein Kissen auf, das mit einem schwarzen Pferd bestickt war, und quetschte sich neben mich. „Ich hatte ganz vergessen“, sagte sie mit einem Blick auf Chloë, „wie schrecklich es ist.“ Sie krempelte die Ärmel ihrer Hemdbluse hoch, unter denen sommersprossige Arme zum Vorschein kamen. „Ich hatte überhaupt kein Geschick darin“, gestand sie. „Ich kann dir weder Ratschläge noch nützliche Tips geben.“

„Ich habe den richtigen Dreh auch noch nicht heraus.“

„Ich sage mir, jeder Mensch bekommt nur ein Talent mit. Meines sind Pferde. Ich dachte immer, wenn man mit Pferden umgehen kann, kann man auch mit Kindern umgehen. Stimmt aber nicht.“

Chloë begann zu quengeln, und Sally setzte die Schaukel in Bewegung, was Chloë zu beruhigen schien, und so saßen wir da, ohne groß zu reden, bis die Sonne ums Haus kam und direkt auf uns herabbrannte. Da verzogen wir uns in die Küche. Einen Fuß auf die geliehene Babywippe gestellt, trank ich bitteren Kaffee und schaukelte Chloë, während Sally ein Schmorgericht aus Fleisch und Karotten für später vorbereitete.

Ich bemühte mich, meine Mutter nicht anzustarren, aber ich mußte es einfach. So viel an ihr – wie sie ging, das fast unmerkliche Nachziehen des rechten Fußes, das Muttermal auf ihrem Arm – erinnerte mich an mich selbst. Konnte ich mich an die Barriere, die die zurückliegenden Jahre und unsere Vergangenheit bildeten, herantasten und versuchen, sie zu überwinden? Das war unmöglich. Alles, was wir gemeinsam hatten, war ein Satz Gene, und das war nicht genug.

Jetzt, da ich Chloë hatte, betrachtete ich meine Mutter von einer anderen Warte aus. Ich wußte, was es bedeutete, ein kleines Wesen an mich zu drücken und genau zu wissen, daß es ganz und gar auf mich angewiesen war. Folglich brannte mir die Frage *Wie konntest du es über dich bringen, mich zu verlassen?* auf der Zunge. Doch ich stellte sie nicht. Schweigen zwischen Mutter und Tochter sollte (sollte nicht?) Ausdruck einer langen gemeinsamen Vergangenheit sein. *Meine Mutter hat mich geschlagen, als ich Geld aus ihrer Tasche gestohlen habe. Meine Mutter hat mich gezwungen, ein Kleid mit korallenroter Smokstickerei zu tragen. Meine Mutter hat mir hundert Pfund versprochen, wenn ich nicht rauche.* Doch zwischen Sally und mir war nichts, nur eine Kluft. Keine feindselige Kluft, dafür kannten wir uns nicht gut genug, nur ein leerer Raum.

Sally schnitt energisch eine Karotte klein. „Wie geht's deinem Vater?"

Sally hatte sich zu dieser Frage bestimmt überwinden müssen, und so antwortete ich mit Bedacht. „Ich glaube, er ist nie über dich hinweggekommen", sagte ich.

Sie legte das Messer hin und wischte sich die Hände an der Schürze ab. „O doch. Er wußte ganz genau, daß wir... nicht zusammenpassen. Er hatte *ein* Ziel, ich hatte ein anderes. Am Ende habe ich für ihn gewählt."

„Das hört sich bei dir so einfach an."

Sally schaltete eine Flamme des Gasherds an und knallte eine Bratpfanne darauf. „Das war es auch. Wenn zwei Menschen nicht miteinander leben können, muß einer gehen. Außerdem hatte ich Art kennengelernt, also ging ich. Es war besser, daß du bei Alfredo geblieben bist."

Ich bückte mich, um nachzusehen, ob der Gurt, der Chloë festhielt, richtig saß. „Ich habe früher auf der Straße nach dir gesucht. Ich habe mir Geschichten ausgedacht und mir vorgestellt, du würdest nachts in mein Zimmer geflogen kommen. Ich habe versucht, wach zu bleiben für den Fall, daß du kommst."

Sally wurde sehr still. „Das ist ein bißchen viel auf einmal." Sie warf die Fleischwürfel in die Pfanne, und Zischen und Brutzeln erfüllte die Küche. „Ich wollte, ich könnte sagen, daß ich für dich da war, aber so ist es nun mal. Nicht jede Frau kann alles, was von ihr erwartet wird, und ich sehe nicht ein, warum ich mich schuldig fühlen sollte, Fanny. Du hattest Alfredo, der dich liebt."

„Stimmt", sagte ich.

„Gib mir die Kasserolle auf dem Tisch."

Ich stand auf und brachte sie ihr. Das Telefon klingelte, und Sally ging dran. Ich legte das Fleisch und die Karotten in die Kasserolle, goß etwas Brühe an und stellte sie in den Backofen.

Am nächsten Tag wachte ich früh auf. Ich räkelte mich in dem altmodischen Bett im Gästezimmer unter einem Patchwork-Quilt und sah dem Sonnenlicht zu, das wie flüssige Butter über die Wände rann. Draußen sang ein Vogel in den Lärchen, und ein leichter Wind strich durch die Äste. Das hier war ein wilderes, weiteres Land als zu Hause, mit einem größeren Horizont. Sally hatte meinen Vater wegen Art verlassen, ein simples Dreiecksverhältnis, aber während ich träge in meinem warmen Bett lag, sagte ich mir, daß es ebensoviel mit dem Wind in den Lärchen und dem Horizont, der sich so unendlich weit ausdehnte, zu tun gehabt hatte wie mit sonst etwas.

„Komm mit und schau dir die Pferde an", sagte Sally, nachdem wir gefrühstückt hatten, und führte mich zu den Koppeln hinter dem Haus. Dort standen sieben ihrer zottelmähnigen, großäugigen Lieblinge, die beim Klang ihrer Stimme auf uns zukamen und drängelnd unsere Aufmerksamkeit verlangten. Verzückt und selbstbewußt sprach Sally mit jedem einzelnen. „Brav, Vince. Brav, Melly..."

Chloë, der die Tiere nicht geheuer waren, wand sich auf meinem Arm, und ich wünschte mir sehnlichst, im Umgang mit ihr so sicher zu sein wie Sally mit ihren Pferden.

Sally nahm mir Chloë ab. „Nur zu. Freunde dich mit ihnen an."

Ich berührte das warme, wohlriechende Fell und die weichen Mäuler. Chloë blinzelte, und Sally führte ihre kleine Hand an eine dampfende Flanke. „Liebes Pferd, Chloë", sagte sie. „Wenn du größer bist, mußt du uns unbedingt besuchen, und dann gebe ich dir Reitunterricht."

Ich hatte plötzlich einen bitteren Geschmack im Mund. Erschrocken stellte ich fest, daß ich auf meine eigene Tochter eifersüchtig war. Ich machte mir an Mellys Mähne zu schaffen und versuchte, mich zusammenzureißen.

Der Moment ging vorbei.

An Mellys Hals traten wellenartig die Muskeln hervor. Ich strich mit der Hand darüber, genoß das Gefühl des feuchten Fells. „Ich wüßte gern, was Will macht."

„Was für ein Mensch ist er?" Sally schob Mellys Nase sanft aus Chloës Reichweite. „Würde es ihm hier gefallen?"

„Ich glaube schon. Aber er hat keine Zeit rüberzukommen."

Sally reichte mir Chloë und schwang sich über den Zaun. Ihre Pferde drängten sich um sie, und sie befestigte einen Zügel an Mellys Trense, griff in die goldene Mähne und schwang sich hinauf. Bei Tageslicht wirkte sie älter, doch die Schenkel unter ihren Jeans waren straff und kräftig. „Art nimmt sich immer viel Zeit. Das ist der Unterschied." Sie drehte Melly herum und ließ sie dann ans andere Ende der Koppel traben und wieder zurück. „Kleiner Test. Wir hatten Probleme mit ihrem Fesselgelenk. Aber sie ist okay."

In der Ferne kam Arts Kombiwagen gemächlich den Weg entlang auf uns zu. Er verlangsamte das Tempo, und Art kurbelte das Fenster herunter. Laute Country-and-Western-Musik zerriß die Stille. „Dachte, ich mach 'nen kleinen Umweg", sagte er, „und sag den Damen hallo."

Er fuhr weiter. „Tja, so was nenne ich den Test bestehen", sagte Sally liebevoll. „Das macht er fast jeden Tag." Sie rutschte von Mellys Rücken und lehnte sich an den Lattenzaun. Wieder scharten sich ihre Pferde um sie.

Ich spürte, wie mich Traurigkeit, ja sogar Zorn, beschlich, weil mein Vater Sallys Test nicht bestanden hatte. „Wird es dir nicht lästig, dich um die Pferde zu kümmern?"

Sally blinzelte in die Sonne, was das Geflecht der Fältchen um ihre Augen verstärkte. „Irgendwann wird einem alles lästig. Die Frage ist nur: Was wird einem am wenigsten lästig? Meine Pferde sind einfach und unkompliziert. Sie wollen gefüttert, gestriegelt und bewegt werden, und als Gegenleistung lieben sie einen vielleicht ein klein wenig. Aber nicht zu sehr. Das liegt nicht in ihrer Natur. Ich weiß das. Und weil ich das weiß, ist es gut so."

Sie kletterte wieder über den Zaun. „Willst du wissen, warum es mit deinem Vater und mir nicht geklappt hat? Er wollte es zu schnell zu weit bringen. *Das* war mir lästig. Ich wollte das große Haus nicht, die ständigen Einladungen und das Getue mit dem Wein. Und ich wollte nicht alles opfern, um Geld zu scheffeln. Trotzdem fiel es mir schwer, weil wir uns schon so lange kannten."

„*So* reich ist er nicht geworden. Die Firma ist alles andere als eine Goldgrube."

„Ich habe mich geirrt“, sagte Sally. „Mir war nicht klar, wie sehr sich ein Mensch mit zunehmendem Alter ändern kann.“

An unserem letzten Tag paßte Art auf Chloë auf, und Sally nahm mich auf Melly zum Reiten mit. Sie ritt auf dem großen, tänzelnden Quincy voraus und trieb ihn einen Pfad entlang, der von Bäumen gesäumt war, die sich gerade in alle Schattierungen von Gelb und Ocker färbten. Der Boden unter uns war feucht, und Schwärme von Mücken stiegen auf. In der Ferne erhob sich der zerklüftete Kamm der Berge, der im Gegensatz zu der warmen Landschaft um die Stadt herum geradezu abschreckend wirkte. Sally deutete hinüber. „Wenn du genau hinschaust, siehst du da droben die Ruinen der Bergwerksanlagen. Die armen Teufel. Haben nie etwas gefunden.“

Quincys Schwanz schwang hin und her, und ich folgte, ständig mit Mellys Zügel und der Stellung meiner Füße beschäftigt. Jede Bewegung erinnerte mich daran, daß ich nicht bei Chloë war. Ich wußte, daß sie gut aufgehoben war, daß sie behütet wurde, doch bei jedem Rascheln im Unterholz und jedem Zittern der Äste lauschte ich unwillkürlich, ob ich den Atem meines Kindes hörte. Bei jedem Aufschlag der Pferdehufe horchte ich angestrengt, ob sie vor Schmerzen oder Hunger weinte.

So war das eben inzwischen, und daran war nichts zu ändern.

Nach dem Abendessen half ich Sally, Ingwerschnitten für das Picknick des Rotary Clubs zu backen. „Wir nehmen die Kombiwagen und fahren rauf in die Berge, singen ein bißchen, essen eine Menge. Es ist nett.“ Chloë schlief in der kleinen Abstellkammer, und Art saß nebenan vor dem Fernseher, umgeben von Zeitungen und Bierdosen.

Sally schöpfte Sirup in die Teigschüssel. „Seit du da bist, ist mein ganzer Papierkram liegengeblieben. Aber das macht nichts – es war schön, dich hier zu haben, Fanny.“

Der Sirup mußte mühsam unter die Masse gerührt werden.

„Freunde?"

„Jap." Sie wurde puterrot. „Ich wollte, es... Aber das ist meine Sache." Sie legte den Löffel weg und faltete die Hände vor dem Bauch.

„Ich dachte, du bedauerst nichts."

„Ja und nein. Das ist ganz normal." Sie kippte den Teig auf das Kuchenblech. „Aber ich muß sagen, es ist verdammt anständig von dir, mich... Ach, was soll's, Fanny. Was ich getan habe, war für alle das Beste."

„He", ich legte den Arm um ihre Schultern, „ich wollte dich nicht..."

Sie sah mir in die Augen. „Ich habe mich für mich selbst entschieden, weil ich mir gesagt habe, daß ich nur *ein* Leben habe und daß ich es auch leben sollte." Sie senkte die Stimme. „In gewisser Hinsicht war Art nebensächlich." Sie lachte auf. „Ein Nebeneffekt, könnte man sagen, weil er genau im richtigen Moment auftauchte. Aber das bleibt unter uns."

Ich beugte mich vor und fuhr mit dem Finger durch die Schüssel. „Er ist nett, Sally."

„Er ist ein Mann", sagte sie energisch. „Wer ist schon nett? Jeder von uns hat seine Eigenarten, und seine passen eben zu meinen."

Ich leckte meinen Finger ab. „Du hast Glück gehabt."

Sally hielt mir die Schüssel zum Auslecken hin. „Wie gesagt, von Pferden verstehe ich mehr. Und daran habe ich mich gehalten. Weißt du, man braucht etwas, um sich von dem ganzen häuslichen Kuddelmuddel wie essen und schlafen und höflich sein abzulenken. Männer kommen erst gar nicht auf die Idee, ständig daran zu denken. Warum dann ich?"

Gerade als ich zum letzten Mal in das altmodische Bett kroch, rief Will an. Ich wickelte mir eine Decke um und ging hinunter in die Küche, um den Anruf entgegenzunehmen.

„Ich kann's kaum erwarten, dich zu sehen, Fanny", sagte er.

Wir hatten drei Tage nicht miteinander telefoniert, und es kam mir wie eine Ewigkeit vor. „Erzähl mir, was es Neues gibt."

Er hatte einiges zu berichten. „Stell dir vor, der Premierminister war von der Rede angetan, die ich für ihn geschrieben habe, und hat einige meiner Formulierungen übernommen. ‚Keine Kuschelpolitik' und ähnliches. Nicht sehr revolutionär, aber es hat anscheinend gewirkt."

Ich erzählte ihm von meinem Ausritt durch die Lärchenwälder und von den Ruinen der Bergwerksanlagen. „Den ganzen Winter haben sie da oben in der Eiseskälte verbracht, und manche haben es nicht überlebt."

„Sie waren auf der Suche nach einem besseren Leben." Er klang wie der Will, den ich damals kennengelernt hatte.

„Wenn du nächstes Mal mitkommst, reiten wir hinauf in die Berge."

„Klar", sagte er. „Das würde mir gefallen."

Bei der Ankunft auf dem Londoner Flughafen entdeckte ich Will, bevor er Chloë und mich sah. Er unterhielt sich angeregt mit einer jungen Frau mit blondem Pferdeschwanz und engen Lederhosen.

Er lächelte und redete und gestikulierte, wie er es tat, wenn er jemanden für seine Ansichten gewinnen wollte. Dann war Will immer am überzeugendsten, und die junge Frau hörte ihm gebannt zu.

Obwohl ich Chloë auf dem Arm hatte und den Gepäckwagen schob, rannte ich fast zu ihm. „Will!"

Er wirbelte herum. „Hallo, Schatz! Hallo, Püppchen!"

Die junge Frau verschwand. „Wer war das?", fragte ich.

„Keine Ahnung." Will drückte Chloë an sich. „Sie hat gesagt, sie kennt mich aus dem Fernsehen und daß sie toll findet, was wir uns vorgenommen haben, also habe ich ihr kurz erläutert, wie es funktioniert."

Ich klammerte mich an ihn. „Ich freue mich so, dich zu sehen. Die letzten Tage sind furchtbar langsam vergangen."

„Für mich auch.“

Will gab mir Chloë und nahm das Gepäck, und wir gingen hinaus zum Wagen. „Das ist gut“, bemerkte er, als er Chloë im Kindersitz festschnallte. „Mein Gesicht wird tatsächlich allmählich bekannt.“

Auf der ganzen Heimfahrt mußte ich ihn immerzu ansehen, begierig auf jedes Detail. „Hast du mich wirklich vermißt?“, fragte ich.

Er drehte den Kopf herum und sah mich an, und einen Moment lang glaubte ich, einen Schatten in seinen Augen zu sehen, eine Wachsamkeit, die ich nicht unterbringen konnte. „Ich habe dich mehr vermißt, als du dir überhaupt vorstellen kannst.“

Ich legte die Hand auf seinen Oberschenkel und ließ sie dort liegen.

Kapitel 11

In Stanwinton wartete der braunlederne Terminkalender auf dem Dielentisch. Hineingesteckt waren getippte Listen und Einladungen. Fünfuhrtee des Bowling-Clubs. Flohmarkt der Alleinerziehenden. Ball des Frauenvereins...

„Mannochie war mal wieder fleißig," sagte ich.

Meg kam uns entgegengeeilt. „Willkommen daheim, Fanny. Bist du erschöpft? Chloë, was bist du groß geworden... In der Küche sind Kaffee und Sandwiches. Komm und sieh dir an, wie alles geworden ist."

Zusammen mit dem Einbau einer Wohnung für Meg war auch meine Küche gründlich überholt worden. Sie roch nach Farbe, und für meine unter Jetlag leidenden Sinne schien sie Frische und Optimismus auszustrahlen – falls so etwas überhaupt möglich ist. Als wir den Umbau planten, hatte Will großzügig vorgeschlagen, daß wir uns einen neuen Herd leisten sollten. Und da stand er: klotzig und solide wirkend. Ich zeigte ihn Chloë, die es ungemein aufregend fand, wenn ich die Backofentür zuklappte.

Megs kleine Küche blitzte vor neuen Armaturen und Geräten, und in ihrem Badezimmer hingen farblich abgestimmte rosa Handtücher auf dem heizbaren Handtuchhalter. Ich faßte eines an: Es war weich und teuer, und die Farbe paßte exakt zu der Duschhaube, die an der Tür hing.

Meg wich mir nicht von den Fersen. „Fanny, ich habe mich noch gar nicht richtig bei dir bedankt... daß du mich hier wohnen läßt."

Ich drehte mich um. „Du mußt dich nicht bei mir bedanken. Ich bin froh, daß wir etwas für dich tun können."

„Doch, das muß ich", insistierte sie. „Ich brauche Sicherheit und Geborgenheit, um mit dem... um aufzuhören... na, du weißt schon, womit ich aufhören muß. Alleine schaffe ich es offenbar nicht, aber ich verspreche dir, daß ich mich so nützlich machen werde, wie ich nur kann, um mich erkenntlich zu zeigen. Ich habe fest vor, mir einen Job zu suchen, sobald ich kann. Teilzeit, damit ich dir mit Chloë helfen kann." Sie lächelte leicht freudlos. „Ich will alles tun, um euch nicht zur Last zu fallen."

Ich ließ Meg und Will allein, setzte mir Chloë auf die Hüfte und ging hinauf in unser Schlafzimmer. Ich machte die Fenster auf, und Chloë gluckste, als ich zerren mußte, weil sie klemmten. Sie war so niedlich, sah so *zum Fressen* aus, daß ich mir eines ihrer Patschhändchen schnappte und es küßte.

Die Krähen krächzten in den Bäumen. Ein Vorhang flatterte, und mein inneres Auge hielt die friedliche, unendlich heimelige Vignette fest und legte sie zu all den anderen Bildern und Echos, die in meinem Kopf gespeichert waren. Ich setzte mich aufs Bett, drückte Chloë an mich und stützte das Kinn auf ihr lockiges Haar. „Wir sind zu Hause, Chloë", sagte ich.

Ich hatte Chloë in Amerika entwöhnt, ein Prozeß, der einige Kämpfe auf Sallys Schaukel erfordert hatte. Ich gab ihr gerade im Badezimmer das Abendfläschchen, als Will hereinkam. Chloë ließ den Sauger los und drehte den Kopf nach ihm um.

„Hast du das gesehen?" Er war hocherfreut. „Sie kennt mich."

„Natürlich kennt sie dich."

„Ihr wart so lange weg, daß sie vergessen haben könnte, daß sie einen Vater hat. Komm, laß mich." Er nahm Chloë auf den Schoß und gab ihr die Flasche. Chloë machte ein bißchen Theater und trank dann. Er drückte sie fester an sich. „Fanny, was hältst du davon, jetzt, nachdem die Wohnung verkauft ist, ein Haus in der Brunton Street zu mieten?"

Durch die Geburt von Chloë brauchten wir in London ein größeres Domizil, und bevor ich in die Staaten flog, hatte ich Wills Wohnung zum Verkauf angeboten. Sie war schon nach zehn Tagen weg.

„Wieso in der Brunton Street?"

„Weil es in der Nähe des Parlaments ist."

„Aber ausgerechnet dort? Da stehen nur schmale kleine Häuser, deren Preis die Staatsverschuldung der meisten afrikanischen Staaten übersteigt."

Er hatte bis jetzt auf Chloë geblickt, doch nun sah er zu mir auf. „Ich habe mich in letzter Zeit etwas umgehört, Fanny, und die Lage sondiert. Wir müssen Einladungen geben und Kontakte knüpfen, uns in der Öffentlichkeit bekannter machen. Mit Ministern sprechen. Ich glaube, das wird dir gefallen. Interessante Menschen..." Er nahm Chloë anders auf den Arm. „Übrigens habe ich mir mit Meg schon eines angeschaut, und sie meint, es wäre ideal."

Ich warf Chloës schmutzige Latzhose in den Wäschekorb. „Ach ja? Meint sie?"

Will sagte schnell: „Ich war sicher, daß du nichts dagegen hast."

Ich weiß nicht, warum mich diese kleine Illoyalität derart kränkte, aber so war es nun mal. Ich suchte mein Heil im Sarkasmus. „Wäre es eine allzu große Zumutung, wenn ich darum bitten würde, es mir *auch* anschauen zu dürfen?"

Chloë hatte ihr Fläschchen ausgetrunken. Ich ließ sie Bäuerchen machen, und wir brachten sie zu Bett. Ich zog das Spieluhr-Mobile auf, und wir beobachteten von der Tür aus, wie sie einschlummerte.

„Will...", flüsterte ich. „Bist du ganz sicher, daß wir Chloë bei Meg lassen können? Daß wir damit nicht beide gefährden? Was ist, wenn Meg ihren Rappel kriegt und ich bei dir in London bin?"

„Höchst unwahrscheinlich", erwiderte Will, vielleicht ein wenig zu schnell. „Trotz allem hat es eigentlich nie ein Problem gegeben, wenn sie für Sacha verantwortlich war. Ich weiß, daß sie es niemals zulassen würde, daß Chloë auch nur *ein* Haar gekrümmt wird."

„Hoffentlich hast du recht, Will."

Er legte den Arm um meine Taille. „Ich weiß, daß Meg für Chloë durchs Feuer gehen würde."

Am nächsten Morgen erschien Meg mit dem Frühstück im Schlafzimmer. „Ich dachte, du bist sicher ganz erschöpft." Sie setzte das Tablett auf meinem Schoß ab. „Ich habe Chloë ihr Frühstück gegeben, und Will spielt jetzt Guck-Guck mit ihr. Ich weiß nicht, wem das Ganze mehr Spaß macht."

Meg hatte sich mit dem Tablett sehr bemüht. Die Orangenmarmelade war in ein Schälchen gefüllt worden, und es war heiße Milch für den Kaffee da. Ich dankte ihr und genoß mein Frühstück und hatte ein furchtbar schlechtes Gewissen, weil ich wünschte, sie hätte das nicht getan.

Am Montag ließen wir Chloë bei Meg, und Will und ich fuhren nach London, um das Haus in der Brunton Street zu inspizieren. Mannochie war bereit gewesen, sich dort mit uns zu treffen, und so besichtigten wir drei es gemeinsam. Ich hatte recht gehabt: Es war ein schmaler und düsterer Bau in einer Reihe ähnlich schmaler und düsterer Bauten, in dem zuvor eine Familie aus dem Nahen Osten gewohnt hatte.

Mannochie machte uns auf einen winzigen Raum neben der Diele aufmerksam, der ein ideales Büro für ihn abgeben würde, wenn er in London war. Ich sagte, er möge es mir nicht übelnehmen, aber ich sei nicht sicher, ob ich ihn in unserem Zuhause frei herumlaufen lassen wolle, woraufhin er lächelte und in seiner trockenen Art meinte: „Ich werde euch nicht belästigen. Wenn ihr mir den Hausschlüssel gebt, werde ich mich anständig benehmen. Außerdem bin ich stubenrein."

Der leise sprechende, auf leisen Sohlen gehende Mannochie würde also brav in seinem Körbchen liegen, bis man ihn rief. „Ist dir das alles eigentlich nie zuwider, Mannochie?

Denkst du nie darüber nach, was dieses Leben für dich bedeutet – für uns alle?"

Er schüttelte den Kopf. „Ich bin viel zu beschäftigt, um nachzudenken. Man könnte sagen, daß ich mit dem Laden verheiratet bin."

Es war wirklich erstaunlich, wie bereitwillig Mannochie sein Leben unserem unterordnete. Vielleicht war es ein Vorteil, nicht nachzudenken, eine wirksame Waffe. So wie ein verwaistes Lamm, das man in das Fell eines toten Tieres wickelt und seiner neuen Mutter unterschiebt, sollte auch Mannochie unseren Geschmack und unseren Geruch annehmen.

Im Hochparterre befand sich ein schmales, von der Vorder- bis zur Rückseite durchgehendes Wohnzimmer, das die gleichen Maße wie die Wirtschaftsräume im Souterrain hatte. Eine Treppe höher waren zwei Schlafzimmer. Noch eine Treppe höher zwei Dachkammern, schäbig und stickig, mit schrägen Wänden und hochgelegenen, vergitterten Fenstern.

Will ging wieder hinunter, um sich das Wohnzimmer anzusehen. Mannochie stellte sich auf die Zehenspitzen und sah hinaus auf die Dächer. Zu meiner Überraschung sagte er: „Genau das ist das Ziel unserer Politik, Schluß zu machen mit der Trennung zwischen Souterrain und Beletage."

„Das ist das erste Mal, daß ich von dir eine politische Meinung höre."

Er sagte leise: „Du hast nie danach gefragt, Fanny."

Auf dem Weg nach unten ging er rasch die anstehenden Termine durch: „Parlamentseröffnung. Die üblichen vorweihnachtlichen Verpflichtungen in Stanwinton. Sitzungspause."

„Und welche Rolle", fragte ich neckend, „hat dabei die Ehefrau zu spielen?"

Er zählte die einzelnen Punkte an den Fingern auf: „Die der perfekten, lächelnden, unermüdlichen Gefährtin, die Strumpfhosen trägt. Ist das denn so schwer, Fanny?"

Ich grinste. „So ähnlich wie eine Geburt, Mannochie. Man liest darüber, geht in Kurse, übt das richtige Atmen, aber wenn es dann losgeht, sagt man sich: ‚He, so haben wir nicht gewettet!'"

Nach beendeter Inspektion traten wir wieder hinaus auf die Straße. Mannochie klärte noch einige Dinge mit Will und sagte dann: „Übrigens, ich muß mit dir noch über die Verkehrsplanung reden. Die kleinen Ladenbesitzer organisieren eine Protestversammlung. Sie wollen, daß du kommst."

Will verzog keine Miene. „Gut. Ich werde mir *anhören*, was sie zu sagen haben."

„Aber nicht Stellung beziehen?", fragte ich.

Will wurde verlegen. „Es ist nicht sinnvoll, bei rein lokalen Fragen Stellung zu beziehen, stimmt's, Mannochie? Es ist besser, sich an Themen von nationaler Bedeutung zu halten."

„Du lernst schnell", sagte Mannochie.

Wir redeten über das Haus in der Brunton Street, während ich Will nach Westminster fuhr, und kamen überein, am gleichen Abend eine Entscheidung zu treffen. Ich setzte ihn vor dem Parlament ab und fuhr dann zur Wohnung, um mit dem Packen und Ausräumen anzufangen.

Sie war in einem chaotischen Zustand, was mich nicht weiter überraschte. Ich spülte das Geschirr, goß die halb verdorrte Topfpflanze, warf die Zeitungen eines ganzen Monats raus und saugte den Wohnbereich.

Zur Abwechslung rief ich Elaine an. „Schön, dich zu hören", sagte sie. „Wir müssen uns so bald wie möglich treffen. Du mußt mir alles haarklein erzählen."

Wir schwatzten gute zwanzig Minuten, und Elaine berichtete von den Vorbereitungen für Sophies anstehende Geburtstagsparty. „Was mir schlaflose Nächte bereitet, sind die bei Kindergeburtstagen üblichen Partygeschenke", sagte sie. „Schließlich will ich Carol von nebenan übertrumpfen. Man munkelt, daß es bei ihr Flugtickets gab. Ich hab nur Smarties. Ob ich mit dieser Schande leben kann? Ob ich meiner Tochter damit bleibenden Schaden zufüge?"

Noch immer lachend rief ich Meg an, um mich nach Chloë zu erkundigen. „Alles bestens", sagte sie. „Sie macht gerade ihren Mittagsschlaf." Wir sprachen über das Wochenende, das Sacha bei ihr verbringen sollte. „Wovor mir graut, ist das Wieder-hergeben-müssen", gestand sie, und sie tat mir in der Seele leid.

„Na ja", fügte sie hinzu. „Ich hab's nicht anders verdient."

„So etwas darfst du nicht sagen, Meg."

„Komm schon, Fanny. Was glaubst *du* denn? Kein Mann. Kein Sohn. Kein Job, bis jetzt. Wenn überhaupt jemals. Abhängig von meinem Bruder und seiner gutmütigen Frau. Nicht gerade eine Meisterleistung. Aber alles meine Schuld."

Ich machte mich wieder ans Aufräumen der Wohnung. In Amerika hatte ich mir fest vorgenommen, meinen Verstand nicht untätig sein zu lassen, und so hörte ich mir eine aktuelle politische Sendung an, über die ich später mit Will diskutieren wollte. Dieser gute Vorsatz geriet jedoch gewaltig ins Wanken, als ich mich im Spiegel erblickte und zu dem Schluß kam, daß ich wirklich *dringend* neue Klamotten brauchte. Zuerst das Äußere. Das war das Stichwort für eine lange Debatte mit mir selbst über die Vorzüge von Qualität gegenüber Quantität, die darauf hinauslief, daß ich mich für letzteres entschied. Mein unbefangenes, lebensprühendes, bestens informiertes, auf der Höhe der Zeit befindliches Ich benötigte jede Menge Klamotten.

Will rief an. „Ich wollte nur wissen", sagte er, „... ob du da bist."

Ich preßte die Kehrschaufel an die Brust. „Ich bin da."

„Es wird ein bißchen später, aber nicht zu spät."

„Gut."

„Vermißt du mich?"

„Ja."

Als nächstes war das Schlafzimmer an der Reihe. Ich stellte im Radio einen Sender mit klassischer Musik ein, der Beethovens Fünfte brachte, riß die Laken vom Bett herunter und hob sie auf.

Etwas fiel zu Boden.

Meine Knie gaben nach, und ich setzte mich aufs Bett.

Auf dem Boden lag ein schlichtes weißes Seidenhemdchen, und das gehörte nicht mir.

Als Will nach Hause kam – ein bißchen später, aber nicht zu spät –, erwartete ich ihn mit einer Mahlzeit und einer offenen Flasche Wein. Die Wohnung war makellos, und im Hintergrund lief die Waschmaschine.

Ich gestattete ihm, meine Wange zu küssen.

Er war bester Laune und begierig, mir von der Gesetzesvorlage zu erzählen, die sie im Unterhaus durchbringen wollten. „Sie ist nicht perfekt, Fanny, aber es ist ein großer Schritt in die richtige Richtung, und wir haben es eilig damit, endlich etwas zu bewirken."

Ich hatte es auch eilig gehabt. Eilig, Will zu heiraten.

Er schenkte sich ein Glas Wein ein. „Aber es kommt noch besser. Wie man hört, wird im Fraktionsvorstand ein Posten frei, und mein Name ist im Gespräch."

„Du willst deine Unabhängigkeit aufgeben?"

Er fuhr sich durchs Haar. „Nur so geht es aufwärts. Als simpler Abgeordneter, der nichts zu melden hat, bringt man es nicht weiter. Wer etwas bewirken will, muß sich profilieren. Und *ein* Weg nach oben führt über den Fraktionsvorstand." Er klopfte mit der Hand auf den Tisch. „Ich bin am Verhungern. Können wir essen?"

Ich sah ihn über das Besteck und das Porzellan hinweg an. „Will, wen hast du hier gehabt?"

Er stutzte. „Wieso?"

„Weil ich Unterwäsche in unserem Bett gefunden habe."

Will wurde kreidebleich. „Wovon redest du eigentlich?"

„Das will ich ja von dir wissen."

Wollte ich, daß er es abstritt, vehement und überzeugend abstritt, damit ich es mir leisten konnte, ihm zu glauben? Oder wäre es mir lieber, er würde mir offen ins Gesicht sagen, ja, ich war dir untreu?

Ich wußte es nicht. Jede der beiden Möglichkeiten barg eine furchtbare Last von Kummer oder Argwohn in sich.

„Wer ist es?"

Schließlich sagte Will: „Es muß Liz gewesen sein."

„Stehen mehrere zur Auswahl?"

„Sie ist Rechercheurin, und ich sagte, sie könne hier übernachten, als sie einmal länger als sonst arbeiten mußte."

„Lüg mich nicht an."

Er blickte zur Seite. „Na schön. Keine Lügen. Keine Lügen mehr."

„Wann?"

„Willst du Details hören?"

Ich sah hinunter auf den Boden, den ich am Vormittag so unbekümmert gefegt hatte. „Lieber nicht."

Will legte die Hand vor die Augen. „Was habe ich getan!"

Die Geräusche in der Wohnung – das gedämpfte Gurgeln eines Wasserrohres, die Waschmaschine – kamen mir sehr laut vor. „In *unserem* Bett?"

„Es tut mir leid."

„Wegen unserem Bett oder dem, was du darin getrieben hast?"

Will zuckte zusammen. „Das habe ich verdient."

Es herrschte lange, lange Schweigen. „Ich hatte ein paar Whiskys getrunken", sagte er. „Ich weiß nicht, warum. Ich, gerade ich... müßte es eigentlich besser wissen."

Es klickte. Der Boiler schaltete sich aus, und gleichzeitig spürte ich, daß etwas in mir starb... das absolute und rückhaltlose Vertrauen, das ich in Will gesetzt hatte.

Ich kam mir so töricht vor, so naiv, so unpassend.

„Will“, fragte ich leise. „Warst du meiner überdrüssig? Wir sind doch noch gar nicht lange verheiratet.“

„So war es nicht, Fanny. Ich kann es nicht erklären. Ich habe keine Entschuldigung dafür, aber auch wenn es merkwürdig klingt, es hatte nichts mit dir zu tun.“

„Wie können wir nach dieser Sache weitermachen?“

Er ließ den Kopf in die Hände sinken. „Bitte sag nicht so etwas.“

„Was soll ich denn sagen? Was würdest du denn sagen, wenn *ich* das getan hätte?“

„Ich weiß es nicht“, sagte er. „Ich weiß nur, daß ich am Boden zerstört wäre.“

„Und?“ Ich bewegte mich probeweise auf meinem Stuhl, weil jede Bewegung, die ich machte, weh zu tun schien. „Vielleicht wäre es etwas anderes, wenn wir schon lange verheiratet wären.“

„Nein, bestimmt nicht“, murmelte er.

„Es war ja auch so einfach“, entfuhr es mir. „Ich verreise mit unserer Tochter und du packst die Gelegenheit beim Schopf... dich zu amüsieren.“

Ich stand auf und ging ins Schlafzimmer, sah hinunter auf das frisch bezogene Bett. Die Bilder, die es heraufbeschwor, waren unerträglich, und so wankte ich ins Bad, setzte mich auf den Wannenrand und versuchte mir zu überlegen, was ich tun sollte. Ich blickte in den Spiegel und sah ein fremdes Gesicht.

Ich ging wieder zu Will. Er saß auf der Armlehne des Sofas, noch immer blaß und mitgenommen. Unsere Blicke trafen sich. Ich sah als erste weg.

„Ich gehe“, sagte ich. „Ich fahre zurück zum Haus und zu Chloë, und ich werde dich wissen lassen, wie es weitergeht, wenn ich einen Entschluß gefaßt habe.“

Ich war weder einfältig noch naiv. Ich wußte Bescheid über Sex. Ich wußte, daß Seitensprünge vorkommen und daß man sie überlebt. Die Welt steckt voller Versuchungen, und Liz war eine davon gewesen. Ich stellte mir vor, wie sie geschäftig durch die Korridore des Parlaments eilte. Ich sah sie Telefongespräche führen, mit Fakten jonglieren: clever und organisiert, der Zuckerguß auf dem Törtchen.

Vielleicht war das die Erklärung. Die unmittelbare Nähe – ähnlich dem eigentümlich intensiven Gefühl, mit Will in seiner Miniwohnung auf Tuchfühlung zu leben. Dieses köstliche, berauschende Zusammentreffen mit dem Körper des anderen.

Vielleicht war das auch in Westminster so?

Ich schaffte es fast, mir einzureden, daß ich, hätte ich gearbeitet, wo Will arbeitete, und die keinem Abenteuer abgeneigten Männer beobachtet, vielleicht auch auf die Schlange gehört und von der verbotenen Frucht genascht hätte.

Aber nicht ich, sondern Will war untreu gewesen.

Vielleicht hätte er mir, wenn wir miteinander geredet hätten, auseinandergesetzt, daß er sich beiseite geschoben fühlte durch die unappetitliche, traute Intimität zwischen Mutter und Kind, und durch eine neue und fatale Priorität: meinem Bedürfnis nach Schlaf.

Mag sein, daß man durch eine Geburt an den Tod erinnert wird und daß dieser Wink zu scharf und erschreckend ist. Ich konnte verstehen, daß ein saftiger Apfel einen Moment des Entzückens und des Vergessens verspricht. Es könnte aber auch sein, daß etwas sterben *muß*, wenn etwas Neues geboren wird. In diesem Fall hätten wir unsere Ängste miteinander teilen müssen, denn auch ich spürte ihre bedrohliche Anwesenheit.

Kapitel 12

Am nächsten Morgen wachte ich in unserem leeren Bett in Stanwinton auf.

Was sollte ich jetzt tun?

Mein Heil im Muttersein suchen. Mein Heil im Putzen und Schmeißen eines Haushalts suchen. *Das* würde ich jetzt tun. Chloë ihr Frühstück geben. Die Heizung? Mußte reguliert werden. Die Morgenpost verlangte nach Durchsicht. Der ganz normale Alltag glitt über die Felsen und die versteckten Tümpel hinweg und rollte über die gefährlichen Untiefen. An ihm klammerte ich mich in meiner Not fest.

Irgendwie verging der Vormittag. Nachdem alles getan war, drückte ich Chloë an mich, und da sie es für ein Spiel hielt, krähte sie vor Begeisterung und sah zu mir auf. In ihren großen, unschuldigen Augen sah ich eine neue Version von mir widergespiegelt: groß und stark, die Person, auf die sie vertraute.

Sie hüpfte auf und ab und hämmerte an meine Brust. Dann, mit einem Mal, erbrach sie ihr Mittagessen. Sie weinte kurz vor Schreck, und ich ging mit ihr nach oben und ließ ihr ein Bad ein.

Nun war die übliche Prozedur mit der gelben Ente angesagt, das übliche Plantschen, das Lied vom tiefen blauen Meer und das alberne Guck-Guck-Spiel mit dem Handtuch.

Vielleicht drang etwas von meiner Verzweiflung zu Chloë durch, denn nachdem sie angezogen war, verwandelte sich die fröhliche kleine Dame in einen Tyrannen, der weitere Streicheleinheiten forderte. Sie machte Theater, als ich sie zum

Nachmittagsschlaf ins Bett legte, und ihr schwaches, klägliches Geschrei verfolgte mich nach unten.

In der Küche sah ich mich nach einer Beschäftigung um, und mein Blick fiel auf eine Ladung Babysachen, die gebügelt werden mußte.

Mit Hitze und Dampf brachte das Bügeleisen die kleinen Kleidungsstücke in Form. Wäre es doch ebenso leicht, das Leben zur Räson zu bringen! Könnte ich doch in die weißen Hemdchen und die rosa Strumpfhosen die freudige Erwartung des Vortages hineinbügeln! Könnte ich doch die Unterwäsche einer fremden Frau in meinem Bett einfach wegbügeln!

Aber das ging nicht.

Ich hörte einen Schlüssel in der Haustür. „Hallo." Meg erschien in der Küche. Sie sah rosig und hübsch aus in ihrer Wildlederjacke und der schwarzen Hose. „Warum bist du gestern abend zurückgekommen?"

„Einfach so."

„Hast du mir nicht getraut?"

Ich stellte das Bügeleisen ab und schaltete es aus. „Ich will nur meine Ruhe haben, das ist alles."

„Fanny! Du bist also sauer." Sie sah mich scharf an und knöpfte ihre Jacke auf. „Wir haben alle mal einen schlechten Tag, weiß Gott." Sie legte ihre Jacke effektvoll auf einen Stuhl, und ich hätte am liebsten gebrüllt: *„Nimm das Ding da weg!"* Sie zog einen anderen Stuhl vor und ließ sich darauf sinken. „Du kannst mir alles erzählen."

„Verschwinde, Meg." Das war das erste Mal, daß ich in diesem Ton mit ihr sprach.

Zu ihrer Ehre sei gesagt, daß sie nicht eingeschnappt war. „Gab's zwischen dir und meinem Bruderherz etwa Krach? Sind die Blütenträume der jungen Liebe etwa verwelkt?" Sie stellte die Ellbogen auf den Tisch und stützte das Kinn auf die Hände. „Du hast mein volles Mitgefühl. Kenne ich alles." Ihre Augen folgten mir, während ich Sachen zusammenlegte, wegräumte und aufstapelte, egal was, nur um in Bewegung zu bleiben, um weiteratmen zu können. „Aber es ist es nicht wert.“ Sie ließ die Bemerkung in die Stille fallen. „Ich weiß, wovon ich rede.“

Ihre Spöttelei hatte eine belebende Wirkung, und ich erfaßte den Widerspruch zwischen Liebe und Haß, aus dem Meg bestand. „Man kann keinem trauen“, sagte sie. „Nicht einmal sich selbst. Vor allem nicht sich selbst.“

Meg hatte recht. Es war zwar kein großer Trost, aber Selbstmitleid machte einen offen für Mitleid mit anderen. Trotz meiner eigenen Qualen bedauerte ich sie ebenso aus tiefster Seele wie mich selbst. Ich hob den vollen Wäschekorb mit den nun sauberen Sachen hoch. „Ich koche uns einen Kaffee, und dann würde ich gerne weitermachen.“

Meg hob lauschend den Kopf. „Chloë weint. Ich geh rauf und wickele sie. Mal sehen, was sie will. Übrigens, ich habe den Schrank mit ihren Sachen aufgeräumt. Mir war neulich aufgefallen, daß...“

Ich begann vor Wut über diese Einmischung zu zittern. Ich machte den Mund auf, um zu sagen: „Das geht dich überhaupt nichts an“, doch dann brach sich meine Erschöpfung Bahn. „Geh und hol Chloë.“

Ich stand mit dem Rücken zur Tür, als Meg wiederkam. „Fanny, ich glaube, Chloë ist krank.“ Sie sprach in einem völlig neuen Ton. „Sie ist ganz heiß.“

Ich wirbelte herum und raste die Treppe hinauf. Chloë war rot im Gesicht, und ihre Wangen glühten. Als ich sie hochnahm, wimmerte sie und hielt den Kopf merkwürdig schief.

„Ich nehme sie, und du fährst uns zum Arzt“, befahl Meg. „Sofort.“

„Ich rufe Will an“, sagte Meg.

Sie und ich standen im Krankenhaus über das Kinderbett gebeugt. Ich zitterte vor Angst, als Chloë da so klein und krank im Bettchen lag.

„Ich weiß, was dir durch den Kopf geht", sagte Meg, mehr oder weniger ruhig, „alle möglichen schrecklichen Gedanken, aber sie wird wieder gesund. Der Arzt hat gesagt, sie wollen sie nur zur Beobachtung über Nacht hier behalten. Sie hat sich einen Bronchialinfekt und einen Magenvirus geholt, mehr nicht, und sie haben alles unter Kontrolle. Und du solltest dich jetzt zusammenreißen."

Ich griff nach Megs Arm und hielt mich daran fest. „Ich kann nicht."

„Doch, das kannst du", sagte sie.

Die Schwestern waren sehr nett. Sie zeigten mir, wo ich Wasser holen konnte und wie ich Chloë abreiben mußte. Sie kontrollierten ihren Puls, schrieben ihre Werte auf, benutzten Fachausdrücke. Meg hatte recht, aber ich saß dennoch die ganze Nacht neben dem Bettchen, die Augen unverwandt auf den kleinen Körper meiner Tochter geheftet, da ich nicht wagte, auch nur einmal wegzusehen.

Genau nach Anweisung, nämlich etwa alle fünfzehn Minuten, tauchte ich den Schwamm ins Wasser und drückte ihn aus. Ich hob erst den einen kleinen Stengel an, der Chloës Ärmchen war, wusch ihn und trocknete ihn ab, dann den anderen. Dann machte ich mich an die rosa Ansammlung winziger Knöchelchen, die ihre Füße waren, dann an die kleinen Beinchen.

Ich nahm wieder Platz und setzte meine Nachtwache fort.

Die Schwester, das helle Haar unter dem Häubchen zu einem festen Knoten zusammengezogen, sah nach Chloë, und das Krankenblatt am Fußende des Bettchens zitterte ein wenig, als sie es wieder in die Halterung schob. Sie lächelte mir kurz zu, und ich war mir nicht sicher, ob mitleidig oder beruhigend.

Kleine Kinder sterben doch nicht, oder?, wollte ich sie anflehen. *Nicht mehr, nicht heutzutage, schon gar nicht, wenn sie so rund und rosig sind wie Chloë.* Und doch sind zu allen Zeiten Kinder gestorben. Die Menschheit war dafür bekannt.

Sie muß meine panische Angst gespürt haben. „Soll ich Ihnen eine Tasse Tee bringen, Mrs. Savage?“

Gegen Mitternacht traf Will ein. Er war unrasiert und sah furchtbar aus. Ich weigerte mich, ihn anzusehen, als ich ihm die näheren Einzelheiten schilderte. „Sie sagen, die Antibiotika werden binnen vierundzwanzig Stunden wirken.“

Er beugte sich über das Bettchen und berührte Chloës Wange. „Armer Schatz“, sagte er. „Bald geht es dir besser.“ Er richtete sich auf. „Ich bleibe auch bei ihr.“

Ich holte einen zweiten Stuhl, und so saßen wir während der restlichen Nacht Seite an Seite, ohne ein Wort mehr zu sagen, als unbedingt nötig war.

Am Morgen stand fest, daß Chloë auf dem Weg der Besserung war, und ich sagte Will, er könne wieder nach London fahren.

Drei Tage später saßen Meg und ich uns halbtot am Küchentisch gegenüber. Keine von uns hatte viel geschlafen, seit wir Chloë nach der Nacht im Krankenhaus nach Hause geholt hatten.

Meg wickelte eine Haarsträhne um ihre Finger. „Jetzt können wir ruhiger atmen.“

Nein, das können wir nicht, dachte ich. Ich kann nichts mehr als selbstverständlich betrachten.

Ich sah hinunter auf meine Hände, die so weiß und dünn aussahen, daß ich sie kaum wiedererkannte.

„So was kommt bei Kindern vor“, meinte Meg. „Sie wollen uns damit testen.“

Ich brachte ein schwaches Lächeln zustande. „Ich bin dir für deine Unterstützung dankbar, Meg.“

Sie schien sich zu freuen. „Nur momentan.“

Wir saßen ganz entspannt schweigend da und tranken Kaffee. Oben schlief Chloë zum ersten Mal seit Tagen tief und ruhig – was, in diesem Moment, für mich der Gipfel des Glücks war.

„Will hat angerufen", sagte Meg. „Vorhin. Er ist auf dem Weg hierher."

Zu unser beider Verblüffung ließ ich den Kopf in die Hände sinken und heulte. Meg berührte meine Schulter. „Überlaß Will mir. Konzentriere du dich auf Chloë."

Das war zuviel. Ich nahm die Hände von meinem nassen Gesicht und sah auf. „Meg. Ich danke dir für alles, was du getan hast, aber misch dich nicht in Wills und meine Angelegenheiten ein."

„Fanny..." Meg setzte ihre besorgte Miene auf, bei der ich mir nie sicher war, wie weit ich ihr trauen konnte. „Ich habe mich jahrelang um ihn gekümmert. Ich weiß, wie man ihn behandeln muß."

„Nein. Das geht dich nichts an."

Sie zuckte mit den Schultern. „Wie du willst. Aber ich würde dir raten, ein bißchen zu schlafen, bevor er kommt."

Ich schlief noch fest, als Will mich wachrüttelte. „Es ist sechs Uhr, Fanny." Es gelang mir mühsam, die Augen aufzumachen. „Braves Mädchen." Er stellte eine Tasse Tee auf den Nachttisch und setzte sich auf die Bettkante. „Meg hat sich unten um alles gekümmert, da hielten wir es für das Beste, dich so lange wie möglich schlafen zu lassen."

Ich blieb regungslos liegen.

„Kann ich mit dir reden?"

„Was gibt es da zu sagen?"

Er sah unwesentlich gekämmter aus als im Krankenhaus. Auf jeden Fall hatte er sich rasiert. Er blickte zu Boden, während er sprach. „Ich habe mich wie ein Idiot benommen. Liz bedeutet mir nichts. Ich bedeute ihr nichts. Du bist der Mensch, den ich liebe und mit dem ich mein Leben verbringen möchte. Besser kann ich es nicht erklären, ohne völlig verabscheuungswürdig zu klingen."

Ich versuchte zu erklären, was ich empfand, aber mehr schlecht als recht. „Will, was zwischen uns war, war privat und nichts, was man mit anderen teilt. Du teilst weiß Gott alles andere mit aller Welt. Verstehst du denn nicht? Das war das einzige, das nur uns gehörte."

Von Kummer gebeugt rang er die Hände. „Ist es nicht genau andersrum? Ich will mich ja nicht herausreden, aber -".

„Ich kann Chloë hören, Will."

„Ich hole sie."

Er kam mit dem blassen, verschlafenen Kind zurück. „So." Er setzte sie mitten ins Bett und legte sich auf seinen üblichen Platz.

Chloë stieß ein schwaches Glucksen aus. Will stützte sich auf und hielt ihr einen Finger hin. „Armes Schätzchen. Geht's dir wieder gut?" Chloë schnappte seinen Finger, stopfte ihn in den Mund und biß zu. „Autsch!"

Er zog seinen Finger zurück. „Fanny, ich weiß, wie schlimm das alles ist, wie schlimm die Sache aussieht, aber ich flehe dich an, mach nicht mehr daraus, als tatsächlich war."

„Und wie darf ich mir das vorstellen?"

„Ich weiß es nicht", sagte er ziemlich verzweifelt. „Es war ein furchtbarer Fehler. Den ich bis an mein Lebensende bereuen werde. Ich habe nicht überlegt, ich habe keine Vergleiche angestellt. Es war nur eine Sache des Augenblicks, und ich habe zugegriffen. Es tut mir leid. Es tut mir unendlich leid."

Chloë schrie ungehalten, um sich bemerkbar zu machen, und es klang fast wie immer. Will riß sie in seine Arme und drückte die Wange an ihre. „Mein kleiner Engel."

Woraufhin Chloë ihn in die Nase biß, und Will aufjaulte. „Seit wann macht sie das?"

„Sie zahnt wahrscheinlich."

Ich holte tief Luft. „Ich weiß nicht, ob wir weiter verheiratet sein können."

Will streckte die Hand nach mir aus, doch ich wich zurück. „Faß mich nicht an."

„Was soll ich nur sagen, Fanny? Was soll ich nur tun?"

Ich schaute auf die Uhr. Halb sieben. Ich schwang die Beine aus dem Bett. „Dich umziehen, Will. Das Essen des Rotary Clubs. Wir werden nicht lange bleiben.“

Ihm fiel die Kinnlade herunter. „Wir gehen hin?“

„Haben wir eine andere Wahl?“ Ich machte den Schrank auf und zog das Kleid heraus, das ich vorgesehen hatte. „Wir dürfen doch den Rotary Club nicht enttäuschen.“

„Was wirst du jetzt tun?“

„Keine Ahnung, Will. Zum Rotary-Club-Essen gehen.“

Ich zog Pulli und T-Shirt aus und drehte mich vor meinem Mann langsam und aufreizend einmal um die eigene Achse. Er schluckte und wurde blaß. Mein Körper war noch ein wenig schlaff, meine Brüste hatten noch nicht wieder ihre normale Größe erreicht; es war der Körper einer jungen Frau... nein, der Körper einer jungen Frau, die geboren hatte, und ich wollte, daß er ihn sah.

An diesem Abend glänzte ich, wie Will behauptete. Vielleicht sah er dieses neue, ziemlich furchterregende Bild von mir lediglich durch den Filter seines Schuldbewußtseins.

Seltsam, aber mit meiner Empörung und dem noch teilweise unterdrückten pochenden Schmerz hatte sich auch eine eigenartige Selbstsicherheit eingestellt und der Ehrgeiz, mich nicht geschlagen zu geben. Ich wollte mich dieser Herausforderung stellen, wild und entschlossen sein, die konkurrierenden Stränge dieser Situation fest in die Hand nehmen und sie so anordnen, wie ich es wünschte.

Will beobachtete verstohlen jede Bewegung von mir, als ich das rosa Kleid mit dem weiten Rock und hochhackige Schuhe anzog, für die ich später würde büßen müssen. Ich bürstete mir das Haar, bis es knisterte, und ließ es offen über die Schultern fallen. Ich ließ ihn warten, bis ich fertig war und Meg gerufen hatte, damit sie auf Chloë aufpaßte.

Ich setzte mich auf den Fahrersitz, streifte die Schuhe ab und fuhr schweigend in die Stadt. Ich parkte auf dem Parkplatz des Hotels und ging die wichtigsten Informationen durch. „Pearl wird da sein. Es findet eine Versteigerung von Büchern und ähnlichem statt. Eine Tombola. Das Übliche. Der Reinerlös dient dem Ankauf von Geräten für die neue Frühchen-Abteilung im Krankenhaus. Alles klar?"

„Hör auf, Fanny."

„Nein", sagte ich. Ich nahm meine Handtasche und stieg wieder in meine hochhackigen Schuhe.

„Wenn du willst, daß ich gehe", sagte er mit leiser Stimme, „dann sag es."

„Ich weiß es nicht", sagte ich. „Ich werde darüber nachdenken. Laß uns reingehen."

Angetan mit einem ausgeblichenen grünen Kleid, das mit Silberfäden durchschossen war, verströmte Pearl eine gewisse Erhabenheit. „Dein Vater ist auch da", bemerkte sie. Ich sah mich um. Er unterhielt sich mit einer Knightsbridge-Blondine in Schwarz und Perlen. Er hob die Hand, und ich winkte zurück.

Pearl drückte mir ein Glas mittelmäßigen Champagner in die Hand – was ich schon an der Farbe und dem allgemeinen Erscheinungsbild erkannte. „Wir müssen uns unterhalten", sagte sie, und ich hätte schwören können, daß ihre Augen über meine Beine huschten, um sich zu vergewissern, daß ich Strumpfhosen anhatte.

Inzwischen kannte ich den Drill. Wir tranken Champagner in einem Gesellschaftszimmer mit quastengeschmückten Brokatvorhängen und jeder Menge vergoldeter Stuckornamente. Von dort begaben wir uns in den Speisesaal, wo man uns Hühnchen in einer Pilz-Sahne-Sauce servierte, gefolgt von einer gummiartigen Zitronenmousse. Danach gab es Kaffee mit Pfefferminz-Schokolädchen. Ich aß von allem, soviel ich konnte, und beantwortete die Fragen der zwei Männer, die links und rechts von mir saßen, aber wenn man mich danach gefragt hätte, hätte ich nicht sagen können, worüber wir sprachen.

Ich lächelte höflich, als ich die Tasse zum Mund führte, doch innerlich versuchte ich angestrengt, dem Ganzen einen Sinn abzugewinnen. In einem früheren Leben – lang, lang war's her – hatte ich getan und gelassen, was mir beliebte, hatte meinen Kaffee samstagmorgens im Café getrunken und meine Weinbücher gelesen.

Ich sah auf und begegnete Pearls gestrengem Blick. „Alles in Ordnung, Fanny? Du bist heute sehr still." Womit sie mir zu verstehen gab, daß ich, wenn ich nicht wie ein Papagei plapperte, Verrat an der Partei beging.

„Chloë war krank, und ich war die ganzen letzten Nächte auf."

„Ach herrje." Sie tat es mit einer Handbewegung ab. „Ich wollte dich nämlich fragen, ob du nicht mehr im Wahlkreis übernehmen könntest. Die Alten, zum Beispiel, und die Kinder."

Takt war noch nie Pearls Stärke gewesen. Das war das Geheimnis ihres Überlebens. Mit leichter Verwunderung hörte ich mich sagen: „Wäre dir mit meinem Herzblut gedient? Wäre das von Nutzen? Vergiß bitte nicht, ich habe gerade erst einen Umzug hinter mir und ein Kind zur Welt gebracht. Ich habe einen Job, den ich wieder antreten muß, aber wenn ich mich für den Wahlkreis umbringen kann, werde ich das selbstverständlich tun."

Die Kugeln prallten an Pearl ab, die nicht einmal mit der Wimper zuckte. „Das ist es ja, Fanny. Der Vorstand sähe es lieber, wenn du keine anderweitigen Interessen hättest."

Irgendwie machte mir die Sache Spaß. „Leben die Herrschaften zufällig hinter dem Mond?"

Wundersamerweise tauchte Mannochie neben mir auf und sagte: „Darf ich Fanny kurz entführen? Da ist jemand, den sie unbedingt kennenlernen muß."

Ich folgte ihm in einen leeren Vorraum. „Du schienst mir ein bißchen überfordert zu sein", meinte er. „Ich dachte, du könntest einen Moment für dich allein brauchen."

Ich lächelte ihn dankbar an. „Du bist wirklich nett, Mannochie."

„Das ist nicht immer leicht", sagte er.

„Was ist nicht immer leicht?", mischte sich mein Vater in unser *tête-à-tête* ein.

Mannochie murmelte etwas von Wahlkreis-Angelegenheiten und schlüpfte zur Tür hinaus. Mein Vater schnappte sich einen vergoldeten Stuhl und klopfte auf einen zweiten. „Zunächst einmal, wie geht's Chloë?"

Ich berichtete ihm ausführlich von Chloës Krankheit. Am Ende sagte er: „Betrachte die Sache mal so: Es hat ihr Immunsystem gestärkt."

Ich mußte schlucken. „Wie schön, aber dafür ist meines im Eimer."

Er sah mich nachdenklich an. „Ich dachte, es würde dich vielleicht interessieren, daß ich eine neue Lieferung vom Margaret River erhalten habe. Ich glaube, du wirst zufrieden sein. Ich setze auf den Semillon und den Sauvignon blanc. Du mußt rüberkommen und sie probieren."

„Wird gemacht", versprach ich und spürte zu meinem Entsetzen, daß mir Tränen in die Augen stiegen.

Er sah mir scharf ins Gesicht. „Irgend etwas stimmt doch nicht. Willst du mit mir darüber reden?"

Doch dazu kamen wir nicht.

„Da bist du ja...", unterbrach uns Will von der Tür her. „Ich habe dich schon überall gesucht. Ich wollte dir nur sagen, daß ich Meg angerufen habe, um mich nach Chloë zu erkundigen. Es geht ihr gut, und ich würde dich jetzt gerne nach Hause bringen."

Ich drehte mich zu ihm um. In Wills Ausdruck lag eine Mischung aus Verdruß und etwas, das ich nur als... Eifersucht bezeichnen konnte. Das freute mich, das freute mich von Herzen. Ich *wollte* ihm weh tun.

Mein Vater streckte die Hand aus. „Wie geht's?"

Ich dachte schon, Will würde die Hand ignorieren, doch er schüttelte sie und antwortete ohne seinen üblichen ungezwungenen Charme: „Gut."

Will war meinem Vater gegenüber immer etwas gehemmt. Andererseits konnte mein Vater, zugegebenermaßen, nicht das geringste Interesse für eine Beschäftigung aufbringen, die er als untergeordnet betrachtete. Die Politik war etwas für Grünschnäbel, das Geschäftsleben dagegen für gestandene Männer.

Die Atmosphäre im Raum wurde kühl.

„Ich wollte Fanny holen." Will stellte sein halbvolles Glas auf einem Tisch ab. „Ich dachte, sie würde sich Sorgen um Chloë machen und daß wir heimgehen sollten."

Mein Vater legte die Hände auf meine Schultern und schob mich entschlossen auf meinen Mann zu. „Da ist sie. Komm mich bald besuchen."

Ich drückte seine Hand. „Paß auf dich auf, Dad."

Sein Blick war so liebevoll, daß ich beinahe die Fassung verloren hätte. Ich warf ihm eine Kußhand zu, und er verschwand in der Menge der plaudernden Männer und Frauen, die zur Garderobe und nach Hause drängten.

Kapitel 13

Auf der Heimfahrt fragte Will: „Hast du mit deinem Vater über uns gesprochen?"

„Was dagegen einzuwenden?"

„Das mußt du selbst wissen."

Ich fuhr nicht gerne bei Dunkelheit und legte die Hände fester um das Lenkrad. „Offen gesagt, nein, habe ich nicht. Wir haben über Weine gesprochen."

Will war nicht überzeugt. „Du redest doch über fast alles mit ihm."

„Er ist schließlich mein Vater."

Die Straße machte eine Rechtskurve, und die weiße Mittellinie schien zum Randstreifen abzuschweifen, genau wie meine Gedanken. Meine Hände wurden feucht. „Du redest ja auch ständig mit Meg", schleuderte ich ihm entgegen.

„Stimmt", erwiderte er. „Aber ich hatte ja auch nie einen Vater. So wenig wie sie."

Schließlich bog ich in unseren Weg ein und steuerte den Wagen zwischen den Feldern hindurch. „Der ganze Abend war eine Farce", sagte ich. „Wie so oft."

„Schon möglich", erwiderte Will. „Aber du wolltest ja unbedingt hin."

Ich parkte in der Auffahrt, zog ruckartig die Handbremse an und schaltete die Zündung aus. Das Wageninnere wurde in Dunkelheit getaucht.

„Und was jetzt?", fragte Will.

Ich bemühte mich, meine Panik unter Kontrolle zu halten, doch mit der Panik kamen Zweifel auf. „Was ich nicht verstehe, Will, ist, daß wir eigentlich noch gar keine Zeit hatten, uns miteinander zu langweilen." Ich zog den Schlüssel aus dem Zündschloß. „Und das heißt, daß etwas gefehlt hat. Wenn das so ist, dann hättest du es mir sagen müssen."

Die ganze Situation war meine Schuld.

Wie üblich saß Will kerzengerade auf dem Beifahrersitz. „Du darfst dir keine Vorwürfe machen, Fanny..." Schweigen. „Ich kann mir nicht mehr wünschen als das, was wir haben und miteinander teilen." Erneutes Schweigen. „Ich weiß nicht, wie ich es sagen soll, Fanny." Er drehte sich zur anderen Seite und blickte auf die Lorbeerhecke. „Alles hat gestimmt. Aber da war ein Moment, in dem ich in Versuchung geführt wurde, und statt ihr zu widerstehen, bin ich ihr erlegen."

„So kann man die Sache natürlich auch sehen."

„Fanny...", begann er.

Ich schnitt ihm das Wort ab. „Ich habe dir das Bett im Gästezimmer gerichtet." Ich zog meine Schuhe an, stieg aus und überließ es Will, den Wagen abzuschließen.

Ich lag wach da, mit rumorendem Magen, nassen Augen, und trauerte um eine Ehe, wie ich sie mir vorgestellt hatte. Die Heftigkeit meiner Gefühle jagte mir Angst ein und auch die Tatsache, wie brutal ich aus der Bahn geworfen worden war durch ein so alltägliches, so weit verbreitetes, so viel diskutiertes Ereignis.

Ich warf mich in dem nur halb belegten Bett herum.

Um vier Uhr morgens stand ich auf und schlich in Chloës Zimmer, um nach ihr zu sehen. Ich horchte zunächst von der Tür aus, konnte aber nichts hören, und, von jäher Angst gepackt, legte ich das Ohr an ihre Lippen und lauschte auf den schwachen Atem meines schlafenden, alabasterweißen Kindes.

Auf dem Treppenabsatz blieb ich am gotischen Fenster stehen. Dunkelheit. Sonst nichts. In den letzten Tagen war meine Taille schmaler geworden, und so schnürte ich die Kordel meines Morgenmantels nun so fest zu, daß sie mir ins Fleisch schnitt.

Die Tür des Gästezimmers stand offen, und ich sah hinein. Das Nachtlicht im Flur erhellte Will, der zusammengekauert auf der Seite lag. Er murmelte im Schlaf, seufzte und streckte einen Arm aus – genau wie Chloë. Magnetisch angezogen ging ich auf Zehenspitzen zum Bett. Diese Seite von Will, die schlafende, verletzliche, träumende Seite, war privat. Sie gehörte mir, und ich würde sie mit niemandem teilen.

Er schlug unvermittelt die Augen auf. „Du hast mich beobachtet."

„Und du hast mich *betrogen*, Will."

„Ich weiß. Und mich selbst auch. Ein doppelter Hammer, Fanny."

„Ich kenne dich überhaupt nicht", sagte ich, und die Kälte kroch in meine nackten Füße.

„Da irrst du dich, du kennst mich sehr wohl." Er streckte die Hand aus. „Komm."

Wie immer gehorchte ihm mein Körper, und ich schlüpfte ins Bett, kalt neben seiner schlaffen Wärme. Er versuchte nicht, mich zu berühren, und so lagen wir ausgestreckt da wie die Marmorskulpturen des Earl of Stanwinton und seiner Gemahlin in der Stanwintoner Kirche.

„Du hast ein Kind bekommen", räumte er schließlich ein. „Das hat manches verändert."

„Ich habe getan, was ich konnte", sagte ich. „Ich bin so bald wie möglich zurückgekommen."

„Ja, aber mit halbem Herzen bist du woanders."

Wie sollte ich das abstreiten? Der kleingedruckte Abschnitt über das Muttersein hatte auch versäumt, exakt darzulegen, was passieren würde, nämlich daß Will nicht mehr die alleinige Verfügungsgewalt über mich hatte – so wie früher.

„Ich trauere um dein altes Ich", sagte er und fügte kläglich hinzu: „Ich fühlte mich sicher, als du nur an mich denken mußtest."

Deutlicher hatte Will noch nie eingestanden, daß seine Kindheit Spuren auf seiner Seele hinterlassen hatte.

„Ich liebe Chloë über alles“, sagte er, „aber es ist jetzt anders.“

Ich dachte an die Räume der Seele und daß ich von einem vertrauten Raum in einen anderen gegangen war, der noch fremd und unerforscht war. „Wir verändern uns“, sagte ich, denn ich begann es besser zu verstehen. „Das läßt sich nicht verhindern.“

Ich mußte eingenickt sein, denn ich schrak auf, als Will fragte: „Was ist schlimmer, daß du mich nicht kennst oder was ich getan habe?“

„Ich glaube... ich glaube, es ist, daß du nicht verstanden hast, was ich meine, wenn ich von *uns* spreche. Oder falls du es verstanden hast... daß es dich nicht davon abgehalten hat, Liz mit nach Hause zu nehmen. In *unser* Zuhause.“

„Es tut mir leid, Fanny. Das mußt du mir glauben. Bitte... *glaube* mir!“

„Kommt es darauf an, was ich glaube?“

„Und es tut mir auch leid, daß ich dich so zynisch gemacht habe. Zynismus ist etwas für Politiker.“ Seine Hand wanderte über den Abstand zwischen uns und blieb auf meinem Schenkel liegen. „Ich hatte nicht gedacht, daß es so sein würde, aber es stimmt, man macht die übliche Westminster-Tour mit“, sagte er. „Das ist das Problem, und ich weiß, daß ich davon nicht unberührt geblieben bin. Es war ein Schock, Fanny. Festzustellen, wie weit der Zynismus geht.“ Die Hand auf meinem Schenkel wurde schwer. „Ich wollte es dir schon seit längerem sagen.“

Er rückte näher, buhlte mit seinen eigenen Enttäuschungen und Schwächen um mich. Ich bekämpfte den Impuls, mich an ihn zu klammern und zu weinen, bis ich keine Tränen mehr hatte.

„Ich muß wissen, was du zu tun gedenkst. Ich bin nicht sicher, ob ich damit leben kann, jedes Mal, wenn du das Haus verläßt, befürchten zu müssen, daß dir in London wieder eine Frau begegnet.“

„Das wirst du nicht müssen.“

Wir haben wohl geschlafen, denn ich wachte steif und benommen auf. Chloë krähte ihre Version des Morgengesangs, und ich wankte aus dem Bett und zog mir etwas an.

Verschlafen und wunderbar rosig schmiegte sie sich an mich, und ich trug sie nach unten und gab ihr pürierte Banane und Haferflocken. Verzweifelt nach einer Lösung suchend, halb wahnsinnig vor Erschöpfung, schnallte ich sie im Wagen in den Kindersitz und fuhr zu meinem Vater.

Alfredo nahm Chloë schwungvoll in die Arme. „Meine Süße.“

Chloë drückte die Nase an seine Wange. „Und was ist mit *dir* los?“, fragte er über das blonde Köpfchen hinweg. „Lüg mir nichts vor. Du hast Ringe unter den Augen, du hast abgenommen, und die Atmosphäre zwischen dir und deinem Mann ist mit Spannung geladen.“

„Können wir in den Garten gehen, Dad? Chloë braucht ein bißchen frische Luft.“

Wir gingen im Schneckentempo über den Rasen zu Madame Mop, einer schlechten Statue einer Frau, die eine Art Eimer in der Hand hielt, an der mein Vater aber sehr hing. Ich berichtete ihm die nackten Tatsachen und stellte Chloë auf den Boden, um zu sehen, ob sie erste rudimentäre Schritte machen würde.

„Mistkerl“, sagte mein Vater, und das schockierte mich mehr als alles, denn mein Vater benutzte nie Kraftausdrücke.

Wir nahmen die torkelnde Chloë zwischen uns, die vor Vergnügen über das neue Spiel quietschte. „Du wirst starke Nerven brauchen, Francesca, und klug sein müssen. Du bist tief verletzt worden, und das nehme ich Will übel. Sehr übel. Aber du bist nicht der erste Mensch... und nicht der letzte, dem das passiert.“

Ich lauschte seiner geliebten Stimme, die mich durch die Kindheit geleitet hatte.

„Im Moment glaubst du, daß es nichts anderes gibt. Weil du an nichts anderes denken kannst. Aber es gibt andere Dinge. Die Familie zählt, Francesca, und zwar sehr." Er hielt inne. „Es ist ein Schock, feststellen zu müssen, daß niemand erwarten kann, immer und ewig vollkommen glücklich zu sein."

„Wie soll ich weitermachen, wenn ich weiß, daß es jederzeit wieder passieren kann?", sagte ich.

„Vielleicht. Vielleicht auch nicht. Das kann man nie wissen. Gehört zum Risiko."

Chloës Knie gaben nach, und so bückte ich mich, um sie aufzuheben. Sie krähte vor Vergnügen und hielt mir ihre kleine schmutzige Hand hin.

Es war still im Garten, feucht und kühl. Englisches Wetter. Ein guter Ort, um nachzudenken.

„Übrigens", sagte er, „ich glaube, ich muß mir einen Ersatz für Raoul besorgen."

„Wirfst du mich raus?"

„Ich glaube, ja. Dann bist du frei. Ich glaube, es wäre besser. In einigen Jahren mag die Sache anders aussehen. Je nachdem..." Letzteres besagte sinngemäß: Je nachdem, was aus deiner Ehe wird, wie Wills Karriere verläuft, ob... weitere Kinder kommen.

„Ich gebe meine Arbeit nicht auf, Dad. Das kann ich nicht. Das will ich nicht."

„Tut mir leid, aber du mußt jetzt vernünftig sein und an dich selbst denken. Frauen verstehen sich meist nicht darauf, an sich selbst zu denken. Du hast eine Menge am Hals. Ich werde älter und brauche mehr und mehr Unterstützung, und du bist nicht frei, mir zur Seite zu stehen."

Das tat weh. Aber mein Vater wußte, was er als nächstes sagen mußte. „Deine Berufstätigkeit ist nicht gestorben, Francesca", sagte er, „sie ruht lediglich. Du kannst weiter mitarbeiten, wenn du willst, nebenbei. Du kannst dich weiterbilden und Kenntnisse erwerben und Erfahrung sammeln. Du hast Glück."

„Nein", sagte ich.

„Hör mir gut zu, Francesca, man muß im Leben Klugheit walten lassen. Ich habe mich nicht besonders klug verhalten, und ich habe Fehler gemacht. Man muß etwas zustande bringen. Ich weiß nicht, was das bei dir sein wird, aber du mußt deine ganze Kraft auf Will konzentrieren."

„Ich werde darüber nachdenken", räumte ich ein.

Madame Mop hatte sich ein Gewand aus grünen Flechten zugelegt. Ich hielt Chloë vor ihr hoch, und sie kratzte mit ihren Fingerchen kleine Mäusespuren in das Graugrün. „Hast du ein Taschentuch, Dad?"

Ich wischte der protestierenden Chloë die Hände ab. „Sie will alles erkunden", sagte ihr Großvater zärtlich. „Mutig und unerschrocken. Wenn sie älter ist, muß ich das Baumhaus herrichten lassen."

Will saß vor den Überresten von gebratenem Speck und Toast, als Chloë und ich zurückkamen. „Vielen Dank, daß du mich informiert hast, wo du bist", sagte er. „Aber es war ja nicht schwer zu erraten." Dann setzte er gehässig hinzu: „Ich habe mir gleich gedacht, daß du zu deinem Vater läufst."

Ich legte die Wagenschlüssel auf den Küchentisch. „Was willst du damit sagen?"

„Nichts weiter." Er stützte die Hände auf den Tisch und hievte sich hoch. „Über eines sollten wir uns klar sein, Fanny. So kann es nicht weitergehen. Ich habe einen großen Fehler gemacht. Ziehen wir also einen Schlußstrich. Jeder nimmt sein Leben wieder selbst in die Hand und fängt von vorne an. Ich werde dafür sorgen, daß du abgesichert bist, und wir werden uns das Sorgerecht für Chloë nach besten Kräften teilen."

Die eigenartige Intimität der vergangenen Nacht war verschwunden, war ersetzt worden durch eine klare, entschlossene Politiker-Formel für vernünftige Lösungen und juristische Feinheiten. „Okay?" Seine Augenbrauen verzogen sich nicht einen Millimeter.

Ich hatte plötzlich ein flaues Gefühl im Magen, das meine Knie so weich wie Butter werden ließ. „Ich muß Chloë wikkeln."

Ich trug sie hinauf in ihr Zimmer und legte sie auf die Wikkelunterlage, die mit dicken gelben Teddybären und, aus unerfindlichen Gründen, mit Glöckchen bedruckt war. Chloë, müde von der Ausfahrt und dem aufregenden Besuch bei ihrem Großvater, war knatschig und quengelig.

Ich säuberte und wischte und rieb trocken. Als ich fertig war, legte ich sie in ihr Bettchen und stellte das Spieluhr-Mobile an. Die unsägliche Melodie erklang, und die Entchen begannen ihren würdevollen Tanz im Kreis herum.

„Pech gehabt", schienen sie zu sagen.

Chloë fielen die Augen zu. Ich kniete neben dem Bettchen nieder. Was war die Wahrheit? Die Wahrheit war, daß nun, da es Chloë gab, der Luxus der freien Entscheidung verschwunden war. Das war der Handel, den man mit Kindern einging. Ich kannte das. Ich *kannte* den eisigen Hauch, wenn ein Kind spürt, daß etwas fehlt. Ich kannte die Verwirrung und das Nagen unbeantworteter Fragen in- und auswendig. *Man muß sich entscheiden.* Aber das war Hokuspokus. Man hatte keine Wahl. „Ich werde deinen Vater nicht verlassen", versicherte ich Chloë. „Das kann ich dir nicht antun."

Noch, so erkannte ich, konnte ich es mir selbst antun, denn ich liebte Will. Ich verabscheute, was er getan hatte, aber ich liebte ihn. Ich liebte seine leidenschaftliche Hingabe an die Idee einer besseren Welt; ich liebte die Möglichkeiten, die in unserer Zukunft lockten. Ich war nicht gewillt, das alles kampflos aufzugeben.

Chloë wimmerte, und ich steckte den Finger durch die Stäbe und streichelte ihre Wange. „Der weinende Eros ist der Erbauer großer Städte", hatte ein Dichter geschrieben. Auch ich würde weinen und meine eigene Stadt bauen.

Und sie regieren und mächtig werden.

Ich ging hinunter zu Will, der in der Küche wartete. Als ich eintrat, drehte er sich langsam um, und ich sah, wie erledigt und müde er war.

„Fanny?“

„Ich habe beschlossen, nicht mehr bei meinem Vater zu arbeiten“, sagte ich. „Wir sind uns einig, daß es so besser ist.“

Ich ging zum Schrank und holte den Terminkalender, aus dem Einladungen und Merkzettel zu Boden fielen.

„Okay.“ Ich schlug ihn auf. „Gehen wir ihn durch. Wir haben einen anstrengenden Monat vor uns.“

Will setzte sich mir gegenüber und ließ den Kopf in die Hände sinken. „Gott sei Dank“, sagte er.

Einige Tage später, als ich in der Wanne lag und er sich vor dem Spiegel die Haare bürstete, fragte er: „Verzeihst du mir wirklich? Wirst du die Sache vergessen?“

Ich drückte den vollen Schwamm über meinen Schultern aus. „Ich werde mein möglichstes tun.“

Er gab seine Verschönerungsmaßnahmen auf, ging neben der Wanne in die Hocke und schnappte sich den Schwamm. „Ich verspreche dir, daß ich das nie, nie wieder tun werde.“ Sein Arm ruhte auf dem Wannenrand. Er war mit goldenen Härchen bedeckt, die glatt und seidig auf seiner Haut lagen. Die Muskeln darunter waren hart und anders als mein weicherer, nachgiebiger Körper. Ich griff nach hinten und hielt die Hand fest, die Wasser auf meine Schultern tröpfeln ließ. Will starrte auf mich herab, und ich erwiderte seinen forschenden Blick kühner als in der Vergangenheit.

Ich würde mein möglichstes tun. Ich würde die Zähne zusammenbeißen, meine Wunden vernähen, mich zur Wehr setzen und von Will sexuelle... Loyalität verlangen. Als Gegenleistung würde ich ihm zur Seite stehen: lächelnd, plaudernd, helfend.

Aber ich würde in Zukunft wachsam sein.

Ich würde mir das Recht zur inneren Emigration nehmen. Wenn man mit etwas Unüberwindlichem konfrontiert ist, etwas Unerträglichem, zieht man sich in sich selbst zurück. Man denkt nach, man träumt, man lernt. Meine Situation war wohl kaum unerträglich zu nennen – ich wurde weder unterdrückt noch mißhandelt -, doch meine Seele war verletzt worden. So schlimm nun auch wieder nicht. Jede junge Frau... und jede *reife* Frau, die Frau, zu der ich mich entwickeln würde, brauchte eine Absicherung. Und das war meine.

„Wirklich?“ Will beugte sich vor und küßte mich. „Wirst du wirklich versuchen, es zu vergessen?“

Von oben auf dem Regal über dem Waschbecken, wo ich sie hingestellt hatte, stach mir Benedettas Postkarte von der Kirche und der mit Blumen übersäten Piazza in Fiertino ins Auge. Der rote Lack auf meinen aus dem Wasser ragenden Zehennägeln hatte den gleichen Scharlachton wie die Geranien auf dem Foto. Ein optimistisches Rot. Nach einem Moment küßte ich Will zurück. „Ja.“

Wie gesagt, gut zu sein heißt nicht unbedingt, daß man die Wahrheit sagt.

Kapitel 14

Die Jahre verstrichen, ausgefüllt mit Kindern, Politik und einer Ehe.

Über ein Haus in der Brunton Street wurde nicht mehr gesprochen. Statt dessen kauften wir eine Wohnung in einem funktionalen Wohnblock im Stadtteil Westminster, die uns vollkommen genügte.

Wir richteten uns ein, und Will kam und ging: in die von ihm gewählte Arena der Absprachen und Bündnisse, der Ambitionen und Ideale. Es wurde weniger von Ideen und Idealen gesprochen und dafür mehr von Personen und wer was getan oder gesagt hatte, aber mit seiner Karriere ging es aufwärts.

Und ich? Ich verwaltete und organisierte eine andere Welt, war aber so oft wie möglich bei ihm in London. Einmal in der Woche setzte ich mich hin und erledigte den Papierkram für meinen Vater. Meg wohnte weiter bei uns, und Sacha kam an den Wochenenden. Ein paarmal erschien ein Mann auf der Bildfläche, aber nie für länger. Dann und wann suchte sie sich eine Arbeit, ebenfalls nie für länger. Und in den späteren Jahren trank sie nicht mehr so viel. Manchmal vergingen Monate ohne einen Zwischenfall.

Meistens waren die Zimmer im Haus voll, und dann war unter seinem Dach tatsächlich das Rascheln und Murmeln einer Familie zu hören. Unsere Ehe wurde älter und stärker, hatte ihre Tiefpunkte, blühte auf, welkte ein wenig, blühte wieder auf, aber sie stagnierte nie.

♦

Ehe ich mich's versah, war Chloë bereits eine Woche weg.

„Wie fühlst du dich?" Elaine hatte angerufen, um mich zu trösten.

„Als ob man mir einen Arm oder ein Bein abgehackt hätte. Es klingt komisch, aber ich spüre auch, wie meine alte Energie zurückkehrt..."

„Kein Wunder", sagte sie. „Eine Familie zu füttern und zu tränken macht einen fix und fertig." Sie holte seufzend Luft. „Meine schafft mich jedenfalls."

„Warst du beim Arzt, wie du versprochen hast?"

„Prozac", sagte sie. „Der treusorgenden Gattin bester Freund."

„He! *Ich* bin dein bester Freund!"

„Fanny", sagte Elaine düster, „mit Pharmaka kannst du es nicht aufnehmen."

Chloë war im ganzen Haus zu spüren, in jedem Raum. Wenn ich die Waschmaschine belud, fiel mir ihre rosa Lieblingsbluse in die Hand. Ihre Hipster-Jeans lagen auf dem Stapel der gewaschenen Sachen, und ich bügelte sie in Form. Ich hob ihren Schwamm vom Badezimmerboden auf. Eines ihrer Harry-Potter-Bücher – „Abschalt-Lektüre, Mom" – hatte sich zwischen ihrem Bett und der Wand eingeklemmt. Ich rettete es und legte es neben mein eigenes Bett. Der Schadenregulierer in mir registrierte den Verlust von Chloë in Zahnbürsten und Socken, in der Stille, wo Worte gewesen waren, in den Haaren, die sich in einer Haarbürste verfangen hatten.

Einstweilen mußte das genügen. Mehr brachte ich im Moment nicht über mich, und so machte ich die Tür zu ihrem Zimmer („Ist schlimm", sagte Malika unnötigerweise) bis auf weiteres zu.

„Mom", sagte sie, als sie aus Sydney anrief, „du hast mir nie gesagt, wie aufregend und toll es hier ist."

Als ich den Hörer auflegte, sah ich mich zufällig im Spiegel. Teure Frisur, Taille – dazu lieber *kein* Kommentar –, zum

Teint passender Lippenstift, lange Beine. Nichts Neues, nichts Bemerkenswertes, und dennoch *wirkte* ich wie eine Frau im Übergangsstadium. Der Verlust von Chloë bedeutete, daß ich zurückblickte, und bestimmt tat Will dies auch. Chloë dagegen würde nur nach vorn blicken.

Meg und ich blieben unserem Alltagstrott überlassen. Tagsüber wahrten wir, wenn ich zu Hause war, in gegenseitigem Einvernehmen die gebührende Distanz. Nach so langer Zeit wußten wir, wie weit wir gehen durften. Doch am Abend – der gefährlichen Zeit, der betörenden Zeit – suchte Meg oft meine Gesellschaft. Sie war mein Abendschatten, die Mahnung an die Bande, die mich festhielten.

In solchen Fällen tat ich, weil es von mir erwartet wurde – oder weil ich es selbst von mir erwartete -, mein möglichstes und kochte leichte, nahrhafte Gerichte. Risottos, gegrillter Lachs, Hühnerbrüstchen in Sojasauce. Inzwischen waren mir die Rezepte in Fleisch und Blut übergegangen, so daß ich sie mühelos und ohne große Anstrengung zubereitete und darauf achtete, sie mit Meg zu teilen.

Es war eine Art Abmachung zwischen uns beiden – und wir hielten uns strikt daran: Meg, weil sie wußte, daß sie schon längst bei uns hätte ausziehen sollen, und ich, weil... weil ich innerlich hart und stark geworden war. Ich hatte über Will und Meg geweint und meine Stadt gebaut.

An dem Tag, als Chloë anrief, aßen Meg und ich in der Küche eine Fischpastete. „Du kannst mir gratulieren“, sagte sie. „Seit deinem Geburtstag habe ich keinen Tropfen angerührt.“

Ich murmelte einen Glückwunsch, und Meg betrachtete mich über den Tisch hinweg. „Ich wollte, ich könnte es erklären, Fanny. Gerade du hast viele Erklärungen verdient. Mehr als jeder andere. Ich weiß, was du für mich getan hast. Aber ich fühle mich jetzt besser und stärker... und ich weiß, daß sich etwas ändern muß.“ Sie konzentrierte sich darauf, mit der Gabel ein Stück Fisch aufzuspießen. „Es ist so. Wenn diese köstliche Pastete ein Brandy wäre, wäre ich der glücklichste Mensch der Welt. Die furchtbare Wahrheit ist, daß Alkohol bei weitem zuverlässiger ist als ein Ehemann oder ein Sohn. Oder die Liebe."

Ich mußte lachen. „Da könntest du recht haben."

Als wir fertig waren, gingen wir ins Wohnzimmer, und ich machte die Terrassentüren auf. Ein Nachtfalter flog herein und stürzte sich in selbstmörderischer Absicht auf die Lampe. Ich stand auf, um ihn zu retten, und scheuchte ihn hinaus in die Nacht.

„Mach lieber das Licht aus", sagte Meg.

Eine zarte Berührung seines Flügels hatte ein Stäubchen auf dem kremfarbenen Lampenschirm hinterlassen. Ich wischte es weg und machte das Licht aus. Wir saßen in der sommerlichen Dunkelheit und verfolgten eine Fledermaus, die durch den Garten flatterte. Meg saß sehr still und ruhig da, bis sie dann sagte: „Wenn Sacha weggeht, wird er mir mehr fehlen, als dir Chloë fehlt."

„Wie kannst du das sagen?"

„Ich weiß nicht, wie ich es ausdrücken soll, aber ich glaube... wegen dem, was ich verpaßt habe. Das Gericht hat mir Sacha weggenommen." Sie setzte sich anders hin. „Das Gericht, das angeblich unparteiisch und gerecht und weise ist." Sie warf mir einen scharfen Blick zu. „Okay. Es gab Probleme. Aber du hast Chloë immer gehabt. Du hast nichts verpaßt, und sie hat einen Großvater, der fit und aktiv ist, und ich konnte dir nur jahrelang zusehen."

Darauf gab es keine Antwort.

Ich *muß* der Wahrheit die Ehre geben. Meg war diejenige, die mir half, Chloë auf feste Kost umzustellen. „Gib ein bißchen zerdrückte Banane auf einen Teelöffel", sagte sie. „Nur ein kleines bißchen." Meg war diejenige, die mir zeigte, wie man Windelausschlag verhindert (mit einer Salbe gegen Schleimhautgeschwüre), und Chloë ihr erstes Wort entlockte. Später war Meg diejenige, die, wenn ich beschäftigt war, mit der aufsässigen Chloë wieder und wieder Rechtschreibung, das Einmaleins, Geschichtsdaten, physikalische Formeln paukte.

Ein weiterer Nachtfalter kam herein, und ich stand auf, um ihn zu vertreiben.

„Wir sollten die Tür zumachen", sagte Meg. „Es wird allmählich kalt."

Ich gehorchte und machte das Licht an.

„Ich Ärmste", sagte sie in ihrer ironischen Art und schlug die Hand vors Gesicht.

Meg hatte recht. Das Gericht hatte ihr ihren Sohn – teilweise – weggenommen. Aber er war zurückgekommen. Kurz nachdem Sacha sechzehn geworden war, stand er mit zwei schäbigen karierten Koffern bei uns vor der Tür und verkündete: „Ich würde gerne bei meiner Mutter leben." Ich glaube nicht, daß ich je wieder diesen Ausdruck purer Freude sehen werde, der in Megs Gesicht lag, als sie diese Worte hörte.

Natürlich hießen Will und ich Sacha willkommen. Wir hatten kurz davor eine – in gewisser Hinsicht – größere Umwälzung durchgemacht, denn bei den letzten Wahlen hatte unsere Partei (vorübergehend) die Macht verloren, doch Will hatte seinen Sitz mit komfortabler Mehrheit verteidigt, im Gegensatz zu einigen seiner Freunde, die man in die Wüste geschickt hatte. Folglich drückte die Partei wieder die harten Bänke der Opposition, und Will hatte plötzlich viel Zeit. Er lief sich die Hacken ab, um eine Schule für Sacha zu finden, und wir richteten ihm ein Zimmer ein.

Der gute Sacha machte überhaupt keine Mühe, in vieler Hinsicht weit weniger als Chloë. Selbst seine Musik war erträglich, und die Lederjacken und die Ohrstecker wurden durch absolute Reinlichkeit aufgewogen. Er war ständig am Waschen und Kämmen – er hatte die saubersten Haare, die ich je gesehen habe. („Mal wieder typisch", sagte Elaine, „daß dir ein Musterknabe in den Schoß fällt.") Er fügte sich problemlos bei uns ein – vielleicht deshalb, weil er auf die harte Tour gelernt hatte, sich anzupassen und zu überleben. Vielleicht war er von Natur aus ein Chamäleon.

Ich bemühte mich, das nie zu vergessen.

Am nächsten Morgen fuhr ich nach Ember House. Von Zeit zu Zeit warf ich einen Blick in den Rückspiegel und war so zufrieden mit dem, was ich darin von mir sah (Autospiegel neigen dazu, das Kinn abzuschneiden), daß ich vor mich hin summte.

Ich fand meinen Vater im Arbeitszimmer, wo er Notizen nachtrug und telefonierte. In einer Ecke stand eine geöffnete Weinkiste, neben der sich Papiere stapelten. Ohne aufzublikken streckte er den Arm aus und zog mich an sich. „Gib mir noch ein paar Minuten."

Da es in erster Linie um die große Reise nach Fiertino ging, diskutierten wir über Fahrpläne, Autovermietungen und daß wir auf keinen Fall sein Antiallergiker-Kissen vergessen durften. Benedetta hatte geklärt, wo wir wohnen würden, und so stellten wir Listen zusammen und sprachen sachlich über praktische Dinge. Trotzdem spürte ich die große Vorfreude meines ansonsten so bedächtigen Vaters. Er lachte und scherzte, pfiff ein paar Takte aus Vivaldis *Vier Jahreszeiten* vor sich hin und zog das Foto des etruskischen Paares hervor. Nach Caros Weggang war es hinten ins Regal verbannt worden. „Wir müssen unbedingt das etruskische Museum besuchen, Fanny, und natürlich die Gräber."

Draußen tröpfelte der Regen halbherzig weiter. Mein Vater stand auf, um das Fenster zu schließen. „Schade, daß Will nicht mitkommt."

„Er ist total eingespannt. Er lechzt danach, Schatzkanzler zu werden, und es deutet einiges darauf hin, daß er es schafft, vorausgesetzt natürlich, daß wir an der Macht bleiben. Als wir das letzte Mal in der Opposition waren, dachte ich, er dreht durch. Aber immerhin bekam ich ihn öfter zu sehen."

Mein Vater schaute mich an. „Selbstmitleid steht dir nicht, Francesca."

„Hört es sich so an, als ob ich mich selbst bemitleiden würde?"

„Eigentlich nicht", sagte er liebevoll. „Nur nach einem kleinen Tiefpunkt dann und wann. Dein Mann ist klug genug, um zu wissen, daß er nicht nachlassen darf. Er ist mit von der Partie, und du kannst nicht erwarten, daß er nicht bei den Besten mitspielen will."

Mein Vater war immer fair.

„Stimmt." Ich steckte eine der Listen in meine Handtasche. „Er ist nur noch mit dieser Zweitwagensteuer beschäftigt, die auf Messers Schneide steht. Im Gegensatz zu mir ist er davon überzeugt."

Mein Vater hatte auch darauf eine Antwort parat. „Ich kann das verstehen", sagte er. „Das ist seine Chance, sich zu beweisen. Betrachte die Sache mal so: immer noch besser, als mit Waffen zu handeln."

Ich sah ihn genauer an. „Du siehst müde aus, Dad. Du gehst doch regelmäßig zum Arzt?"

„Aber natürlich", sagte er, und ich hätte wetten können, daß es mir zuliebe gelogen war. Ich machte den Mund auf, um darauf zu bestehen, daß er sich einen Termin für einen weiteren Check-up geben ließ, beging jedoch den Fehler, einen Blick auf meine Uhr zu werfen.

„Ich muß los. Muß für Will einspringen."

Ich küßte ihn zum Abschied und raste mit dem Wagen zur Einweihung der funkelnagelneuen Kläranlage. Dort hatte ich alle Mühe, keine Miene zu verziehen, als der Bürgermeister auf die großen Mengen von Papier verwies, die erforderlich gewesen waren, um das Projekt auf den Weg zu bringen.

Nachts riß mich das Telefon aus dem Schlaf. Ich tastete nach dem Schalter der Nachttischlampe und schaute auf den Wecker. Zwei Uhr. Mein erster Gedanke war: Chloë. Der zweite: Mr. Tucker.

„Mr. Tucker", sagte ich, „wenn *Sie* das sind, dann werde ich jetzt wirklich böse."

„Ich rufe aus dem Krankenhaus in Stanwinton an", sagte eine Stimme. „Wir haben Ihren Vater hier... Er hatte eine leichte Herzattacke, und wir meinen, Sie sollten herkommen, Mrs. Savage."

Ich ging zu Meg und weckte sie. „Meg, Alfredo wurde ins Krankenhaus gebracht. Ich muß zu ihm."

Sie setzte sich benommen und zerzaust auf. „Warte, ich komme mit."

Ich fuhr wie eine Wahnsinnige durch die Nacht, neben mir auf dem Beifahrersitz die zitternde Meg. Bitte, bitte, laß es nichts Ernstes sein, betete ich stumm, und trat das Gaspedal durch.

Aber wir kamen zu spät.

Die Nachtschwester, ruhig, schlank und adrett, hielt uns auf, als wir in die Intensivstation stürmten, und nahm uns beiseite. Er sei friedlich eingeschlafen, sagte sie, und ich wußte, daß sie diesen Satz genau einstudiert hatte. Vor zehn Minuten. Eine zweite Herzattacke, diesmal jedoch eine schwere.

Meg rang nach Atem und begann zu weinen. Ich zupfte am Riemen meiner Handtasche herum, der vor Schweiß glitschig war, und der Boden unter meinen Füßen kippte weg. Meine erste Reaktion war: *Das ist meine Schuld, ich hätte mit ihm zum Arzt gehen sollen.* Die zweite war: *Ich muß Benedetta anrufen und die Reise absagen.* Dann dachte ich... ich weiß nicht mehr, was ich dann dachte, nur noch, daß ich mich an belanglosen Dingen festhielt. „Er hätte warten sollen, bis wir hier sind", sagte ich törichterweise.

Die Nachtschwester legte den Arm um meine Schulter, führte uns in den Raum für Angehörige und hieß uns Platz nehmen. Während sie Tee holen ging, saß ich auf der fleckigen Bank und starrte auf den überquellenden Aschenbecher auf dem Fensterbrett.

Meg riß sich zusammen und rieb meine Hände. „Es tut mir so leid“, sagte sie. „Der arme Alfredo. Aber wenigstens hat er nicht leiden müssen.“

Ich zwang mich, sie nicht wegzustoßen – Meg hatte es gut gemeint. Sie sagte nur, was auch ich gesagt hätte, aber ich wußte, daß ich diesen Satz nie wieder sagen würde.

Die professionelle Miene der Nachtschwester wurde eine Spur milder. „Versuchen Sie, das zu trinken, Mrs. Savage.“

Der Tee schmeckte nach Leder und Gerbsäure.

„Mrs. Savage...“ Die makellose Nachtschwester wappnete sich sichtlich. „Ihr Vater konnte noch... er wollte, daß ich Ihnen sage...“ Ich hob mein nasses Gesicht. Sie nahm sich zusammen und begann von vorn: „Er sagte, daß er Ihnen für alles danken läßt. Und daß er Sie liebt.“

„Aber er hat nicht gewartet!“, rief ich gequält aus. „Er hat nicht auf mich gewartet. Er hätte warten sollen.“

„Das konnte er nicht“, erklärte sie ruhig. „Aber wir haben ihm gesagt, daß Sie unterwegs sind. Wir haben mit ihm gesprochen, auch als er bewußtlos war. Der Gehörsinn schwindet nämlich als letztes.“ Sie legte die Hand auf meinen Schoß. „Er wußte es. Er wußte, daß Sie so schnell wie möglich hier sein würden.“ Sie sah von mir zu Meg, die schluchzend am Fenster stand, und wieder zu mir. „Er ist friedlich eingeschlafen.“

„Aber er war allein!“, jammerte ich. „Er hätte nicht allein sein dürfen. Ich hätte bei ihm sein müssen. Ich weiß, er hätte mich bei sich haben wollen. Er hätte bestimmt nicht...“

„Ich habe seine Hand gehalten“, sagte die Schwester. „Ich versichere Ihnen, ich habe seine Hand gehalten.“

Als wir nach Hause kamen, rief ich Will in der Londoner Wohnung an, aber es klingelte und klingelte, bis sich der Anrufbeantworter einschaltete.

„Schätzchen, ich war auf einer Nachtsitzung“, erklärte er, als ich ihn endlich erwischte. „Ich komme sofort. Ich muß nur den Wagen kommen lassen und rasch ein paar Sachen einpakken. Ich rufe Chloë an, und wenn es dir recht ist, werde ich sie überreden, nicht umgehend nach Hause zu fliegen. Ich werde ihr sagen, daß Alfredo das nicht gewollt hätte."

In meinem Hinterkopf regte sich wieder die alte Frage: „Lügst du mich an?" Ich hatte mich an sie gewöhnt, und ich hatte zu begreifen gelernt, daß sie das Rampenlicht beinahe um seiner selbst willen liebte. Sie war zu einer automatischen Reaktion auf Schmerz, Schock und Verzweiflung geworden.

Mein Körper kam mir wie gestreckt vor, schwerelos und durchsichtig. Mir wurde klar, daß ich Anordnungen treffen mußte, aber es fiel mir schwer, selbst etwas so Simples zu tun, wie zum Telefon zu greifen. Ich wollte nur noch weinen, doch meine Tränen versiegten jäh vor Erstaunen darüber, daß mein Vater das zugelassen hatte.

Ich riß mich zusammen und rief Sally an. „Oh", sagte sie. Dann: „Ich muß mich hinsetzen." Und nach einer Pause: „Sag das noch mal." Im Hintergrund hörte ich Geschirr klappern, und Radiomusik und andere Stimmen, die zum Leben meiner Mutter gehörten.

„Es war eine Herzattacke."

„Ich werde nicht zur Beerdigung kommen", sagte sie. „Ich glaube, das bringe ich nicht über mich. Aber ich werde an ihn denken."

Woraufhin ich ins Telefon heulte. „Hör zu, Fanny", sagte Sally, „du darfst nie vergessen, daß du in Alfredos Augen das Beste warst, was ihm im Leben passiert ist. Vergiß das nie."

Es waren die ersten wirklich mütterlichen Worte, die meine Mutter je zu mir gesagt hatte, und ich schrieb sie auf den Notizblock neben dem Telefon, mit dem Datum darunter, weil ich ganz sicher sein wollte, daß ich jede Silbe festgehalten hatte.

Mannochie eilte zur Rettung herbei. Organisierte. Plante. Sagte Termine ab. Chloë sollte auf keinen Fall nach Hause fliegen – wir berichteten ihr genau, wie alles ablaufen würde, und versprachen, sie jeden Tag anzurufen. Wo sollte die Trauerfeier stattfinden? Beerdigung oder Feuerbestattung? Welche Choräle? Welche Musik? Ich riß mich zusammen. Gute Ehefrauen waren darauf abgerichtet, Dinge Gestalt annehmen zu lassen, für den glatten Verlauf von Festivitäten zu sorgen, zu beruhigen und zu besänftigen, und eine gute Tochter folgte diesem Beispiel.

Außerdem mußte ich Meg bei der Stange halten, denn der Tod meines Vaters hatte sie sehr getroffen. „Auch ich habe ihn geliebt", sagte sie.

„Wenn du uns jetzt enttäuschst", sagte ich, schmallippig und hohläugig, zu ihr, „dann..." Ich beendete den Satz nicht, aber das war auch nicht nötig. Meg verstand mich auch so.

Die Trauerfeier kam und ging. Mein Vater hatte schriftliche Instruktionen hinterlassen, wie er alles haben wollte. Mit Will an meiner Seite sang ich die Choräle und hörte ein Lesung aus Gibrans *Der Prophet,* „Öffnet euer Herz weit dem Leib des Lebens", und schüttelte vielen Menschen die Hand.

„Ein furchtbarer Schlag", murmelte jemand.

„Mein Beileid", sagte ein anderer.

Aber ich schenkte ihnen kaum Beachtung.

Anschließend brachte der Leichenwagen die sterblichen Überreste ins Krematorium. Mein Vater hatte des weiteren verfügt, daß ich seine Asche beisetzen sollte, wo ich es für richtig hielt.

Ich wußte nicht, wo das war.

Anschließend eilte Will zurück nach London, und am Abend half mir Meg beim Aufräumen. „Fanny", sagte sie sanfter als üblich, „du wirst dir Gedanken über das Haus machen müssen. Ich nehme an, du wirst es verkaufen."

„Hast du mit Will darüber gesprochen?"

Sie spannte Frischhaltefolie über einen Teller mit übriggebliebenen Sandwiches. „Schon möglich."

„Das hat nicht er zu entscheiden", sagte ich scharf.

„Ganz wie du meinst, Schätzchen.“ Sie stellte Tassen und Untertassen zurück in den Schrank. „Übrigens, da du so beschäftigt warst, habe ich die Socken für Will gekauft.“

„Was für Socken?“

„Er erwähnte, daß er welche braucht. Ich habe sie auf dein Bett gelegt. Ich dachte, ich sollte dir das abnehmen.“

Ich starrte sie an. „Du hättest dir die Mühe sparen können.“ Ich brachte die Worte nur mühsam über die Lippen.

„Stimmt.“ Sie lächelte strahlend. „Hab ich aber nicht.“

Ich stellte schweigend Teller aufeinander.

„Wie ich sehe, war ich mal wieder ungezogen. Socken kaufen ist eine Sünde“, sagte Meg und fügte bekümmert hinzu: „Weißt du eigentlich, wie mißbilligend dein Rücken aussehen kann?“

„Ach ja?“ Ich wirbelte, mit einem Teller in der Hand, herum, und Meg wich zurück. „Herrgott nochmal, merkst du denn nicht, daß du schon mehr von Will hast, als dir zusteht? Was willst du denn *noch*?“

Sie streckte abwehrend die Hand aus. „Ich wollte dich nicht...“

„O doch, Meg.“ Dann hörte ich mich sagen: „Dir ist jedes Mittel recht, um ihn weiter unter der Fuchtel zu haben.“ Und ich fragte mich, in was für einen Menschen ich mich verwandelte.

Meg schnappte nach Luft. „Falsch, Fanny, ganz falsch. Weil es mir das Gefühl gibt, mich nützlich zu machen. Weil es mir das Gefühl gibt, einen Platz zu haben.“

Der Teller glitt mir aus den Händen. Das Geräusch, als er auf den Fliesenboden schlug, hallte durch die Küche. Ich bückte mich, um die Scherben aufzulesen... und Meg ebenfalls. Unsere Gesichter waren sich ganz nah, und unsere Finger berührten sich fast, als wir nach dem gleichen Stück griffen. „Du bist völlig verstört“, sagte sie.

„Laß mich um Himmels willen endlich in Ruhe“, flüsterte ich.

Meg richtete sich auf. Es trat eine seltsame, schreckliche Pause ein. „Ich glaube, ich brauche einen Drink“, sagte sie. „Einen kleinen Schlummertrunk. Auch einen?“

„Es ist nichts im Haus.“

„Nein?“

Ich sah zu ihr auf. „Ich will keinen Drink. Und du auch nicht, Meg. *Bitte*.“

Wieder diese gespenstische Stille. „Keine Sorge, ich habe alles unter Kontrolle. Ein kleiner Drink hin und wieder ist kein Problem. In dieser Hinsicht bin ich fein raus, anders als die anderen. Der Arzt sagt...“

Die scharfe Kante der Scherbe bohrte sich in meine Hand, schnitt mir ins Fleisch. „Meg, sei vernünftig. Du hast so lange durchgehalten.“

„Du sagst es.“ Meg machte sich auf die Suche nach ihrer eingeschmuggelten Whiskyflasche – ihrem Liebhaber, Bruder, Freund und Kind -, und ich unternahm nichts, um sie davon abzuhalten.

Ich ging nach oben, um Will anzurufen. Erschrocken stellte ich fest, daß mit meinem Vater ein elementares Gefühl des Beschütztseins verschwunden war. Er hatte es uns überlassen, an der Front zwischen dem Tod und Chloë Wache zu halten, und das war eine schwere Aufgabe.

Irgendwie mußte ich mich zusammenreißen und dafür sorgen, daß diese Familie Bestand hatte. Das war meine Aufgabe und das, worauf es ankam. Ich mußte... auf die Familie halten. Und genau wie er einen Weg finden.

Ich zwang mich, wieder nach unten zu gehen, durch die Küche und hinauf in Megs Schlafzimmer. Sie saß auf dem Bett und starrte auf ein Foto von Sacha. In der Hand hatte sie ein volles Glas.

Sie leistete nicht viel Widerstand. „Wo hattest du den versteckt und wieviel hast du getrunken?“ Ich entwand ihr das Glas.

Sie sah zu mir auf. „Nur ein Schlückchen. Die Flasche war im Schrank. Meine eiserne Ration."

„Nicht, Meg. Ich werde dir helfen. Ich verspreche es."

Sie zog den Kopf ein. „Warum in aller Welt solltest du?"

Ich stellte das Glas auf den Nachttisch und setzte mich neben sie. „Mein Vater hat einmal zu mir gesagt und zwar wortwörtlich, daß man das Leben ernst nehmen muß."

„Hm", sagte Meg, und Tränen liefen über ihre Wangen.

„Er hatte recht. Wir sollten das Leben sehr ernst nehmen. Und auch darüber lachen, aber ernsthaft."

Megs Hand schob sich auf meine zu und umklammerte sie verzweifelt. „Ach, Fanny", sagte sie, „und ich dachte immer, das ganze Leben ist ein grausamer Witz."

Es gelang Will, seine ministeriellen Termine zu verlegen, und so fuhren wir zwei Tage später nach Ember House. Im entscheidenden Moment brachte ich es nicht fertig, über die Schwelle zu treten. „Will, ich kann nicht hineingehen. Noch nicht."

Er legte den Arm um meine Schultern und zog mich an sich. „Komm, wir gehen ein bißchen durch den Garten."

Das Gras war feucht vom letzten Regen, und der Garten bot einen triefenden, ertrinkenden Anblick, wie ihn englische Gärten so oft bieten. Ich blieb an der Mauer stehen, um einen unbotmäßigen Blütenzweig der Clematis festzuklemmen, und Wassertropfen fielen auf mich herab. Will wischte sie ab und ließ seinen Arm auf meinen Schultern liegen.

Kurz darauf begann es richtig zu regnen, und er sagte: „Wir können es nicht länger hinausschieben", führte mich sanft zur Haustür und hinein. „Gib mir die Hand", wies er mich an und hielt sie fest.

Es war seltsam, aber schon nach dieser kurzen Zeit, die seit dem Tod meines Vaters vergangen war, kam mir das Haus verändert vor.

Will machte Kaffee, und ich hatte Sandwiches mitgebracht. Will aß seines gierig, während ich meines kaum anrührte. Ich dachte an das Haus und daß ich es nicht ertragen konnte, es aufzugeben.

„Will, was hältst du davon, hier zu wohnen?"

Er schien völlig überrumpelt zu sein. „Hier wohnen? Daran habe ich noch nie gedacht." Er nahm sich ein Eiersandwich. „Ist das dein Ernst, Fanny?"

Ich wußte, daß es verrückt war und absolut unlogisch, aber ich flüsterte: „Es ist mein Zuhause."

Will legte das Sandwich weg. Zu spät wurde mir der tiefere Sinn meiner Worte klar. „Aber nicht meines", sagte er. „Ich hatte gedacht, unser Haus sei unser Zuhause."

„Ich will Ember House nicht verkaufen."

Er faßte mich bei den Schultern und sah mir forschend ins Gesicht. Er schien verwirrt von dem, was er dort sah, und das ärgerte mich. War es denn so unbegreiflich, daß ich um meinen Vater trauerte? „Wenn du möchtest, daß ich darüber nachdenke, werde ich das selbstverständlich tun. Aber es ist nicht das, was wir geplant hatten."

„Ach ja, der *Plan*." Ich schüttelte ihn ab und knallte, vor Elend außer mir, die Kaffeetassen in die Spüle.

„Fanny, was *soll* das?"

Ich starrte aus dem Fenster und biß mir auf die Fingerknöchel. „Ich komme einfach nicht darüber hinweg, daß Dad mich nicht bei sich hatte, als er starb. Es verfolgt mich, und ich werde es mir nie verzeihen."

Will trat hinter mich und legte die Arme um mich. „Still, Fanny, still."

In der Diele klingelte sein Handy. Instinktiv ging er auf das Geräusch zu. Ich verstellte ihm den Weg. „Nein. Jetzt nicht, Will. Keine Anrufe. *Nichts*."

Das Handy verstummte. Will nahm mich in die Arme. „Du denkst, daß ich das nicht verstehe, Fanny, aber das stimmt nicht.“ Das alte Lächeln blitzte auf, lieb und zärtlich, und mein wundes Herz wurde eine Spur leichter.

Nun, da ich bewußt darauf achtete, spürte ich eine unterdrückte Erregung in Will, eine nervöse Spannung. „Was führst du im Schilde?“

„Dies und das.“

„Nun sag schon.“

„Okay.“ Er nahm wieder Platz. „Robert hat mich in der Lobby angehalten. Er sagte, bei der nächsten Kabinettsumbildung sei das Amt des Schatzkanzlers definitiv drin. Aber, Fanny, ich muß die Zweitwagensteuer durchkriegen.“

Ich konnte mir gerade noch das Lachen verkneifen und die Hand auf den Mund pressen. Ich bemerkte, daß sie zitterte.

„Die Abmachung war, daß, wenn ich die Regierung bei der Gesundheitsreform unterstütze, dann...“

„Aber als Minister *mußt* du die Regierung unterstützen. Ganz egal, was du persönlich denkst.“

„Unterstützung kann so oder so aussehen“, sagte er.

Elaine und ich hatten ein paarmal über Macht diskutiert. Was war Macht? In welcher Form äußerte sie sich? Wie kam eine Ehefrau damit zurecht? Macht ist *sehr verlockend*, befanden wir. Sie wickelt einen Menschen ein und macht ihn unzugänglich. *Sehr verlockend* sind die Hofschranzen, die Lobhudeleien, die Dienstwagen und die Preisgabe von Idealen als Gegenleistung für die Ware Macht. Ideale sind ja auch wesentlich unbequemer, als warm und gemütlich im Fond einer Limousine zu sitzen.

„Und?“ Er klang nicht so selbstsicher, wie er aussah. „Was sagst du dazu?“

Ich bemühte mich, meine Gedanken auf die Reihe zu bringen. „Können wir später darüber sprechen?“

Ich ließ Will in der Küche stehen und flüchtete ins Arbeitszimmer. Der Füller meines Vaters lag noch so auf dem Schreibtisch, wie er ihn hingelegt hatte. Das rote Lämpchen des Anrufbeantworters blinkte. Ich nahm ein Buch von einem

Stapel auf dem Stuhl unter dem Fenster, eine Abhandlung über die großen Bordeaux, und legte es wieder hin.

Mit Fingern, die sich taub anfühlten, faßte ich nach der Kante des Vorhangs. Früher dachte ich, Gram sei eine scharfe Klinge, die ins Fleisch schneidet. Doch ich hatte mich geirrt. Gram war stumpf, drückend: Er machte, daß einem die Glieder zu Blei wurden und der Kopf zu platzen drohte. Er narrt die, die unter seiner Last zusammensinken, denn ich hätte schwören können, daß mein Vater im Zimmer war. Ich hätte schwören können, daß ich seine Stimme hörte.

„Nach 1963“, sagte er gerade, und wir sprachen natürlich über Bordeaux, „mit Regen und Fäule und unbedeutenden Weinen, kam der Jahrgang 1964, der wegen des vorangegangenen Jahres gewaltig unterbewertet wurde. Die Natur, die mit der einen Hand genommen hatte, schenkte nun mit der anderen schwere, runde, elegante Weine...“

Eine Bewegung brachte mir zu Bewußtsein, daß Will hinter mir stand. Mit dem Rücken zu ihm sagte ich: „Es gibt so wenige Menschen, mit denen man Zelle für Zelle verbunden ist, die man durch und durch kennt. Viel zu wenige, um einen von ihnen zu verlieren oder zu betrügen.“

„Fanny, mein Schatz, wir sollten jetzt die Unterlagen sichten“, sagte er ruhig.

Wir packten die meisten zusammen und schafften sie zu uns nach Hause. Gemeinsam arbeiteten wir uns durch die wichtigsten, legten dringende Rechnungen und Briefe in einen Korb, weniger dringende in einen anderen. Schließlich kamen wir zu einer Mappe, auf der „Francesca“ stand.

„Die sehe ich mir später an.“ Ich legte die Hand darauf.

Eine Augenbraue wurde hochgezogen. „Ich verstehe.“

Will war nicht dumm. Er lud mich ein, seine Arbeit, seine Ambitionen zu teilen, und ich wollte mit ihm nicht den Inhalt einer Mappe teilen, die meinem Vater gehörte.

Trotzdem öffnete ich sie erst in der Ungestörtheit unseres Schlafzimmers. Ich weiß nicht, was ich erwartet hatte – juristische oder finanzielle Instruktionen vielleicht -, aber bestimmt nicht eine Kinderzeichnung von einem Haus mit Ziegeldach, einer großen Tür und einem Weg, der zu ihr führte. Vor dem Haus standen drei Figuren: ein Strichmännchen mit einem schwarzen Hut, eine ebensolche Frau mit einem leuchtend roten Rock und, zwischen ihnen schwebend, ein ebensolches Kind mit einer Schleife im Haar.

Eine Zeichnung, die ich im Kindergarten gemacht hatte.

Die Mappe enthielt auch einen auf liniertem Papier geschriebenen Aufsatz. „Weisen Sie die Auswirkungen der europäischen Außenpolitik auf den Isolationismus Amerikas in den dreißiger Jahren nach und nennen Sie mindestens zwei Beispiele." Er war mit einer Drei benotet worden. Dann fand ich ein Gedicht, handgeschrieben auf rosa Papier: „Dein Fortsein zerrt an meiner Haut/Die scharlachfarbene Rubine weint/Bis sich ein roter Strom zum Meer meiner Qual ergießt."

Ich preßte die Hände auf meine heißen Wangen. Das Gedicht, ein Überbleibsel einer gescheiterten Liebesaffäre – na schön, *der* gescheiterten Liebesaffäre mit Raoul –, war unglaublich schlecht, aber mein Vater hatte beschlossen, es aufzubewahren. Beim weiteren Durchblättern der Mappe entdeckte ich ein Hochzeitsfoto von Will und mir, eine Einladung für meinen Vater und mich zum Bankett beim Chevalier du Tastevin, auf die ich, früher einmal, so versessen gewesen war, und ein Babylöckchen, das mit Klebeband an einem Foto der sechs Monate alten Chloë befestigt war.

Mit feuchten Augen legte ich alles wieder in die Mappe – diese kleinen, aufschlußreichen Dinge aus meiner Vergangenheit, die von meinem Vater, meinem unsentimentalen Vater, mit Bedacht zusammengetragen worden waren. Als ich sie zurücklegte, entdeckte ich ein weiteres gefaltetes Blatt Papier. Es war eine Skizze, grob mit dem Bleistift gezeichnet, nicht professionell gemacht. Der, der sie angefertigt hatte, war ungeduldig gewesen, hatte den Stift viel zu fest auf das Papier gedrückt. Aber es war klar, um was es sich handelte. Sie zeigte ein Haus, angeordnet um einen zentralen Hof mit einer Loggia am einen Ende. Darunter standen die Worte: „La Fattoria, Val del Fiertino."

Will sah sich gerade die Fernsehnachrichten an.

„Will..." Ich setzte mich zu ihm aufs Sofa. „Will, ich habe beschlossen, die Asche meines Vaters nach Fiertino zu bringen – sobald ich einen Flug bekomme. Ich weiß, das ist der Ort, wo er sein möchte. Ich will nicht bis zum September warten."

Der Nachrichtensprecher sprach weiter.

„Ohne mich?"

„Ohne dich."

„Und..."

„Ich würde gerne wegfahren. Nur für eine Weile."

„Dann mußt du selbstverständlich fahren, Fanny." Er sah mich nicht an. „Wenn du das unbedingt willst."

Kapitel 15

Am frühen Montagmorgen war ich fast reisefertig. Nun mußte ich mich von Will verabschieden. In unserem Bad hämmerte ein Klempner an einem tropfenden Rohr herum. In der Diele lagen Malikas Putzutensilien verstreut. Das Radio in der Küche war voll aufgedreht. Wills Chauffeur wartete mit laufendem Motor in der Auffahrt. Will hatte seine Brieftasche verlegt und war oben auf der Suche nach ihr. Kurz, alles war genau wie immer – außer daß ich am nächsten Tag zum Flughafen gefahren werden würde, um in ein Flugzeug zu steigen, und den Duft einer ungewohnten Freiheit in der Nase hatte, der schier unerträglich war.

Will kam die Treppe heruntergepoltert, in der Hand die offenstehende Aktentasche. „Hab sie. Wann geht dein Flug?"

Ich steckte eine Kopie meiner Flugdaten in die Aktentasche und zog den Reißverschluß zu. Der Mund meines Mannes war verkniffen, aber nicht vor Zorn. Es war etwas Tiefergehendes und Beunruhigenderes. Will wappnete sich gegen meine Abreise. Ich küßte ihn zärtlich, aber mit einem fast greifbaren Gefühl der Erleichterung, und er küßte mich ebenfalls, fast zornig. „Paß auf dich auf", sagte er. „Du rufst doch an?"

„Versprochen." Ich strich mit den Fingern über den verkniffenen Mund. „Tu dein möglichstes."

„Für was?", sagte er, ganz gegen seine Art. „Ist es das wert?"

Ich legte leicht die Hände auf seine Schultern. „Du weißt, für was." So wie ich Trost wegen meines Vaters gebraucht hatte, so hatte er mich gebraucht, um sein Selbstvertrauen und seinen Optimismus zu stärken. Es war das mindeste, was ich tun konnte.

Sein Mund wurde weicher, und er lächelte auf mich herab. „Es tut mir leid wegen deinem Vater. Mir wird er auch fehlen. Ich bin sicher, daß du den besten... den geeigneten Platz finden wirst, um die Asche beizusetzen."

Ich sah Will nach, als er zum wartenden Wagen stapfte, die Aktentasche auf den Rücksitz warf und zu ihr einstieg.

Im nächsten Moment klingelte das Telefon.

„Raoul, ich habe dich vermißt."

„Es tut mir leid, Fanny, daß ich nicht zur Trauerfeier kommen konnte, aber du weißt ja, warum."

„Du warst in Australien. Hast du Erfolg gehabt?"

„Ich habe ein nettes kleines Geschäft eingefädelt, von dem ich dir bei passenderer Gelegenheit erzählen werde."

„Was macht die Familie?"

„Wird größer und immer kostspieliger. Thérèse sagt, sie fühlt sich wie hundert, aber sie sieht nicht so aus." Sein Lachen war energiegeladen und ließ tiefe Bewunderung erkennen. „Sie ist eine wunderschöne Frau."

„Glaubst du, daß sie mir ihr Geheimnis verrät, wenn ich ganz lieb zu ihr bin?"

„Das Geheimnis bin ich, das Leben mit mir. Wir gehen für ein paar Jahre nach Rom. Habe ich dir das schon gesagt?" Ähnlich wie früher die Rothschilds schickten die Villeneuves ihre Familienmitglieder häufig in die weite Weinwelt hinaus, um ihre Geschäftsverbindungen zu konsolidieren.

„Wie schön."

Er räusperte sich. „Ich muß dich nicht fragen, ob dir dein Vater fehlt. Ich möchte dir nur sagen, daß ich ihn sehr vermissen werde. Er war ein guter Freund, und ich habe ihn umso mehr geschätzt, weil er einer älteren Generation angehörte. Man hat nicht viele Freunde wie ihn, und ich bin dankbar für die Mühe, die er sich mit mir gegeben hat."

„Ich bringe übrigens seine Asche morgen nach Fiertino. Ich glaube, daß das sein Wunsch gewesen wäre."

Zu meiner Überraschung billigte Raoul das Vorhaben nicht – und wie die Dinge lagen, hatte nur Raoul, wegen seiner Freundschaft mit meinem Vater, das Recht, meine Entscheidung in Frage zu stellen. „Bist du ganz sicher? Alfredo war in mancher Hinsicht ein großer Romantiker, Fanny, aber sein Leben war in Stanwinton. Vielleicht... Aber du hast recht. Es wird dir Zeit geben. Und nimm dir auch einen Moment für die Weine. Ich würde gerne deine Meinung über die hervorragenden toskanischen hören." Er hielt inne. „Ich würde gerne mit dir über die Firma reden. Rufst du mich an, wenn du dich besser fühlst?"

Ich versprach es.

Der Klempner rief, und ich ging nach oben, auf das Schlimmste gefaßt, doch es war nichts weiter, immerhin ließ er es sich fürstlich entlohnen. Ich stellte ihm einen Scheck aus und begleitete ihn zur Tür.

Ich kramte in der Kommode in der Diele nach meinem Reisepaß und stieß auf mehrere abgelaufene Pässe, die unter einer Sammlung von Schals schlummerten, die niemand mehr trug. Ich hatte eine besondere Vorliebe für Chloës alte Pässe, weil ich die Fotos so mochte. Das erste zeigte einen kleinen Fratz mit Zöpfen. Das nächste den halbfertigen Teenager, der finster und schmollend in die Kamera blickte. Das neueste Exemplar hatte Chloë natürlich mitgenommen.

„Wenn du dich als wahre Freundin erweisen willst", flehte ich Elaine an, die für den Tag hergekommen war, um mir über meinen Vater hinwegzuhelfen (Elaine hatte es verstanden, als ich sagte, daß ich durch den Tod meines Vaters nicht mehr hinten, sondern in vorderster Linie stand), „dann hilf mir, Chloës Zimmer aufzuräumen. Bitte. Ich konnte es einfach nicht, nachdem sie weg war."

Nach dem Mittagessen gingen wir nach oben. Da ein Stoß abgelegter Klamotten den freien Zugang behinderte, warf ich die ganze Ladung in den Flur. Elaine inspizierte das Schlachtfeld. „Das kenne ich", sagte sie. „Eine Müllkippe, vermutlich radioaktiv verseucht. Kann Malika das nicht machen?"

„Schon, aber sie würde frühestens in einem Jahr wieder zum Vorschein kommen."

Elaine griff nach einer der Barbie-Puppen, die in den Barbie-Genpool auf einem Regal gewandert war, wo Chloë die Dinge aus ihrer Kindheit deponierte, von denen sie sich nicht trennen konnte. Diese Barbie hatte lange blonde Haare, kegelförmige Brüste, eine Wespentaille und nichts an. Elaine bog ihr das eine Bein senkrecht hoch. „Das konnte ich früher auch mal", sagte sie wehmütig.

Ich lachte. „Chloë hegte große Hoffnungen in puncto Barbies, aber sie wurden enttäuscht. Sie hat es nie verwunden, daß die Beine sich einfach nicht zu Ballettpositionen biegen lassen."

Elaine lehnte sich an den Fensterrahmen und sah hinaus auf den sonnenbeschienenen Rasen und das Randbeet, in dem einige opportunistische Rittersporne ihre Dolden hochreckten. „Ich bin fast zweiundvierzig", sagte sie leise, „und ich frage mich immer wieder: ‚War das alles? Ist das... so wie ich jetzt bin, ist das *alles*, was mich im Leben erwartet?'"

„Alles" ist ein großes Wort, und ein hinterhältiges. Seit der Liz-Geschichte hütete ich mich davor. Was erwarteten Elaine oder ich oder Will von „alles"? Ich weiß es nicht. „Alles" kann schöne, lustige und alberne Erinnerungen bedeuten, säuberlich nebeneinander angeordnet wie Mosaiksteinchen, die ein Bild ergeben, das sehr viel mehr ist als die Summe seiner Teile. Wie kostbar sie sind, diese Erinnerungen. Chloë, die in ihrem Bettchen singt. Chloë, die beim Schulfest den Eierlauf gewinnt. Mein Vater, der prüfend ein Glas Wein ans Licht hält und fragt: „Was hältst du von dem, Francesca?" Will, der mit dem Kopf auf meinem Schoß daliegt, zufrieden und schläfrig...

Ich drückte einen Kuß auf den Fratz im frühesten Reisepaß und verstaute ihn unter einem dunkelblauen, mit roten Kirschen gemusterten Schal, den Chloë einst heiß und innig geliebt hatte, und zog meinen eigenen Paß heraus.

Eine Bewegung ließ mich mit dem Paß in der Hand herumfahren. Es war Meg. „Fanny? Fanny, ich habe mir etwas überlegt. Kann ich mitkommen? Ich brauche Urlaub. Ich hätte nichts dagegen, das Dorf zu sehen, von dem du und dein Vater so oft gesprochen habt. Dieses ganz *besondere* Dorf."

Ich überprüfte, ob mein Paß noch gültig war, ohne genau hinzusehen. „Offen gesagt, Meg, das möchte ich nicht."

„Ich falle dir bestimmt nicht zur Last."

„Nein", sagte ich, mit einer Spur von Panik.

„Ich halte es aber für eine gute Idee."

Ich steckte meinen Paß ein. „Nein", sagte ich. „Ich will allein fahren."

„Dann ist ja alles klar." Sie zog an einem Finger, bis das Gelenk knackte. Ihre Augen wurden schmal und finster.

Zu meiner Verblüffung tauchte Will am Flughafen auf. „Ich fand, wir hatten uns noch nicht richtig verabschiedet."

Schwach vor Erleichterung, daß ich es so weit geschafft hatte, lehnte ich mich an ihn. „Das ist bestimmt das erste Mal."

„Ich mache blau, und mein Privatsekretär ist alles andere als entzückt."

Er wirkte warm, fest und, trotz allem, zuverlässig. Die Unsicherheit war wie weggeblasen, und er war Herr der Lage. Hier stand die Verkörperung des erfolgreichen Politikers, der zum Flughafen gekommen war, um seiner Gattin Lebewohl zu sagen; der tadellose Schnitt des Anzugs symbolisierte die Fusion zwischen seiner Tatkraft und seinen Errungenschaften. Es war Will in seiner attraktivsten Form, und ich konnte ihr nie widerstehen.

„Sei vorsichtig bei der Zweitwagensteuer, hörst du? Du darfst nicht die Geduld verlieren und Murks machen", sagte ich und fügte dann hinzu: „Wenn du sie wirklich willst. Wenn du wirklich noch an sie glaubst."

„Das tue ich." Sein Blick heftete sich auf die Buchhandlung hinter mir. „Warum gehst du, Fanny? Ganz ehrlich."

„Mein Vater... Ich brauche etwas Abstand. Ich muß einfach mal raus."

Er runzelte die Stirn. „Tja, wenn das *so* ist", sagte er.

Eine Familie, die zwei Gepäckwagen mit Koffern schob, die in Plastikhüllen steckten, schoß an uns vorbei. Will trat einen Schritt zurück. Ich verfolgte, wie er sich mental von mir und dem, was in mir vorgehen mochte, löste. Das war seine Überlebenstaktik. Das Handy schrillte in seiner Hosentasche, und sichtlich erleichtert stürzte er sich darauf. „Entschuldige, Schatz."

Ich nahm mein Handgepäck. Darin befand sich, in Schaumstoff, Klebeband und einen Pullover meines Vaters eingewickelt, die Urne mit der Asche. „Tschüs", formte ich mit den Lippen und ging zum Gate.

„Fanny!", rief er scharf. „*Fanny!*" Er schaltete das Handy aus und packte meinen Arm. „Geh nicht. Geh nicht ohne mich. Warte, bis ich mitkommen kann."

„Nein", sagte ich, von panischer Angst erfaßt, daß ich mich überreden lassen könnte dazubleiben, und mit schlechtem Gewissen, weil ich das nicht wollte. „Bitte... laß mich los."

Und ich schüttelte ihn ab und ergriff in einer Art und Weise, die ihn sichtlich bestürzte, die Flucht.

♦

Ich war zu müde, um im Flugzeug zu lesen, und während des ersten Teils der Reise döste ich und schreckte aus einem Traum auf, in dem nasses Gras und grauer Lehm an meinen Schuhen klebten. Ich watete in einen Fluß aus toten Blättern und rang nach Luft, als ich darin unterging. Etwas später fand ich mich in einen weißen Nebel gehüllt, dessen Kälte mir bis in die Knochen drang. In diesem Traum schrie ich nach Sonne.

Ich erwachte, und als die mediterrane Küste, bunt gefärbt und gesäumt von einem leuchtend blauen Meer, in Sicht kam, atmete ich vor Erleichterung tief ein. Die Stewardess stellte mir ein Tablett mit Essen hin. „Guten Appetit", sagte sie.

Ich inspizierte den Plastikklops, ein mit dubiosem kalten Braten belegtes Brötchen, trank den Orangensaft und ertappte mich dabei, daß ich an Caro dachte. Ihre letzten Worte an mich – ihr Hochzeitsgeschenk, das damals so brutal und verletzend gewesen war – machten, dank eigener Erfahrung, jetzt mehr Sinn. Mit den Fingernägeln, deren schrilles Quietschen sie zusammenzucken ließ, hatte Caro versucht, meinen Vater auf der Wandtafel auszulöschen, um von vorn anzufangen.

Ich hätte Will erklären können, was ich empfand. Ich hätte sagen können: „Als ich dich geheiratet habe und von den stürmischen Gefühlen der ersten Leidenschaft mitgerissen wurde, von der liebenden Vereinigung, war das Geschlecht (von den naheliegenden körperlichen Aspekten abgesehen) irrelevant. Zwei Seelen hatten sich gefunden. Aber nachdem die Ehe geschlossen, die Pflichten zugewiesen waren, da war es auf einmal sehr wohl von Belang, welches Geschlecht ich hatte."

Wichtiger noch war, daß Will, als er Liz in unser Bett holte, mich gelehrt hatte, daß eine Ehefrau zu sein etwas völlig anderes ist, als eine Frau zu sein.

Ich sah aus dem Flugzeugfenster hinunter auf das Grün und Braun der italienischen Halbinsel. Von diesem Teil meines Lebens wollte ich mir eine Ruhepause gönnen.

Als das Flugzeug mit dem Landeanflug begann, dankte ich im stillen meinem Vater.

„Fanny... *Fanny*!" Um wiedergutzumachen, daß sie nicht zur Trauerfeier gekommen war, hatte Benedetta darauf bestanden, mit dem Zug nach Rom zu fahren, um mich abzuholen. Sie stürmte mit vollen Segeln durch die Grüppchen, die vor der Absperrung warteten, und umarmte mich. Ich wurde von einer Mischung aus drallen Armen, Schweiß, Hitze und einem Beiklang von Knoblauch umfangen – und fühlte mich zurückversetzt in das Kind mit Zöpfen, das gegen die Kälte in eine dicke Daunenjacke eingemummt wurde.

Wir mußten lange am Schalter der Mietwagenfirma anstehen. „Laß dich anschauen", sagte sie gebieterisch und betrachtete mich lange und prüfend, legte die Hand auf meinen Arm, berührte meine Schulter, streichelte meine Wange. Es waren behutsame Gesten, liebevoll und, genau wie guter Hustensaft, beruhigend und süß.

Ihr Englisch war schlechter geworden. Mein Italienisch ebenfalls, aber die wichtigsten Fragen waren bald beantwortet. Ihre Arthritis war schlimmer, ihr Sohn schrieb nie aus Mailand, wo er jetzt lebte, ein Großteil der Hänge um Fiertino herum – die frei und unbebaut gewesen waren – waren von Städtern für Sommerwohnsitze parzelliert worden, und man wußte nie, wer einem im Tal über den Weg laufen würde. Aber ich sollte mir keine Sorge machen – sie griff nach meiner Hand: Das Haus, in dem ich wohnen würde, sei nicht neu, sie kenne ja die merkwürdige Vorliebe für alte Sachen, die mein Vater und ich teilten. Sie selbst fühle sich in ihrem modernen Bungalow sehr wohl.

Auf der Fahrt aus Rom hinaus, vorbei an staubigen Oleanderbüschen und Feldern mit Tomaten und Zucchini aus Massenproduktion, schwatzte Benedetta munter drauflos. Die Casa Rosa war von einem Ehepaar *inglese* gekauft worden, das, als es das Geld nicht aufbringen konnte, um das Haus anständig zu renovieren, sich wieder nach England abgesetzt hatte. Nun stand es leer, abgesehen von der einen oder anderen Vermietung während des Sommers. Nicht, daß die Maklerin ihr Geschäft verstanden hätte – „*Santa Patata*, das Weib hat kein Gehirn im Kopf". Da mir der ungewohnte Verkehr zu schaffen machte, hörte ich nur mit halbem Ohr hin.

Zwei Stunden später wies mich Benedetta an, nach rechts in ein Tal abzubiegen, das von Norden nach Süden verlief, und wir fuhren zwischen Kornfeldern und Weinbergen hindurch. Sie waren klein und gepflegt, gehegte Flächen mit Mais und Trauben. Dennoch fiel auf, daß die Maschinen, die hier benutzt wurden, hochmodern und teuer waren.

Olivenbäume schimmerten silberweiß in der Hitze. Die Straße schlängelte sich durch das Tal, und die *crete senesi*, die ausgefurchten Kuppen der Hügel dahinter, waren staubig braun – „altes Leder, das gute Dienste geleistet hat", sagte mein Vater -, und der Fluß, der sich durch das Tal ergoß, war ein gewundenes Band aus glattgeschliffenen, sengenden Steinen.

Der Schalthebel war glitschig unter meiner Hand. Ich hüstelte, und Benedetta gluckste. „Du bist traurig wegen Alfredos Tod. Das ist nicht anders zu erwarten."

Ich sah sie an und lächelte. „Wahrscheinlich. Es war ein schwerer Schlag."

„Es ist das Beste für ihn", sagte sie und tätschelte meinen Schenkel. „Fahr langsamer, Fanny. Wir kommen nach Fiertino."

Da sich mein Magen ohnehin vor Nervosität zusammenzog und ich Angst hatte, Fiertino könnte nicht so sein, wie ich es mir all die Jahre vorgestellt hatte, gehorchte ich.

Und... ja, da war die Kirche, und die Piazza, umgeben von staubigen Platanen, und das Gewirr der Gassen und Straßen, die strahlenförmig vom Zentrum ausgingen.

Und... nein. Das Fiertino der Kindheit meines Vaters hatte mit Sicherheit keinen Verkehr gekannt, weder schreiende Reklametafeln noch die gedrungenen, modernen Wohnbauten, die die elegante Steinarchitektur des alten Ortskerns einschnürten.

Aber egal.

Wir fuhren an der Kirche vorbei und um die Piazza, und Benedetta ließ ihren Redefluß nicht versiegen. Die Maurer hatten die *inglesi* betrogen – das hätte ihnen jeder vorher sagen können: Die neue Wand, die sie einzogen, bekam Risse und stürzte ein, und die meisten Pflanzen im Garten verdorrten in einem außergewöhnlich heißen Sommer. Ihren größten Zorn erregte jedoch der sträfliche Leichtsinn, daß die beiden es versäumt hatten, die Einheimischen um Hilfe zu bitten. „Die sind einfach davongelaufen, und jetzt muß das Haus darunter leiden."

Die Casa Rosa lag abseits der Straße, etwa vierhundert Meter außerhalb und nördlich von Fiertino. Ein staubiger Weg führte steil bergan, und ich mußte mich so auf die Schlaglöcher und Furchen konzentrieren, daß ich den ersten Blick auf das Haus verpaßte. Das bedauerte ich, denn sonst hätte ich schon einige Sekunden früher gewußt, was ich sofort wußte, als ich ausstieg und auf die Haustür zuging.

Die Casa Rosa war ein zweistöckiger Bau mit glatter Fassade, gestrichen in einem Rosaorange-Ton, der durch Wind und Wetter zu zarten, subtilen Streifen verblaßt war. Nichts Großartiges, nichts Besonderes – nur daß dieses Haus mich in einer Art und Weise ansprach, daß mir der Atem stockte. Es sagte: *Ich sollte dir gehören.*

Okay, dachte ich. Das wäre also geklärt. Es ist zwar ein bißchen umständlich, da ich woanders lebe, aber das wäre schon mal geklärt.

Das Erdgeschoß hatte längliche Fenster mit Läden und das Stockwerk darüber ähnliche, nur kleiner. Dem Ziegeldach hatten Wind und Wetter ebenso subtil zugesetzt wie dem Verputz, und beide befanden sich in vergleichbar schlechtem Zustand. Das Mauerwerk wies häßliche Löcher auf, verräterische Anzeichen von Feuchtigkeit und fehlenden Ziegeln, und aus den Backsteinen am Kamin wuchs Unkraut. Selbst der wohlwollendste Betrachter konnte den ungepflegten, unfertigen Eindruck, das Gefühl von Hoffnungslosigkeit und Vernachlässigung nicht übersehen.

Benedetta zuckte die Schultern. „Man braucht *la passione*, um es richtig zu machen."

Ich hielt die Hand vor die Augen und zählte die Fenster. Das schien mir das Richtige zu sein, das, was ich als erstes *richtig* machen mußte.

Die Haustür bedurfte einiger Überredung, ehe sie nachgab. „*Santa Patata*", sagte Bendetta, „ein Schweinestall!"

Als wir hineingingen, scheuchten wir Spinnen und anderes Getier auf, vom Staub nicht zu reden. Benedetta schnalzte mißbilligend mit der Zunge. „Sehr schlimm. Aber keine Sorge. Ich komme und putze."

„Nein, das tust du nicht." Ich legte den Arm um ihre Schultern. Ich klang besitzergreifend. „*Ich* mache das."

„Unzumutbar", sagte Benedetta kategorisch, als wir die Küche inspizierten.

„Ganz und gar nicht", widersprach ich ihr. Der Herd war zwar uralt und abgenutzt, aber immerhin sauber; die Wasserhähne waren zwar verkalkt, aber immerhin war das Spülbekken zu gebrauchen. Auf einem Bord war Geschirr aufgestapelt, und neben dem Herd lag eine Schachtel mit Streichhölzern; die abgebrannten füllten eine Untertasse daneben. In einer Chiantiflasche steckte eine Kerze, deren Wachs auf den Holztisch getropft war.

Oben lagen drei Schlafzimmer und ein Badezimmer, das aus kaum mehr als einem Waschbecken und einem Abfluß im Fußboden bestand. Das Elternschlafzimmer befand sich in annehmbarem Zustand, und das Bett stand so, daß der darin Liegende in den vollen Genuß der Aussicht kam, die über ganz Fiertino bis zur anderen Seite des Tales reichte.

Mein Blick erfaßte die Leuchtkraft des strahlend blauen Himmels, die sanften Rundungen der Berge, die in Purpurrot und Braun getaucht waren, das idyllische Graugrün der Olivenblätter und, im Westen, die Reben, die sich in parallelen Reihen den Hang hinaufzogen, und mir stockte der Atem.

Benedetta faßte den Zustand des Hauses als persönliche Beleidigung auf und entschuldigte sich unter Tränen.

Ich schleppte meinen Koffer ins Elternschlafzimmer und stellte mein Handgepäck vorsichtig auf dem Bett ab. „Benedetta..." Ich zog die Urne hervor und packte sie aus. „Du mußt mir helfen, den richtigen Platz für meinen Vater zu finden."

„Ach..." Sie berührte den Deckel. „Alfredo. Ja, wir müssen gut nachdenken. Das ist wichtig." Ihre Finger blieben auf der Urne liegen. „Vielleicht weiß der Pfarrer... Ich glaube, Alfredo wäre gern draußen auf der Höhe."

„Vielleicht", sagte ich, „aber ich muß mich sorgfältig umsehen. Ich will es richtig machen."

Benedetta lachte dröhnend. „Dein Vater war ein wunderbarer Mann."

Kapitel 16

Du Ärmste", sagte Meg.

Ich hatte angerufen, um zu sagen, daß ich gut angekommen war, und einige Details über den Zustand des Hauses eingeworfen. Es bestand kein Grund, Meg zu erklären, daß der Zustand des Hauses der springende Punkt war. Seine Vernachlässigung und die Ahnung einer Erlösung paßten zu meiner Gemütslage. Kein Grund, Meg zu sagen, daß die Casa Rosa der ideale äußere Rahmen für die merkwürdige innere Landschaft war, in der ich mich befand.

Jedenfalls gibt es nichts Schöneres als auszureißen. Also null Punkte für Beharrlichkeit. Also *kein* treuer Paladin. Aber das war mir egal. Ich warf mich in einem fremden Bett hin und her und war dennoch rundum glücklich und zufrieden. Später weckte mich ein hartes, unenglisches Licht, das kurz nach Tagesanbruch durch das offene Fenster einfiel, und ich sagte laut in die kühle Luft: „*Ja.*"

„Chloë hat angerufen", teilte mir Meg schließlich mit. „Sie hatte vergessen, daß du dich abgesetzt hast. Wir haben lange geredet, und es geht ihr gut. Sacha hat ebenfalls lange mit ihr telefoniert. Er spielt sogar mit dem Gedanken, sich ihr einige Zeit anzuschließen." Als ich den Köder nicht schluckte, stieß sie mit dem Stilett zu, wie nur sie es konnte. „Im übrigen, Fanny, war es *wirklich* nicht nötig, die Flaschen mit den Weinresten von deinem Mittagessen mit Elaine zu verstecken. Das zeigt mal wieder, daß du mir nicht die Bohne traust."

Der weinende Eros mochte mich verleitet haben, eine Stadt zu bauen, aber was Meg betraf, hatte ich den Verdacht, daß ich nie über das Ausheben der Fundamente hinausgekommen war. Ich blickte auf. Durch die Wohnzimmertür fluteten Licht und Sonne auf den Boden des Flurs, und ich dachte, ich bin hier und Meg ist weit weg.

„Dann viel Spaß, Fanny", sagte sie in der Absicht, mir Gewissensbisse zu verursachen.

Ich hielt den Blick auf die Sonne und das Licht geheftet.

Das Telefon befand sich in einer Nische neben der Haustür, inmitten einer Zuhörerschaft aus toten Insekten. Ich wischte sie auf den Boden und rief Will an. Anfänglich war unser Gespräch gezwungen und mühsam. Will war durch die Art und Weise verletzt, wie ich ihn abgewimmelt hatte, und das tat mir leid – aber nicht leid genug, um zu lügen. „Es ist wunderschön hier", sagte ich zu ihm, versäumte es jedoch, hinzuzufügen: „Schade, daß du nicht da bist."

„Das hatte ich befürchtet." Er klang zerstreut und ungewohnt bedrückt. „Fanny, man hat mich eingeladen, in *Newsnight* über zukünftige Vorhaben zu sprechen. Ich bin hin und her gerissen. Was meinst du?"

„Irgendwelche Fortschritte?"

„Es knirscht im Getriebe. Die Automobil-Lobby läuft Amok. Das heißt also, daß ich erledigt bin, wenn ich in der Sendung auftrete, und erledigt bin, wenn ich es nicht tue."

Wir ließen uns das einige Sekunden durch den Kopf gehen.

„Die Gewichte haben sich verschoben, was vorkommt. Ich habe das furchtbare Gefühl, daß sich... die Waage neigt."

Mein Körper war bis hinunter in die lackierten Zehenspitzen von Wärme durchdrungen, und Wills mißliche Lage vermochte mich nicht zu berühren. Ich war wie verrückt von dem ungewohnten Gefühl, auf Abstand gegangen zu sein. Sollte ich wahrheitsgemäß sagen: „Will, ich lege mein Mandat nieder" und offen zugeben, wie heftig und belastend meine Abneigung gegen die Schliche und Tricks, die Täuschungsmanöver und die Winkelzüge war, gegen die ganze Zwangsjacke der Politik, in die Will und ich gesteckt worden waren?

„Sei ehrlich“, flehte Will. „Sag mir, was ich deiner Meinung nach tun soll.“

Ich griff auf die übliche Taktik zurück. „Was ist aus dem Mann geworden, der gesagt hat, daß ein Projekt erstritten werden muß, weil das bedeutet, daß es auf Herz und Nieren geprüft wurde?“

„Vielleicht bin ich müde. Vielleicht habe ich genug.“

Ich ließ mich nicht täuschen. Wills Zweifel und Ängste mochten schlimm sein, aber er hatte nicht aufgegeben. Er war noch immer mit von der Partie, noch immer hinter der Beute her. „Geh nicht in die Sendung“, sagte ich. „Du kommst sonst in Teufels Küche.“

„Du hältst das für das beste?“

„Ja“, sagte ich – schuldbewußt, denn mir war egal, was er tat.

Da ich versäumt hatte, die Fensterläden zu schließen, drang die Sonne ungehindert ins Haus ein, warf einen Strahlenkranz in die Ecke, einen hübschen Halbmond auf die unterste Stufe, einen diffusen, wie gemalten Anstrich auf das obere Treppenende. Benommen und geblendet von ihrer Leuchtkraft und Ungewohntheit, beeilte ich mich, die Läden zu schließen, und augenblicklich wurde das Innere in Dämmerlicht getaucht.

Die Außenwände der Casa Rosa waren aus dickem Stein gebaut. Ein herrlich kühler Flur, von dem die Zimmer abgingen, zog sich von der Vorderseite bis zur Rückseite. Ich streifte meine Sandalen ab und tappte, feuchte Abdrücke auf dem *cotto* hinterlassend, in das langgestreckte Wohnzimmer, wo ich überzeugt war, schwache Spuren von Kräutern und Sandelholz zu riechen. Von den Fenstern schweifte der Blick über das ganze Tal bis zu der Hügelkette im Hintergrund.

Das Sonnenlicht brach sich in verschiedenen Farben und unterschiedlicher Stärke an den Wänden und ergoß sich über den Boden. Rechts und links des offenen Kamins standen zwei ausgebleichte und scheußliche Sessel. Zweifellos hatte hier das verarmte englische Ehepaar gesessen und über seine Pläne nachgegrübelt – *Laß uns da die Wand rausnehmen, dort neu verputzen, können wir uns Zentralheizung leisten?* Mir taten die beiden leid – tatsächlich tat mir jeder leid, der nicht das Glück hatte, in diesem Haus, in diesem Land zu sein.

Im Kamin lagen Asche und Zigarettenkippen, und auf dem Bord darüber stand ein Marmeladenglas mit einem Arrangement aus getrockneten Blumen. Ich berührte eine, und spröde Blätter fielen auf den Boden. Ich nahm das Glas, tappte hinaus zur Mülltonne und warf es hinein. Dann suchte ich nach Kehrschaufel und Besen, die ich hinten im Küchenschrank fand, und fegte die Asche und die Kippen zusammen.

Die geweißten Wände der Küche waren verschmutzt und an manchen Stellen bis auf die ursprüngliche Kalktünche abgescheuert. Die Deckenbalken waren mit einer Fettschicht überzogen und schwarz geworden. Bündel getrockneter Kräuter hingen daran – kleine Opfergaben an den Küchengott.

Ich stieg auf einen Stuhl und nahm sie ab, was die Küche nackt wirken ließ. Mit verschränkten Armen trat ich einen Schritt zurück und machte Bestandsaufnahme. Wie war es möglich, daß ich, nachdem ich allem entflohen war, was ich verabscheute, nun keinen heißeren Wunsch verspürte, als mir eimerweise Farbe und eine Ladung scharfer Putzmittel zu besorgen? Byron schrieb einmal: „Seufzend gewann ich meine Freiheit zurück", was ich immer für Unsinn gehalten hatte. Doch wenn das hier *meine* Küche wäre, würde ich sie zärtlich lieben. Ich würde sie in Weiß und Gelb strahlen lassen, und der Tisch würde schimmern, geschrubbt und jungfräulich unter den frischen Kräutern, die ich an die Balken hängen würde, und auf sauberen Borden würden blaue und weiße Teller stehen.

An kalten Abenden wäre sie bestimmt *der* Ort, um Benedettas Pilzrisotto zu machen und ihn mit Butter und Parmesan perfekt abzurunden. An heißen Abenden, wenn die Sonne hinter dem Horizont versunken war und die Luft vom schweren Duft der Kräuter und Pflanzen vibrierte, wäre es ratsam und erfrischend, gegrilltes Huhn mit Zitrone, garniert mit frischem Basilikum, zuzubereiten und es draußen auf der Loggia zu essen. Und ich wußte auch, wo Mrs. Scotts Deckchen mit den Glasperlen gute Dienste leisten würde: auf einem Krug frischgemachter Limonade.

Oben würde ich die Betten mit alten, dicken Leintüchern beziehen, die Fußbodendielen mit Bienenwachs zum Glänzen bringen und Lavendelsäckchen in die Schränke legen – so wie die Frauen es getan hatten, die hier lebten, als die Casa Rosa bessere Zeiten kannte und eine Familie beherbergte.

Im Frühling hatten sie zweifellos die Fensterläden weit aufgestoßen und im Gemüsegarten hinter dem Schuppen Mangold, Spinat und Kartoffeln gepflanzt. An kalten Tagen wärmte ein Feuer das Zimmer mit den großen Fenstern, aber ich wage zu behaupten, daß sich die Familie bestimmt ganz unsentimental nach Zentralheizung gesehnt hatte.

Ich würde jeden Raum in der Casa Rosa schrubben und auf Hochglanz bringen. Jeder würde einen besonderen Schatz enthalten – Bücher, einen Tisch, ein Bild. Jeder würde seinen eigenen Geruch, seine eigene Funktion haben. Jeder hatte sein Fenster, das hinunter auf die Landschaft blickte, deren intime Details erst allmählich enthüllt würden.

Die Loggia zog sich über die gesamte Rückseite des Hauses, und eine Kolonnade aus Holz sorgte für Schatten, so daß man den ganzen Tag dort sitzen konnte. Ich trug einen Stuhl hinaus und nahm Platz. Der Blick ging in die entgegengesetzte Richtung des Dorfes, und abgesehen von einem großen Betonbau, dem Olivenlager, an der Biegung des Tales und der Straße, die über den hintersten Hügel verschwand, bot sich eine ungehinderte Aussicht.

Mein Rücken und die Unterseite meiner Schenkel waren schweißgebadet. Eine Ameise lief über meine große Zehe. Die Hitze flimmerte über der Straße, über den Reben, über dem Hügel. Ich fühlte, wie die Wärme bis in meine Knochen drang, durch meine Adern strömte, mich ganz und gar erfüllte. Ich hob einen Finger und tippte an die Armlehne des Stuhls und sagte mir, daß das die einzige Bewegung war, die ich zu machen brauchte.

Schluß damit, vernünftig und organisiert zu sein, Schluß damit, mein Leben nach praktischen Gesichtspunkten auszurichten. Schluß mit dem braunledernen Terminkalender, den Listen, den vorgekochten Mahlzeiten, die im Gefrierschrank lagerten, der Handvoll desinfizierter Gesprächsthemen, die mir bei offiziellen Anlässen zur Verfügung standen. Wer war ich jetzt, wer war diese junge... na schön, nicht mehr *ganz* so junge Frau, die leicht nach Schweiß roch? Frisch entschlüpft der stumpfen Haut, die sich um mich gelegt hatte, noch immer traurig – mein Vater hätte hier sein sollen -, aber auch beseelt von einer ungewohnten und unersättlichen Neugier und Ungeduld.

Benedettas Bungalow quetschte sich zusammen mit zehn weiteren an den Hang oberhalb der Brücke im südlichen Teil von Fiertino. Er hatte keinen Garten, nur eine Art kleinen Hinterhof, der nichts weiter enthielt als eine Reihe Tomaten, die an Bambusstöcken gezogen wurden, zwei Olivenbäume und einen Plastik-Öltank. Die Häuser waren, wie Benedetta sagte, auf dem Gelände der alten Schule gebaut worden, die, wie so vieles im Tal, durch die Bombardierung im Zweiten Weltkrieg zerstört worden war, als die Alliierten die Deutschen nach Norden trieben.

Sie machte mich mit der Schwester ihres verstorbenen Mannes bekannt, einer korpulenten Frau, die einiges älter war als sie, falsche Zähne und fast purpurrot gefärbte Haare hatte. Ihr Bruder Silvio stellte sich ebenfalls ein und saß da und beobachtete mich unablässig mit seinem bohrenden Blick, aber es war unmöglich, Anstoß daran zu nehmen.

Signora Bertos Dialekt war schwer zu verstehen, und ich hatte Mühe, ihr zu folgen. Aber ich glaube, sie sagte: „Deine

Großmutter war eine schöne Frau. Und eine mutige dazu. Sie arbeitete auf dem Feld, sogar wenn geschossen wurde, um die Ernte einzubringen, als sonst keiner da war."

„Das hat meine Großmutter getan? Davon hat mein Vater nie etwas erwähnt."

„Er war noch ein kleiner Junge. Er konnte nicht alles wissen. Wir waren darauf bedacht, manches vor den Kindern geheimzuhalten."

Meine Großmutter. Die Minen ausweicht, Ochsen antreibt, in Deckung geht, wenn das Artilleriefeuer zu heftig wurde. *Tengo famiglia*, murmelte ich im stillen dem Schatten meines Vaters zu – was ebensoviel mit dem Bewahren des Andenkens zu tun hatte wie mit sonst etwas.

Die Küche war winzig – der Architekt hatte die Anweisung, platzsparend zu bauen, befolgt – und vollgestopft mit Heiligenbildern, Kirchenblättchen, Zeitungen und Tellern, auf denen sich Tomaten stapelten, deren Haut aufgrund von Schildlausbefall schon hart wurde und aufplatzte. Ein Tisch mit Resopalplatte nahm den meisten Raum ein, aber wir zwängten uns um ihn und aßen Benedettas berühmte *spaghetti con verdura* und Kalbsschnitzel, die mit Salbei in Butter gebraten waren.

Das Tal veränderte sich, wie sie mir sagten. Zum einen war mit Oliven jetzt das große Geschäft zu machen, und jeder beeilte sich, Subventionen zu beantragen. Zum anderen waren die Engländer eingefallen, die sich die älteren, pittoreskeren Häuser unter den Nagel rissen. „Egal", sagte Silvio, dessen Sohn mit dem Umbau eines großen Hauses an der Straße Richtung Rom beschäftigt war. „Die Engländer haben die Probleme und bezahlen die Rechnungen. Und wir haben Arbeit."

Ich sagte ihnen, daß ich am frühen Morgen eine Wanderung durch die Hügel machen wollte. Signora Berto schien das zu beunruhigen. „Zieh dich aber ja warm an", sagte sie. „Sonst erkältest du dich."

Die Temperatur in der Küche muß mindestens sechsundzwanzig Grad Celsius betragen haben. Ich versuchte, Benedettas Blick zu erhaschen, doch sie stimmte ihrer Schwägerin zu. „Du kannst dir mein Umhängetuch borgen." Sie tätschelte meinen Arm. „Morgen wirst du mich herumfahren, und ich werde dir alles zeigen."

Benedetta hielt Wort. Ohne Punkt und Komma redend, lotste sie mich durch das Dorf. Ich bekam die Kirche gezeigt, die Piazza mit den Kolonnaden und dem Brunnen, und den alten Steinblock mit dem Eisenring, wo die fahrenden Händler früher ihre Lasttiere angebunden hatten. Benedetta machte mich mit dem Laden bekannt, der Rosenkränze und Gebetbücher verkaufte, dem Mini-Supermarkt, der sich im Erdgeschoß des Glockenturms befand und das örtliche Olivenöl, Knoblauchpesto in Tuben, getrocknete Tomaten und uralte Baci-Pralinen führte, und dem Feinkostgeschäft, das eingelegte Artischockenherzen und eine Mortadella von der Größe einer Fleischplatte verkaufte.

Danach fuhren wir im strahlenden, heißen Sonnenschein durch das Tal. „Da", sagte Benedetta schließlich, als ich den Wagen vorsichtig durch eine Kastanienallee steuerte. „Das ist die *fattoria*, wo früher die Familie deines Vaters gelebt hat."

„Ach", sagte ich, denn mehr brachte ich nicht heraus.

Die Hitze drosch auf mich ein, als ich ausstieg. „Die *fattoria* war alt, sehr alt", hatte mir mein Vater erzählt, „und die Ziegelsteine hatten den wärmsten Farbton, den du dir vorstellen kannst. Um das Haus herum lag ein Garten mit einer Statue und einem Buchsbaum-Irrgarten. Für mich war sie der schönste Ort der Welt."

Und das sollte dieses schlecht proportionierte, armselige Gebäude sein, wo schmuddelige schmale Stores aus den Fenstern hingen, ohne Garten und mit Außengebäuden, die wie das Haus aus Fertigteilen errichtet waren?

„Hat dir dein Vater nicht gesagt, daß das alte Haus im Krieg zerstört wurde?"

„Nein."

Ich ging um das Haus herum. Die Sonne rötete die Haut auf meinen Armen, während ich die primitive, lieblose Bauweise betrachtete. Das war nicht der Stammsitz der Battistas, sondern ein Ersatz, nachdem der Krieg das Schlimmste angerichtet hatte. Das war noch das Beste, was sich dazu sagen ließ – zu diesem Versuch, gute Miene, irgendeine Miene, zu Gewalt und Unordnung zu machen.

Ich machte kehrt, und mein Blick fiel auf die Überreste eines Steinbogens, die in die Betonmauer integriert worden waren. Eine wunderschöne, anmutige Erinnerung an das, was verlorengegangen war.

Benedetta tat ihr möglichstes, um meine Enttäuschung zu mildern. „Die Bombardierung war sehr schlimm."

„Wer lebt jetzt hier?"

„Fremde." Ihr Ton war feindselig. „Sie sind nach dem Krieg aus dem Süden gekommen. Wir kennen sie nicht näher."

„Aber das war vor über fünfzig Jahren, Benedetta." Ich ließ den Motor an und fuhr zurück zum Dorf. Nach einer Weile fragte ich: „Benedetta... glaubst du, daß es möglich wäre, länger in der Casa Rosa zu bleiben?"

Benedettas Gesicht verzog sich zu einem breiten Lächeln. „Aber sicher. Wir rufen gleich an."

Als ich mit Meg über meinen Entschluß sprach, bis zum Ende des Monats in Fiertino zu bleiben, sagte sie ihre Meinung wie üblich frei heraus. „Es sieht dir nicht ähnlich, deinen Posten zu verlassen, Fanny. Will ist ziemlich aufgebracht."

„Dann soll er mich anrufen."

„Das tut er bestimmt. Ich wiederhole nur, was er gesagt hat. Er ist in einer heiklen Lage. Die Presse hat ihn heftig attackiert, weil er es abgelehnt hat, in *Newsnight* aufzutreten. Man hat ihm Feigheit vorgeworfen und ähnliches."

„Armer Will. Das wußte ich nicht. Aber er wird es überleben. Es ist Sauregurkenzeit, und alle Welt ist im Urlaub."

„Ich begreife nicht, was dich so lange da unten hält."

„Ein Haus", gestand ich und genoß die freudige Erregung, die mich ergriff. „Es heißt Casa Rosa."

„Ein Haus? Ich habe noch nie erlebt, daß du dich für ein Haus interessierst. Wenn du *Wein* gesagt hättest, dann hätte ich es verstanden. Was ist denn so besonders toll an diesem Haus?"

„Es hat Räume", hätte ich gern gesagt, „wunderschöne Räume, die alle der Kontemplation, meiner vollen Aufmerksamkeit, ernsthafter, aufmerksamer Betrachtung bedürfen."

Meg beendete das Gespräch mit „Dann werde ich dich wohl vertreten müssen".

Will war nicht glücklich. Er rief an, als ich mich gerade für einen Spaziergang ins Dorf fertigmachte, um auf Benedettas Empfehlung in Angelos Café zu essen.

Ich versuchte ihm zu erklären, daß ich mich in die Casa Rosa verliebt hatte, und – behutsam – darauf hinzuweisen, daß ein bißchen Abstand gut wäre, vielleicht für uns beide.

„Du hast wahrscheinlich recht", räumte er ein, „aber... Fanny... gibt es etwas, was ich nicht weiß, etwas, worüber wir reden sollten?"

„Es tut mir leid. Ich weiß, daß das ungelegen kommt."

„Ich begreife es einfach nicht."

„Versuch es."

„Wieso jetzt? Du kannst doch jederzeit wieder hinfahren."

Ich hatte das Gefühl, als befänden wir uns an entgegengesetzten Enden eines großen Raumes, wo wir einander kaum hören konnten, aber ich hatte nicht vor, mich von der Stelle zu rühren.

„Was ist denn so besonders toll an diesem Haus?"

„Wenn ich zurückkomme, zeige ich dir die Fotos."

„Ich habe mit Mannochie gesprochen. Es gibt da Termine, die du unbedingt wahrnehmen solltest."

„Gibt Mannochie eigentlich nie auf? Frag Meg, ob sie für mich einspringt. Sie macht das bestimmt gern."

Er klang nicht überzeugt. „Das ist keine ideale Lösung."

„Es ist das erste Mal, Will."

Es herrschte unbehagliches Schweigen. „Fanny, verliere ich dich?"

Ich bekam ein schlechtes Gewissen, und das hatte im allgemeinen zur Folge, daß ich wütend wurde. „Will", fauchte ich ins Telefon, „ich habe mich um Chloë gekümmert, dir den Haushalt geführt und... mich mit Meg abgefunden. Ich habe lächelnd endlose Wohltätigkeitsveranstaltungen durchgestanden, Tausende von Abendessen, Damentees, Versammlungen und die verdammten Bürgersprechstunden über mich ergehen lassen. Ich habe meinen Beruf aufgegeben, der mir viel bedeutet hat, ganz zu schweigen von meiner Zeit, meinen Wochenenden und großen Teilen meines Lebens. Alles, worum ich bitte, sind ein paar Wochen dienstfrei. Mein Vater ist gestorben, und ich möchte über ihn nachdenken. Ich *muß* über ihn nachdenken. Ich bin müde und niedergeschlagen. Ich vermisse unsere Tochter." Ich hätte hinzufügen können: *„Ich finde mich nicht mehr zurecht."*

Ich hörte das Klicken des Feuerzeugs. „Ich wußte nicht, daß du das *so* siehst."

„Nun, jetzt weißt du es."

Als ich vierzehn war, nahm der Zahnarzt meine Zahnspange ab. Jahrelang, wie mir schien, war mein Mund voller Metall gewesen, und jeden Tag hatten die scharfen Kanten eine andere Stelle des Zahnfleischs entzündet. Lächeln war eine schmerzhafte Angelegenheit gewesen, und nie vergaß ich auch nur für eine Minute, daß ich häßlich und linkisch war. Der Augenblick der Befreiung von diesen Folterqualen war wie ein Wunder, denn mein Mund war plötzlich federleicht.

Ich legte den Hörer auf und erlebte aufs neue dieses federleichte Gefühl purer Befreiung.

Natürlich war ich traurig, aber die Traurigkeit war mit anderen Dingen verwoben – und Trauer zu empfinden heißt, intensiv zu leben. Ich setzte mich in der Casa Rosa auf die Treppe und stützte das Kinn in die Hände. Wie oft hat man schon Zeit, nach seinem geheimen Ich zu forschen und es ans Tageslicht zu bringen? Es prüfend zu betrachten und, erfreut und anerkennend, festzustellen: Das also bin ich? Das also könnte ich sein? Das also wird aus mir werden?

Ich hatte meine Weinbücher mitgebracht und begann mich weiterzubilden. Ich vertiefte mich in die örtliche Geschichte. Ich las über die Punischen Kriege und die Kastanienwälder, die das Holz für die römischen Galeeren geliefert hatten. Von durchreisenden Päpsten, von Bürgerkriegen und von der Pilgerstraße – der *via francigenia* –, die Fiertino mit ganz Europa verband.

In der Kühle des frühen Morgens wanderte ich über die Hügel, bis ich wußte, daß Benedetta mit dem Frühstück auf mich wartete. Abends schlenderte ich auf der Straße, die noch von der Hitze des Tages pulsierte, und begleitet vom lauten Zirpen der Zikaden ins Dorf, um bei Angelo auf der Piazza zu essen.

Nach und nach erkundete ich den ganzen Ort, tauchte in das lärmende Gewirr der Gassen und Häuser ein, wo Vergangenheit und Gegenwart sich fröhlich Seite an Seite arrangierten. In der Kirche fügten sich moderne Buntglasfenster unbehaglich in die Steinmetzarbeiten aus dem fünfzehnten Jahrhundert ein, und ich ging hinüber zur Nordwand, um mir die Fresken anzusehen, die berühmt und unter Kunsthistorikern nicht ganz unumstritten waren.

Doch wenn ich den leuchtenden, sanften Christus eines Bellini erwartet hatte, oder einen ungeheuer beruhigenden Gott von Masaccio, dann hatte ich mich gründlich getäuscht. Die Gemälde zeigten den irrenden Menschen, der blinden Leidenschaften ausgeliefert ist. In einem großen Kessel wurden ein Reicher und sein Weib gesotten. Ein gestrenger Engel durchbohrte einen sichtlich im Zustand der Lust befindlichen Mann. Im Vordergrund drängten sich nackte, schreiende Frauen. Die Erde war mit den Leichen von Kindern und Säuglingen übersät. Ein zweiter Engel stieß, mit dem Schwert in der Hand, auf einen fliehenden Priester herab. Hinter diesen Szenen der Vergeltung, dieser Landschaft des Schreckens, dehnte sich eine unerbittliche Wüste in die Unendlichkeit aus.

Ein Hinweis an der Wand informierte den Betrachter, daß die Fresken, die während einer Heimsuchung durch die Pest gemalt wurden, „Gottes Mißfallen über des Menschen immerwährenden Zustand der Sünde darstellen".

Also eindeutig kein Gott der Liebe.

Ich ging hinaus in den Sonnenschein, nicht erpicht darauf, sobald wieder herzukommen.

Gierig nahm ich die Formen und Nuancen der Landschaft in mich auf. Es war seltsam, aber es brauchte nur einen eigentümlichen Lichteinfall, einen flüchtigen Blick aus den Augenwinkeln auf ein Gebäude, ein paar Takte eines Liedes, und in meinem Geist ging ein Rolladen hoch... und ich lag in Ember House im Bett, sank tiefer und tiefer in den Schlaf, der mich zum Klang der Stimme meines Vaters übermannte.

In früheren Zeiten, so erzählte mir Benedetta, klopften die Frauen ihre Wäsche auf dem flachen Stein bei der Brücke. Am Antoniustag brachten die Männer Heu in die Kirche und baten die Statue des Heiligen um eine gute Ernte, und die immerblühende toskanische Rose, *le rose di ogni mese*, gedieh überall ungehindert. „Heute ist alles anders", sagte sie. „Wie man sieht."

Droben auf dem Friedhof, umgeben von Zypressen, lagen Generationen der Familie Battista, meiner Familie. Sie hatten Namen wie Giovanni, Maria-Theresa, Carolina, Bruno, und ich trug alle in mein Notizbuch ein.

Die Wochen vergingen.

Eines Morgens ruhte ich mich ein Weilchen auf dem Hang oberhalb der Casa Rosa aus. Die Sonne machte mich schläfrig. Ich schloß die Augen. Von irgendwoher hörte ich meinen Vater. *Es war einmal eine Familie, die lebte in einem großen Bauernhaus.*

Ich schlug die Augen auf. Zum ersten Mal bemerkte ich die Hochspannungsmasten, die sich in einer Reihe über die Felder zogen, sich dann fächerförmig durch das Tal ausbreiteten und in der Ferne verschwanden. Die Hitze flimmerte über dem Haus, verlieh ihm etwas Vibrierendes, Unwirkliches. Ich hatte Angst, daß es, wenn ich die Hand ausstreckte, um es zu berühren, verschwinden würde.

Es versprach wieder, ein glühend heißer Tag zu werden.

Ich zerrieb einen Stengel Thymian zwischen den Fingern, und als ich daran schnupperte, sah ich einen Wagen langsam den Weg herauffahren und vor der Casa Rosa anhalten.

Kapitel 17

Als Chloë geboren wurde, schenkte mir Elaine ihre alten Babysachen. Genug, um am Anfang über die Runden zu kommen, wie sie sagte. Sie waren ein bißchen abgetragen und vom ständigen Waschen steif geworden. Der Saum eines Kleidchens mußte genäht werden, an einer kleinen Latzhose fehlte ein Knopf. Doch mir gefielen diese Beweise ihres Vorlebens. Indem Elaine sie weitergab, hieß sie mich im Pilgerzug der Mütter willkommen. Später verschenkte dann auch ich sie weiter.

Mir kam plötzlich in den Sinn, daß die Vergangenheit es irgendwie schafft, mit der Gegenwart Schritt zu halten. Oder vielmehr, daß sie diese ganz schön fest im Griff hat.

Raoul, der sich vor meiner Tür einfand, stammte definitiv aus der Vergangenheit. Er gab keine näheren Erklärungen ab, sondern sagte nur, daß er und Thérèse in Rom auf Haussuche gewesen waren, daß Thérèse nach Frankreich zurückgefahren war und er geblieben war. „Und da bin ich, Fanny."

Er hatte sich im Laufe der Jahre nur unwesentlich verändert, abgesehen davon, daß er – verständlicherweise – selbstsicherer geworden war; er paßte, wie die Franzosen sagen, in seine Haut. Er hatte schon immer großen Wert auf tadellose Kleidung und ein gepflegtes Äußeres gelegt, aber nie auf Kosten der Dinge, die wirklich zählten.

„Ich freue mich so, dich zu sehen." Ich küßte ihn auf die Wange.

„Ich führe dich zum Mittagessen aus", sagte er. „Wir essen in einem Hotel, das einem Freund von mir gehört."

Wir fuhren nach Norden, Richtung Montepulciano. Raoul sprach sachverständig über die örtlichen Weine, ihre Geschichte und, was noch wichtiger war, ihre Zukunft. Das Hotel war ein bescheidenes Haus, versteckt in dem Dorf Chianciano gelegen. „Laß dich durch die Papiertischdecken nicht täuschen“, sagte Raoul, als wir in einen dichtbesetzten Raum geführt wurden. „Das Lokal ist in der ganzen Gegend bekannt.“

Wir diskutierten angeregt über die Zusammenstellung des Menüs, doch bei der Wahl der Weine gab es keine Debatte. Wir bestellten einen Prosecco zum Rucola-Salat und entschieden uns, ohne zu zögern, für einen rubinroten 1993er Brunello di Montalcino zu unserer Zwiebeltorte. Er war komplex und beinahe makellos. „Das Produkt eines Perfektionisten“, sagte ich nach dem ersten Mundvoll.

„Allerdings“, sagte Raoul. „Er setzt darauf, die Trauben so lange wie möglich reifen zu lassen und sie erst im letzten Moment zu ernten.“

Wir schwiegen, die Nasen in unsere Weingläser gesteckt. Ich atmete Sommer und Früchte, Sonne und Nebel – ein sinnlicher, träger Austausch – und suchte nach den richtigen Worten, um ihn exakt zu beschreiben.

In Raouls Augen lag ein vertrautes Interesse. „Du hast dein Gespür für das Metier nicht verloren.“

Ich schüttelte den Kopf und grinste. „Ich bin die Tochter meines Vaters.“

„Wer kann schon vorhersagen, was der Mensch und die Natur gemeinsam zustandebringen?“ sagte er. „Wahre Wunder. Und wer könnte ihnen widerstehen?“

Ich stellte mein Glas ab. „Manchmal geht es uns nicht um ein Wunder“, sagte ich.

Er zog kaum merklich die Stirn hoch.

„Manchmal geht es eher um eine Veränderung. Um Abwechslung. Eine andere Art, die Dinge zu betrachten.“ Ich stellte erstaunt fest, daß ich ihm von Meg und von den schwierigeren Momenten in Stanwinton erzählte. Die Sonne und der Wein lösten mir die Zunge, was nicht unangenehm war. „Sie hat einmal gesagt, daß sie mich haßt, weil ich weiß, wann ich aufhören muß."

„Du hast Glück. Zu wissen, wann man aufhören muß, ist eines der Geheimnisse des Überlebens, Fanny. Und zu wissen, wann nicht. Apropos, erzähle mir von der Firma. Wie sehen deine Pläne aus?"

„Ich habe noch nicht mit Will darüber gesprochen. Dads Assistent hält vorübergehend die Stellung, aber wenn ich zurück bin..." Ich sah Raoul in die Augen. „Ich könnte seine Firma niemals aufgeben."

„Fühlst du dich inzwischen besser?", fragte er vorsichtig.

Ich ließ mir mit der Antwort einige Sekunden Zeit. „In einer Hinsicht hattest du recht, Raoul; in Fiertino ist bei weitem nicht so viel von meinem Vater, wie ich gedacht hatte. Alles, was er war, hatte ich daheim in England. Aber ich stelle fest, daß ich sehr viel von mir wiederfinde. Ich habe das Gefühl, hier wesentlich glücklicher und zufriedener zu sein."

„Das kann nicht jeder sagen, wenn er im Ausland ist. Die meisten Leute entdecken Wanzen, haben Magenprobleme und besonders schlechte Laune. Weißt du, Fanny, ich habe mir oft überlegt..."

„Was denn?"

„Ob dein Vater..." Er beugte sich zu mir. „Verzeih mir, wenn ich dir zu nahe trete, aber wollte er wirklich nach Fiertino zurückkommen? Schließlich hätte er das oft genug tun können." Raoul zuckte die Schultern. „Er hatte so feste Vorstellungen... und Orte verändern sich. Sie stehen nicht still, und dein Vater war ein kluger Mann, er wußte das. Es war nicht realistisch, zurückzukommen und zu erwarten, daß alles wie früher ist."

„Mag sein", sagte ich. „Vielleicht hast du recht." Ich wechselte das Thema. „Was macht deine wunderbare Familie?"

Raoul verstand den Wink. „Sie wird älter, aber das ist nicht weiter überraschend."

„Und Thérèse?"

Er runzelte die Stirn. „Sie hat keine Ahnung, daß ich dich besuche. Das ist keine angenehme Situation, aber es läßt sich nicht ändern. Ich hatte eigentlich nicht die Absicht herzukommen, aber... wie du siehst, da bin ich."

Er vermittelte den Eindruck eines Mannes, der einen geistigen Rubicon überschritten hat. Ich blickte hinunter auf mein Glas. „Du darfst nicht meinetwegen lügen."

„Das klingt sehr englisch."

„Und was heißt ‚sehr englisch'?"

„Daß man niemals seine gute Erziehung vergißt."

Ich mußte lachen. „Ich habe mich immer tadellos benommen."

„Wenn man davon absieht, daß es mehr zu sagen gibt. Und wir viel Zeit zum Nachdenken gehabt haben."

Das Blut schoß mir in die Wangen, und als Raoul das sah, nahm er meine Hand. „Ich werde die Situation nicht ausnutzen, Fanny. Dafür kennen wir uns zu gut."

Ich begann zu zittern – vor Überraschung, daß mir jemand einen unsittlichen Antrag machte, und auch vor Freude.

Ich ließ meine Hand in seiner liegen. „Ich bin Will immer treu gewesen."

„Das hatte ich vermutet. Und ich Thérèse." Er schenkte das letzte Glas des Brunello ein. „Einige meiner Freunde betrachten ihre... Eskapaden... als so etwas wie eine Weinprobe. Man kostet, man genießt, aber man nimmt die Flasche nicht mit nach Hause." Er schob mir das Glas hin. „Das war noch nie meine Art."

Der Kellner räumte unsere Teller ab und brachte frischen Ricotta, eine Schüssel Kirschen und ein Schälchen mit Mandelplätzchen, die darauf angelegt waren, selbst den hartnäckigsten Widerstand zu brechen.

„Ich habe mich immer geschämt, wie schlecht ich... wie schlecht ich die Sache gehandhabt habe, damals..."

Ich nahm ein Plätzchen und biß hinein. „Ich war nicht sehr nett zu dir."

Das Schälchen hatte einen Rand in Blaßblau und Weiß – genau das, was ich für die Küche der Casa Rosa gewählt hätte.

„Ich war noch so jung", sagte ich, bemüht, diesen Teil der Vergangenheit richtig einzuordnen. „Ich verstand es nicht. Ich war neugierig, und als es dann passierte, war ich gekränkt, weil ich es nicht verstand. Ich hoffe, du hast mir verziehen."

„Ich weiß. Natürlich weiß ich das."

Ich fuhr mit dem Finger das weiß-blaue Muster nach. „Raoul, was hältst du für das Allerwichtigste bei der Beurteilung eines" – ich hob den Blick und lächelte – „eines Weines?"

„Sag du es mir."

Ich überlegte. „Man muß unabhängig sein. Und man muß natürlich den Mut haben, die betreffende Flasche zu bewerten, und nicht die Lage oder den Erzeuger.Vielleicht ist es das; man braucht einfach Mut."

„Erfahrung kann nicht schaden, das versichere ich dir."

Ich verspeiste das letzte Mandelplätzchen und sah Raoul wieder in die Augen.

Wir erkundeten den Ort und fuhren nach Fiertino zurück, als es dunkel zu werden begann, in der prachtvollen, von Zikaden besungenen Dämmerung. Raoul, der in einem Hotel in Pienza übernachtete, setzte mich vor der Casa Rosa ab und versprach, am nächsten Tag wiederzukommen.

Ich zündete die Kerze in der Chiantiflasche an, machte mir eine Tasse Tee und nahm beides mit hinaus auf die Loggia.

An dem Abend waren die Stechmücken besonders lästig. Ich schlug hektisch auf meine bloßen Arme und Beine und war schließlich gezwungen, die Knie anzuziehen und den Rock um meine Beine zu wickeln.

Will war weit weg. Es war nicht fair, daß er keine Ahnung hatte, wie weit weg er war.

♦

Ich sah Liz nur einziges Mal, und zwar bei einem Kinderfest des Unterhauses. Ich blickte zufällig auf, während ich Chloës mit Schokolade verschmiertes Gesicht mit einer völlig ungeeigneten Papierserviette zu säubern versuchte, und da stand sie. Ich wußte, daß sie es war, weil genau in dem Moment jemand ihren Namen rief und sie antwortete.

Sie war sich meiner Anwesenheit nicht bewußt, was mir ihr gegenüber einen Vorteil verschaffte und mir erlaubte, mein Gleichgewicht wiederzufinden – und mich von meiner Überraschung zu erholen. Denn Liz war alles andere als eine Schönheit. Sie trug einen grünen Kordsamtrock und einen schwarzen Pulli und hatte das Haar zu einem Pferdeschwanz zusammengebunden. Aber sie hatte eine ausgezeichnete Figur mit runden geschwungenen Hüften, die Männer bestimmt attraktiv fanden. Sie unterhielt sich mit einigen der Ehefrauen und drückte ein Blatt mit Notizen an die Brust.

„Du tust mir weh, Mami." Chloë entwand sich meinem Griff und fiel prompt hin.

Ich bückte mich, um ihr schmerzendes Knie zu streicheln. „Ist ja gut, Schätzchen", sagte ich. „Alles halb so schlimm."

Chloë schmiegte sich an mich und ich nahm sie auf den Arm. In diesem Moment drehte sich Liz um und erblickte mich. Sie wurde weiß und verließ kurz darauf den Raum.

Chloë hielt mir ihr Gesicht für einen Kuß hin, und ich küßte sie stürmisch und mit mehr Liebe, als ich zu sagen vermag.

Ich habe keine Ahnung, was Liz von dieser Begegnung hielt, aber ich konnte mir ihre Gefühle in etwa vorstellen. Meine eigene Reaktion hätte sie nie und nimmer erraten. Ich haßte sie nicht, und ich verabscheute sie auch nicht, weil sie sich Will geschnappt hatte (schließlich hatte ich ihn mir genauso geschnappt). Diese Emotionen waren überholt. Nein, was mich faszinierte, war die Erkenntnis, daß Liz dazu beigetragen hatte, Will und mich weiter voranzubringen. Sie hatte mir gezeigt, daß ich, im Guten wie im Bösen, die Gemeinschaft der weiblichen Singles verlassen hatte, der sie angehörte. Meine geschwungene Hüfte war nicht länger eine Einladung an andere Männer, da es sich nun ein Kind auf ihr bequem machte. Ein neuer Satz Schablonen hatte die alten ersetzt. Wenn ich einen Raum verließ, war es, anders als bei Liz, nicht länger eine isolierte Handlung. Alles, *alles*, was ich tat, war verbunden mit Will und Chloë.

Jahraus, jahrein Wohltätigkeitsbasare, Rotarier-Essen, Seniorenausflüge. Vier Wahlen... und nun war ich hier angelangt.

Ich sah in mein Notizbuch und las, im unzureichenden Licht der Kerze, noch einmal meine Bewertung des Brunello: „Eine Abart der Sangiovese-Traube, zu großer Schwere fähig. Gehaltvoll und wunderbar gerbstoffreich."

Wenn ich Raoul vor so vielen Jahren nicht weggestoßen hätte. Wenn ich nicht so verwirrt, verlegen, *entsetzt* gewesen wäre wegen der ganzen Sache mit dem Sex, wegen der beängstigenden Art, wie Raoul sich meiner bedient hatte, wegen meiner erschrockenen, ignoranten Reaktion, dann wäre mein Leben vielleicht anders verlaufen.

Etwas raschelte in dem Majoranstrauch am Rande der Loggia. Eine Maus mit von der Hitze feuchtem Fell? Eine Stechmücke stach mich in die Ellbogenbeuge, wo sich Schweiß angesammelt hatte. Ich wußte genau, was Will sagen würde, wenn er sehen könnte, wie ich meine Notizen eintrug: „Wein ist bloß Wein. Das Leben der Menschen ist viel wichtiger." Davon war er fest überzeugt. Verständlich; er hatte ja auch keinen Grund, Alkohol sonderlich zu schätzen.

Das Telefon klingelte.

„Reden wir nicht mehr miteinander?", fragte Will. „Warum hast du dich nicht gemeldet? Was ist los?"

Ich kratzte an dem Mückenstich. „Jede Menge blutrünstiges Getier, das ist los." Meine Stimme klang übertrieben munter. „Alles okay bei dir?"

„Mehr oder weniger."

„Will?" Jetzt war der Moment, zu sagen: „Rate mal, wer hier aufgetaucht ist. Raoul. Er war zufällig in der Gegend."

„Du weißt ja, wie es in der Politik zugeht, Fanny." Und ob ich das wußte. „Kann ich dich nicht überreden, nach Hause zu kommen?"

Ich preßte die Augen zu. „Nein."

Seine Stimme belebte sich, zweifellos vor unterdrücktem Zorn. „Ich weiß nicht, was da unten abläuft, und vermutlich ist alles meine Schuld, aber soll vielleicht das Lachsessen des Gesangvereins von Stanwinton, oder was auch immer, darunter leiden müssen, nur weil es dir beliebt, blau zu machen?"

„Du bist der, den sie dabeihaben wollen, nicht ich."

„Das kommt mir alles so plötzlich", konterte er. „Du hast nie eine Andeutung gemacht. Es ist, als hätte ich die Augen aufgeschlagen und festgestellt, daß ich mit jemandem lebe, den ich nicht kenne."

Dieses Geständnis freute mich. Es deutete an, daß unser beider Leben nicht ganz so vorhersagbar und zahm waren, wie ich gedacht hatte. Ich schlug nach einer weiteren Stechmücke. „Dann sollte dich das auf Trab halten."

„Laß das."

„Will, ich habe neulich mal ausgerechnet, daß ich annähernd fünftausendsiebenhundertundfünfundvierzig Tage meines Lebens für dich gearbeitet habe. Diese Zahl ergibt sich, wenn ich pro Tag unserer Ehe eine Verpflichtung ansetze und davon zweihundertundsechsundsechzig Tage für die Entbindung und Urlaube abziehe."

„So viel?", schoß er zurück. „Wie schnell doch die Zeit vergeht, wenn einem etwas Spaß macht!"

Bevor ich mich's versah, lachte ich schallend.

„Schon besser", sagte er.

♦

Beim Frühstück am nächsten Morgen wirkte Benedetta müde und gedrückt. Ich bot an, ihr keine weiteren Umstände zu machen, doch sie wollte nichts davon hören. „Es ist mein Sohn in Mailand", sagte sie. „Ich glaube, er hat schlechten Umgang. Ich mache mir Sorgen, daß er zuviel Geld ausgibt. Nichts spart. Ich sage zu ihm, er soll heimkommen. Ich sage zu ihm, er braucht seine *mamma*." Sie breitete flehend die Hände aus. „Er sagt, er will ja heim zu seiner *mamma* kommen. Aber wie soll das gehen?"

Che fare? Eine Frage, die wir uns alle stellen.

Ich saß am Tisch, trank ihren Kaffee und aß ein großes Stück Brot mit Aprikosenmarmelade. Die Sonne drang durch das Küchenfenster ein und beleuchtete das gerahmte Bild der Madonna, die abgenutzten Töpfe und Pfannen auf dem einzelnen Bord. „Benedetta", fragte ich, „wie wurde die *fattoria* zerstört?"

Benedetta faltete die Hände auf dem Tisch. „Es war schlimm. Es ist besser, wenn du das nicht weißt."

„Bitte erzähle es mir."

Sie stand schwerfällig auf. „Ich muß nach den Tomaten sehen."

Ich folgte ihr nach draußen. Es war erst neun Uhr, aber die Sonne brannte schon wie glühende Kohlen auf der Haut. Benedetta machte sich an den Stangen zu schaffen und knipste einige Triebe ab. „Lucilla war die Schwester deiner Großmutter", begann sie schließlich.

„Ich wußte gar nicht, daß sie eine Schwester hatte."

Benedetta zuckte die Schultern. „Als sie neunzehn war, heiratete sie einen Faschisten und zog nach Rom. Ich war noch klein, aber es gab Gerede... Die Faschisten zwangen die Männer, sich freiwillig zu melden, und schickten Leute aus Rom, die einen zusammenschlugen oder ins Gefängnis steckten, wenn man sich weigerte."

Im großen und ganzen ähneln sich alle Kriegsgeschichten auf furchtbare Weise, und ich konnte mir denken, was als nächstes kommen würde.

„Dieser Mann kam mit Lucilla in einem großen Auto angefahren und sagte, daß alle Männer in Fiertino Soldat werden müssen. Keiner aus der Familie wollte mehr mit Lucilla reden, und uns, den Kindern, wurde verboten, auch nur in ihre Nähe zu gehen. Ich weiß noch, wie ich mit meinem Bruder die Straße herunterkam und sie weinend und klagend vor der *fattoria* stand. Schließlich setzte ihr Mann sie wieder ins Auto und fuhr mit ihr weg."

Benedetta pflückte zwei reife Tomaten von einem Stock und hielt mir eine hin. „Iß, Fanny."

Das kräftige Rot hatte fast die Farbe von Blut. „Sind sie wiedergekommen?"

„O ja. Gegen Kriegsende, als deine Großmutter und dein Vater schon über die Berge gegangen waren. Die Deutschen hatten einige der Häuser da drüben gesprengt", Benedetta deutete in die Richtung der *fattoria*, „um den Alliierten den Vormarsch auf der Straße zu erschweren, und überfielen sie aus dem Hinterhalt, als sie den Weg über die Berge nahmen. Jedes Haus im Dorf war beschädigt worden. Es war schlimm. Die beiden kamen zurück, weil ich glaube, daß Lucilla nicht wußte, wo sie sonst hinsollte. Diesmal war sie diejenige, die das Auto fuhr. Er saß hinten, sehr blaß, sehr fett, mit einer Flasche Schnaps in der Hand. Sie half ihm aus dem Auto und ging mit ihm in die *fattoria*, um ihre Schwester, deine Großmutter, um Hilfe zu bitten. Sie wußte ja nicht, daß sie fort war." Benedetta fächelte sich mit dem Kragen ihres gemusterten Kleides Kühlung zu. „Ja." Die Falten an ihrem Hals glänzten vor Schweiß. „Aber an dem Abend war dort keiner, und niemand weiß, was passiert ist. Abends haben wir uns nämlich immer in einem anderen Haus versteckt, nie im gleichen."

Ich hatte einige dieser Geschichten von meinem Vater gehört; meine Großmutter hatte sie ihm erzählt. Geschichten werden beim Wiedererzählen gewöhnlich von Mal zu Mal besser, doch diese besaß die Direktheit und Schlichtheit, die daher rührt, daß der Erzähler das Schlimmste erlebt hat. Wenn es dunkel wurde, beluden die Frauen die Kinderwagen mit den gehorteten Vorräten, und die Kinder trugen, was sie konnten, in das sichere Haus. Es war ein Vabanquespiel. Oft wählten sie das falsche Haus, und die Granaten richteten Furchtbares an. „Inzwischen", hatte mir mein Vater erzählt, „waren wir daran gewöhnt, Dinge geheimzuhalten. Wo wir das Öl, den Schinken, einen halben Käse verstecken mußten, wohin man die Hühner gebracht hatte."

Nachdem Benedetta den letzten wilden Trieb abgeknipst hatte, richtete sie sich auf. „Niemand war bereit, Lucilla und ihrem Mann zu sagen, welches in der Nacht das sichere Haus war. Die Partisanen schickten eine Nachricht aus den Bergen, daß die Deutschen vorhatten, die Straße im Norden des Tals zu benutzen, und so eilten alle in die Kirche. Aber am Ende waren es nicht die Deutschen. Sondern... Ein Partisan kam aus den Bergen herunter und wollte wissen, wo Lucillas Mann war. Keiner verriet etwas, denn trotz ihrer politischen Einstellung war Lucilla noch immer eine von uns."

„Und dann?"

„Ich sagte es ihm." Benedetta sprach so leise, daß ich ihr Geständnis fast nicht mitbekam. „Ich hörte, wie der Partisan fragte: ‚Wo ist der Kerl?' und lief zu ihm. ‚Ich weiß es, ich weiß es', kreischte ich mit meiner Kleinmädchenstimme. ‚*In der fattoria.*'"

In der Küche stellte sich Benedetta vor das Bild der Madonna und bekreuzigte sich. „Man hatte mich gelehrt, immer die Wahrheit zu sagen. Als wir das nächste Mal hinsahen, stand die *fattoria* in Flammen. Wir konnten es von der Kirche aus sehen... aber sie waren bestimmt schon tot."

Ich setzte mich hin. „Das ist anzunehmen", sagte ich.

Nach ein oder zwei Minuten, die mir wie eine Stunde vorkamen, fügte Benedetta hinzu: „Lucilla war eine gute Ehefrau, treu bis in den Tod."

Später ging ich hinauf zum Friedhof, der außerhalb des Dorfes lag. Die Gräber waren eine schreiende Mischung aus buntem Marmor, weißem Stein, in Plastikfolie steckenden Fotografien und schmutzigen Plastikblumen. Es dauerte eine Weile, bis ich Lucillas Grab fand, denn sie lag nicht bei den anderen Battistas, ihrer Familie. Sie war ganz hinten in der nördlichsten Ecke beigesetzt worden. Ihr Stein war armselig, und die lieblos eingemeißelte Inschrift lautete: „Lucilla Battista. Geboren 1919. Gestorben 1944." Dahinter wuchs ein *Cupressus sempervirens* geradewegs hinauf in den schamlosen blauen Himmel. Ihr Ehename war ebenso wenig erwähnt wie ihr Mann, von dessen Grab jede Spur fehlte.

Raoul holte mich um zehn Uhr in der Casa Rosa ab. Er war mit maßgeschneiderter Leinenhose und Hemd bekleidet, aber unter seinen Augen lagen dunkle Ringe. „Wir werden in Cortona essen. Anschließend fahren wir nach Tarquinia und sehen uns die etruskische Sammlung an." Er linste über den Rand seiner Sonnenbrille. „Ich weiß, daß dein Vater sich sehr dafür interessiert hat. Danach bringe ich dich zurück nach Fiertino, damit du dich umziehen kannst. Ich habe noch etwas Geschäftliches im nächsten Dorf zu erledigen. Dann fahren wir hinauf nach La Foce, wo uns mein Freund Roberto zum Abendessen erwartet."

„Mich auch?"

„Er weiß, daß du kommst."

Ich mußte unwillkürlich lächeln, wie selbstverständlich Raoul über mich verfügte. „Und ich werde nicht gefragt?"

„Deine Einwilligung wurde vorausgesetzt."

Am Himmel hingen erste Kumuluswolken, als wir Cortona erreichten, aber es war sehr heiß. In einem schummerigen Restaurant bestellten wir Antipasti und einen leichten, fruchtigen Pinot grigio. Ich aß und trank mit einem diffusen Gefühl der Unwirklichkeit, als hätte ich mich in eine Geschichte verirrt, wo ich weder die Personen noch den Ort der Handlung wiedererkannte. Aber ich war gespannt, wie es weitergehen würde.

„Danke für das Mittagessen, Raoul." Ich prostete ihm zu. „Weißt du, was das Allerschönste ist? Nicht ständig an Termine denken zu müssen."

Er sah mich zweifelnd an. „Ehrlich gesagt, Fanny, hatte ich gehofft, daß du mir für etwas anderes danken würdest."

Die jähe Anspielung auf sexuelle Freuden brachte meinen Magen in Aufruhr.

„Ich sollte das nicht sagen, aber es läßt sich nicht vermeiden, und darum *muß* ich es aussprechen, und du kannst es dir überlegen."

In Tarquinia kauften wir Eintrittskarten für den aus dem fünfzehnten Jahrhundert stammenden Palazzo, in dem die etruskischen Artefakte aufbewahrt wurden. Drinnen bewunderten wir zwei geflügelte Terracotta-Pferde, einen Bronzespiegel, den eine Statue der Aphrodite in der Hand hielt, und einen bronzenen Herakles, der die Rosse des Diomedes bezwingt.

Beim Weitergehen blickte ich zufällig über die linke Schulter und sah ihn. Ich erkannte ihn sofort. Hinter der Vitrine, und wunderbar angestrahlt, stand der steinerne Sarkophag. Er bestand aus einem Bett, über das ein mit Quasten besetztes Tuch gebreitet war. Darauf ausgestreckt lagen zwei Figuren, ein Mann und eine Frau. Sie war jung, hatte große gemalte Augen und ein leises Lächeln auf den Lippen. Ihr einer Arm war so über ihre Brust gelegt, daß er fast den Mann berührte. Dessen Arm lag um ihre Schultern, und er lächelte ebenfalls. Die Inschrift lautete: „Verheiratetes Paar, 5. Jahrhundert v. Chr."

Aber das wußte ich bereits.

Ich las aus meinem Reiseführer vor: „'Sie waren die Bewohner der *opulenta arva etruriae*, des fruchtbaren Ackerlandes, das Weizen und Reben hervorbrachte. Am Ende machte der Überfluß sie dekadent.'"

„Sie sehen so normal aus“, bemerkte ich zu Raoul. „So verständlich.“

Raoul bemächtigte sich des Reiseführers: „‘Die etruskische Frau genoß erhebliche Freiheiten in der Öffentlichkeit, nahm an Festgelagen teil und trank Wein. Die Etrusker ehrten ihre Gemahlinnen und suchten ihre Gesellschaft.‘“

„Aha“, sagte ich.

Raoul las weiter: „Teilten sie aber nicht mit anderen.“

Kapitel 18

Will hatte mir einmal einen Schock versetzt, als er sagte, er glaube, daß Abgeordnete oft keine Ahnung hätten, wofür sie stimmten: Sie gingen beim Hammelsprung einfach dorthin, wo die Einpeitscher der Fraktion standen und aufpaßten. Er ließ das so nebenbei fallen, als wir zu Chloës Schule zum Elternabend fuhren. Chloë war fünfzehn und in einem kritischen Alter, das heißt, das Leben war eine Inszenierung, in der sie die Hauptrolle spielte.

Wir waren spät dran. Der Grund war, daß Will den vereinbarten Zug nach Stanwinton verpaßt hatte. *Eine Absprache in der Cafeteria.* Ich holte ihn am Bahnhof ab, und er sagte: „Du brauchst nichts zu sagen, Fanny. Ich entschuldige mich."

Ich ließ die Kupplung los. „Letztes Mal, wie du dich erinnern wirst, kamen wir soviel zu spät, daß wir hinter der Schulleiterin bei den Lehrern sitzen mußten."

„Sei froh. Denn da blieb uns wenigstens die Vorderansicht der alten Schrulle erspart."

Will konnte mich immer zum Lachen bringen. Ich legte die Hand auf seinen Schenkel. „Worum ging es diesmal?"

„Richtig", sagte er, wieder ernst werdend. „Darüber muß ich noch mit dir reden."

Falls Will geglaubt hatte, unbemerkt in den Saal schlüpfen zu können, hatte er sich getäuscht. Als wir die Aula betraten, stürmte die Schulleiterin mit einem Aufgebot von Lehrkräften auf ihn zu und führte ihn ab. Ich setzte mich zu der nervös wirkenden Chloë. „Dein Vater wüßte gerne, ob wir uns auf unliebsame Überraschungen gefaßt machen müssen."

Chloë sah ziemlich blaß aus. „Nur in der verdammten Mathe“, sagte sie.

„Du sollst nicht fluchen, Schatz.“

Sie blickte noch gequälter drein. „Das verstehst du nicht, Mom. Für meine Generation ist das nicht geflucht. Das sind nur Wörter, die wir benutzen.“

„Könntest du sie dann vielleicht *nicht* benutzen?“

Sie bedachte mich mit einem vernichtenden Blick. „Das ist genauso albern, wie wenn du mir Vorträge über Sex hältst. Zu deiner Information: Wir sind eine *aufgeklärte* Generation, wir wissen Bescheid.“

Aber nicht auf allen Gebieten, wie sich herausstellte. Chloës Leistungen in Mathematik waren miserabel, ebenso in Physik und Chemie; und der Geographielehrer war nicht überzeugt, daß sie auch nur eine blasse Ahnung hatte.

„Wenigstens“, sagte ich zu Will, als wir wieder im Haus in Stanwinton waren, „macht ihr Italienisch langsam Fortschritte.“

„Gut.“ Will warf eine Ladung schmutzige Wäsche auf den Küchenboden.

Ich stöhnte. „Da drüben steht der Wäschekorb.“

Will schaffte es, mich völlig verblüfft anzusehen. „Oh, ja natürlich.“

Ich sah zu, wie er die Sachen in den Korb stopfte. „Fanny, ich muß mit dir reden.“ Er hängte sein Jackett über die Rükkenlehne eines Stuhls. „Ich nehme an, daß nichts zu trinken im Haus ist? Du hast nicht zufällig irgendwo eine Flasche versteckt?“

„Leider nicht.“

„Nein. Nein. Natürlich nicht.“

Will und ich hatten an unserem Entschluß festgehalten, keine alkoholischen Getränke im Haus zu haben, weil das Meg gegenüber nicht fair gewesen wäre. Wein tranken wir nur in London. Wir sagten uns, daß das kein großes Opfer war. Aber es gab Augenblicke...

„Es geht um die Abstimmung über Fischen und Jagen.“

„Ich dachte, das sei alles längst geklärt, daß unsere Seite für ein Verbot stimmen wird."

„So ist es", sagte Will. „Ich würde *nie* fischen oder jagen gehen, aber mir ist nicht wohl dabei, beides zu verbieten. Es wäre eine Beschneidung der Grundfreiheiten, und ich bin nicht sicher, ob ich dem zustimmen kann."

Ich band meine Plastikschürze um, ein Geschenk von Chloë, mit dem Bild einer Katze, die sich genüßlich auf der Sitzfläche eines Sessels breitmacht, während ihr Besitzer mißmutig daneben steht, und darunter die Worte: „Nicht aufgeben", holte eine Käse-Pilz-Quiche aus dem Kühlschrank, die ich am Nachmittag gemacht hatte, und stellte sie zum Aufwärmen in den Backofen. „Aber du mußt. Du bist Fraktionsvorsitzender."

„Nein, *müssen* muß ich gar nichts. Ich könnte dagegen stimmen. Schließlich halte ich das für das Richtige. Hier geht es um eine Gewissensfrage."

Ich drückte ihm zwei Tomaten in die Hand – von der kalten, runden englischen Sorte. „Schneidest du die bitte auf, Will?" Ich holte einen Kopfsalat aus der Speisekammer, um ein paar Sekunden zum Nachdenken zu haben. „Du würdest den Fraktionsvorsitz verlieren."

Will schnitt drauflos, wenn nicht geschickt, so doch eifrig. „Und mir den Zorn der Tierschützer zuziehen", sagte er.

Ich erstarrte mitten im Zerpflücken des Salats. Das war etwas anderes. „Dann kannst du nicht dagegen stimmen", sagte ich kategorisch. „Das könnte Chloë in Gefahr bringen. Sie würden herausfinden, wo sie zur Schule geht. Sie wäre eine Zielscheibe. Wir wären eine Zielscheibe."

Will legte die Tomaten zu den Salatblättern in die Schüssel. „Ich glaube nicht, daß Chloë in Gefahr wäre. Sie würden sich bessere Zielscheiben aussuchen."

„Woher willst du das wissen?"

Will ging nicht darauf ein. „Fanny, ich wäre erledigt. Daran besteht kein Zweifel. Für immer zum Hinterbänkler-Dasein verdammt. Aber ich kann mich einfach nicht dazu durchringen, meine Prinzipien zu verraten." Beunruhigt stellte ich fest, daß wir unvermittelt an einem Scheideweg angelangt waren und Will erwartete, daß ich für ihn entschied.

„Will", hörte ich mich sagen und wickelte die Hände in die Schürze. „Bitte tu es nicht. Gib nicht alles auf, wofür du gekämpft hast. Alles spricht dafür, daß das Gesetz verabschiedet wird, egal, ob du dafür oder dagegen stimmst. Es wäre... ein sinnloses Opfer."

Will sagte ruhig: „Früher hast du anders geredet."

Ich drehte mich um, bevor mir die Schamröte ins Gesicht stieg. „Die Quiche ist fertig", sagte ich.

Später am Abend, als wir im Bett lagen, fragte Will: „Ist das dein letztes Wort?"

Ich packte die Ecke des Lakens und drückte die Spitze fest unter einen Fingernagel. „Ja. Du bist dabei, Karriere zu machen, und genau das willst du und genau das will ich für dich. Und da ist Chloë. Ich *muß* an Chloë denken. Und du auch."

„Und was ist mit Überzeugungen und Prinzipien?"

Ich wollte sagen, daß diese Frage über meinen Horizont ging. Ich wollte ein Feigling sein und beteuern, daß ich nur dafür zuständig war, Wäsche zusammenzulegen und Essen auf den Tisch zu bringen, und daß manche Fragen einfach nicht zu beantworten waren. Und ich wollte sagen, daß es nur des leisesten Anscheins einer Gefahr für Chloë bedurfte, um mich zur Löwin zu machen.

Aber das ging nicht. Wenn ich noch einen Funken Ehrlichkeit besaß, dann waren diese Entschuldigungen nicht die ganze Wahrheit. Selbstverständlich taten mir – als leidenschaftlicher Gegnerin der Jagd – die Fische und die Vögel leid. Selbstverständlich wäre ich für Chloë gestorben. Aber irgendwie hatte ich mich im Laufe der Zeit an den aufstrebenden Politiker gewöhnt, der mein Mann war. Mühsam und langsam, gewiß, aber ich hatte mich diesem Sachverhalt angepaßt und gelernt, Wills Rolle und meine zu genießen.

Er drehte sich zu mir herum. „Komm her."

Ich gehorchte. Will nahm mich grob, rücksichtslos und ohne Zartgefühl, aber da ich es verdient hatte, protestierte ich nicht.

In der Woche darauf fuhr ich zu Will in unsere Londoner Wohnung.

Er saß auf dem Sofa, als ich ankam. Es wurde bereits dunkel, aber er hatte kein Licht eingeschaltet.

„Du hast sicher gehört, wie die Abstimmung ausgegangen ist, Fanny. Aber ich glaube nicht, daß ich das Richtige getan habe."

Ich setzte mich neben ihn und nahm seine Hand. „Ich weiß nicht, was ich sagen soll, Will, außer, daß auch wir unseren Weg gehen müssen."

„Du kannst ruhig sagen, daß ich ein Narr bin. Ein Narr überdies, der nachgegeben hat."

Ich sah keinen Sinn darin, jetzt von meinem Standpunkt abzuweichen. „Oder realistisch ist."

Das Sofa war mit einem billigen, grobgewebten Baumwollstoff bezogen, und ich begann an den Unebenheiten herumzuzupfen. Will zog seine Hand aus meiner und stand auf. „Es war *mein* Entschluß, meine Entscheidung, Fanny. Ich lasse mir von niemandem vorschreiben, wie ich abzustimmen habe."

Ich schluckte, hatte den sauren Geschmack des Kompromisses im Mund.

„Da wäre ich mir nicht so sicher", erwiderte ich, wiederum nicht wahrheitsgemäß. Denn ich wußte, daß es stimmte.

Will steckte die Hände in die Hosentaschen. Er war bereits dabei, sich der Situation anzupassen, das Beste daraus zu machen. „Das war's dann", sagte er mit einem ironischen Lächeln. „Dergleichen kommt vor. Man setzt sich damit auseinander und macht dann weiter. Und jetzt sollten wir uns für den Empfang umziehen."

Bei genauerem Hinhören stellte ich fest, daß er nicht nur spöttisch klang, sondern auch enttäuscht – von sich selbst.

Und von mir.

Und Will hatte recht.

Zurück in der Casa Rosa, zog ich mich bis auf die Haut aus und wusch mich am Waschbecken neben dem Fenster, das auf das Tal blickte. Das Wasser rann kühl und frisch von meinen Schultern bis auf meine Zehen, und ich dachte daran, wie sehr Lucilla – meine unbekannte Großtante – gelitten hatte, und an die schrecklichen Dinge, die mit ihr geschehen waren. Arme Lucilla: Sie hatte geglaubt, durch die Heirat ihre privaten Sehnsüchte zu stillen. Doch wegen der politischen Einstellung ihres Mannes waren sie und er zu einer öffentlichen Angelegenheit geworden.

Das Handtuch kratzte auf meinen Schultern, die von der Sonne gerötet waren. Ich kremte meine Beine und Arme ein und beugte mich vor, um meine Fußnägel zu schneiden. Ihre Ränder hoben sich weiß von der braunen Haut ab.

Raoul klopfte Punkt acht Uhr an die Tür. „Darf ich hereinkommen?“ Für den Abend hatte er einen eleganten Leinenanzug gewählt.

Ich trat zur Seite. „Ja. Ja, du darfst.“

Ohne ein weiteres Wort trat er ins Haus und nahm mich in die Arme.

Ich ließ es zu.

„Schau nicht so bekümmert drein“, befahl Raoul, der mich noch immer an sich drückte.

„Aber ich kann nicht anders“, erwiderte ich.

Er legte den Finger auf meine Lippen. „Still... Ich weiß.“ Er griff mit beiden Händen in mein Haar und zog daran, bis meine Kopfhaut kribbelte. „Das wollte ich schon so lange tun. Du darfst dir nie das Haar abschneiden, Fanny, hörst du? So dick und dunkel.“

„Wenn ich alt bin, werde ich es wohl müssen.“

Raoul beugte sich vor und küßte mich. Seine Lippen waren trocken, und ich roch einen Hauch von Wein in seinem Atem und den Duft seines teuren Rasierwassers – eine Andeutung von unausgesprochenen und geheimnisvollen Sinnenfreuden. Ich legte die Hand auf Raouls Brust und schob ihn sanft weg. „Kommen wir nicht zu spät?"

Er ließ mich los. „Fanny, was ich an dir so liebe, ist deine Naivität."

Erstaunt sah ich zu ihm auf. „Aber ich bin nicht naiv", protestierte ich. „Ganz und gar nicht."

Raoul und ich kehrten mitten in der Nacht nach Fiertino zurück, nachdem wir in La Foce opulent *en famille* gespeist und Weine des goldenen Jahrgangs 1970 verkostet hatten. Die Unterhaltung hatte sich fast ausschließlich um Weine gedreht: neue Methoden, neue Erzeuger, die Verwendung von Eichenfässern... Mein Italienisch kam mir inzwischen leicht und flüssig über die Lippen, und die Weinansprache machte mir keine Probleme.

Die Melone, die wir aßen, war mit Sommer parfümiert. Das Fleisch war so zart, daß es unter der Gabel zerfiel. Die Trauben, die zum Käse gereicht wurden, waren dunkel und platzten schier vor Saft.

Raoul war in Hochform. Die eleganten Räumlichkeiten und das ausgesuchte Mobiliar lieferten einen Rahmen, der ihm entsprach. Immer wieder warf er mir einen Blick zu oder berührte meine Schulter. Schau, wollte er damit sagen, wie verführerisch ich eine Verführung machen kann. Bitte freue dich daran. Das hier, dieser Abend, ist ein Vorgeschmack dessen, was wir erleben werden. Leicht, unbeschwert, kultiviert und voll sinnlicher Genüsse.

Beschwingt vom Wein, redete ich und lachte, genoß das Gefühl meines Leinenkleides auf meiner Haut, den Fall meines Haars auf meiner Schulter.

Ich schilderte unserem Gastgeber die Interessen meines Vaters und stellte mir vor, von Raoul geweckt zu werden. Noch benommen und warm vom Schlaf, das Gesicht von der Bewußtlosigkeit glattgestrichen, entspannt und nackt würde ich ihn mit mir machen lassen, was er wollte. Es würde ein Moment der Sinnenfreude und der Überraschung sein: gekostet, genossen und bewertet zu werden. *Exquisit. Nuancenreich. Perfekt.*

Die Gastgeberin servierte Kaffee in hauchdünnen Täßchen, und ich erzählte ihr von meiner Tochter. Wie intelligent sie war, wie schön sie einmal sein würde... und plötzlich packte mich panische Angst, weil es so leicht war, Chloës Optimismus und Vertrauen zu zerstören. Genau so leicht, wie eines der Täßchen meiner Gastgeberin zu zerbrechen.

Wir fuhren im hellen, klaren Mondlicht über die Hügel zurück. Die Zypressen reckten dunkle Finger in den Himmel. Raoul parkte den Wagen vor der Casa Rosa. „Ich frage dich noch einmal, darf ich mit hineinkommen?" Er beugte sich vor und strich mir das Haar aus dem heißem Gesicht. „Ich muß es einfach fragen. Ich *will* es nicht fragen. Ich habe wahnsinnige Angst, aber ich muß dich das fragen."

Wieder küßte er mich, und ich war verblüfft, wie anders es war. Mit Raoul gab es keine vertrauten Wege, die jahrelang eingeschlagen worden waren, keine Vorkenntnisse außer der, wie ich nun erkannte, unvollständigen Erinnerung an das, was im Baumhaus passiert war. War es wirklich so schlimm gewesen?

„Ich habe dich immer geliebt", sagte er. „All die vielen Jahre. Das heißt nicht, daß ich Thérèse nicht liebe. Ich liebe sie, und es würde sie umbringen, sollte sie je erfahren, was ich dir da sage, und ich würde ihr niemals weh tun. Verstehst du, was ich meine?"

Ich berührte seine Wange. „Vollkommen."

Es war ein außergewöhnlich intimer Moment.

Im Wagen wurde es sehr heiß, und so machte ich die Tür auf und stieg aus, war mir zutiefst der Bewegung meiner Arme und Beine bewußt, der Beschaffenheit meines Kleides, des Schweißes auf meinem Körper.

Ich blickte hinauf in den nächtlichen Himmel, der mit leuchtenden Punkten übersät war. „Ich staune immer wieder, was ein paar hundert Kilometer ausmachen können“, sagte ich zu Raoul, der zu mir getreten war. „Einen solchen Himmel sieht man in England nie... nicht etwas so Wunderschönes.“

„War es das wert, Fanny?“, fragte er.

„Wer weiß? Vor einigen Jahren hätte ich die Frage bejaht, aber jetzt bin ich mir nicht mehr so sicher.“

„Das klingt sehr vernünftig. Da nichts auf der Welt sicher ist, sollten wir das auch offen zugeben.“

„Ein beunruhigender Gedanke.“

Raouls Blick war nicht auf den Himmel gerichtet. „Ich habe lange gebraucht, um über das Baumhaus hinwegzukommen“, sagte er, und wir hatten den entscheidenden Punkt des Abends erreicht. „Es verfolgt mich. Und ich war verblüfft, wie schnell Sex etwas zerstören kann. Einfach so.“

Ich legte die Hand auf seinen Arm. „Weißt du... ich wußte nichts über Sex, oder nicht viel, und das Erlebnis hat mir Angst eingejagt.“ Ich lächelte. „Aber ich bin darüber hinweggekommen. Es hat ein Weilchen gedauert, und bis dahin warst du nach Frankreich zurückgekehrt. Das Leben nahm einen anderen Verlauf. Es war nicht der richtige Moment.“

Raoul nahm meine Hand, und wir schlenderten auf das Haus zu. Im Mondschein wirkte die Casa Rosa größer, geheimnisvoll, und ihre Fenster schimmerten dunkel im Mondlicht.

„Bist du unglücklich, Fanny?“

„Ich bin hergekommen, um Alfredos Asche beizusetzen. Ich kann mich noch nicht recht entscheiden, wo, aber ich glaube, es macht ihm nichts aus, zu warten. Ich glaube, er würde wollen, daß ich mir Zeit lasse. Und... vermutlich... bin ich hergekommen, um Abstand zu gewinnen und nachzudenken. Ich war tatsächlich unglücklich, aber ich glaube, nicht sonderlich.“

Ich berührte den hölzernen Pfosten neben der Eingangstür. „Sogar das Holz ist heiß."

Raoul drückte mich gegen den Pfosten. Mir war, als wäre ich plötzlich wunderschön, geheimnisvoll und beschwingt. Ich fühlte mich wie ein Vogel, der zum Flug ansetzt. Warum auch nicht? Einst hatte Will mich betrogen. Warum dann ich nicht *ihn*? Ungewißheit, Rätselhaftigkeit, Verspieltheit... konnte auch ich haben. Ich konnte sie nehmen und in einem Bereich verstauen, über dem „Privat" stand, und Will würde nie etwas erfahren.

Raoul legte die Hand auf meine Brust, die andere auf meine Taille und preßte die Finger in die Biegung meines Rükkens. Es geschah sehr selbstbewußt. „Mehr Glück beim zweiten Mal, Fanny."

Ich legte den Kopf in den Nacken und wartete darauf, mich hinzugeben. *Befahl* mir, mich hinzugeben.

Dann schlug die Vergangenheit zu. Was hatte ich mir vor so langer Zeit einmal gesagt? *Würde ich arbeiten, wo Will arbeitete, und die keinem Abenteuer abgeneigten Männer beobachten, dann hätte ich darum gekämpft, treu zu bleiben, einen perfekten Zustand zu erhalten.*

Und dann dachte ich an Will, sachlich und vernünftig, und ich wußte, daß in dem Moment, in dem Raoul und ich miteinander in die Casa Rosa gingen, meine Ehe sterben würde. Und was würde übrigbleiben? Ein Mann und eine Frau, die unter einem Dach lebten, und die Räume unter diesem Dach würden leer sein und widerhallen.

„Nein", sagte ich scharf. „Raoul, ich habe einen Fehler gemacht."

„Fanny..."

„Ich wünschte, es wäre anders. Ich kann das nicht."

„Doch, du kannst."

„Ich meine etwas anderes. Ich kann mich nicht darüber hinwegsetzen. Über das, was ich im Kopf habe."

„Dürfte ich dich darauf hinweisen, Fanny, daß es mich im Moment nicht interessiert, was in deinem Kopf vorgeht?" Raouls Hand packte fester zu und fiel dann herab.

„Es tut mir leid. Ich erwarte nicht, daß du es verstehst."

„Das ist nicht der springende Punkt", sagte er und wandte sich ab.

Während wir sprachen, war jemand um die Hausecke gekommen. Eine Frau, die einen Baumwollrock trug, der sich beim Gehen eng an die Konturen ihres Körpers schmiegte.

„Hallo", sagte Meg. „Ich habe schon auf dich gewartet. Ich wußte nicht genau, ob mich das Taxi an der richtigen Adresse abgesetzt hat. Aber dann sah ich ein Weinbuch auf dem Küchentisch liegen." Sie trat vor, und im silbernen Mondlicht hob sie sich scharf als Silhouette ab. „Hallo, Raoul, wir haben uns lange nicht gesehen. Fanny behält dich immer für sich, wenn du im Land bist."

Raoul zögerte nicht eine Sekunde. Er ging zu ihr und küßte sie auf die Wange. „Fanny hat gar nichts erwähnt..."

Meg überließ sich Raouls Umarmung. „Das war nett." Sie berührte seine Wange. „Wir sollten uns öfter treffen. Apropos, Will hat nichts davon erwähnt, daß du hier bist."

„Er weiß es nicht", sagte ich.

Meg sah von Raoul zu mir. „Ach so", sagte sie.

Raoul legte die Hand auf meine Schulter. „Ich rufe dich an. Vielleicht können wir alle irgendwo zusammen essen, bevor ich nach Hause fahre."

Wir wußten alle drei, daß das eine Fiktion war.

„O ja", sagte Meg. „*Das* wäre idyllisch."

Kapitel 19

Was willst du hier?", fragte ich aufgebracht, nachdem Raoul weggefahren war.

„Das Schlimmste verhindern, wie es aussieht", sagte sie trocken.

Darauf gab es keine Antwort.

Meg folgte mir in die Küche und stellte ihren Koffer ab. „Ich könnte sagen, daß ich es ein wenig selbstsüchtig von dir fand, in einem reizenden Haus in Italien so viel Platz ganz für dich allein zu haben... oder aber, daß du mir gefehlt hast. So wie Will. Er liebt dich nämlich. Und..." Sie biß sich auf die Lippen, sprach aber in ihrem üblichen spöttischen Ton weiter: „Und ich liebe, wen immer Will liebt..."

Sie wandte den Blick ab, und ich merkte, daß sie vor meiner Reaktion Angst hatte.

Meg schnappte sich den einzigen Stuhl in der Küche, so daß ich stehen mußte. „Er war sehr nett. Mein lieber Bruder ist immer sehr nett zu mir. Aber er hat mir klipp und klar erklärt, daß er nicht wünscht, daß ich an seiner Seite in der Öffentlichkeit auftrete. Er sagte..." Sie verzog das Gesicht. „Er sagte, das sei dein Platz, nicht meiner. Aber bevor du vor Rührung dahinschmilzt: Wahrscheinlich hat er sich nur ausgerechnet, daß es Gerede geben könnte, wenn ich dich vertrete."

„Meg..."

„Will gibt nie auf. Nach seinem Tod wird man ‚geringfügige Abweichungen' in sein Herz eingraviert finden."

„Und wer hat ihm überhaupt erst beigebracht, so zu sein?"

„Ich nehme an, daß es etwas mit mir zu tun haben könnte.“ Sie stupste mit dem Fuß gegen den Koffer. „Tut mir leid, daß ich dich überrumpelt habe, Fanny, das war nicht nett von mir, aber du kannst sicher ein Zimmer frei machen. Wir leben schließlich lange genug unter einem Dach.“

Meine Energie war zurückgekehrt, und mir war klar, daß ich Meg die Stirn bieten mußte. Die Zeit der Kompromisse war vorbei. „Geh nach Hause“, sagte ich. „Ich will dich hier nicht haben. Das ist *mein* Freiraum.“

Megs Lippen zitterten. „Du bist gemein, Fanny. Ich weiß nicht, ob ich das ertrage.“

„Dann streng dich an.“

„Ich habe mich angestrengt, aber ich brauche dich.“

Es war nach Mitternacht. Es war heiß, ich war todmüde, der Flughafen war meilenweit entfernt, und wie üblich hatte Meg ihre geballte Ladung an Lustigem, Traurigem und Monströsem mitgebracht, und so war im Moment nicht viel zu machen.

Wir schafften im zweiten Schlafzimmer etwas Platz. Ich kniete mich neben die Kommode im Flur, aus der mir Kampfergeruch entgegenschlug, und suchte in den Schubladen nach Bettwäsche. Schließlich fand ich zwei Laken, die mit den Initialen MS bestickt waren, und wir bezogen Megs Bett.

„Das war eindeutig Bestimmung“, sagte sie.

Erhitzt von der Anstrengung des Möbelrückens, gingen wir ins Freie und schlenderten die Straße entlang.

„Was willst du morgen früh mit mir tun?“

„Das weiß ich noch nicht.“

Unsere Füße wirbelten Wolken von weißem Staub auf. Im Gestrüpp zirpten Zikaden. Die Dunkelheit war parfümiert – Basilikum und Majoran, ein Hauch von Zitrone – und weit, weit weg von der kühlen, regenschweren Luft von Stanwinton.

Ich brach das Schweigen. „Irgendwelche Neuigkeiten? Ich bin nicht ganz auf dem laufenden.“

„Die Umfragen zeigen, daß der Rückhalt schwindet." Meg klang besorgt. „Aber das ist nicht anders zu erwarten. Jeder will, daß sich etwas ändert. Die Leute haben genug von Kontinuität und guten Absichten."

Wir kamen an dem kleinen Olivenhain und dem Weinberg vorbei, wo die Reben so exakt ausgerichtet und diszipliniert wuchsen. Am Ende jeder Reihe stand ein Rosenstrauch.

„Nette Idee", bemerkte Meg.

Ich zerdrückte ein paar Blätter wilden Thymian zwischen den Fingern und schnupperte. „Riech mal. Danach kaufst du nie wieder Kräuter im Glas."

An der Stelle, wo sich die Straße gabelte, blieben wir stehen. Die eine Abzweigung führte hinunter nach Fiertino, dessen Lichter, im hellen Kontrast zu dem dunklen Himmel, wie eine Kette aus Brillanten aufgereiht waren. Die andere wand sich oberhalb der Casa Rosa den Hügel hinauf. Meg schob ihr Haar zurück. „Ganz schön heiß hier."

„So soll es auch sein, so anders wie möglich als in Stanwinton." Ich sprach heftiger, als ich beabsichtigt hatte.

„Du Ärmste, dich hat's böse erwischt."

„Stimmt. Aber seit ich hier bin, bin ich mir über einiges klargeworden."

„Sofern du Raoul ‚klarwerden' nennst", sagte sie.

Wir gingen weiter. „Raoul und ich sind gute Freunde. Ich kannte ihn schon, lange bevor ich Will begegnet bin."

„Wenn du das sagst, Fanny." Meg kickte mit ihrer Sandale einen Stein weg. „Ich bin brav gewesen, Fanny", sagte sie. „Ich bin trocken. Ich *habe* mich angestrengt."

Ihr stockendes Eingeständnis rührte mich.

„Ich wollte, ich hätte mich anders verhalten, Fanny. Ich wünschte, ich hätte vieles anders gemacht. Dann wäre ich jetzt nicht so... so abhängig. So auf etwas angewiesen." Meg zog so heftig an ihren Haaren, daß es bestimmt weh tat.

Ich seufzte tief, und Meg hörte es. Sie lachte bitter auf. „Alkohol zerstört. Dann steht man da ohne Freunde, ohne

Ehemann, ohne Lover. Nur mit... mit einem Sohn, und der ist erwachsen und ausgeflogen. Da bleiben nur du und Will." Sie hielt inne. „Du hast es geschickter angestellt, Fanny. Wie immer. Die gute Fanny macht ja *immer* alles besser."

„Hör auf, Meg", sagte ich. „Dieses Thema ist ein alter Hut."

Meg machte sofort eine Wendung um 180 Grad. „Wir sind eben zwei alte Gewohnheitstäter."

„Sprich für dich selbst." Im Mondlicht sah Megs Gesicht merkwürdig angespannt aus. „Was ist los?"

„Ich versuche, die Stirn zu runzeln. Ich habe mir Botox spritzen lassen. Ich dachte mir, wenn ich die Stirn nicht runzeln kann, sieht das Leben gleich viel freundlicher aus. Aber ich vergesse es immer wieder."

Ich ertappte mich, daß ich – eine verhinderte Ehebrecherin – auf der staubigen, mondbeschienenen Straße stand, in der Ferne die strahlenden Lichter von Fiertino, und mich vor Lachen nicht halten konnte.

„Du solltest das auch machen lassen, Fanny", riet mir Meg, als ich wieder ansprechbar war. „Du bekommst schon Falten."

Ich klemmte die Hand unter ihren spitzen Ellbogen. „Meg, warum raffst du dich nicht endlich zu diesem Studiengang auf, von dem du früher geredet hast?"

Sie erstarrte, entwand sich mir aber nicht. „Dafür bin ich nicht intelligent genug."

„O doch, das bist du."

Wir gingen wieder den Weg zur Casa Rosa hinauf. „Ich habe Angst, daß ich meinen ganz speziellen Kampf nicht gewinnen werde", gestand Meg plötzlich. „Für den Rest meines Lebens werde ich rund um die Uhr auf der Hut sein müssen. Aber bei Nacht, wenn ich schläfrig und deprimiert bin, wird der Dämon versuchen, durch meine Abwehrstellungen zu schlüpfen. Bei Tag wird er versuchen, mich im Sonnenschein zu überlisten und in den trostlosen Stunden, wenn es allen egal ist, ob ich da bin oder nicht."

„Sacha ist es nicht egal. Will ist es nicht egal... und mir auch nicht."

„Sacha ist... mein Sohn. Aber kein Ehemann und kein Lover, und kein Gefährte."

Nachts wurde ich durch einen Schrei von Meg geweckt. Ich warf das Laken zurück und tastete mich über den kühlen Boden in ihr Zimmer. Meg lag zusammengekauert auf der Seite, und die Laken waren zerwühlt und zusammengeknüllt. Ich beugte mich über sie, und sie murmelte etwas Unverständliches. Es klang gequält und traurig. Unfähig, sie zu trösten, und schuldbewußt, weil ich sie nicht dahaben wollte, bemühte ich mich, wenigstens die Laken glattzuziehen. „Meg?"

Ihre Augen gingen ruckartig auf, aber sie sah durch mich hindurch, ins Leere.

Als sie wieder ruhig schlief, ging ich nach unten und nahm die beiden Weinflaschen –Vigna L'Apparita (ein Merlot) -, die mir unser Gastgeber in La Foce geschenkt hatte, aus dem Regal in der Küche. Da dieser Wein glatt einen Mord wert war, versteckte ich die Flaschen unter einem Stapel Kartons.

Oben suchte ich nach Aspirin gegen meine Kopfschmerzen und kippte den Inhalt meiner Handtasche aufs Bett. Mein neues Handy fiel heraus, und ich schaltete es ein. Eine SMS leuchtete auf: „I LUV U MOM. XXX."

Ich setzte mich hin und vergoß bittere Tränen wegen meines Vaters und Chloës Abwesenheit. Tränen der Verwirrung und – vor allem – des Bedauerns.

Am nächsten Morgen verließ ich die Casa Rosa, als Meg noch schlief.

In Fiertino war Markttag, und die Piazza war vollgestopft mit Lieferwagen und Ständen, die billige Haushaltswaren, Berge von Gemüse und Bastkörbe verkauften. An einem Stand kaufte ich einen Eimer und im Supermarkt Gummihandschuhe, einen Besen, Desinfektionsmittel, Scheuermilch, Entkalker und Möbelpolitur.

„Signora." Die dunkeläugige Frau, die mich bediente, entdeckte die geröteten Stiche auf meinem Arm und legte eine Tube zu meinen Einkäufen. *„Per i morsi"*, sagte sie lächelnd. *„Gratis."*

Ich bedankte mich und trottete in der mittlerweile sengenden Sonne zurück zum Haus. Ich band mir ein Kopftuch um, machte Wasser heiß und begann mit dem Großputz.

Ich schrubbte den Tisch. Den Küchenboden. Das Badezimmer. Ich fegte jeden Winkel des Hauses, und die Häufchen mit den toten Insekten wurden immer größer. Ich putzte die Fenster, kratzte an den kalkverkrusteten Wasserhähnen herum, wusch die Wände ab, rieb mit Wurzelbürste und Scheuermitteln den Makel des Zweifels von mir ab.

Könnte es sein, daß man im Leben die Dinge, die man nicht getan hat, mehr bereut als das, was man getan hat?

Wie hätte mein Vater darüber gedacht?

Aber das Entscheidende war doch sicher die Bestätigung, leidenschaftlicher Gefühle fähig zu sein? Der feste Vorsatz, nie Leere im Herzen zu haben?

Durch die Putzmittel und das ständige Hantieren mit Wasser waren meine Finger zu rosa Dörrpflaumen geschrumpelt. Mein Rücken wurde vom vielen Bücken steif, und ich war von Kopf bis Fuß schweißgebadet. Die Casa Rosa auf Vordermann zu bringen, war ein schier hoffnungsloses Unterfangen, aber ich nahm es entschlossen in Angriff.

„Sieht mir ganz nach schlechtem Gewissen aus", bemerkte Meg, als sie schließlich auftauchte. „Nach dem Reinwaschen von Sünden. Bitte mich bloß nicht, dir zu helfen." Sie hatte einen roten Fleck auf der Wange, auf der sie gelegen hatte, und ihr Haar war zerzaust. „Gibt's hier heißes Wasser?"

„Das hab ich aufgebraucht."

Meg blickte sinnend drein. „Alles ein bißchen *sehr* am Rande der Wildnis", sagte sie. „Aber falls es erforderlich ist, Fanny, werde ich Pioniergeist beweisen und mich mit kaltem Wasser waschen."

Vom Boden, wo ich auf Händen und Knien lag, sagte ich: „Ruf am Flughafen an, Meg, und buche deinen Rückflug."

„Bitte, Fanny. Laß mich bleiben. *Bitte!*"

„Was will *die* hier?", flüsterte mir Benedetta zu, als ich später am Tag mit Meg zu ihr ging. „Ärger machen?"

„Ich hoffe, nicht."

Benedetta riß ihre dunklen Augen auf, und ich sah, wie schön sie noch immer waren, und mußte daran denken, daß mein Vater sie einst geliebt hatte. „Die stiftet nur Unruhe, Fanny."

Meg benahm sich vorbildlich, aber es wurde ihr keine frische Tomate von Benedettas Stock offeriert, und ich verstand den Wink.

Erstaunlicherweise war Meg am Morgen darauf noch immer in der Casa Rosa *in situ*, und so frühstückten wir bei Angelo.

„*Amore!*", rief Maria, die drinnen die Kaffeemaschine bediente.

„So sagen die Italienerinnen zu ihren Söhnen", informierte ich Meg.

„Ein Muttersöhnchen?" Meg lächelte Angelo gewinnend an, der prompt rot wurde, und betrachtete seine gut gepolsterte Statur, als er ins Haus zu seiner Mutter eilte.

„Nicht mehr als Sacha."

Meg versuchte, die Stirn zu runzeln, was aber mißlang. „Sacha hört nicht immer auf seine Mami."

Megs Brioche bestand nur noch aus Krümeln, war aber kaum angerührt worden. „Iß doch was", sagte ich. „Man muß frühstücken wie ein König."

„Komisch, daß jeder die gleichen Sprüche benutzt. Genau das habe ich früher zu Will gesagt. Er wurde in der Schule schikaniert, und dann hatte er keinen Appetit."

„Will wurde schikaniert?"

Meg schien überrascht zu sein. „Hat er dir das nicht erzählt? Nein, vermutlich nicht. Wahrscheinlich würde er eher sterben, als zugeben, daß er sich vor etwas gefürchtet hat. Aber es war so."

„Sprich weiter."

Meg befeuchtete die Spitze ihres Zeigefingers, nahm damit einen Krümel auf und schob ihn in den Mund. „*Ich* fürchtete mich vor den Großeltern. Nicht, daß sie böse oder was gewesen wären, nur eben schrecklich alt und langweilig und daß sie den ganzen Tag schimpften. Ich hatte immer eine panische Angst, ich könnte heimkommen und sie würden tot daliegen. Darum hat Will nach der Schule immer auf mich gewartet. Das war einer der Gründe, weshalb er schikaniert wurde. *Liebt sein Schwesterherz.*"

„Und was waren die anderen Gründe?"

Meg klang ungehalten. „Es gab so viele."

Eine Hupe ertönte. Es war Raoul. Er parkte unter einem Baum und kam zu uns herüber. „Ich bin hier, um mich zu verabschieden. Wie sich herausstellt, kann ich nicht länger bleiben."

Meg kramte in ihrer Handtasche und holte einen Lippenstift hervor, den sie aufzutragen begann. Sein dunkles Pink glänzte auf ihren Lippen.

Raouls Abreise überraschte mich nicht. Es hatte keinen Sinn, länger zu bleiben. Wir brauchten beide eine gewisse Distanz, um uns wieder zu fangen. Ich dachte mit einem scharfen Stich der Bitterkeit und des Bedauern, wie sehr mir unsere Gespräche fehlen würden.

Als Raoul aufstand, um zu gehen, beugte er sich vor und küßte mich. „Ich werde in einigen Monaten in England sein", sagte er liebenswürdig. „Dann rufe ich dich an. Ich würde gerne mit dir über die Firma sprechen."

„Hast du schon entschieden, wo du Alfredos Asche beisetzen willst?" Meg sah Raouls Wagen nach, der sich durch den Verkehr der Piazza schlängelte und verschwand.

„Nein.“

„Ich dachte, deshalb bist du hergekommen“, bemerkte sie unschuldig. Ihre Aufmerksamkeit wurde auf einen Lieferwagen gelenkt, der Paletten mit Spinat und Melonen ablud. „Planst du irgendwelche Veränderungen, Fanny? Ich habe dir die Geschichte mit dem Die-Asche-meines-Vaters-beisetzen *nie* so richtig abgekauft. Schon gar nicht, als ich sah, daß Raoul auf der Bildfläche erschienen ist. Deine kleine Flucht ist wohl eher eine Art stummer Hilferuf, und das hat bestimmt mit meinem Bruder zu tun.“ Sie hielt inne. „Vielleicht glaubst du, daß eure Ehe zu Ende ist. Das haben Ehen so an sich. Man beginnt mit lauter guten Vorsätzen, mit den *besten* Vorsätzen, und dann kommt einem das Leben in die Quere.“ Sie warf mir einen raschen Blick zu. „Sei froh, daß du Raoul los bist. Was ist dir mein Schweigen wert?“

„Ich werde es Will selbstverständlich sagen.“

„Das würde ich an deiner Stelle nicht tun“, meinte sie.

Ich spielte mit einem Zuckertütchen. „Ich habe mir ein wenig Zeit erkauft.“

„Tut mir leid, wenn ich deine Kreise störe.“

„Nein, das tut dir *nicht* leid.“ Ich gab Angelo das Geld für die Rechnung. „Fahr nach Hause, Meg, und misch dich nicht ein.“

„Betrachte mich als gewarnt.“ Meg stand auf. „Das Leben anderer Menschen ist genau das. Nämlich das Leben anderer Menschen. Und ein absolutes Rätsel.“

♦

Meg fuhr nicht nach einigen Tagen nach Hause. Natürlich nicht. Zuerst gab es Probleme mit dem Umbuchen. Dann schienen in den nächsten Wochen keine Plätze nach London mehr frei zu sein. Später sagte sie: „Schau, jetzt kann ich auch bleiben, bis du zurückfliegst. Es ist ja nur noch eine Woche.“

Mit jedem Tag, den ich im Tal verbrachte, löste ich mich mehr und mehr von meinem früheren Leben. Ich blickte darauf zurück, sah es undeutlich und verschwommen, ohne Nostalgie, ohne Details zu erkennen, erinnerte mich nur dunkel daran. Eine innere Schläfrigkeit umfing mich, lähmte mich geradezu, und ich war es zufrieden, dazusitzen und nichts zu tun, wenn die Helligkeit zunahm, grell wurde, und die Hitze einsetzte.

Ich dachte an Chloë, an das starke Seil der Liebe, das mich an sie band, und daß ich, seit ihrer Geburt, kein isolierter Mensch mehr war. Ich dachte an Raoul, den ersten Mann in meinem Leben, vor dem ich geflohen war – zum zweiten Mal. An Will, meine große Liebe. An die Beschaffenheit unseres jeweiligen Lebens und die Abstände zwischen ihnen.

Wenn Meg aufwachte, gingen wir nach Fiertino, nahmen bei Angelo einen Tisch mit Blick auf die Piazza und bestellten Kaffee. Manchmal war die Piazza beinahe verlassen. Manchmal setzte, wie von einer rätselhaften Kraft angezogen, ein Zustrom der tuckernden Lieferwagen ein, die die Italiener so mögen, und Abgasschwaden vermischten sich mit dem Geruch von Kaffee und Gemüse aus dem Supermarkt nebenan.

Ich trank meinen Kaffee und studierte meine Weinbücher, während Meg einen Roman las oder nur in die Gegend blickte. Ich saß gerne dort, und ich glaube, Meg auch – sie schien sich wohl zu fühlen. Unser einziger größerer Kraftaufwand bestand darin, unsere Stühle in den Schatten zu rücken, wenn die Sonne weiterwanderte.

„Weißt du", sagte sie, „Will würde es hier gefallen."

„Ihm?"

„Kannst du das nicht verstehen? Er hatte nie die Chance, einfach dazusitzen und nichts zu tun. Er war immer ein Getriebener. Vom ersten Moment an." Sie stützte das Kinn in die Hände. „Mein Bruder ist ein tapferer Mann, und es ist nicht seine Schuld, daß die Welt so kompliziert und schrecklich ist. Er will auf keinen Fall zulassen, daß sie die Oberhand über uns gewinnt." Die Lider sanken über die dunklen Augen herab. „Verstehst du das?"

Jeden Tag wählten wir, entweder im Laden oder auf dem Markt, ein anderes Gemüse als Hauptbestandteil für unser Mittagessen aus. Tomaten oder Auberginen? Zucchini oder große dicke Pilze? Ich übernahm das Zerkleinern. Meg bereitete die Salatsaucen zu. (Sie hatte ein besonderes Talent, Balsamico-Essig, Öl und Senf perfekt abzustimmen.)

Nachmittags hielten wir eine Siesta, und am frühen Abend rafften wir uns dazu auf, in den Wagen zu steigen und Sehenswürdigkeiten zu besichtigen. Meistens tranken wir dann in einem der umliegenden Dörfer einen Eistee.

Ich fuhr mit Meg in das Museum in Tarquinia und fragte sie, ob sie das Paar wiedererkannte. „O ja", sagte sie, „die kenne ich. Das glückliche Paar." Sie betrachtete die Inschrift. „Sie starben so jung, daß sie gar keine Zeit hatten, sich zu hassen oder anzuöden."

„Stimmt", sagte ich.

Dann zeigte ich ihr die Fresken in der Kirche von Fiertino. Sie betrachtete sie lange. Schließlich wandte sie sich ab – „Zuviel Höllenfeuer für meinen Geschmack", sagte sie.

Danach verzichteten wir, im gegenseitigen Einvernehmen, auf weitere kulturelle Unternehmungen.

Kapitel 20

Statt dessen waren Meg und ich vollkommen glücklich, shoppen zu gehen. Wenn die Sonne hinter dem Hügel versank und es kühler wurde, sahen wir uns in Boutiquen und auf Märkten um, probierten schicke italienische Pullis an, diskutierten über Handtaschen. Wir kauften hübsche Strohkörbe und Seidentücher für Meg.

Maria gab uns den Tip mit dem Schuhgeschäft, das versteckt in einer Straße hinter der Kirche lag. „Alles Schuhe aus Rom", sagte sie augenzwinkernd. „Aber nicht die Preise." Meg und ich waren uns einig, daß es geradezu unsere Pflicht war, die örtliche Wirtschaft zu unterstützen.

Das Geschäft lag im mittelalterlichen Teil des Orts. Innen war es heiß, dunkel und eng, und es roch angenehm nach Leder und Lack – ein typischer Handwerkergeruch. Wir brachten eine gute halbe Stunde damit zu, die Regale zu durchstöbern. Meg stürzte sich auf einen raffinierten hochhackigen Pumps, und ich schwankte zwischen einem Paar hinreißender roter Ledersandaletten, die mich sehr reizten, und einem vernünftigen schwarzen Schuh, der geradezu nach Stanwinton schrie, mich aber überhaupt nicht reizte.

Meg stieg in ihre Pumps und drehte sich im Kreis herum. Sie war ganz aufgeregt, strahlte vor Freude, war fast wieder ein junges Mädchen, und ich konnte verstehen, warum Rob sich in sie verliebt hatte. Auf den hohen Absätzen balancierend, sagte sie: „Will hat mir mein erstes schönes Paar Schuhe gekauft. Er hat im Supermarkt gejobbt, Regale aufgefüllt und das Geld gespart. Er wollte sich bei mir bedanken. Ich habe die Schuhe jahrelang aufgehoben."

Unser Aufenthalt in Fiertino hatte eine unerwartete Wirkung ausgeübt: Er hatte Megs Zunge gelöst. Sie hatte mir eine ganze Reihe wissenswerter Details in den Schoß geworfen. „Da", schien sie sagen zu wollen. „Ich schenke sie dir."

Sie versuchte mir etwas über den unbekannten Will mitzuteilen: über den, den es gegeben hatte, bevor ich ihn kannte. Auf diesbezügliche Nachfrage hätte ich natürlich genau sagen können, daß Will zum Frühstück am liebsten gebratenen Speck aß. Ich wußte, welche Art Hemden er bevorzugte, wie er sich im Schlaf umdrehte und einen Arm über den Kopf warf. Ich wußte, daß er seine Tochter liebte, daß er mir untreu gewesen war. Ich wußte, daß wir viele Jahre miteinander verbracht hatten.

Aber ich wußte nichts von dem Abschnitt seines Lebens, in dem Meg das Heft in der Hand gehabt hatte und diese Hand oft gezittert haben mußte – vor Angst und Sorge.

Ich stellte die roten Sandaletten ins Regal zurück. „Es ist zu heiß hier drin. Ein andermal."

„Selber schuld", sagte Meg und bezahlte ihre Pumps.

Am Ende der Woche rief Will an. „Phantastische Neuigkeiten, Fanny. Chloës Abschlußzeugnis ist gekommen. Zwei Einser und eine Zwei. Ich habe sie gleich angerufen, und sie freut sich wie ein Schneekönig."

Ich hatte plötzlich einen Kloß im Hals. „Unsere kluge, wunderbare Tochter."

Wir sprachen über ihre Studienpläne und wer von ihren Freunden welche Noten bekommen hatte. Dabei hatte ich ständig ein Bild der nun wirklich erwachsenen Chloë vor Augen, wie sie in einem schwarzen Talar ihr Diplom entgegennimmt, heiratet, mit drei Kindern nach Hause kommt. Die Zeit verging so schnell, und ich mußte mit ihr Schritt halten.

„Hast du sie von mir gegrüßt?"

„Selbstverständlich. Was macht ihr beiden denn so?"

„Nicht viel mehr als apathisch herumsitzen."

„Gut." Er räusperte sich. „Das Haus kommt mir so leer vor. Aber ich war ziemlich viel in London. Die Wohnung sieht ein bißchen chaotisch aus, offen gestanden. Es tut mir leid, daß Meg sich bei dir eingenistet hat. Ich weiß doch, daß du ein bißchen Abstand wolltest. Aber die letzten Wochen waren die Hölle." Er machte in diesem Stil weiter. Scheußliches Wetter. Lästige Aktenarbeit. Schließlich sagte er wehmütig: „Du scheinst so weit weg zu sein."

Ich wischte eine tote Fliege auf den Boden. Hatte ich die in meinem Putzfimmel übersehen? „Rate mal, wer hier aufgetaucht ist. Raoul. Wir haben bei Freunden von ihm ausgezeichnet gegessen und über Lagen und Jahrgänge geredet."

„Wie nett", sagte er vorsichtig. „Übrigens wartet hier ein Stapel Papiere vom Anwalt auf dich."

„Das dachte ich mir." Ich riß mich zusammen. „Erzähl mir, wie alles läuft."

„Die Umfragen sehen düster aus", sagte er, „aber vielleicht war das zu erwarten..."

Während Will weitersprach, starrte ich aus dem Fenster auf den Olivenbaum, der an einer bedenklichen Stelle, aber trotzig auf dem Hang oberhalb des Hauses wuchs. In der Sonne wirkten die Unterseiten seiner Blätter weiß.

Ich hörte das Knistern einer Zigarettenpackung. „Fanny... wie ich befürchtet hatte, will man die Zweitwagensteuer fallenlassen. Die Sache ist zu heikel. Schließlich stehen Wahlen vor der Tür... also hat man mich, in aller Höflichkeit, aufgefordert, mich zu verpissen, den Schwanz einzuziehen und das Maul zu halten, dann wirft man mir auch mal wieder einen Knochen hin. Ende der Geschichte. Ich glaube, nach dem ganzen Theater läßt mich das ziemlich kalt."

Das konnte nicht wahr sein. „Dann brauchen wir ja keine Zeit mehr damit zu verschwenden."

„Ich hatte eigentlich etwas mehr Mitgefühl erwartet."

„Aber das habe ich doch. Großes sogar. Es tut mir leid, daß deine Erwartungen enttäuscht wurden, aber es ist vorbei."

Ich drehte mich im Flur der Casa Rosa um, wobei sich das Telefonkabel um meine Beine wickelte, weil ich die Reben auf der anderen Seite der Landstraße betrachten wollte. Merkwürdig. Wieso war mir noch nie aufgefallen, daß genau zwischen zwei Zypressen auf dem Hügel ein Hochspannungsmast stand?

„Fanny, wann kommst du nach Hause?"

Ich hörte mich sagen: „Ich will nicht zurückkommen. Ich fühle mich hier zu Hause."

Meg war nicht dumm und hatte schnell kapiert, daß Benedetta sie nicht leiden konnte. „Hör mal", sagte sie später am Abend, als wir uns fertigmachten, zu ihr zum Pastaessen zu gehen, „nach reiflicher Überlegung halte ich es für besser, euch beide allein über alte Zeiten reden zu lassen. Ich werde bei Angelo eine Kleinigkeit essen. Das wäre mir lieber."

Ich war einverstanden.

Benedetta, in ihrem besten geblümten Kleid, über das sie eine Spitzenschürze gebunden hatte, war in fröhlicher Stimmung. Im Hintergrund lief Radio Vatikan. „Mein Sohn", verkündigte sie mit einem breiten Lächeln, „hat angerufen und gesagt, daß er im Winter kommen wird." Sie gab mir ein Messer. „Mach bitte den Salat, Fanny."

Rot und saftig fielen die Tomatenscheiben vom Messer. Ich nahm eine und stopfte sie in den Mund. Sie schmeckte nach Sonne und Erde. Ich richtete die Scheiben auf einer Platte an und streute Basilikum darüber. Die Madonna lächelte von ihrer hohen Warte an der Wand herab. Benedettas Küche mochte beengt und vollgestopft sein, aber dafür war sie gemütlich, viel gemütlicher als meine Küche in Stanwinton mit ihren ganzen modernen Annehmlichkeiten.

Wir trugen alles hinaus auf die kleine Veranda und sprachen beim Essen über meinen Vater.

Benedetta drängte mir ein zweites Stück Aprikosentorte auf. „Er hat es sich nie verziehen, daß deine Mutter fortgegangen ist."

„Warum wollte er eigentlich nie wieder heiraten? Ich habe das nie verstanden."

„Damit du eine Stiefmutter bekommst? Nein. Alfredo hat zu mir gesagt, daß er dir das *nie und nimmer* antut."

Es war besser, das Thema nicht weiterzuverfolgen.

In meinem Schlafzimmer in der Casa Rosa wandte ich mich an die Urne, die seine Asche enthielt. „Wohin soll ich dich bringen, Dad? Wo wärst du gerne? Willst du es mir nicht sagen?"

Etwa eine Stunde später kam Meg zurück, und ich setzte mich im Nachthemd auf die Treppe, während sie in der Küche drauflos plapperte.

„Tee?" Ich hörte, wie Wasser in den Kessel gefüllt wurde. „Ich habe gut gegessen." Das Gasflamme ging an, und Meg erschien unter der Küchentür. Ihre Wangen waren leicht gerötet, und ihr Haar sah weich aus und glänzte. „Und du willst wirklich keinen Tee? Bei Angelo ist es abends richtig lustig, jede Menge junge Burschen, die einen Mordsradau machen. Ich habe mich amüsiert, sogar das eine oder andere italienische Wort aufgeschnappt, du brauchst dir also keine Sorgen um mich zu machen."

Am nächsten Morgen saß ich noch schlaftrunken bei meiner ersten Tasse Kaffee auf der Loggia, als Benedetta den Weg heraufgekeucht kam. Ich ließ sie Platz nehmen und holte ihr ein Glas Eiswasser. Sie trank geräuschvoll. „Fanny, du weißt ja, daß Ausländer besonders scharf beobachtet werden. Und daß es in Fiertino viele Augen gibt."

„Ich bin doch kein Ausländer", protestierte ich. „Nicht direkt."

„*Santa Patata*! Ich habe zehn Jahre in England gelebt, und ich war trotzdem ein Ausländer."

Ich holte tief Luft und nahm ihre Hand. „Du warst meine Mutter."

Benedetta streichelte mein Handgelenk. „Das war ich, und ich war es auch nicht."

„Was habe ich angestellt?"

„Du gar nichts. Aber Meg. Sie wurde von Angelo gesehen, als sie mit einigen der jüngeren Männer ins Bacchus ging. Das Bacchus ist kein gutes Lokal. Frauen gehen da nicht hin. Du mußt ihr das sagen."

Als Meg aufwachte, war Benedetta längst gegangen. Ich knöpfte sie mir sofort vor. „Man hat dich gesehen."

„Mein Gott, na und?" Meg schlug eine Ameise auf ihrem Arm weg. Sie war blaß und verschlafen, und das Haar fiel verschwitzt und strähnig über ihre Schultern. „Es geht dich nichts an, wo ich hingehe. Ich habe einen Pfirsichsaft getrunken, das ist alles. Ich wollte bloß ein bißchen Gesellschaft. Ist das vielleicht ein Verbrechen?"

„Nein, aber warum hast du nichts davon erwähnt?"

Sie sah mich fest an. „Überleg mal."

Mein eigenes Haar kam mir heiß und schwer vor, und ich kämmte es mit den Fingern nach hinten. „Angelo hat es gut gemeint. Er wollte dich nur warnen. Wahrscheinlich ist es nichts weiter, aber die Einheimischen wissen eben Dinge, die wir nicht wissen können. Wir sind, wie Benedetta mir gerade klargemacht hat, nun mal Ausländer."

Megs verwüstetes Gesicht verriet nichts. „Angelo findet also, daß man sich meinetwegen Gedanken machen muß?"

„Offenbar."

„Das ist bloß eine Bar mit ein paar Stühlen und einem unanständigen Bild an der Wand." Ihr Mund verzog sich zu einem häßlichen Strich. „Wen stört das schon?"

Sie wollte mich zwingen, zu sagen: „Mich." Aber ich brachte es nicht über die Lippen.

Megs interessierter, erwartungsvoller Ausdruck verschwand. „Vielleicht hält dein eigenes Benehmen ebenfalls keiner näheren Prüfung stand, Fanny."

Vielleicht nicht. Darauf gab es keine Antwort.

„Okay", sagte sie. „Schon kapiert. Aber versprechen kann ich nichts." Sie blickte hinunter ins Tal. „Es ist halt doch ein Kaff. Finsterstes Mittelalter."

„Es war nur ein freundlicher Hinweis. Benedetta war eben besorgt."

„O ja." Sie warf mir einen scharfen Blick zu. Ich wußte nicht, was er zu bedeuten hatte – nur daß mir dabei unwohl war und daß der Knoten, der Meg und mich zusammenband, so fest wie eh und je war.

Wir bereinigten die Sache und beschlossen, nach Siena zu fahren. Wir fegten die Böden, holten die Wäsche aus dem Garten herein und machten im ganzen Haus die Fensterläden zu.

Meg trug einen roten Rock und eine weiße Bluse und eine riesige Sonnenbrille. Ich zog das Kleid an, das ich bei dem Abendessen in La Foce getragen hatte. Meg hängte sich bei mir ein. „Wir können uns miteinander sehen lassen."

Im Wagen fragte sie mich: „Bin ich da wirklich in etwas mit Raoul hineingeplatzt?"

„Ich hatte ihn bereits fortgeschickt."

„Und warum?"

Ich sah sie kurz an. Sie hatte die Hände im Schoß gefaltet und sah stur geradeaus. „Ich brauche keinen Lover."

„Du brauchst keinen *Ehemann.*"

„Ah", erwiderte ich, „aber ich habe einen."

Sie wandte sich abrupt ab, doch da hatte ich schon gesehen, daß Tränen unter der großen Sonnenbrille hervorliefen.

Als ich Will heiratete, dachte ich nur an ihn: mein Verlangen, ihn in- und auswendig zu kennen, mein unbändiger Stolz auf seine Ideen und Ambitionen, anderen zu helfen, und meine freudige Erregung, daß wir uns füreinander entschieden hatten. Ihm ging es genauso. Erst später begriff ich, daß von mir verlangt wurde, noch andere Leben in die Hand zu nehmen und mitzuschleppen.

Wir verbrachten den Nachmittag damit, die Stadt zu erkunden und ziellos durch die Straßen zu schlendern. Wir kauften Salami, Olivenöl und Bastmatten, und Meg bestand darauf, mir einen blau-weißen Teller für die Küche daheim zu schenken. „Eine Erinnerung an fremde Gefilde", sagte sie, „für Stanwinton."

Da wir uns einig waren, daß der Dom wie ein schwarzweißer Aberwitz aussah, beschlossen wir, ihn auszulassen, und gingen statt dessen in ein Café am Rande der Piazza, wo wir Pistazieneis und Kaffee bestellten.

„Schön hier", sagte Meg leise. „Schade, daß Will nicht da ist." Ich gab keinen Kommentar dazu ab. „Weißt du, was ich glaube? Ich tippe bei meinem Bruder auf Midlife-crisis. Das kommt vor, aber Will würde es nie zugeben. Das ist nicht seine Art." Sie machte sich über die gefrorene Mischung her: hellgrün, raffiniert und voll knackiger Nüsse. „Ich werde ihn mal zur Rede stellen."

Mit einem Schlag war die friedliche und zuvorkommende Stimmung zwischen uns zerstört. Die alte Eifersucht packte mich wieder an der Gurgel. Zweifellos hatte Meg recht. Aber ich konnte es nicht länger ertragen – *ich konnte es nicht ertragen* –, wie sie in meinem Leben herumpfuschte. In dem inneren, intimen Leben, das trotz all seiner Trübsal und Tränen, trotz all seiner Fragwürdigkeit, nur Will und mir gehörte.

Meg schob einen Löffel Eis in den Mund und schluckte. Die Sonne war weitergewandert. Ein Schatten legte sich auf die Piazza. Vögel umkreisten den Campanile mit schrillen Rufen.

„Meg", sagte ich, „wenn wir wieder in Stanwinton sind, *mußt* du dir eine neue Bleibe suchen."

Ihr Löffel schlug klirrend gegen den Eisbecher aus Metall. „O Gott", sagte sie und wurde blaß unter der Sonnenbräune.

„Ich halte das für das beste."

„Das kann ich nicht", sagte sie ruhig. „Ich verstehe mich nicht darauf, für mich zu sein."

„Du brauchst ja nicht weit wegzuziehen. Du hast mir doch gesagt, daß du es schaffst, bei der Stange zu bleiben."

Sie schüttelte den Kopf. „Das ist nicht der springende Punkt."

Meg stand unbeholfen auf. „Mir ist gerade etwas eingefallen." Sie nahm ihre lederne Handtasche, hängte sich den Riemen über die Schulter und verschwand um die nächste Straßenecke.

„Meg! Komm zurück!"

Verärgert über sie, wütend über meine Ungeschicklichkeit und doch erleichtert, ähnlich wie man sich nach dem Öffnen eines Geschwürs fühlt, saß ich etwa fünf Minuten nur da und dachte: Das ist ein Schlußpunkt.

Ich bezahlte und machte mich auf die Suche nach ihr. Die Via del Duomo war mit Boutiquen gesäumt, die wunderschöne Dinge verkauften – Schals, Lederhandtaschen, Perlen so groß und weiß, daß sie in der vergleichsweisen Düsterkeit der engen Straße ins Auge stachen. In einem der Geschäfte bewunderte ich eine ganz besonders glänzende Schnur. Daneben lag auf einem Samtkissen ein Ring mit einem großen Rubin und Brillanten. Mir schoß durch den Sinn, daß er ein Zuhause brauchte.

Auch Meg brauchte ein Zuhause.

Auf der anderen Straßenseite war ein Geschäft, dessen große Glastüren offenstanden und den Blick auf hohe Regale freigaben, in denen Hunderte von Weinflaschen lagen. Ich trat ein, atmete den vertrauten Geruch von Holzkisten und Schimmel ein, der sich auf Flaschen bildet. Die Weine waren nach Kontinenten und Ländern geordnet: Chile, Italien, Vereinigte Staaten... Die Rotweine schimmerten in dunklen Grün- und Brauntönen. Die Weißweine spiegelten das ganze Spektrum von Hellgelb über Gold bis Bernstein wider.

Eine sachkundige Hand hatte die Auswahl getroffen: Château de Fonsalette Cuvée Syrah, Monte Antico Russo und, erstaunlicherweise, ein Beringer Private Reserve aus dem Napa Valley in Kalifornien – die ganz spezifische, persönliche Wahl eines Weinliebhabers, der seine Urteilsfähigkeit aufs äußerste verfeinert hatte.

Ich strich mit der Hand über eines der Regale. Alles zeugte von Jahren des Abwägens, des Verkostens, der Fehlgriffe. Von lebenslangem Herantasten an wahres Verständnis, wahre Kennerschaft, wahres Gespür.

Dem wollte ich nacheifern.

Eine Bewegung hinter mir ließ mich herumfahren. Neben dem eigentlichen Geschäft lag ein weiterer, noch schwächer beleuchteter Raum ohne Fenster. Eine Frau stand dort, die eine Flasche hielt – vorsichtig, fast liebevoll.

Es war Meg.

„Ein guter Tropfen", sie hielt mir die Flasche zur Prüfung hin, „aber nicht überragend. Ich glaube, das hätte dein Vater dazu gesagt."

Ich warf einen Blick darauf. Ein 1988er Pomerol. „Ich muß widersprechen. Der da *ist* überragend."

„O nein", sagte sie. „Vertrau mir. *Ich* kenne mich *aus.*"

Wie kann ich dir vertrauen, wollte ich ihr entgegenschleudern, wenn du dir so rücksichtslos Zugang verschaffst zu allem, was mir gehört? Zu meinem Mann, meinem Wein, sogar zu meiner Tochter. Wie kann man einem Eindringling vertrauen?

Meg zog eine Augenbraue hoch. Selbst *das* war von Will.

Ich ließ sie stehen. Draußen auf der Straße waren die Touristen unterwegs, in der Hand Plastiktüten mit interessanten Ausbauchungen. Sie nahmen Olivenöl und örtliche Töpferwaren mit nach Hause, einige der Wohlhabenderen auch Schmuck. Sie wollten den Geruch und Geschmack von Italien mitnehmen. Wieder daheim würden sie in einen Supermarkt oder einen Laden gehen, minderwertiges Öl oder *sugo di pomodoro* kaufen und feststellen, daß es nicht das gleiche war.

Hinter mir sagte Meg: „Dein Vater hatte in vielen Dingen recht. Würde er mir raten, eine andere Bleibe zu suchen?“

Kapitel 21

Auf der Fahrt zurück zur Casa Rosa sprachen Meg und ich nur, wenn es absolut nötig war. Ich ging früh zu Bett.

Nach der Hitze des Tages bildeten die Laken einen kühlen, frischen Kontrast. Ich las, machte mir Notizen und warf gelegentlich einen kurzen Blick auf die Urne droben auf dem Bord. Ob mein Vater wohl billigte, was ich getan hatte? Ich war mir nicht sicher. Vielleicht wäre er der Meinung gewesen, daß man alles, was zur Familie gehört, festhalten muß, egal, was es kostet.

Ich knipste das Licht aus und legte mich schlafen. Ich empfand die Erleichterung eines Menschen, der nach Krankheit und langem Liegen den ersten Schritt gemacht hat.

Ein Geräusch auf der Treppe, gefolgt von leisen Tritten draußen auf dem Weg, ließ mich hochfahren. Ich schwang die Beine aus dem Bett und stieß die Fensterläden auf. „Meg?"

Mondlicht strömte in mein Schlafzimmer und beleuchtete die schmale Gestalt drunten auf dem Weg. Meg hatte sich das Haar zu einem verführerischen Knoten hochgesteckt und trug ihre schicken neuen Pumps. Das Licht spielte mir einen Streich, denn sie sah so jung und hübsch aus, daß mir der Atem stockte. Sie hob den Arm, und die Reifen an ihrem Handgelenk gaben ein helles, klimperndes Geräusch von sich.

Ich stützte mich aufs Fensterbrett. „Geh nicht", bat ich, denn ich konnte mir denken, wo sie hin wollte.

Sie lachte sarkastisch. „Neidisch?"

„Echt voll neidisch." Ich ahmte bewußt Chloës Ausdrucksweise nach.

Sie schüttelte den Kopf. „Nicht überzeugend, Fanny. Da mußt du dich schon mehr anstrengen."

Ihre Stimme war rauh vor Erregung. Ich griff nach meinem Nachthemd. „Warte. Ich komme runter."

Der Stoff schlug gegen meine Beine, als ich hinaus auf den Weg lief. Meg kramte in ihrer Umhängetasche, und ich packte den Riemen. „Das ist es nicht wert. Bleib da."

„Aber du hast doch gesagt, daß ich gehen soll. Du hast alles... ganz klar gemacht."

In einem letzten Versuch riß ich heftig an dem Riemen, und Meg schwankte ein wenig auf ihren Stilettoabsätzen. „Aber das heißt doch nicht, daß du alles wegwerfen mußt. Sei nicht albern. Bitte, bitte bleib da. Wir können reden... ich werde dir zuhören... was auch immer." Meg zuckte die Schultern, und ich warf rasch ein: „Denk an Sacha. Denk an Will."

„Ich denke ja an sie", sagte sie. „Sehr sogar."

„Es war taktlos von mir."

„Geh wieder ins Bett", sagte sie, eine Erwachsene, die ein lästiges Kind zurechtweist. „Ich gehe aus, weil ich ein bißchen Abwechslung brauche. Ich weiß *genau*, was ich tue."

„Soll ich mich vor dir auf die Knie werfen? Ich tue es, wenn ich dich dadurch davon abhalten kann."

Meg spielte mit ihren Armreifen. „Du mußt das endlich begreifen, Fanny. Es ist alles in Ordnung. Ich habe alles im Griff. Aber...", sie schien nach einer Erklärung zu suchen, „ich bin nicht die einzige Frau, die gesündigt hat und die sich solche Wunden beigebracht hat. Aber manchmal fühle ich mich so allein. Und dann werde ich eben boshaft und selbstsüchtig." Sie nickte mit dem Kopf. „Ich weiß die Idee mit dem Kniefall zu schätzen, Fanny. Ich weiß, was dich das kosten würde, und ich bin versucht, dich beim Wort zu nehmen."

Ich zwang Meg, mit zurück in die Küche zu gehen und sich hinzusetzen. „Rede mit mir. Komm schon. Du kannst mir alles sagen."

Sie schien überrascht und erfreut zugleich zu sein. „Ich habe es versucht.“ Ihr Mund wurde schmal, und sie begann an ihren Armreifen herumzufummeln. „Okay. Zeit zu beichten. Ich habe mir alle Mühe gegeben, mich mit anderen Dingen zu beschäftigen. Kleider. Teilzeitarbeit hier und da. Ein gelegentlicher Liebhaber. Wohltätigkeit, oder was Frauen eben so machen, die nicht wissen, was sie mit ihrer Zeit anfangen sollen. Aber abgesehen von Sacha, und dir und Will und Chloë, hat mich eigentlich nie etwas sonderlich interessiert. Mein Verstand ist irgendwie verpufft.“

„Sprich weiter.“ Ich setzte den Teekessel auf, und der Gasring flammte zischend auf.

Meg schien von der Flamme fasziniert zu sein. „Aber du hast recht, Fanny, es ist an der Zeit, etwas zu ändern und umzudenken. Wenn wir zu Hause sind, werde ich mir eine andere Bleibe suchen.“

„Ganz in unserer Nähe“, sagte ich.

Ihre Augenbraue wanderte nach oben. „Nun übertreib mal nicht gleich.“

„Na schön, in angemessener Entfernung.“

Sie lächelte mich an. Draußen fuhr ein Wagen vor. Der Motor heulte auf, Türen wurden geöffnet und zugeschlagen. Meg nahm ihre Handtasche.

„Du willst wirklich gehen?“

„Klar“, sagte sie. Sie stand auf, legte die Hand auf meine Schulter und küßte meine Wange, eine leichte, kühle Berührung. „Eigentlich sind wir ganz gute Freundinnen, stimmt‘s? Alles in allem? Ich bilde es mir wenigstens ein, Fanny.“

Ich küßte sie ebenfalls. „Das sind wir.“ Dann drückte ich sie fest an mich, und der Hauch ihres Verzeihens umfing mich.

„Das wäre also geklärt. Immerhin *etwas*. Geh wieder ins Bett, meine gute und wachsame Fanny.“

„Soll ich mitkommen? Wieso eigentlich nicht? Gib mir fünf Minuten.“

„Nein, Fanny. Von jetzt an bin ich auf mich selbst gestellt. Schon vergessen?"

Geschlagen ging ich wieder nach oben. Ich hörte Stimmen, lautes Türenknallen, und wie der Wagen auf der Straße Fahrt aufnahm.

Ich machte die Läden weit auf, um die Nacht hereinzulassen.

Ich nahm mir vor, wach zu bleiben, bis sie zurückkam, aber ich schlief ein und wurde von einem pulsierenden Licht im Zimmer geweckt.

Draußen auf dem Weg wurde italienisch gesprochen, gefolgt von einem Klopfen an der Tür. Ich griff nach einem T-Shirt und zog es über mein Nachthemd an. Mit jedem Schritt die Treppe hinunter schlug mein Herz schneller.

Italienische Polizisten, stellte ich benommen fest, waren immer wie aus dem Ei gepellt, sogar zu dieser frühen Morgenstunde. Der Mann hatte perfekte Bügelkanten an den Ärmeln seines Hemdes und nicht minder perfekte Bügelfalten an den Hosenbeinen. Seine Gürtelschnalle blitzte, und sein Haar war gekämmt und tadellos geschnitten. „Es tut mir sehr leid, Signora", sagte er. Seine Kollegin hatte lange blonde Haare und eine schmale Taille. Sie trat vor und nahm meine Hände in ihre gebräunten olivfarbenen.

„Wo haben Sie sie gefunden?", fragte ich schließlich.

„Vor der Kirche." Die Polizistin war ruhig und sachlich. „Wir vermuten, daß sie gestolpert ist und mit dem Kopf auf den Steinblock neben dem Brunnen gefallen ist. Aber wir wissen nicht, ob das die Todesursache war. Das wird der Arzt feststellen müssen."

Die Frau hielt kurz inne und fragte dann: „Hatte die *signora* gesundheitliche Probleme?"

Ich biß mir auf die Lippen. „Gewissermaßen, ja."

Später, nach etwa zehn Minuten, als mir meine Knie wieder gehorchten und ich mir etwas angezogen hatte, begleiteten sie mich den Weg hinunter und halfen mir in den Wagen.

Stille trat ein, als ich durch das Polizeirevier zu dem im hinteren Teil gelegenen Leichenschauhaus geführt wurde. Die Polizistin berührte meinen Arm. „Sie dürfen sich gern an mir festhalten“, sagte sie.

Meine Nägel gruben sich in mein Fleisch.

Auf ein Nicken der Polizistin hin wurde das Tuch über der Gestalt auf der Bahre zurückgezogen.

Mein erster Gedanke war: alles in Ordnung. Meg schläft. Sie schläft nur.

Ihre Wangen waren rosig angehaucht, und ihr Haar fiel ganz natürlich auf das Gummituch unter ihrem Kopf, so daß die Wunde nicht zu sehen war. Ihr Mund war friedlich, und auf der glatten, jugendlichen Stirn war kein einziges Fältchen zu sehen.

Die Polizistin wußte nur zu gut, in wie vielfältiger Weise Hinterbliebene reagieren. Eine davon war die Weigerung, es zu glauben.

„Die *signora* ist tot“, sagte sie sanft. „Kein Zweifel.“

„Kein Grund zu trauern“, schienen die friedlichen Lippen zu sagen. „Ich hatte es satt. Schluß mit Kämpfen. Klar?“

Der Polizist konsultierte seine Notizen. „Sie hatte im Bacchus getrunken. Zu viel, den Aussagen zufolge, und wurde gegen halb drei aufgefordert, das Lokal zu verlassen. Sie wurde gesehen, wie sie auf der Straße Richtung Kirche ging und dann an die Kirchentür klopfte. Der Zeuge sagt, daß er sich Sorgen machte, weil sie unsicher auf den Beinen war, und ihr nachgegangen ist, aber als er sie einholte, war sie bereits gestürzt.“

Ich beugte mich vor und berührte die ungetrübte, faltenfreie Stirn. Dann nahm ich Megs Hand und strich die Finger mit den kleinen, perlenartigen Nägeln glatt, einen nach dem anderen. Sie wirkten bereits wächsern, puppenartig. „Ach, Meg“, flüsterte ich, und heiße Tränen liefen über meine Wange. „Es tut mir leid. Es tut mir so leid.“

Als ich ging, händigten sie mir eine Plastiktüte mit ihren Sachen und eine Liste aus. Ein Ring, Gold. Die Armreifen. Ein lederner Geldbeutel, leer. Ein Baumwollrock. Die schwarzen hochhackigen Pumps. Und, zuletzt, ein Kreuz, Gold. Überrascht hielt ich es zwischen Zeigefinger und Daumen hoch, und das elektrische Licht fiel darauf und ließ die Kette funkeln. „Ich kann Religionen nicht ausstehen“, hatte Meg nicht nur einmal verkündet. „Sie sind so diktatorisch. So sinnlos. So vulgär.“

Ich kehrte in die Casa Rosa zurück und führte das erste von vielen Telefongesprächen.

Einige Zeit später, ich weiß nicht genau, wann, ging ich in die Küche. Da stand der Stuhl, auf dem Meg gesessen hatte. Die Flaschen mit Öl und Balsamico-Essig, die sie benutzt hatte. Die Kaffeemaschine, die sie übernommen hatte.

Ich berührte alles. Gerätschaften und Dinge, die vor nur wenigen Stunden auch Meg berührt hatte.

Ich konnte nicht glauben, daß sie tot war.

Noch später, als die Hitze über dem Makadam flimmerte und die Geranien in den Töpfen vor dem Haus in der Sonne die Köpfe hängen ließen, ging ich an Maria und Angelo vorbei, die mir bekümmert zunickten, um den Steinblock mit dem Eisenring zum Anbinden der Pferde herum und betrat die Kirche. Der düstere Innenraum war wie ein kühler Teich, durch den ich auf die Fresken zuschwamm. Ich wußte instinktiv, daß Meg versucht hatte, in die Kirche zu gelangen, um sie zu sehen. Vermutlich hatte sie das Gefühl gehabt, daß man bei ihnen wußte, woran man war. Benebelt vom Alkohol hatte sie vergessen, daß die Kirche zum Schutz der Fresken nachts abgesperrt war.

Ich öffnete die verkrampften Fäuste, spürte, wie beide Arme von unten bis oben zu kribbeln begannen, und versuchte es zu begreifen. Meg war *tot.*

Tot...

Dann stieg ich in den Wagen und fuhr zum Flughafen.

Sacha war nebenan in Megs Zimmer, wo ich ihn unruhig hin und her gehen hörte. Will lag auf meinem Bett, den Arm auf dem Gesicht.

Ich setzte mich zu ihm, griff nach seiner freien Hand und hielt sie fest.

Er nahm den Arm weg. Er hatte geweint, war vor Schock und Erschöpfung kreidebleich und hatte sich auf die Lippe gebissen. Eine rauhe, wunde Stelle war zurückgeblieben. „Irgendwann mußte das ja passieren."

Ich kletterte aufs Bett und nahm ihn in die Arme und hielt ihn, bis er ruhiger geworden war. Dann ließ ich ihn zwei Aspirin nehmen und streichelte sein Haar.

„Möchtest du, daß ich dir erzähle, was passiert ist, oder soll ich damit noch warten?"

Er nickte fast unmerklich. „Sag es mir."

Ohne Beschönigung schilderte ich unseren Besuch in Siena, unsere Unterhaltung dort und das spätere Gespräch in der Casa Rosa. Als ich das Ende der Geschichte erreichte, spürte ich, wie mir vor Scham und Reue heiß und kalt wurde. „Bis zu unserem Streit gestern abend hatte sie die Sache im Griff."

„Immerhin etwas." Will war begierig, sich an irgend etwas Positivem festzuhalten.

„Ich fürchte, der Auslöser war meine Aufforderung, sich eine andere Bleibe zu suchen. Ich habe wirklich versucht, sie aufzuhalten, Will, ich schwöre es, aber ich fühle mich trotzdem verantwortlich."

Er brauchte eine Weile, um alle Details zu verdauen. „Nicht einmal du hättest einen tödlichen Sturz auf einen Steinblock vor einer Kirche in einem Ort in Italien vorhersagen können."

„Trotzdem." Ich blickte zu Boden, wo Kleidungsstücke herumlagen, seit ich mich in aller Eile angezogen hatte, als die Polizei kam. „Am Ende waren wir Freundinnen. Und sie wußte, daß du sie liebst, und Sacha." Ich biß mir auf die Lippen. „Sie wußte es ganz bestimmt."

Im Schlafzimmer war es sehr heiß geworden, und das Bett war zerwühlt. Ich bat Will aufzustehen und führte ihn ins Bad, damit er sich frisch machte.

Ich brachte das Bett in Ordnung, zog die Laken straff und glatt. Ich stieß die Fensterläden auf, um die Nachtluft hereinzulassen. Ich räumte Kleidungsstücke weg und machte Schubladen zu.

Ich ging nach unten und setzte den Teekessel auf. Ich drückte an den Teebeuteln in den Bechern herum, und das Wasser ging von Bernstein in Braun über – das Braun, das Meg so verabscheut hatte.

Ach, Meg, dachte ich mit einem heftigen und schrecklichen Gefühl des Verlustes. *Ach, Meg.*

„Sacha?" Ich rüttelte ihn sanft. „Es ist halb acht, und hier wird alles sehr früh erledigt."

Er drehte sich mit großen, fiebrigen Augen zu mir um. Ich legte sofort die Hand auf seine Stirn. „Du bist krank."

Sacha hatte eindeutig erhöhte Temperatur, und ich befahl ihm, im Bett zu bleiben. Dann ging ich nach unten, um mich um Will zu kümmern, der sich mit dem Herd herumschlug. „Der arme Sacha. Er wird denken, daß er Meg im Stich läßt."

Wir tranken unseren Kaffee auf der Loggia. Will, der nicht stillsitzen konnte, ging auf und ab. „Ich mag es hier, und ich mag das Haus. Wir hätten mit deinem Vater herkommen sollen." Er sah zur Seite. „Aber ich hätte nur eure Zweisamkeit gestört."

Ich sah überrascht auf. „Du hast dich ausgeschlossen gefühlt? Das tut mir leid."

Will beschloß, Megs Leichnam allein zu sehen, und kam gefaßt heraus. Wir verhandelten mit der Polizei und bemühten uns, Verzögerungen zuvorzukommen. Nachdem feststand, daß kein Fremdverschulden vorlag, unterzeichnete der Arzt die entsprechenden Papiere, und wir trafen die nötigen Vorkehrungen, den Leichnam nach England fliegen zu lassen. Dann hieß es warten, bis die Behörden die Leiche freigaben.

Meg sollte in Stanwinton beigesetzt werden. Wie Sacha erklärte, war sie dort daheim. Gemeinsam übernahmen Will und ich die endlosen Telefonate mit England. Mannochie. Das Beerdigungsinstitut. Der Pfarrer. Will verstand sich darauf, mit Notfällen umzugehen, doch für diesen war er zu müde und deprimiert. Ein- oder zweimal mußte ich eingreifen, weil er den Faden verloren hatte.

Will rief auch Chloë an, und nachdem er ihr die traurige Nachricht mitgeteilt hatte, gab er mir den Hörer. Chloë konnte kaum sprechen. „Ihr sterbt mir doch nicht auch weg, Mami, du oder Dad? *Versprich es mir*!“

Ich tat mein möglichstes, um sie zu beruhigen, und fragte mich, ob wir ihr zureden sollten, das nächste Flugzeug zu nehmen, doch Will erriet meine Gedanken und schüttelte den Kopf.

„Der arme, arme Sacha“, rief Chloë verzweifelt. „Er tut mir ja so leid. Sag ihm, daß ich ihn sehr lieb habe.“

„Er wird dich anrufen“, sagte ich, „wenn es ihm besser geht. Ich verspreche es.“

Rob rief mehrmals an, und Sacha wankte nach unten, um mit seinem Vater zu reden. Will und ich verzogen uns außer Hörweite. Als ich Sacha auf seinen Vater ansprach, sagte er nur: „Er überläßt alles mir. Er ist der Meinung, daß er sich nicht einmischen sollte.“

Ich packte ihn wieder ins Bett und gab ihm Medikamente. „Dein Vater versucht nur, es dir dadurch leichter zu machen.“

Ich berichtete Will von der Unterhaltung, der sofort nach oben ging und über eine Stunde mit Sacha sprach. Als ich Tee hinaufbrachte, saß Will auf der Bettkante und Sacha lehnte sich mit roten Augen gegen die Kissen. Beide sahen furchtbar aus. Ich veranstaltete einen ziemlichen Wirbel, damit sie ihren Tee tranken. Nach ein paar Schluck verzog Sacha das Gesicht. „Gib mir lieber das Zeug, wo der Löffel drin steckenbleibt."

Am nächsten Morgen ging es Sacha besser, aber er war noch sehr schwach und ohne große Widerrede bereit, im Bett zu bleiben. Ich gab ihm wieder Tee, ließ ihn das verschwitzte T-Shirt wechseln und bestand darauf, ihm die Haare zu bürsten.

„Danke", sagte er, lehnte sich wieder in die Kissen und schloß die Augen.

Die Polizei teilte uns mit: „Nur zwei Tage." Aber wir waren in Italien, und aus zwei Tagen wurden drei, dann vier. Meg hätte diesen Witz zu schätzen gewußt.

Der genesende Sacha war es zufrieden, draußen auf der Loggia der Casa Rosa zu sitzen. „Ich muß erst wieder einen klaren Kopf bekommen", sagte er und gab damit zu verstehen, daß er allein sein wollte.

Will dagegen konnte nicht stillsitzen, hatte kaum etwas gegessen und schlief schlecht. Ich sagte zu ihm: „Ich würde dir gerne etwas zeigen, falls du mitkommen möchtest."

Er zeigte nur höfliches Interesse. „Na gut, gehen wir."

Wir ließen Sacha wohlversorgt mit kalten Getränken und einem Pastasalat allein. Bewaffnet mit Straßenkarten und Reiseführern fuhr ich Will nach Tarquinia. Der Wagen schleuderte ein wenig, als ich ihn den Hang hinaufzwang, der aus dem Tal führte, und auf der anderen Seite wieder hinunter, vorbei an Mohnblumen, wildwachsenden Kräutern, Lavendel und Olivenbäumen, deren Stämme mit sommerlichem Staub überzogen waren.

Will ließ sich auf dem Beifahrersitz zurücksinken und putzte seine Sonnenbrille. „Italien ist zu heiß."

„Daran gewöhnt man sich", sagte ich.

„Herrgott", sagte er und verstummte.

Das Museum in Tarquinia war kühl und fast leer. Wir hielten uns nicht lange bei den einzelnen Exponaten auf – ich hatte den Verdacht, daß es mit Wills Konzentration nicht zum besten stand. Schließlich führte ich ihn zu dem Totenbett. „Da. Erkennst du es wieder?"

Er blickte verständnislos drein. Dann sagte er: „Das Bild hatte dein Vater auf dem Schreibtisch stehen. Er hing sehr daran."

„Das Original ist besser."

„Sie ist nicht gerade eine Schönheit."

Ich gab ihm einen Stups. „Er auch nicht."

Ich ging weiter, um einen exquisiten Bronze-Kandelaber zu betrachten, der mit Weintrauben und Weinlaub geschmückt war. „Will... schau mal."

Doch Will stand wie angewurzelt vor dem Paar auf dem Totenbett, die Augen zusammengekniffen, das Gesicht starr vor Schmerz.

Wir gingen zurück zum Wagen und studierten die Karten, da ich unbedingt die etruskische Nekropole besuchen wollte. Chloë und ich zogen Will immer wegen seiner Manie mit Straßenkarten auf, aber, ehrlich gesagt, hatte uns seine Sachkenntnis immer ans Ziel gebracht. Nun wartete ich darauf, ihn wie üblich sagen zu hören, daß Frauen kein räumliches Vorstellungsvermögen besitzen, um dann wie üblich zu antworten: „Dafür sind Frauen die besseren Mannschaftsspieler." Doch er sagte es nicht, und ich auch nicht.

Auf seine Anweisungen hin fuhr ich hoch hinauf in eine *macchia* aus Fels und Gestrüpp. Hier machte das Land einen kahlen, harten, unversöhnlichen Eindruck. Und doch berichteten die Reiseführer, daß die Etrusker es, vor so vielen Jahrhunderten, urbar und fruchtbar gemacht hatten mit Bäumen, Weiden und Feldfrüchten. Ihr wunderbares Paradies. Ihr Elysium.

Wir fuhren auf eine Lichtung und parkten dicht bei den Überresten einer etruskischen Stadt, von der nicht mehr viel zu sehen war – Spuren eines Mosaikbodens und die Andeutung einer Steinmauer, die sich schräg den Hügel hinaufzog. Unter einigen Sonnenschirmen wurden Getränke verkauft, und neben einem antiken Backsteinbogen stand eine überquellende Mülltonne. Ansonsten wirkte das Ganze verlassen und desolat.

Wir folgten dem Pfad bergan. Das Gehen wurde mühsam, und es war sehr heiß. Meine Füße in den Sandalen wurden glitschig vor Schweiß, und Will begann zu keuchen. Ein Pfeil wies einen steilen Hang hinauf, und ein zweiter deutete noch weiter nach oben. Die Hitze knallte uns auf den Rücken.

„Da drüben." Ich deutete auf eine dunkle Öffnung, die teilweise zugewuchert war.

Will lächelte grimmig. „Hoffentlich lohnt sich der ganze Aufwand."

Er schob den Pflanzenwuchs beiseite, um mich durchzulassen, und wir standen in einer großen Felskammer, gesäumt von Steinsimsen, auf die die Etrusker ihre Toten gebettet hatten.

Es roch nach abgestandenem Wasser und Gestein, das nie das Licht der Sonne sieht. Der unverkennbare Geruch der Auslöschung. Ich legte die Hand auf das kalte Gesims. Die Geister der etruskischen Toten waren in dieser Kammer eingeschlossen, weit, weit weg von den Banketten und Erntefesten, dem Wein, der Liebeskunst und der ehelichen Liebe, die auf ihren Malereien und Skulpturen dargestellt waren.

„Ich weiß nicht, warum wir ein solches Getue um das Leben nach dem Tod machen", sagte Will. „Wenn man stirbt, dann war's das. Meg ist tot, dein Vater ist tot. Und was bleibt?" Er griff nach meiner Hand.

Aber ich flüchtete aus dem Grab und kletterte hastig wieder den Pfad hinunter. Ich hörte, daß Will mir folgte, und als er mich einholte, war ich außer Atem. Ich rang nach Luft, und die Hitze drang schmerzhaft in meine Lungen ein, aber das war mir egal. Lieber hier im Freien sein, in der Gluthitze, aber lebendig.

Ich hielt mein Gesicht in die Sonne. Aus der dunklen Höhle ans Licht zu treten hieß, zu wissen, daß ich frei war.

Auf dem Rückweg fragte Will: „Alfredos Asche... hast du schon entschieden?"

„Nein. Albern, nicht?"

„Du kannst es nicht ewig aufschieben."

„Ich weiß."

Beim Abendessen aus gegrillten Kalbskoteletts und Paprikagemüse teilte uns Sacha mit, daß er weggehen werde. „Nach Manchester. Glaube ich", sagte er. „Ich hab da ein paar Auftritte organisiert. Danach... na ja, werde ich Chloë im Aussie-Land besuchen. Bißchen rumtrampen. Mich umsehen."

„Das wäre sicher nett", sagte ich in bewußt neutralem Ton.

„Sie fehlt mir", sagte er schlicht.

„Uns auch." Ich sah instinktiv zu Will, und unsere Blicke trafen sich. „*Nicht*", lautete die Botschaft in seinen Augen. Ein geistiger Stups, vermutlich.

Nach dem Abendessen sagte Will zu mir: „Fanny, geh und hole die Asche deines Vaters." Ich starrte ihn an. „Mach schon."

Ich ging nach oben, nahm die kleine Urne und trug sie hinunter auf die Loggia. „Darf ich?", fragte Will. Ich nickte, und er nahm sie mir ab. „Und jetzt werden wir einen Platz für Alfredo suchen."

Er klemmte sich die Urne unter den Arm und schob mich mit dem anderen aus dem Haus.

Wir gingen die staubige Straße hinauf, und die verbliebene Hitze umfing unsere Füße. „Ich hätte bei seinen Beschreibungen von Fiertino genauer hinhören sollen", sagte Will beiläufig. „Dann wüßte ich jetzt, wo ich bin. Wo hat die Familie deines Vaters gelebt?"

Der Mond war so hell wie frischgeputztes Silber, als ich der Straße entlang auf den häßlichen Ersatz der *fattoria* deutete. „Sie wurde Ende des Krieges niedergebrannt“, erklärte ich ihm.

„Verstehe.“ Will überlegte. „Das wäre dann wohl kaum das richtige. Und der Friedhof wohl auch nicht. Ich glaube, dein Vater wäre lieber an einer freien Stelle.“

Ich blinzelte die Tränen weg. „Ja, bestimmt.“

An der Gabelung schlug Will nicht den Weg ins Dorf ein, sondern führte mich die Anhöhe hinauf, wo die Zypressen und Kastanienbäume in Grüppchen wuchsen und die Reben sich an ihnen vorbei hinunter ins Tal zogen. Es war mir ein Rätsel, wie irgend jemand in den tiefen, parfümierten italienischen Nächten schlafen konnte, und das sagte ich auch zu Will. Er lächelte.

„Das sagst ausgerechnet du?“

Drunten schmiegten sich die Lichter des Dorfes unter einem sternengeschmückten Baldachin an den Hang des Hügels. Das Mondlicht bewirkte seine übliche Sinnestäuschung, und Fiertino schien aus der Landschaft hervorzuspringen, unberührt und vollkommen. „Ich liebe diesen Ort“, gestand ich.

„Ich weiß. Aber, Fanny...“ Er zögerte. „Du weißt doch, daß du hier nur zu Besuch bist?“

Es wäre so einfach gewesen, zu sagen: „Nein, ich gehöre hierher.“ Aber das hätte bedeutet, viele besondere Umstände und die gegenteiligen Beweise zu ignorieren. Ich *war* eine Besucherin – eine besondere zwar, aber eben eine Besucherin. Das wußte ich jetzt.

„Dein Vater hat mich nie gemocht“, bemerkte Will im gleichen beiläufigen Ton wie zuvor. „Ich wünschte, es wäre anders gewesen.“

„Das hat er nie gesagt“, erwiderte ich. „Ihr wart einfach zu verschieden. Du benutzt die Politik, um schwierige Fragen und schwierige Probleme anzupacken – wie wir uns in der Gesellschaft verhalten, vor dem Tod und... der Auslöschung. Dad hielt das für Zeitverschwendung. Er verließ sich auf sich selbst.“

„Aber ich mochte ihn.“

„Ich auch“, sagte ich fast schluchzend.

Will deutete auf die Reben. „Was für eine Traube ist das?“, fragte er.

„Sangiovese.“

„War das eine seiner Lieblingssorten?“

„Er hielt sehr viel von ihr.“

„Warum bettest du ihn nicht zwischen den Reben?“ Will hielt mir die Urne hin. „Meinst du nicht, daß ihm das gefallen würde?“

Ich wußte sofort, daß er den richtigen Platz gefunden hatte.

Ich schlängelte mich zwischen den geschwollenen Traubenbüscheln durch und blieb stehen. Mit schmerzlich pochendem Herzen kippte ich die Urne aus und verfolgte, wie die Asche meines Vaters auf die Erde sank.

Sein *terroir.*

Als ich an die Stelle zurückkam, wo Will wartete, zitterte ich vor Erregung, und er nahm mich fest in die Arme.

Die folgenden Tage vergingen mit Warten. Wenn es zu heiß wurde, zogen wir uns auf die Loggia der Casa Rosa zurück und aßen zu Mittag einen Salat aus grünen Bohnen und Tomaten aus Benedettas Garten und wurden von dem Glas Chianti dazu schläfrig. Abends aßen wir bei Angelo, und manchmal blieb Sacha noch, um auf der Piazza einen Kaffee zu trinken. Ich war froh, wieder etwas Farbe in sein Gesicht zurückkehren zu sehen.

Will war verständlicherweise geistesabwesend und sehr still. Ich wartete, bis wir in unserem Schlafzimmer in der Casa Rosa allein waren, ehe ich ihn schließlich zum Sprechen bewegte.

„Megs Tod hat unseren Blick auf das Wesentliche konzententriert. Gibt es etwas Wichtigeres als das? Nein.“ Er setzte sich aufs Bett. „Ich kann es nur so erklären, daß mich irgendwie der Mut verlassen hat", sagte er. „Ich merke, daß ich mir in vielem nicht mehr so sicher bin. Mich den Dingen zu stellen und Kämpfe auszufechten erscheint mir jetzt viel schwieriger als in der Anfangszeit. Früher war ich von den Dingen, die wir erreichen wollten, absolut überzeugt. Jetzt frage ich mich, ob wir überhaupt etwas Gutes bewirken." Er sah trübselig zu mir auf. „Ich weiß nicht, warum ich das ausgerechnet jetzt so empfinde, im hohen, kampferprobten Alter von achtundvierzig."

Ich sah ihn an und erkannte zum ersten Mal, daß wahres Wissen – das Wissen, das ich so angestrebt hatte – erst möglich ist, wenn sich brennendes Verlangen in Zärtlichkeit und Vertrautheit verwandelt hat. Und ich dachte mit leichtem Unbehagen an das Risiko, das ich eingegangen war. Nicht, daß ich es bereute, aber es lohnte sich doch, darüber nachzudenken, was hätte zerstört werden können.

„Sprich weiter", sagte ich. „Was noch?"

„Du hast dich nach Italien abgesetzt und schienst ganz in eine völlig andere Welt vertieft zu sein, und ich dachte, ich könnte dich nicht mehr erreichen. Ich dachte, du würdest verschwinden. Dann dachte ich, ich hätte dich gegen deinen Willen festgehalten. Nein, nicht direkt gegen deinen Willen, aber in einen Käfig gesperrt, aus dem du bei der ersten sich bietenden Gelegenheit entflohen bist." Er lachte reumütig. „Ich glaube, ich war eifersüchtig auf Fiertino, und auf dich in Fiertino."

Ich empfand jähes Mitgefühl. „Und kaum bin ich aus dem Haus, bekommst du die große Nervenkrise?"

„So würde ich es nicht direkt nennen."

Etwas später sagte er: „Du liebst diesen Ort wirklich... die Casa Rosa und das Dorf. Stimmt's?"

„Ja. Ich habe ihn im Blut. Aber das heißt nicht, daß es das Fiertino meines Vaters ist. Das war anders."

Will trat ans Fenster und sah hinaus ins Tal. „Ich wünschte, ich müßte nicht zurück."

Ich machte mir keine Illusionen. Ich wußte ganz genau, sobald Will wieder in Hör- und Riechweite der Parlamentsarena war, würden seine Ohren sich aufstellen und seine Nase zu zucken beginnen.

„Hör zu“, sagte ich und stellte mich neben ihn und gab ihm einen sanften Stups. „Mit dir ist alles in Ordnung. Vollkommen in Ordnung.“

Er nahm mich in die Arme und küßte mich.

Am nächsten Tag ging ich zum Pfarrer und veranlaßte, daß ein kleiner Stein, mit dem Namen und den Daten meines Vaters, zwischen den anderen Battistas aufgestellt wurde. Und dann richtete ich den Blick heimwärts. Wir verbrachten die letzten Stunden in der Casa Rosa mit Putzen und Aufräumen. Ich wischte Böden, stapelte Geschirr auf, staubte die Schlafzimmer ab. Gemeinsam packten Sacha und ich Megs Sachen ein und sprachen über sie.

Als es Abend wurde und die Sonne das Tal in Schatten tauchte, saß ich im Schlafzimmer am Fenster und nahm gierig die letzten Augenblicke in mich auf, bis Will rief: „Fanny, komm jetzt bitte.“

Ich liebte die Casa Rosa, und nie mehr als jetzt, da ich ihr Lebewohl sagen mußte. Es blieb nur noch, die Fensterläden zu schließen, und ich hatte darauf bestanden, dies selbst zu tun.

Will und Sacha warteten im Wagen. Ich warf einen letzten, sehnsüchtigen Blick auf das Haus, bevor wir zu Benedetta fuhren, die ein Geschenk für mich hatte. Es war ein kleines, unscharfes Foto eines Hauses, dessen Dach eingestürzt war und dessen geschwärzte Balken verbrannte Finger in den weiten Himmel reckten. Ich konnte undeutlich einen Brunnen im Garten ausmachen, der voller Schutt und aufgewühlter Erde war. Ich drehte das Foto um. Auf der Rückseite stand: „1799 – 1944“.

„Die *fattoria*", sagte Benedetta. Ich steckte es in meine Handtasche und küßte sie zum Abschied. „*Santa Patata*", sagte sie, „du wirst wiederkommen."

Ich blickte nur ein einziges Mal zurück, als wir die Straße nach Rom einschlugen, und die Landschaft schimmerte in einem strahlenden Glanz aus Olivenbäumen, scharlachrotem Mohn und Reben. Ich dachte an Meg.

Wie verärgert sie wäre, daß sie nicht hier war, um in den heißen Wagen zu steigen und zu sagen: „Ich Ärmste bekomme wieder den schlechtesten Platz."

Ich stellte mir vor, wie die Reben ihre Wurzeln tief in das *terroir* trieben und die Sonne die Trauben beschien. „Man muß die Sonne so lange wie möglich auf die Trauben scheinen lassen", würde mein Vater sagen, „denn nur dann entlockt sie ihnen ihre volle Süße und ihr volles Aroma."

Kapitel 22

Wir brachten Meg nach Hause und bestatteten sie auf dem Friedhof von Stanwinton. Will sagte, er brauche Zeit, um über einen Grabstein nachzudenken, und ich solle alles ihm überlassen. Das tat ich.

Wieder vereinnahmt von den Wohltätigkeitsessen, den guten Werken und den regelmäßigen Fahrten nach London, ging ich wieder an die Arbeit. Mannochie hatte mir mein unerlaubtes Entfernen von der Truppe beinahe – aber nicht ganz – verziehen. „Rinnsale, Mrs. Savage", flüsterte er mir beim alljährlichen Benefizkonzert des Gesangvereins ins Ohr, als mir das Mißgeschick unterlief, bei einer fürchterlichen Darbietung von „London's burning" zu lachen. Gleich am nächsten Morgen meldete ich mich zum Wimpernfärben an.

Ich war froh darüber, als ich einige Tage später die Tränen wegblinzelte, als Künstler in Clownskostümen die Kinder in der Krebsstation zum Lachen brachten. „Sehen Sie nur", sagte eine Mutter, die neben mir stand, und deutete auf ihre kahlköpfige Tochter. „Sie lacht, sie lacht wirklich." Sie zog ein Foto aus der Handtasche und zeigte es mir. „Carla hatte früher ganz lange Zöpfe", sagte sie.

„Meine auch", erwiderte ich – und ich war die vom Glück Gesegnete: die Mutter, die großes Glück gehabt hatte.

Elaine rief an. „Du hast Will also nicht verlassen", sagte sie. „Ich hatte so ein Gefühl, daß du es tun würdest."

„Ich habe tatsächlich daran gedacht", sagte ich.

„Ich werde Neil verlassen", sagte sie, „und meine Strickmodenfirma eröffnen. Wirst du meine Pullis tragen, Fanny?"

Ich atmete tief ein. „Immer."

Die gerichtliche Testamentsbestätigung des Nachlasses meines Vaters kam. Es war wenig Geld vorhanden, und so war klar, daß nichts anderes übrigblieb, als das Haus zu verkaufen. Was die Firma betraf, hatte ich bereits Pläne. Wie ich Will erklärte, würde ich für seinen Bereich weniger Zeit haben, würde aber mein möglichstes tun, um ihn nicht hängen zu lassen.

Er hörte mir ruhig zu. „Damit habe ich keine Probleme", sagte er.

Ich berührte seine Wange. „Solltest du auch nicht."

Er grinste mich plötzlich an wie früher. „Jetzt bist du an der Reihe. Und wenn du schon dabei bist, Fanny, könntest du vielleicht dafür sorgen, daß ordentlich Geld ins Haus kommt?"

Ich rief Raoul an und teilte ihm mit, daß ich „Battista – Edle Weine" übernahm, und fragte, ob wir weiter miteinander im Geschäft blieben.

„Selbstverständlich", sagte er. „Ich freue mich darauf. Und, Fanny..."

„Ja?"

„Wir sehen uns bald."

„Ja."

Bewaffnet mit Kartons und Putzutensilien fuhren Malika und ich nach Ember House und machten uns daran, die Sachen meines Vaters zu verpacken.

„Ist gute Mann", sagte sie, als sie den Schrank mit den Töpfen und Pfannen ausräumte. „Ich weiß."

Wie immer war Malika eigenartig tröstlich. „Ich auch, Malika."

Wir brauchten mehrere Tage, und als die Möbel – bis auf einige ausgesuchte Stücke für Chloë – abgeholt waren, bot Ember House den entkleideten, entblößten Anblick einer Behausung, aus der das Leben sich woandershin verflüchtigt hat. Ich ging die Papiere meines Vaters durch und sortierte die Geschäftsakten aus. Alles übrige verbrannte ich – Briefe von meiner Mutter und Caro, Steuerbescheinigungen aus den letzten zwanzig Jahren... alles. Ich behielt seinen Schreibtisch, die weiß-blaue Obstschale, das gerahmte Foto des etruskischen Paares und eine Auswahl seiner Bücher.

Ich rief meine Mutter an und fragte, ob sie irgend etwas zugeschickt haben wollte. „Nein", sagte sie. „Das habe ich alles hinter mir gelassen." Sie hustete. „Ich bin erkältet. Hat mich böse erwischt."

Mir kam der Gedanke, daß es möglich sein müßte, der Mutter-Tochter-Beziehung Leben einzuhauchen, aber es erschien mir sinnlos. Meine Mutter hatte ihre diesbezügliche Entscheidung schon vor Jahren getroffen. „Dann gute Besserung."

Sally begann zu schimpfen. „Aber hier könnte man glatt krepieren, bevor irgend jemand Mitgefühl zeigt."

„Kümmert sich Art nicht genug um dich?"

„Autsch!", rief Sally aus. „Er hat mich gerade in den Hintern gezwickt."

Nach dem letzten Einsatz in Ember House kam ich erschöpft und schmutzig nach Hause. Sacha bestand darauf, das Abendessen zu machen. Ich sah zu, wie er Pasta kochte und eine Flasche Fertigsauce öffnete. „Sacha, ich muß dir einfach einmal sagen, daß du wunderbar bist."

Er stellte einen gehäuften Teller vor mich hin und setzte sich mit seinem eigenen mir gegenüber. „Sieht ja widerlich aus."

Ich aß eine Gabelvoll, dann eine zweite. Es *war* widerlich, und ich wurde von einer solchen Sehnsucht nach Benedettas duftenden Saucen gepackt, nach Wein, Oliven und Sonne, daß ich beinahe aufgeschrien hätte. Sacha starrte auf seinen Teller. „Ich wollte, Mom wäre da." Dann schob er den Teller weg und heulte.

Ich wartete, bis sich der Sturm gelegt hatte. „Mit der Zeit wird es besser, glaube mir."

„Wenigstens sagst du nicht: ‚Es wird alles wieder gut'." Seine Stimme war gedämpft. „Das könnte ich nicht ertragen. Es wird nie wieder gut. Es war furchtbar, entsetzlich. Moms Geschichte, meine ich, und sie hat so komplizierte Gefühle und so ein Durcheinander hinterlassen."

Das war das Äußerste an Kritik, das ich Sacha jemals an seiner Mutter üben hörte, und ich liebte ihn nur umso mehr wegen seiner Loyalität. „Für sie ist es jetzt nicht mehr kompliziert."

„Nein." Er hob das tränenüberströmte Gesicht. „Aber ich habe das Gefühl... als ob sie mich nicht genug geliebt hat, um durchzuhalten."

„Ach, Sacha..." Ich stand auf und legte die Arme um ihn. Sein Haar war wirr und mußte – was untypisch für ihn war – dringend gewaschen werden. Ich küßte seine nasse Wange. „Meg hat dich mehr geliebt als sich selbst."

Sacha dachte darüber nach und fragte dann: „Ist das Leben immer so anstrengend?"

Ich schüttelte den Kopf. „Nicht immer. Es werden Momente voller Glück kommen, das verspreche ich dir. Und Zufriedenheit. Und Freude an kleinen Dingen."

Er senkte den Kopf. „Hoffentlich."

„Aber du mußt dir vornehmen, nach diesen Momenten Ausschau zu halten."

„Meinst du?"

Ich sagte so ruhig, wie ich konnte: „Ich habe ein Weilchen gebraucht, um das zu erkennen, aber es ist so."

„Fanny, du wirst Will doch nicht verlassen, oder?" Er stolperte über die Worte.

Ich starrte ihn entsetzt an. „Wie kommst du darauf?"

Er zuckte die Schultern. „Ich glaube, das könnte ich nicht ertragen. Und es würde Chloë umbringen."

„*Chloë*?"

„Das hat sie jedenfalls zu mir gesagt."

♦

Sacha reiste in den Norden ab, noch bevor ich dazu gekommen war, mich um Megs Sachen zu kümmern. Bevor er aufbrach, gab er mir die Erlaubnis dazu. „Bitte... machst du das bitte? Ich vertraue dir."

Megs Schlafzimmer roch unbenutzt und muffig, war aber so unordentlich, als hätte sie es erst vor wenigen Minuten verlassen. Verständlicherweise war ihre Anwesenheit hier stärker zu spüren als irgendwo sonst. Ich hob ein Tuch vom Boden auf, leuchtend rosa Seide, einer ihrer Lieblingsschals. Spuren ihres Parfums hafteten noch daran – und ich mußte mich unvermittelt aufs Bett setzen. Wir waren so ineinander verstrickt gewesen, Meg und ich, so miteinander verwoben. Sie war ein Teil von mir gewesen: die dunkle, verwirrte Seite, aber auch noch etwas anderes.

Ich zupfte und drückte an dem teuren Seidentuch herum.

Die Tür von Megs Kleiderschrank stand offen, gab den Blick frei auf ihre Kleider, die sich wie begierige Zuschauer zusammendrängten. Ein Foto von Sacha in seiner Lederjacke grinste auf das leere Bett hinunter. Auf dem Nachttisch lag ein Buch, und ich nahm es in die Hand: Selbsthilfe-Psychologie mit der Botschaft, daß Angst zu fühlen bedeutet, sie zu entschärfen. Eine Postkarte diente als Lesezeichen. Sie kam von Chloë in Australien. „Es ist toll", schrieb sie. „Hoffe, es geht dir gut. Freue mich darauf, dich wiederzusehen."

Ich sehnte mich nach meiner Tochter. Nach ihrem Chaos, ihrer gelegentlichen Unverschämtheit, den flüchtigen Blikken, die ich von ihrem geheimen, interessanten Innenleben erhaschte. Ihrem „O Mom, du bist so was von uncool". Ich fand es schrecklich, daß sie so weit weg war und sich zweifellos von den Vorgängen in der Familie abgeschnitten fühlte.

Sacha hatte seine wirren und konfusen Gefühle offen eingestanden, und das sollte ich auch. Was Meg betraf, waren meine ebenso schmerzlich und verstörend wie seine. Und sie würden es immer bleiben. Dennoch mußte ich mein möglichstes tun, um Meg nicht in negativer Erinnerung zu behalten. Das durfte ich nicht, denn auf ihre eigene Art hatte Meg sich so bemüht, das Negative nicht die Oberhand über sich gewinnen zu lassen.

Nachdem ihr Zimmer verwandelt – sauber, gelüftet, steril – war, zupfte ich den Vorhang zurecht und sagte laut: „Ich werde dich vermissen, Meg. Glaubst du mir das?"

Ich legte gerade ihre Lieblingsbluse für die Kleidersammlung zusammen, als Will unerwartet in der Küche erschien. Er trug seinen dunkelgrauen Anzug und blitzblank polierte Schuhe und hatte – natürlich – den roten Koffer in der Hand.

„Fanny, es gibt Wahlen. Das heißt: Alle Mann in Gefechtsbereitschaft." Ich stopfte die Bluse in einen Sack und legte Seidenpapier darauf. „Kann ich auf dich zählen?" Er knallte den Koffer auf den Tisch, bewegte sich zu hektisch und warf klirrend eine Einkaufstasche um. „Was um alles in der Welt..."

„Ihre eiserne Ration. Sie hatte immer eine Flasche für Notfälle parat."

Als alles sortiert und verstaut war, schlug Will einen Spaziergang vor.

Es war frisch auf der Anhöhe, und ein leichter Wind fuhr, wie ungeduldige Striche einer Haarbürste, durch die Blätter in den Bäumen. Kaninchenspuren sprenkelten das struppige Gras auf dem Hang, und unter den Buchen waren schwache Fährten von Rotwild auszumachen. Wir überquerten den Kamm und folgten bergab der Wallhecke, die noch die Narben eines jüngst erfolgten Einschlags aufwies. Unter dem Schwarzdorn lag ein kleiner junger Vogel. Er war schon lange tot und so ausgetrocknet und verformt, daß er kaum zu erkennen war.

Will ging voraus, und ich beobachtete ihn.

Ich versuchte dahinterzukommen, was ich eigentlich hier tat, hier mit Will.

Dann fiel es mir wieder ein.

„Mama…“, quengelte die dreijährige Chloë während der Predigt eines der unzähligen Gottesdienste, die wir hatten besuchen müssen, „Mama…“ Ich war müde, so müde, daß ich wie tot war. Will bückte sich sofort, nahm seine greinende Tochter auf den Schoß und drückte sie an sich. Entzückt strich Chloë mit beiden Händchen über sein Gesicht, erkundete jede Fläche, jede Kante seines Kinns und stocherte an seinen Augen herum. Und Will, der seine blonde

‚freche Tochter mit einem Blick betrachtete, der so voller Liebe und so weit von Ehrgeiz und Machtstreben entfernt war, wie man sich das nur vorstellen konnte, ließ sie gewähren.

Das war es, worum es ging.

Will blieb stehen, bis ich ihn eingeholt hatte. „Du wirst doch Zeit haben, dich im Wahlkampf zu engagieren?“, fragte er bange.

Sein Ton war leicht gereizt – ein Anklang an den zweifelnden Will der Casa Rosa –, und ich wußte plötzlich mit Sicherheit, daß alle Angst hatten, sie würden verlieren.

„Ich komme auch ohne dich zurecht“, sagte er. „Aber anders wäre es mir lieber.“

„Das ist immerhin *etwas* nach all den Jahren.“ Ich hätte mich gefreut, wenn ich ihm damit, wenn schon kein Lachen, dann wenigstens ein Lächeln entlockt hätte. „Sieht es so schlecht aus?“

Er mußte sich die Antwort sichtlich abringen. „Es *sieht* so schlecht aus.“

Ich riß mich innerlich zusammen. „Dann sollte ich mich lieber ranhalten, stimmt‘s?“

Die Tee-und-Kuchen-Sitzung für die Parteifunktionäre war natürlich gut besucht. Es ging eben nichts über eine Wahl, um die Schafe und die Böcke, die Anhänger und die Kritiker zu mobilisieren, auch wenn die Presse ihre Zweifel hinsichtlich der Partei längst ausposaunt hatte.

Mannochie kam her. „Schön, daß du wieder dabeibist.“

Er hatte ein Riesenbündel Papier in der Hand. Ich betrachtete es. „Ist das alles für mich?“

„Nicht ganz.“ Er schien dem bevorstehenden Kampf guten Mutes entgegenzusehen. Irgend jemand mußte das ja. Wir schnappten uns zwei Plastikstühle und gingen die erdrückende Liste der Verpflichtungen durch. Frühstückstermine. Abendessen. Interviews. Mannochie hatte sich selbst übertroffen. „Ich verlasse mich darauf, daß Will einige hochkarätige Leute auffährt. Den Schatzkanzler... oder sogar den Premierminister. Nichts ist besser als hohe Tiere, um uns zu zeigen, daß wir noch da sind.“

Etwas später stand ich auf, um mit einer Rede zur moralischen Aufrüstung der Truppe beizutragen. Ich wußte, daß ich meiner Rolle entsprechend aussah – unauffällige Bluse, ansatzweise elegantere schwarze Jacke, diskreter Schmuck. Die Uniform der vorbildlichen Politiker-Gattin.

Ich besah mir die Gesichter. Sie waren wohlgesonnen, erwartungsvoll und wollten hören, daß alles in Ordnung war. Ich hatte die Wahl, ehrlich zu sein – dann würde die Rede in etwa so lauten, daß es schwer werden würde, daß von jedem voller Einsatz gefordert war und daß es keine Gewähr für einen guten Ausgang gab – oder... Ich lächelte. „Meine Damen und Herren, ich weiß, daß Will gerne hier gewesen wäre und er wird auch so bald wie möglich herkommen. Inzwischen läßt er Ihnen schon im voraus für die Zeit und Mühe danken, die Sie, wie er weiß, in den nächsten sechs Wochen aufwenden werden. Nichts davon wird verschwendet sein. Wir haben das richtige Programm, das richtige Team und, wenn ich das sagen darf, den richtigen Mann, um Sie zu vertreten und zum Sieg zu führen. Ich lebe mit ihm...“, Pause für gedämpftes Lachen, „... und ich weiß, daß er von früh bis spät an den Wahlkreis denkt... sogar wenn er meiner Meinung nach an mich denken sollte.“

Lautes Lachen.

„Was ihm, wie ich weiß, ganz besonders leid tut, ist die Tatsache, daß er als Minister soviel Zeit in London verbringen muß, aber das bedeutet nicht, daß ihm sein Wahlkreis Stanwinton nicht am Herzen liegt. Ich hoffe, daß Sie das Gefühl haben, daß er Ihre Belange immer berücksichtigt und daß Ihre Interessen stets oberste Priorität für ihn haben.“

Ich nahm unter begeistertem Applaus wieder Platz.

„Sehr passend“, sagte Mannochie. „Vielen Dank.“

Ich saß vor dem Spiegel und kremte mir gerade vor dem Schlafengehen das Gesicht ein, als Will die Hand auf meine Schulter legte.

„Fanny, ich muß dich etwas fragen. Ich *muß* dich das fragen. Als Raoul dich in Italien besuchen kam. War da... etwas?“

Ich wußte genau, wonach Will fragte, und ich wußte, daß er bestimmt lange überlegt hatte, ehe er das Thema anschnitt. Wenn Meg nicht gewesen wäre, hätte er mich sicher schon früher zur Rede gestellt, und der lange Abstand zwischen meiner Erwähnung des Besuchs von Raoul und diesem Moment mußte quälend für ihn gewesen sein, und das tat mir leid.

Ich fuhr fort, die Creme in meine Wangen und meinen Hals einzumassieren und verfolgte, wie mein Spiegelbild diese kleine tägliche Routine ausführte.

Ich hatte es in der Hand, eine alte Rechnung zu begleichen, das Gleichgewicht wiederherzustellen. Ich konnte beschließen, Will die Wahrheit zu sagen. Ich konnte sagen, daß Raoul mir süße und kultivierte Wonnen anbot, einen Moment der Sinnenfreude und Sonne, in dem ich keine Ehefrau war, sondern ich selbst... und ich konnte hinzufügen, daß ich nur zu gerne ja gesagt hätte.

Oder ich konnte Will sagen, daß ich Raoul zum Liebhaber genommen hatte, er sich deswegen aber keine Gedanken machen müsse. Daß es ein schrecklicher Fehler war und natürlich keinerlei Auswirkungen auf unsere Ehe haben werde. In diesem Fall wüßte er genau, wovon ich sprach.

Oder ich konnte sagen, daß ich Raoul für sein Angebot gedankt und erwidert hatte, daß ich vielleicht später darauf zurückkommen werde. Es sozusagen auf dem Speicher deponiert hatte, um es hin und wieder herauszuholen und abzustauben.

Ich begegnete Wills argwöhnischem Blick im Spiegel und legte die Cremetube weg. Mir schoß durch den Sinn, daß es zur Strategie einer erfolgreichen Ehe gehörte, niemals eine zu direkte Frage zu stellen, und niemals eine Frage voll und ganz zu beantworten, sondern immer ein klein wenig ungesagt zu lassen. Es genügte zu wissen, daß jeder den anderen liebte, alles übrige mußte mit Rauch und Spiegeln und mehr als nur ein bißchen Vertrauen erreicht werden.

Ich massierte den letzten Tupfen Creme ein. Der Spiegel nahm mich doppelt wahr: wie ich hineinsah und gleichzeitig mein Spiegelbild mich ansah. Meine Haut schimmerte rosig von der teuren Creme, und mein Haar war befriedigend fesch und schick. Ein junges Ding hatte sich zu einer Frau entwickelt, die unter anderem Ehefrau und Mutter war. Um zu begreifen, wie und was man geworden war, brauchte es gleichermaßen Vertrauen und Willensstärke. Aber vor allen Dingen hatte ich meinen geistigen Raum, in den ich mich zurückziehen und tief Atem schöpfen konnte.

Ich stand auf und stellte mich vor Will. „Es war geschäftlich." Ich küßte seine Nasenspitze und malte mit dem Finger ein Herz auf seine Brust. „Rein geschäftlich."

„Ich habe eine Idee", sagte Will, als er die Decke zurückschlug und sich ins Bett legte. „Falls aus dem Nachlaß deines Vaters Geld übrigbleibt, solltest du dir überlegen, die Casa Rosa zu kaufen. Wir könnten sie auf Vordermann bringen. Ich helfe dir dabei. Ich werkele gerne herum."

Ich schlüpfte zu ihm ins Bett und schüttelte mein Kissen auf. „Dafür reicht es nicht."

Er lächelte verschwörerisch. „Habe ich dir eigentlich gesagt, daß Meg mir eine kleine Summe hinterlassen hat? Du kannst sie haben. Du *sollst* sie haben." Er streckte sich und knipste das Licht aus. „Dann müßte es reichen."

Kapitel 23

Ich war seit Stunden im Wahlkampf-Einsatz. Meine Füße taten weh, und die elende Rosette an meinem Revers fiel ständig herunter. Unser zweitletzter Stop war ein Wohnblock unten am Fluß, wo der Beton der Außengänge feuchte Flekken hatte und die Treppenhäuser zugemüllt waren mit... lieber nicht so genau hinsehen. Ich klopfte an eine Tür, die früher einmal leuchtend blau gewesen war.

Eine Frau in einer Plastikschürze steckte den Kopf aus dem Fenster. „Was wollen Sie?"

Ich sagte mein übliches Sprüchlein auf, und sie runzelte die Stirn. „Ihr kümmert euch doch sonst nie um unsereins."

„Aber jetzt tue ich es."

„Sagen *Sie*."

Hinter mir kicherte der junge Apparatschik, den ich im Schlepptau hatte, und ich gab es auf. „Na gut", sagte ich und versuchte ein Faltblatt durch den Briefkastenschlitz zu schieben, wo es prompt steckenblieb.

Ich unterdrückte ein Gähnen, was kein Wunder war: Ich war morgens um halb sechs von Mr. Tucker geweckt geworden, der zu wissen begehrte, ob mein Geist voll einsatzfähig sei.

Gute Frage.

Als nächstes war Mrs. Scott dran, mein ganz spezieller Auftrag, die bestimmt den halben Nachmittag damit zugebracht hatte, alles für meinen Besuch vorzubereiten.

Der Apparatschik und ich zwängten uns in ihr Wohnzimmer, wo ein Tablett mit Beinen sorgsam mit einer Spitzenserviette und einem Krug gedeckt war, auf dem ein mit Glasperlen umrandetes Tüchlein lag. In der Ecke lief der Fernseher, dessen Ton leiser gestellt war. „Ich hoffe, Sie benutzen Ihres." Sie nahm schwungvoll das Tüchlein ab.

„O ja, Mrs. Scott. Ich mag es sehr."

„Mrs. Savage und ich sind Freundinnen", teilte Mrs. Scott dem Apparatschik mit, „sie vertritt den Minister."

Ich sah mich im Zimmer um. Nach langem Hin und Her hatte die Stadt die Glasscheibe der Wohnungstür ersetzt, die von den gewalttätigen Nachbarn eingeschlagen worden war. Auch der Riß neben dem Fenster, durch den Feuchtigkeit eingedrungen war, war frisch vergipst. „Ich bin froh, daß Will dafür sorgen konnte, daß die Reparaturen ausgeführt wurden. Das war doch alles ziemlich unangenehm für Sie."

Mrs. Scott sah das anders. „Wenn mir das Gesindel nicht die Tür eingeschlagen hätte, dann hätte ich nie den Minister kennengelernt."

Am Morgen des Wahltags war es stürmisch. Ich kletterte aus unserem warmen Bett und zog die Vorhänge auf. Regen peitschte über das Feld und sammelte sich in Pfützen auf der Straße.

„Mist", sagte Will vom Bett aus. „Bei dem Wetter geht kein Schwein wählen." Er griff zum Telefon und rief Mannochie an. Während ich mich anzog, folgte ein Gespräch, in dem mein Name fiel. Ich wußte, was das zu bedeuten hatte.

„Mannochie hat einen Fahrdienst für die alten Leute organisiert", Will hatte sich wieder hingelegt, sah jetzt schon erschöpft aus, „aber wir könnten noch den Zweitwagen und einen Chauffeur brauchen."

Ich griff nach meinem Wahltags-Rock, einem Kleidungsstück von nicht gerade umwerfender Schönheit, der mich aber zuverlässig und zugänglich aussehen ließ, und zog ihn an. „Schon kapiert."

Das Wahllokal befand sich in der Grundschule, wo die Wähler, da das Dach undicht war, Eimern ausweichen mußten – was mir keine gute Reklame für Will zu sein schien.

Er und ich gaben unsere Stimme ab, und ich machte mich daran, Alte und Gebrechliche und Leute mit kleinen Kindern zu ihren Wahllokalen und wieder nach Hause zu fahren. Hin und wieder schaute ich in einem der zwanzig Parteibüros vorbei, die über den Wahlkreis verteilt waren, um mich auf den neuesten Stand bringen zu lassen.

Der Tag ging zu Ende, und nach einem hastigen Abendessen, bestehend aus einer Banane und einem Joghurt, kam der Befehl: Abgeordneten-Gattin an die Front.

Ich ging nach Hause und zog einen dunkelgrauen Hosenanzug, ein Seidentop und ein Paar flache, weiche rosa Lederschuhe an. Und natürlich trug ich Strumpfhosen. Ich blickte in den Spiegel und kontrollierte meine Wimpern. Eine junge... na schön, eine nicht mehr *ganz* so junge Frau mußte taktisch klug vorgehen. Falls es ein Sieg war, so war ich gerüstet. Falls es eine Niederlage war, mußte ich so feminin wie nur möglich sein. Ich wollte parfümiert, geschminkt und gut frisiert aufs Schafott steigen.

Ich kaschierte die Schatten unter meinen Augen mit Makeup, malte mir die Lippen an, preßte sie ab und trug eine zweite Schicht auf, bürstete dann mein Haar, bis es gehorsam auf meine Schultern fiel.

Mannochie fing mich ab, als ich mir in der Parteizentrale einen Weg durch das Heer der Wahlhelfer bahnte. Er blickte grimmig drein, und sein Haar war ungekämmt. „Die Umfragen vor den Wahllokalen sehen nicht gut aus."

„Für die Partei oder für Will?"

„Schwer zu sagen", sagte er, „aber es ist möglich, daß es Will erwischt."

„Du meine Güte." Ich blieb wie angewurzelt stehen. „Ich dachte, daß es am Wahltag besser laufen würde."

„Politik ist keine exakte Wissenschaft, aber Ahnungen sind auch nicht schlecht."

Eine Niederlage wäre für Mannochie ein ebenso harter Schlag wie für Will. Die beiden waren ein Gespann wie Pferd und Wagen.

„Wir haben das alles schon durchgemacht", sagte ich zu Mannochie. „Wir werden es überleben."

„Es ist ja nicht so, als ob es einen echten Grund gäbe", sagte er geknickt. „Die Wirtschaft ist okay. Die Inflation ist unter Kontrolle. Der öffentliche Dienst läuft reibungslos."

Man hat mir gesagt, daß Veränderungen im Erdinneren im geheimen stattfinden. Wir merken nichts davon, aber es gibt sie, und erst später können die Wissenschaftler feststellen, was genau stattgefunden hat. Meg hatte recht gehabt: Den Menschen wird langweilig und sie sehnen sich nach einer Veränderung, nur um der Veränderung willen. Das Ganze hat weder Sinn noch Verstand, und es ist einfach Pech für den, der es ausbaden muß.

Will lächelte vor Erleichterung, als ich mich zu ihm durchdrängte. „Ich dachte schon, du willst kneifen."

Wie Angehörige des Königshauses standen wir Seite an Seite da, während Leute herantraten, um zu diskutieren, Anweisungen entgegenzunehmen, Argumente darzulegen. Immer wieder griff Will nach meiner Hand und drückte sie. Aus den Augenwinkeln bemerkte ich, daß Matt Smith auf uns zusteuerte.

Will sagte leise: „Könntest du Matt wohl anlächeln, Fanny?"

„Daß du immer so schreckliche Sachen von mir verlangen mußt." Ich zwang meine Lippen in die entsprechende Form.

Und dann... die Qual der Auszählung. Nervös und erschöpft gingen die Anwesenden hin und her und machten belanglose Konversation. Die Aktivisten verstanden sich noch am besten darauf, den Anschein von hektischer Betriebsamkeit zu wahren, und was die Drohnen betraf, so waren es die von der gegnerischen Partei, die am fröhlichsten und eifriger beschäftigt zu sein schienen.

Die Wahlurnen trafen ein, wurden geleert, die Stimmzettel sortiert, gebündelt und in fortlaufenden Reihen auf die Klapptische gelegt. Ich wußte inzwischen, daß es diese Reihen im Auge zu behalten galt. Manchmal kriechen sie weiter... manchmal stürmen sie vor, und an der Art, wie die Auszähler zu einem herschielen, kann man erkennen, welche Reihe welchem Kandidaten gehört.

Niemand schien in Wills Richtung zu blicken.

„Na bitte", sagte Mannochie leise. „Sieht nicht gut aus."

„Ich weiß."

Ich schenkte mir Kaffee aus einer Thermoskanne ein. Er war abgestanden, aber wenigstens war er heiß. Jedenfalls gab er mir Gelegenheit, mich auf etwas anderes zu konzentrieren. Warum die schlechte Nachricht früher als nötig erfahren?

Um vier Uhr früh gab es eine letzte Auseinandersetzung mit dem Öko-Kandidaten wegen nicht eindeutiger Stimmzettel. Nachdem das geklärt war, kam der Wahlleiter zu Will und mir herüber. „Es tut mir leid." Er sprach direkt zu Will. „Mal gewinnt man, mal verliert man." Will schluckte. Der Blick des Wahlleiters wanderte zu dem siegreichen Kandidaten. „Es tut mir leid", sagte er noch einmal.

Will stand so aufrecht und unerschütterlich auf dem Podium, wie er es sich antrainiert hatte, und ich war stolz auf ihn. Das endgültige Ergebnis wurde verlesen, und er wankte nicht, verzog keine Miene, auch nicht, als er hörte, daß sich seine Mehrheit von 7 005 Stimmen in Luft aufgelöst hatte.

Der siegreiche Kandidat verbeugte sich, grinste und hielt eine Rede, in der er den meisten Bewohnern von Stanwinton namentlich dankte.

Dann trat Will ans Mikrophon – und wir. waren wieder ganz am Anfang. Er sprach über Veränderungen, die Notwendigkeit neuer Denkansätze und neuer Strategien, und daß er sich immer bemüht habe, seinen Idealen treu zu bleiben. Er dankte seinen Wählern für das erwiesene Vertrauen und sagte ihnen, daß nichts vergebens gewesen sei.

Jedes Wort zehrte an ihm, wie ich genau sah, und ich wollte nur noch, daß dieser Kampf ein glorreiches Ende fand. Am Schluß nahm er gesenkten Hauptes den Applaus entgegen. Dann sah er auf und suchte meinen Blick.

Damit war nicht alles vorbei, denn wir mußten noch mit vielen Menschen sprechen, die beruhigt und daran erinnert werden wollten, daß es ein Morgen gab und daß unsere Stunde wiederkommen werde.

Auf der Heimfahrt sagte Will plötzlich: „Halt an."

Er stieß die Wagentür auf und taumelte hinaus. Ich folgte ihm.

Dann übergab er sich.

Ich hielt seinen Kopf, bis der Anfall vorbei war. „Entschuldige", brachte er hervor.

Als er wieder zu Atem gekommen war, brachte ich ihn dazu, mit mir bis zu der Eiche an der Ecke des Feldes zu gehen. Die Sonne begann sich über den Horizont zu schieben, und nach der Hitze und Hektik des Rathauses war die Luft frisch und kühl. Wir lehnten uns auf das Gatter und blickten über das Feld in die Morgendämmerung, deren Licht schon das Muster des Laubwerks der Wallhecke hervortreten ließ. In den Buchen begannen sich die Vögel zu regen.

Will legte den Kopf auf die verschränkten Arme. „Ich habe mich immer gefragt, wie ich wohl damit fertig werde, wenn das eintritt."

„Die Antwort lautet: Gut. Sogar mehr als gut."

Seine Stimme war undeutlich. „Wir werden alles neu überdenken müssen. Wie wir leben, all das. Was wir tun."

Zu Hause machte ich ihm eine Tasse Tee, die er gierig trank. „Mal sehen, was sie im Fernsehen bringen", sagte er.

Ich hielt ihn davon ab. „Nein, damit ist für eine Weile Schluß."

Seine dunklen Augen waren trüb vor Elend. „Wahrscheinlich hast du recht."

Obwohl ich wußte, daß er am Vorabend nichts gegessen hatte, weigerte er sich, etwas zu sich zu nehmen, und so ging ich mit ihm nach oben. Er ließ sich widerspruchslos von mir das Hemd aufknöpfen und die Schuhe ausziehen. Sein Körper war schweißgebadet, und hin und wieder entrang sich ihm ein bebender Seufzer.

Im Bett drückte ich mich eng an ihn und hielt ihn fest.

Nach einigen Minuten fiel er in unruhigen Schlaf, aber ich hielt ihn weiter, bis mein Arm taub wurde. Als ich es nicht länger aushielt, löste ich mich von Will und ging nach unten, um Chloë anzurufen.

Es brauchte beträchtliche Ausdauer, um sie aufzuspüren, aber schließlich erreichte ich sie. Bei ihr war es spätnachts, und sie klang zu Tode erschrocken, als sie ans Telefon kam. „Mom? Ist was Schlimmes passiert?“

„Nichts *so* Schlimmes, aber Dad hat gestern sein Mandat verloren. Er wollte, daß ich es dir sage.“

„Der arme Dad. Ist er sehr enttäuscht?“

„Ja. Im Moment schläft er.“

Nachdem ich Chloë dahingehend beruhigt hatte, daß ihre Familie grundsätzlich nicht vom Antlitz der Erde hinweggefegt worden war, klang sie ganz munter. „Er kann ja was anderes machen. Sag ihm, viele Leute fangen was Neues an. Das ist der Geist der Zeit. Eine Veränderung ist immer etwas Positives. Sag ihm, er hat Glück, daß er noch mal die Chance bekommen hat, etwas Neues zu machen.“

„Ach, Chloë, mein Schatz, du fehlst mir so. Ich möchte dir so viel erzählen und dir berichten, wie es in Italien war.“

Mir kam der Gedanke, daß es an der Zeit war, mit Chloë über die Familie und deren Geschichte zu sprechen.

„Ach, Mom, du fehlst mir auch...“ Sie schwatzte noch geraume Zeit weiter, und erst gegen Ende des Gesprächs ließ sie beiläufig die folgende Bemerkung fallen: „Mom, ich hab jemand kennengelernt... Er heißt Paul...“

Ich inspizierte mein Reich. Ich räumte die Küche auf, kontrollierte die Lebensmittel- und Weinvorräte. Zweifellos würden Mannochie und das Team in Scharen bei uns einfallen, und alle mußten in der Niederlage ebenso verköstigt werden wie im Sieg. Ich würde bergeweise Pasta kochen und Weinflaschen öffnen, und dann konnten wir um den Tisch sitzen und alles, was passiert war, so lange durchhecheln, bis es die entsprechende Form angenommen hatte, um im Gedächtnis abgelegt zu werden. Danach galt es weiterzumachen.

Ich griff nach dem Terminkalender und blätterte ihn durch, widerstand der Versuchung, das gute Dutzend vorweihnachtlicher Wahlkreis-Verpflichtungen durchzustreichen. Das hieße, den Fängen der Niederlage einen allzu dürftigen Sieg entreißen.

„Fanny?"

Ich blickte vom Terminkalender auf. Will stand unter der Tür. „Ich bin hier", sagte ich.

„Gut", sagte er und verschwand, da er nicht widerstehen konnte, im Zimmer nebenan, um den Fernseher einzuschalten. Das Land hatte gesprochen. Sie waren draußen. Die anderen waren an der Macht, und jeder leckte entweder seine Wunden oder blickte selbstgefällig oder andächtig drein oder beides.

Wir diskutierten darüber, was der Wahlausgang für verschiedene Kollegen bedeutete und wie weit er Wills Traum, Schatzkanzler zu werden, zurückwarf. Insgeheim wußte ich, daß sich dieser Traum nun höchstwahrscheinlich nie erfüllen würde. Aber das war nicht der Moment, es auszusprechen.

„Ich habe Chloë angerufen. Es wird dich freuen zu hören, daß sie der Meinung ist, du solltest es als eine Chance betrachten, ein neues Leben anzufangen."

„Ganz schön frech", sagte er und ließ sich mit einem sarkastischen Grinsen auf einen Stuhl sinken. „Aber sie hat recht." Er runzelte gequält die Stirn. „Ich würde alles darum geben, sie hier zu haben."

„Möchtest du noch Tee?"

„Nein."

„Ich auch nicht.“ Ich bückte mich, um die Flaschen im Weinregal zu inspizieren. „Ich möchte nie wieder Tee trinken. Nur noch Unmengen herrlicher Weine.“

Nun, da Meg nicht mehr da war, fühlte ich mich berechtigt, dergleichen zu sagen.

Will verstummte.

Wir waren beide mit unseren Gedanken beschäftigt – und meine kreisten in erster Linie darum, wie ich Will beistehen konnte, bis er sich besser fühlte.

„Will“, sagte ich sanft, „wer weiß, vielleicht gefällt es dir ja, ein Weilchen frei zu sein.“

Er zuckte die Schultern. „Leicht gesagt.“

Es war nicht so, daß Will der Mut gefehlt hätte, denn Mut besaß er zur Genüge. Es war nur so, daß er noch daran gewöhnt war, in einer ganz bestimmten Richtung zu denken. Ich mußte ihn irgendwie davon überzeugen, daß es zwar nicht leicht sein würde, eine neue Richtung auszuprobieren, aber faszinierend und absolut möglich.

Er spielte mit der Kordel seines Morgenmantels herum. „Was hat Italien bei dir ausgelöst?“, fragte er. „Verrätst du es mir? Es gab Momente, da habe ich mich gefragt, ob du dort bleiben würdest.“

Ich legte eine Flasche Rotwein – einen enttäuschenden 1997er Haut-Marbuzet – zurück ins Regal und richtete mich auf. „Ich hätte bleiben können“, sagte ich. „Ich habe daran gedacht.“

Er fuhr sich mit beiden Händen durch das Haar, wie auf der Suche nach dem alten Will, dem, der so voller Optimismus und Tatkraft gewesen war. „Ich wäre wahnsinnig geworden“, sagte er, „oder hätte zur Flasche gegriffen.“

„Kein guter Witz.“

„Kein guter Witz“, räumte er ein.

„Nachdem sich die Erleichterung darüber, daß ich allein war, gelegt hatte, wurde mir klar, Will, daß ich nicht gerne ohne dich wäre.“

„Gut.“ Will stand auf, um sich die neuesten Zahlen im Fernsehen anzuschauen. „Sehr gut.“

Ich nahm den vollen Mülleimer und trug ihn hinaus. Es war schon fast hell, und ein Lichtstrahl fiel auf das Garagentor. Mit einem eigenartigen, halb schmerzlichen, halb freudigen Stich nahm ich eine Andeutung – einen Hauch – der Beschaffenheit und Farbe der Casa Rosa wahr.

„Francesca“, sagte mein Vater. „Du lebst hier in Stanwinton, das steht fest, aber du bist eine Fiertina.“

Nun, das war ich, und war es auch nicht. Ich liebte seine bildliche Sprache und die Geschichte, wie die Hänge zum Blühen gebracht wurden. In drei Generationen von kahlen Hängen zu üppiger Fruchtbarkeit – „der Wald meines Großvaters, der Olivenhain meines Vaters, mein eigener Weinberg“, wie es hieß. Aber selbst er hätte zugeben müssen, daß er von einer Zeit sprach, die lange zurücklag. Mein Vater war nicht in Fiertino gewesen, als die Arbeiter mit ihren Baggern anrückten und die Hochspannungsmasten errichteten, die sich bergauf zogen. Und mein Vater hatte auch nicht in Angelos Café gesessen, als über Subventionen für Oliven und die Modernisierung von Häusern gesprochen wurde.

Aber ich wollte jetzt nicht an die Casa Rosa denken. Noch nicht. Ich ging über den Rasen. Das Haus lag hinter mir, ein Haus, das leerer war als seit Jahren, in dem das Hin und Her von Dingen und Menschen abgenommen hatte. Mein Territorium. Mit der Zeit, und alles in allem, hatte ich mich an seine Räume und seine Absonderlichkeiten gewöhnt. Wir hatten uns miteinander abgefunden, das Haus und ich – die häßlichen Fenster, die Lorbeerhecke, die Küche, die nie so richtig Gestalt annahm. Selbst die Kätzchen auf dem Petitpoint-Schemel und ich hatten uns irgendwie arrangiert. Ob es mir paßte oder nicht, das Haus war das *terroir* gewesen, auf dem Will und ich unsere Ehe geführt und uns bemüht hatten, unserem Leben eine bestimmte Form zu geben. Und es traf zu, daß auch ich in ihm stark geworden war.

Ich ging wieder hinein, legte Kleider zusammen, räumte Papiere weg und sah nach der ungeöffneten Post. Während ich durch die Zimmer ging, achtete ich bewußt darauf, ob eine flüchtige Spur, ein winziges Echo all jener zurückgeblieben war, die sie einst bevölkert hatten.

Will war wieder zu Bett gegangen, und ich fand ihn zusammengekauert auf der Seite liegend. Ich schlüpfte zu ihm, zog den Quilt meiner Mutter über uns und legte die Arme um Will. Er fühlte sich kalt und leblos an. Ich küßte seine Wange, so daß mein Haar über sein Gesicht fiel, und flüsterte ihm zu, daß wir es überleben würden, daß alles gut werden würde und daß ich ihn liebte.

„Ich mußte gerade an Meg denken", sagte er. „Und ob ich mehr hätte tun können. Was glaubst du, hätte *sie* gemeint? Was dein Vater gesagt hätte, weiß ich: ‚Betrachte die Sache mal so.'"

Ich lachte.

Nach einem Moment drehte sich Will zu mir um. „Ich mag es, wenn du lachst", sagte er.

Erotische Irrungen und Wirrungen – verrückt, frech, fröhlich

Lily Prior
Sentimenti Italiani oder Träume eines Sommers
Roman der Leidenschaften

ISBN 3-203-81048-4

Lily Prior
La Cucina Siciliana oder Rosas Erwachen
Roman der Begierden

ISBN 3-203-81046-8

Lily Prior
Nektar oder Der Duft der Italienerin
Roman der Versuchung

ISBN 3-203-81047-6

EUROPA VERLAG

Die TIMES meint:

»Klug, melancholisch, komisch und intelligent: Beglückender als jeder Liebesroman.«

Elizabeth Buchan
Die Rache der reifen Frau

ISBN 3-203-75875-X

Brigitte über »Die Rache der reifen Frau«:
»Sie lieben Bridget Jones, aber ein bisschen älter und klüger dürfte sie sein? Dann müssen Sie unbedingt die Heldin dieses Buches von Elizabeth Buchan kennen lernen. Hinreißende Schilderungen der Verzweiflung und satirische Schärfe garantieren gewitzte Unterhaltung.«

EUROPA
VERLAG